Les Hourim de l'innocence

Les Deux Prunelles de Mon Âme

« Je suis un auteur dont le regard embrasse deux horizons, l'Algérie et la France, mes deux patries, mes deux prunelles. Chacune éclaire un œil, chacune porte une part de mon âme. Ces terres, je les aime avec une égale ferveur, comme on chérit le souffle même de la vie. Pourtant, l'idée absurde qu'un jour l'on me demande de sacrifier l'une pour l'autre, de fermer un œil pour n'en garder qu'un, me serait insupportable. Comment choisir entre deux lumières, deux battements de cœur ? Devenir borgne, ce serait mutiler l'amour, renoncer à voir le monde dans toute sa richesse. Je refuse cette fatalité, car mes deux yeux, portés par cet amour indissociable, continueront à contempler ces deux pays qui font de moi un être entier. »

Mustapha Bouktab

Les Hourim de l'innocence

Avertissement

Ce roman est une œuvre de fiction, un mélange d'imaginaire et de réalité où la frontière demeure volontairement floue. Bien que certains événements ou figures puissent évoquer des situations familières, tous les personnages, groupes et entités décrits sont entièrement fictifs et le fruit de mon imagination. Toute ressemblance avec des personnes ou organisations réelles serait purement fortuite.

Les pensées, émotions et actions exprimées dans ces pages sont celles des personnages, forgées par leurs propres expériences fictives. Elles ne reflètent en aucun cas des positions personnelles, institutionnelles ou réelles.

À travers Abigael et Moussa, jeunes héros pris dans la tourmente d'un monde fracturé, ce roman explore l'espoir, la révolte et le prix de l'innocence face aux forces du mal. Leur histoire, poignante et parfois éprouvante, nous rappelle que même confrontée à l'horreur, l'humanité peut encore trouver la force de se battre pour la paix et la vérité.

*Attention : Cet ouvrage aborde des thématiques puissantes et parfois troublantes. Il s'adresse à ceux prêts à plonger dans la profondeur psychologique des personnages et à affronter des réalités dérangeantes. Certains passages peuvent susciter des émotions vives. Chaque lecteur est invité à aborder cette lecture avec discernement.

Mustapha Bouktab

Les Hourim de l'innocence

MUSTAPHA BOUKTAB

LES HOURIM DE L'INNOCENCE

NOVEMBRE 2024
BOOK-KITAB

Les Hourim de l'innocence

Les Hourim de l'innocence

Dédicace

À vous, enfants des cendres, enfants du silence, étoiles éteintes avant l'aube. Vous, que la guerre a pris pour cible sans jamais vous laisser le temps de rêver. Vos rires, à peine éclos, se sont éteints sous le fracas des bombes, et vos espoirs se sont dissipés dans le tumulte des armes. Vous n'avez connu ni le doux bercement de l'insouciance, ni la chaleur des jours paisibles. Vous avez été arrachés trop tôt à la vie, victimes d'un monde aveuglé par la haine et des ambitions insensées.

Vos vies brèves, brisées comme des fleurs piétinées, portaient pourtant en elles des promesses de lendemains radieux. Ce livre est une offrande à votre mémoire, un hommage à cette innocence foudroyée. Vous n'êtes pas de simples dommages collatéraux, mais les véritables cibles d'un mal qui s'attaque aux racines mêmes de l'avenir. Car briser un peuple commence par l'asservissement de ses enfants, par l'étouffement de leur lumière.

Vous, qu'on pensait silencieux, portiez une force que même les armes ne pouvaient éteindre : celle de l'innocence. Vos rires, éclats de vie défiant le chaos, résonnent encore dans l'éternité. Chaque balle tirée, chaque bombe lâchée, emporte un fragment de votre lumière, mais ne parvient jamais à effacer la vérité de votre existence.

Vos vies volées, vos rêves envolés avant même d'avoir pris leur envol, ne resteront pas dans l'oubli. Ce livre est votre refuge, un écrin pour vos sourires effacés, une flamme pour illuminer la mémoire collective. Que le monde ne détourne plus les yeux. Que derrière chaque chiffre, chaque bilan, il se souvienne qu'il y avait un nom, un visage, une âme d'enfant.

Les Hourim de l'innocence

À vous, qui dans vos derniers instants n'avez connu que des ciels embrasés et des cris déchirants, ce livre est une promesse : celle que votre passage éphémère ne sera jamais effacé des cœurs. Vos regards, emplis d'une douleur muette, méritaient la tendresse et non l'indifférence ; la paix, et non l'horreur.

Vous êtes les héritiers d'un avenir que le monde a trahi, les flammes vacillantes d'une humanité que la violence cherche à éteindre. Mais même dans la poussière et les décombres, vos voix s'élèvent, elles percent le silence et exigent qu'on ne vous oublie pas.

À vous, enfants des ruines, des nuits sans étoiles et des horizons tourmentés, ce livre porte vos voix. Qu'elles résonnent, qu'elles brisent les consciences endormies. Que ce roman soit une étoile, une flamme éternelle pour rappeler au monde que vous étiez là, que vos vies, aussi courtes soient-elles, ont illuminé nos cœurs bien plus que toutes les promesses creuses des puissants.

Vous êtes les héros oubliés, les promesses d'un avenir que la haine a tenté d'effacer. Mais tant qu'il y aura des mots, des mémoires, des cœurs battants, vous ne serez jamais perdus. Ce livre est votre chant silencieux, une prière ardente, un cri pour que jamais, jamais, le monde ne vous oublie.

Mustapha Bouktab

Les Hourim de l'innocence

Introduction

« *Quand les mains des hommes déclenchent la guerre, ce sont les cœurs des enfants qui en portent les cicatrices, brûlés par des flammes qu'ils n'ont jamais allumées.* »

Je m'apprête à vous confier une histoire. Celle de nos enfants, de tous les enfants, car chaque enfant qui respire sur cette Terre est aussi le mien. Qu'importe sa langue, sa foi ou son pays, un enfant est un éclat d'innocence, une flamme fragile qui éclaire l'avenir. Chaque naissance est une lumière nouvelle, un espoir que le lendemain pourra être plus doux, plus juste, plus aimant. Mais trop souvent, ce sont les adultes, les gardiens de cette lumière, qui trahissent cet espoir en premier.

Les enfants ne choisissent pas de naître sous un ciel obscur, dans un monde déchiré par la violence. Ils mériteraient de courir libres sous des cieux clairs, de rire sans crainte, de rêver sans entrave. Pourtant, dans tant de coins de ce monde, ce droit fondamental leur est arraché. Leurs rires se perdent dans le grondement des bombes, leurs jeux sont fauchés par le hurlement des sirènes, et leurs rêves, vifs et colorés, sont ensevelis sous les décombres des guerres qu'ils n'ont jamais provoquées.

Ces enfants deviennent des ombres, réduits à des chiffres froids dans les bilans de guerre. Leurs destins sont sacrifiés sur l'autel des intérêts des puissants, des ambitions aveugles qui transforment leur innocence en cendre. Ils ne sont plus que des "dommages collatéraux", des victimes anonymes d'une machine de guerre implacable, nourrie par l'avidité et l'indifférence. Chaque missile, chaque détonation, efface des éclats de vie qui n'ont pas eu le temps de fleurir.

Mais les blessures de l'enfance ne s'arrêtent pas aux champs de bataille. Même dans nos sociétés dites "civilisées", les enfants

Les Hourim de l'innocence

sont emprisonnés dans des carcans invisibles. Ils sont noyés sous un flot d'informations futiles, enfermés dans un consumérisme effréné qui les éloigne des valeurs essentielles : l'amour, la simplicité, la connexion aux autres et à la nature. Ils grandissent avec des cœurs alourdis, privés de cette liberté d'émerveillement qui devrait être leur droit le plus sacré.

Et puis, il y a ces silences coupables, ces zones d'ombre où prospère un mal encore plus insidieux : la pédo-criminalité. Là où les enfants devraient être protégés, ils deviennent les proies des monstres qui rôdent dans l'ombre, encouragés par notre inaction et nos silences complices. Ce mal, plus abject encore que les guerres, détruit à jamais ce qu'il y a de plus pur en eux.

Mais il est encore temps de se dresser, de refuser de rester spectateur. Ce livre est un cri, un appel à l'action, à la compassion, et à l'amour. Il est un rappel que chaque sourire d'enfant perdu est une étoile éteinte dans le ciel de l'humanité. Nous avons une responsabilité immense : protéger l'innocence, restaurer l'enfance, offrir un avenir à ceux qui portent en eux la lumière des jours à venir.

Dans les pages qui suivent, je vous invite à suivre Abigael et Moussa, deux enfants dont les destins, séparés par des murs de haine, s'entrelacent malgré tout. Ils sont le miroir des millions d'enfants pris dans les mailles d'un monde en guerre, un monde où l'amour et la paix semblent toujours hors de portée. Voyez à travers leurs yeux, ressentez leur peur, leur espoir, leur force. Car c'est en nous connectant à eux, en partageant leur humanité, que nous trouverons peut-être le courage de changer, de reconstruire un monde où chaque enfant a le droit de rêver, de grandir, et d'aimer.

« Là où les guerres volent l'innocence, il est de notre devoir de reconstruire l'enfance, car chaque sourire perdu est une lumière que le monde ne retrouvera jamais. »

Les Hourim de l'innocence

CHAPITRE I
AU TOUT COMMENCEMENT

« DANS LE FRACAS DES BOMBES ET LES LARMES DU DEUIL, SEULS LES CŒURS PURS SAVENT TRANSFORMER LA DOULEUR EN LUMIERE ET L'AMOUR EN ARME CONTRE LA HAINE. »

Février 2020. Le monde, tel un géant en suspens, retenait son souffle, inconscient de l'orage insidieux qui s'apprêtait à déferler et à redéfinir la trame de l'humanité. Le virus n'était alors qu'un murmure imperceptible, un chuchotement au loin, une menace encore diffuse. À Jérusalem, ville où chaque pierre murmure des secrets millénaires, les préoccupations restaient ancrées dans des querelles plus anciennes, aux racines aussi profondes que les plaies jamais cicatrisées des trois grandes religions.

Les Hourim de l'innocence

Ici, chaque souffle de vent semblait porter le fardeau des générations, entrelaçant des espoirs ténus aux souvenirs des luttes sans fin. Pourtant, en ce jour précis, une harmonie fragile, presque miraculeuse, flottait dans l'air, prête à être découverte par deux âmes innocentes.

Le soleil d'hiver, doux et cristallin, s'élevait comme un baume céleste sur cette terre épuisée par les conflits. Ses rayons, éparpillés tels des éclats d'or, caressaient les pierres de la vieille ville, s'attardaient sur le Dôme du Rocher, où la lumière s'enroulait autour de la coupole dorée, avant de se faufiler entre les branches noueuses d'un olivier centenaire. Cet arbre sacré, enraciné non loin du Golgotha, portait en lui la mémoire des siècles, un gardien silencieux des prières et des larmes qui avaient imprégné la terre. Et sous ce même ciel parsemé de nuages légers, deux enfants allaient se croiser pour la première fois, à cet instant précis où le cours de l'histoire semblait suspendu, un souffle à peine, juste avant que le monde ne bascule dans une crise sans précédent.

Moussa, onze ans, avançait d'un pas mesuré dans les ruelles poussiéreuses d'un quartier palestinien, non loin du Dôme du Rocher, là où les échos des prières s'enroulaient autour des pierres sacrées. Le tumulte des voix, des cris des marchands et des rires d'enfants, s'estompait en s'éloignant, s'évaporant dans le souffle du vent chargé de poussière et de mystère. Le garçon, aux traits empreints d'une maturité prématurée, cherchait refuge dans un bosquet d'oliviers, tout proche de l'arbre millénaire qui semblait veiller sur Jérusalem depuis la nuit des temps. Cet endroit était son sanctuaire, un havre de paix où il venait s'abriter lorsque le poids de l'existence se faisait trop lourd à porter. La guerre avait gravé sur son visage une gravité inhabituelle, une sagesse douloureuse, mais malgré les ombres qui l'habitaient, Moussa restait un rêveur. Il était de ceux qui trouvaient encore la beauté dans la danse des feuilles, le bruissement d'un oiseau qui

Les Hourim de l'innocence

s'envolait, ou la mélodie secrète du vent s'infiltrant entre les branches.

À plusieurs mètres de là, de l'autre côté des remparts de Jérusalem, Abigael marchait lentement, ses pas glissant avec une élégance presque éthérée sur les pavés anciens, là où l'histoire avait laissé son empreinte indélébile. Son monde, bien que protégé par des murs de pierre, n'était pas moins chargé de tensions invisibles. Abigael, aux yeux d'un vert profond comme le crépuscule, ressentait le poids des générations passées, comme un écho sourd résonnant en elle, un fardeau qu'elle portait sans le comprendre. Sensible, presque clairvoyante, elle captait les vibrations subtiles de la vieille ville, où chaque pierre semblait murmurer les secrets d'un passé douloureux.

Mais en ce jour de février, ses pensées n'étaient que légères. Abigael ne rêvait que d'une chose : faire voler son cerf-volant rouge et bleu, un cadeau précieux de son grand-père, qu'elle tenait comme un talisman. Ce cerf-volant, léger et libre, était pour elle une promesse d'évasion, un symbole d'espoir qui s'élevait dans le ciel, emportant ses prières muettes au-dessus du Dôme du Rocher, là où le sacré et l'ineffable semblaient se rencontrer. Avec son cerf-volant, elle se sentait connectée aux cieux, à ce mystère divin qui enserrait Jérusalem dans un écrin de lumière et de douleur.

Ils n'auraient jamais dû se rencontrer. Leurs univers respectifs étaient séparés par des frontières infranchissables, des remparts visibles et invisibles, élevés bien avant leur naissance. Ces murs faits de pierres ou de silence, de ressentiments accumulés, de haines héréditaires, avaient tissé autour de leurs âmes de jeunes enfants des prisons subtiles, où le souffle même de l'espoir semblait rare et précieux. Et pourtant, sous ce ciel d'hiver, d'un bleu si clair qu'il en paraissait irréel, quelque chose d'indicible

Les Hourim de l'innocence

allait se produire, un événement que même le cours millénaire de cette terre sacrée n'aurait pu prédire.

Moussa avançait, ses pas marquant un rythme régulier sur le sol craquelé de la vieille ville de Jérusalem, comme s'il marchait non seulement sur la terre mais aussi sur les vestiges de tant de rêves brisés. Une gravité pesait sur ses épaules frêles, une lourdeur façonnée par les violences et les douleurs d'une vie trop tôt confrontée à la guerre. Pourtant, il y avait en lui une lumière cachée, un éclat que même les tempêtes n'avaient pu éteindre. Il suivait ce chemin sinueux qui le menait, presque instinctivement, vers l'olivier centenaire, ce gardien immobile du Golgotha, où l'éternité semblait murmurer ses secrets à ceux qui savaient écouter.

Mais ce jour-là, quelque chose de différent, d'inattendu, l'attirait. Une autre force invisible, plus douce, plus délicate. Il longea les remparts de la ville, et ses yeux sombres, empreints d'une sagesse douloureuse, s'écarquillèrent lorsqu'il aperçut une silhouette. Une petite fille se tenait là, au milieu des oliviers, entourée d'un éclat de lumière presque surnaturel. Elle était en mouvement, courant, jouant avec le vent comme une enfant qui, en dépit de tout, croyait encore à la beauté de ce monde brisé.

Abigael était cette silhouette, frêle et vive, une enfant aux cheveux brillants qui semblaient capturer les rayons du soleil. Sa robe blanche virevoltait autour d'elle, et ses pieds, si légers, caressaient à peine la terre, comme si elle craignait de réveiller les mémoires enfouies sous ces pierres millénaires. Elle tenait entre ses mains le fil d'un cerf-volant rouge et bleu, un présent de son grand-père, ce jouet si simple mais porteur de tant de souvenirs. Le cerf-volant, pourtant fragile, résistait aux bourrasques, s'élevant, luttant, virevoltant dans le ciel azur, comme un défi adressé aux lois de la gravité et de la guerre.

Les Hourim de l'innocence

Et Abigael, elle le comprenait, ce cerf-volant. Elle avait appris à courir avec lui, à lui donner toute la liberté dont il avait besoin, à ne jamais tenter de le contraindre. Le vent, complice, jouait dans ses cheveux et s'insinuait sous sa robe, mais elle courait, inlassablement, avec une grâce féline, son rire cristallin se mêlant aux bruissements des feuilles. Elle connaissait ce secret : la liberté ne pouvait être possédée, elle devait être offerte, comme un cadeau, avec amour et sans condition.

Ce fut ce rire, cette légèreté, qui captiva Moussa, et en un instant, tout changea en lui. C'était comme si le poids de ses années, de ses peurs, de ses colères, s'était soudain allégé. Il observa Abigael, fasciné, sentant son cœur battre à un rythme qu'il n'avait jamais connu. Et ce cerf-volant, ce symbole de la liberté, virevoltait au-dessus de leurs têtes, défiant les forces terrestres, indifférent aux cicatrices des hommes. Il se rapprocha d'elle, d'abord timidement, puis avec une curiosité mêlée d'espoir.

Leurs regards se croisèrent enfin, et ce fut une collision de mondes, une rencontre de deux étoiles perdues qui, l'espace d'un souffle, se reconnaissaient. Les yeux d'Abigael, d'un vert cristallin, s'enfoncèrent dans ceux de Moussa, sombres et profonds, comme pour découvrir les secrets qu'ils cachaient. Il n'y avait pas de méfiance, pas d'inimitié. Seulement un échange muet, un langage que seuls les cœurs jeunes et sincères peuvent parler. Une langue faite de silences, de sourires, de gestes délicats.

Abigael rompit cette magie suspendue, d'une voix claire et vibrante de vie :

« Comment tu t'appelles ? » Une question si simple, mais qui, en cet instant, semblait bouleverser l'ordre des choses, briser un interdit invisible.

« Moussa », répondit-il, sa voix basse, mais emplie d'une douceur qu'il n'avait plus entendue en lui depuis des années.

Les Hourim de l'innocence

« Moi, c'est Abigael », dit-elle en souriant, et ce sourire contenait toute la lumière de ce jour d'hiver. Elle tendit la ficelle du cerf-volant vers lui, une invitation silencieuse, une offrande. Comme pour lui dire : Prends-le, sens ce que c'est de s'élever, de s'échapper des murs qui nous enserrent.

Moussa, hésitant, tendit la main, et lorsque ses doigts effleurèrent la ficelle, un frisson presque sacré parcourut son bras. Instinctivement, il la retira, comme s'il venait de toucher une étoile fragile. Ce simple contact, éphémère mais chargé de promesses, liait déjà leurs destins. L'olivier centenaire, témoin silencieux des âges, frissonna doucement, comme s'il se souvenait d'un temps oublié, où les rires des enfants s'élevaient librement sous un ciel sans frontières.

Ainsi, ce fut leur première rencontre, un moment tissé de lumière et de silence. Le cerf-volant rouge et bleu, ce fragment de ciel, ce rêve en suspens, continua de flotter, ignorant tout, des querelles des hommes. Il se laissait porter par le vent, comme un espoir fragile mais indestructible. Et l'olivier, ancien témoin des souffrances et des miracles de cette terre, semblait bénir d'un souffle discret ce début d'histoire, une histoire qui, déjà, appartenait à la légende.

Ce fut là, au tout commencement, dans ce sanctuaire où l'innocence détenait encore le pouvoir de faire taire les rancœurs ancestrales, que Moussa et Abigael se trouvèrent. Un miracle discret sous le ciel de février, un instant suspendu comme une note musicale qui défie le silence des siècles. Ils ne le savaient pas encore, ces enfants aux âmes candides, mais cette rencontre allait transformer leur destin à jamais, réécrivant des lignes que l'histoire avait figées dans la pierre froide des conflits.

Le vent, messager capricieux de l'invisible, continuait de souffler, ébouriffant les cheveux d'Abigael, jouant dans les boucles brunes

Les Hourim de l'innocence

de Moussa. Il caressait leurs visages juvéniles avec la tendresse d'une mère, mais aussi avec l'insistance d'un professeur sévère, comme pour leur rappeler que, même au milieu des pires tempêtes, il existe un espoir fragile. Cet espoir, fragile comme un brin d'herbe au milieu des ruines, pouvait tracer un sentier de paix là où la haine avait érigé des murailles.

Sous ce même souffle aérien, le cerf-volant d'Abigael dansait toujours, ses couleurs vives déchirant la grisaille d'un paysage meurtri par l'histoire. Rouge et bleu, il montait et redescendait au gré des caprices du vent, une métaphore vivante de la liberté, de cette aspiration à s'élever, à se détacher des chaînes visibles et invisibles que leurs ancêtres leur avaient léguées. Chaque mouvement du cerf-volant semblait incarner un rêve, un désir inassouvi d'atteindre les cieux, de transcender le poids des siècles.

Après leur échange de prénoms, le silence revint, mais cette fois, il n'était plus ce silence pesant, alourdi par des souvenirs de sang et de larmes. C'était un silence doux, apaisant, comme celui qui suit la tempête, laissant place à une paix étrange et inespérée. Pour un bref instant, il semblait que la guerre, cette vieille entité vorace, avait choisi de fermer les yeux, de détourner son regard de ces deux enfants, comme si elle reconnaissait la sacralité de cet instant.

Abigael se redressa, tenant fermement la ficelle de son cerf-volant, mais avec une grâce enfantine qui donnait à ce geste une noblesse inattendue. Puis, d'un mouvement délicat, elle tendit à nouveau la ficelle à Moussa, ses yeux vert clair brillant d'une innocence désarmante, une lumière qui défiait les ténèbres environnantes. « Tu veux essayer ? » demanda-t-elle, sa voix cristalline perçant la mélancolie ambiante, comme une flèche douce mais précise, une invitation à s'élever.

Les Hourim de l'innocence

Moussa resta figé, une ombre de surprise traversant son visage. Il n'était pas accoutumé à tant de douceur, et surtout pas de la part de celle qu'on lui avait appris, de manière insidieuse et répétée, à percevoir comme "l'autre", "l'ennemi". Cet autre qui était censé être différent, menaçant, infréquentable. Pourtant, Abigael n'avait rien d'une ennemie. Elle était juste une petite fille, une enfant comme lui, avec ce cerf-volant comme un rêve entre les mains. Lentement, presque solennellement, il tendit sa main, ses doigts tremblants d'une hésitation qui n'était pas de la peur mais du respect, et il prit la ficelle.

La force du vent, ce souffle de liberté, l'entraîna doucement en avant, le poussant à se mouvoir, à s'ouvrir. Et pour la première fois depuis longtemps, un sourire timide naquit sur ses lèvres. Ce fut un sourire rare, éclatant comme une étoile filante, illuminant brièvement son visage habituellement grave.

« C'est amusant, non ? » lança Abigael avec un rire léger, clair comme une source d'eau vive, ce genre de rire qui réveille les cœurs endormis et chasse les ombres. Son éclat de rire résonna autour d'eux, franchissant les barrières invisibles, s'élevant dans l'air comme un hymne à la joie. Et ce rire toucha quelque chose en Moussa, une corde de son âme qui n'avait pas vibré depuis des lustres. Il hocha doucement la tête, incapable de répondre avec des mots, mais le sourire qu'il lui adressa disait tout.

En cet instant, tout ce qui existait, c'était ce cerf-volant flottant dans l'azur, un fragment de liberté et de rêve. Les ruines qui les entouraient semblaient moins imposantes, et l'olivier centenaire, témoin silencieux de leur échange, paraissait les observer avec une tendresse millénaire. Leurs cœurs, encore jeunes mais déjà marqués par les épreuves, battaient à l'unisson, porteurs d'une promesse muette, celle qu'un jour, peut-être, les enfants pourraient apprendre aux adultes ce que signifie la paix.

Les Hourim de l'innocence

Ainsi, au commencement de cette histoire, un cerf-volant lia deux destins, dessinant dans le ciel d'hiver des lignes invisibles d'espoir. L'olivier, lui, resta immobile, mais son âme d'arbre ancien semblait les bénir d'un soupir discret, comme si, en secret, il avait toujours attendu cet instant.

Tout autour d'eux, le monde continuait de tourner, lourd de tension, vibrant de cicatrices invisibles mais omniprésentes. À quelques kilomètres à peine, les checkpoints s'érigeaient comme des cicatrices profondes, gardés par des soldats au regard impénétrable. Des murs hérissés de barbelés découpaient la terre sacrée, et des convois de véhicules blindés sillonnaient les routes comme des fantômes de fer. Pendant ce temps, les adultes s'enivraient de débats interminables, des journalistes faisaient jaillir des mots comme des flèches, et les politiciens, crayon en main, redessinaient des cartes dont les contours échappaient à la logique des enfants. Mais ici, en ce lieu béni et maudit tout à la fois, au pied des vieux oliviers qui avaient vu naître et mourir tant de rêves, tout cela semblait lointain, presque irréel.

« Pourquoi tu es ici toute seule ? » demanda Moussa, brisant le silence avec la maladresse sincère d'un enfant, mais sa voix trahissait quelque chose de plus, une curiosité chargée d'une gravité qu'aucun enfant ne devrait avoir à porter.

Abigael haussa doucement les épaules, ses mèches brunes dansant sous la brise. « Je viens souvent ici avec mon grand-père. » Elle marqua une pause, comme si le souvenir même de cet homme vénérable, de sa sagesse figée, lui inspirait à la fois respect et nostalgie. « Mais aujourd'hui, il était fatigué, alors je suis venue toute seule. Et toi ? »

Moussa hésita, ses prunelles sombres s'abaissant vers le sol. Il n'aimait pas parler de sa vie. C'était une vie faite de ruines et de rêves brisés, une vie que même les enfants d'ici, marqués par des chagrins prématurés, apprenaient à cacher. Mais Abigael avait ce regard si pur, si étranger au jugement, que les mots, presque malgré lui, se frayèrent un chemin. « J'aime être ici, » murmura-t-il. « C'est calme. C'est… loin de tout. » Loin des échos métalliques des tanks, loin du hurlement strident des sirènes qui fendait la nuit comme un couteau, loin des disputes incessantes des adultes qui n'en finissaient jamais de se déchirer un territoire aussi ancien que le souffle du vent.

Abigael le fixa avec une intensité rare, une intensité qui ne semblait pas appartenir à une enfant. Ses yeux clairs brillaient d'un éclat que la douleur du monde n'avait pas encore terni, mais qui portait déjà en lui la marque des blessures à venir. « C'est pareil pour moi, » dit-elle simplement, mais dans cette simplicité, il y avait une vérité qu'aucun adulte n'aurait su dire. « C'est comme si le monde nous laissait tranquilles, ici. »

Moussa hocha la tête, sentant, sans comprendre pourquoi, qu'il pouvait lui faire confiance. Ce sentiment d'apaisement était inhabituel, presque interdit, mais il n'avait pas peur. Avec elle, dans cet endroit où le vent semblait murmurer des secrets oubliés, il se sentait en sécurité. C'était comme s'ils avaient créé, sans le savoir, un univers parallèle où le poids de la guerre ne pouvait les atteindre, où l'amitié pouvait naître d'un simple regard.

Mais ce rêve était fragile. La réalité ne les laisserait pas s'échapper si facilement.

Au loin, bien loin derrière eux, un grondement sourd se fit entendre. C'était un bruit indistinct, étouffé par la distance mais porteur d'un frisson glacial qui leur parcourut l'échine. Ce grondement, ils le connaissaient. Ils l'avaient entendu mille fois, assez pour comprendre qu'il était l'avant-goût d'une violence qui s'apprêtait à éclater, une menace qui rendait l'air plus lourd, plus

Les Hourim de l'innocence

difficile à respirer. Moussa se figea, son sourire disparaissant comme un souffle d'été chassé par une bourrasque glacée. Le cerf-volant d'Abigael, privé de la danse du vent, retomba lentement, redescendant vers la terre, comme s'il cédait au poids des lourdes réalités qui les rappelaient à l'ordre.

Abigael baissa les yeux, ses lèvres se serrant d'une tristesse qu'elle ne savait pas comment exprimer. Elle aussi comprenait. Ils étaient encore des enfants, mais des enfants d'ici, où la paix n'était qu'un mot creux, où l'espoir s'effritait comme les murs des vieilles bâtisses. Ici, même les plus jeunes savaient ce que signifiait un bruit comme celui-là.

« Il faut que je rentre, » murmura Moussa, sa voix imprégnée d'une tristesse presque coupable. C'était un adieu qu'il ne voulait pas prononcer, la fin d'un moment trop beau pour durer. Il tendit la ficelle du cerf-volant à Abigael, ses doigts tremblants d'un regret qu'il ne pouvait cacher.

Abigael prit la ficelle sans un mot, ses yeux se voilant d'une mélancolie qu'elle ne pouvait chasser. « Moi aussi, » murmura-t-elle. La lumière dans ses yeux semblait vaciller, comme une flamme qu'un vent froid aurait voulu éteindre.

Ils restèrent là, figés dans ce crépuscule naissant, comme si le temps lui-même hésitait à les séparer. Puis Abigael prit une inspiration, son cœur se serrant sous le poids d'une peur qu'elle ne voulait pas admettre. « Peut-être qu'on se reverra ici, un jour, » lança-t-elle, la voix pleine de cet espoir irréductible que seuls les enfants savent encore porter, cet espoir qui brille même au cœur des plus noires ténèbres.

Moussa esquissa un sourire timide, un sourire frêle mais sincère, comme une lueur vacillante au milieu de la tempête. « Peut-être, » dit-il. C'était tout ce qu'il pouvait offrir, mais c'était déjà beaucoup.

Les Hourim de l'innocence

Puis, sans un mot de plus, ils se séparèrent, chacun retournant vers son monde. Deux mondes que rien ne semblait pouvoir réconcilier, mais où ils avaient laissé, au moins pour un instant, l'empreinte d'un rêve partagé. Alors que l'obscurité s'épaississait, la lumière dorée du Dôme du Rocher s'estompait lentement, avalée par la nuit. Abigael suivit son grand-père, ses pensées errant loin devant elle. Ses pieds foulaient les pavés usés, mais son cœur restait là-bas, près de Moussa, ce garçon qu'elle connaissait à peine, mais qui portait en lui une lumière familière, comme un écho de quelque chose d'ancien et d'essentiel.

Le grand-père d'Abigael, silhouette stoïque et rassurante, murmurait encore des prières en hébreu. Ses doigts usés égrenaient les perles de son chapelet, un geste automatique, mais chargé d'une foi profonde et inébranlable. Pour lui, la religion était un rempart, une citadelle de certitudes dans un monde en ruines. Mais Abigael, malgré tout le respect qu'elle lui portait, se sentait parfois étrangère à cette foi si absolue. Dans son cœur, des vérités plus douces, plus indéfinissables, lui chuchotaient que peut-être, juste peut-être, l'amour et la paix ne se trouvaient pas toujours là où les adultes croyaient les voir.

De l'autre côté du mur, dans un quartier modeste de Jérusalem-Est, Moussa rentrait chez lui. L'air du soir était imprégné de l'odeur de pain fraîchement cuit et de jasmin, tandis que les ruelles étroites se vidaient peu à peu, laissant place aux murmures des prières qui montaient vers le ciel, comme une litanie ancestrale. Sa mère l'attendait, son voile soigneusement ajusté, prête pour la prière du soir. Son père, grave et digne, ajustait sa djellaba en se préparant à rejoindre la mosquée. Pour cette famille, la foi islamique était plus qu'une simple tradition : c'était une boussole, une étoile polaire qui les guidait dans un monde perpétuellement ébranlé par les tumultes de l'histoire.

Les Hourim de l'innocence

Chaque soir, autour du Coran, les sourates résonnaient dans leur maison comme des chants échos d'un temps immémorial, des prières qui s'élevaient comme un rempart invisible contre la désolation. Pourtant, ce soir-là, tandis que Moussa récitait doucement les versets sacrés, ses pensées flottaient ailleurs, échappant au rituel. Elles dérivaient, comme attirées par une force magnétique, vers elle. Abigael. Ce simple prénom, ce souvenir, le hantait d'une manière étrange, comme une mélodie obsédante qu'on ne peut chasser de son esprit.

Il avait beau essayer de se concentrer, de laisser les paroles sacrées envahir son cœur, une autre voix murmurait au plus profond de lui. Il se souvenait de la lumière du Dôme du Rocher ce jour-là, de la façon dont elle avait semblé briller plus intensément, comme pour souligner ce moment éphémère mais sacré. Et cette sensation étrange qui ne le quittait plus... Cette présence. Ce n'était pas la première fois qu'il la ressentait, cette impression d'être observé, d'être protégé par quelque chose d'invisible mais bienveillant. Ce soir-là, alors que la nuit enveloppait la vieille ville de ses ombres étoilées, il osa en parler.

Alors que sa mère terminait la prière, son voile tombant en doux plis autour de son visage, Moussa murmura, les yeux baissés, comme s'il avait peur que ses paroles brisent quelque chose de sacré. « Maman, tu crois que... tu crois qu'il y a des choses que seuls les enfants peuvent voir ? »

Sa mère posa sur lui un regard empreint de douceur, une lueur de tendresse brillant dans ses prunelles fatiguées par la vie mais encore pleines d'amour. Elle lui caressa les cheveux, ébouriffant ses mèches brunes. « Pourquoi demandes-tu cela, mon fils ? » Sa voix était douce, mais une ombre d'inquiétude y flottait, comme une prière silencieuse pour qu'il ne voie jamais trop de ce monde compliqué.

Les Hourim de l'innocence

Moussa hésita, cherchant ses mots. « Je ne sais pas… parfois, j'ai l'impression de voir des choses. Quelqu'un. Mais ce n'est pas… ce n'est pas effrayant. C'est… comme un gardien. »

Un sourire bienveillant adoucit les traits de sa mère. Elle pressa doucement sa main contre sa joue. « Peut-être que c'est le Créateur qui te parle, mon fils. Seuls les cœurs purs peuvent entendre sa voix. Continue de prier, et Il te guidera. »

Il hocha la tête, mais au fond de lui, il savait que c'était différent. Ce qu'il ressentait était bien plus tangible, bien plus proche qu'un simple murmure divin.

Quelques jours plus tard, leurs destins se croisèrent de nouveau, cette fois près du Dôme du Rocher. Abigael, obstinée et curieuse, avait insisté pour accompagner son grand-père, un vieil homme digne et pieux qui portait ses années avec la sagesse d'un patriarche biblique. Moussa, quant à lui, avait convaincu son père de l'emmener à la mosquée Al-Aqsa, usant de toute son éloquence enfantine. C'était comme si une force invisible, impérieuse et douce à la fois, tirait doucement les fils de leurs vies pour qu'ils se rencontrent encore, dans l'ombre dorée de ce lieu sacré.

Leurs regards se croisèrent, et cette étrange énergie, ce courant mystique qu'ils avaient ressenti lors de leur première rencontre, sembla de nouveau vibrer dans l'air. Abigael sentit un frisson lui parcourir l'échine, mais ce n'était pas le froid. C'était comme si quelque chose, ou quelqu'un, caressait son âme. Une voix douce, semblable à un souffle venu d'un autre monde, s'éleva dans son esprit, tel un secret murmuré par l'éternité. C'était une mélodie ancienne, à la fois inconnue et profondément familière.

« Abigael… écoute… »

Les Hourim de l'innocence

Elle se retourna brusquement, ses boucles brunes flottant autour de son visage, cherchant désespérément la source de ce murmure. Mais il n'y avait personne. Rien d'autre que Moussa, dont les yeux brillaient d'un éclat étrange. Il ne la regardait pas elle, mais fixait un point invisible derrière elle, dans l'ombre imposante du Dôme du Rocher.

« Moussa… tu entends ça ? » chuchota-t-elle, sa voix tremblant d'un mélange d'émerveillement et de peur.

Les yeux de Moussa s'élargirent, et sa respiration se fit plus courte. Il était figé, comme s'il voyait quelque chose de trop grand, de trop lumineux pour qu'un simple garçon puisse le comprendre. « Je… je vois quelqu'un, » murmura-t-il, sa voix à peine plus forte qu'un souffle. « Là, juste derrière toi. Une silhouette… mais ce n'est pas un homme. C'est… c'est comme une lumière. »

Leurs cœurs battaient à l'unisson, éperdus, tandis que le monde autour d'eux semblait s'effacer, comme emporté par un souffle divin. C'était comme si l'univers tout entier retenait son souffle, les enveloppant d'une présence mystique, insaisissable mais indéniablement réelle.

Abigael se retourna une nouvelle fois, ses yeux scrutant désespérément l'ombre des vieux remparts, mais il n'y avait rien d'autre que la solidité du mur sacré, ce mur témoin de siècles de prières et de larmes, de promesses et de blessures jamais guéries. Pourtant, la voix continuait de vibrer dans son esprit, douce, presque caressante, comme un souffle venu d'un autre monde.

« Nous sommes ensemble, » murmurait la voix, résonnant dans chaque fibre de son être. « Vous êtes deux enfants nés dans des mondes séparés, mais vos cœurs battent en harmonie. Ne craignez rien. Il existe des forces plus grandes que la haine, des forces que seuls les cœurs purs des enfants peuvent comprendre. »

Moussa, quant à lui, restait captivé par la silhouette éthérée qui flottait devant lui, une entité faite de lumière, vibrante et translucide, comme un reflet d'aube prisonnier de l'air. Son cœur tambourinait dans sa poitrine, mais il ne ressentait pas de peur. Non, c'était autre chose, une sorte de paix immaculée, une chaleur douce qui chassait les ténèbres de son âme. Il comprit, avec une clarté soudaine, que cette apparition n'était pas un mirage, mais bien un Gardien. Un Gardien destiné à les protéger, lui et Abigael, contre un monde qui cherchait à les déchirer.

« Elle parle… » souffla Moussa, les lèvres à peine tremblantes, ses yeux encore accrochés à la lumière.

« Il parle aussi… » répondit Abigael dans un murmure, son cœur battant à l'unisson de celui de Moussa, comme si leurs âmes partageaient cette même révélation, cette même connexion mystique.

Le Dôme du Rocher, majestueux et doré, sembla scintiller avec une intensité nouvelle, presque surnaturelle, comme s'il participait lui aussi à ce moment sacré. Les rayons du soleil couchant faisaient miroiter ses dorures, illuminant les cieux d'une lumière presque divine. Ce lieu, chargé d'histoire et de foi, paraissait s'incliner en silence devant le mystère de cette rencontre, comme pour leur accorder une bénédiction muette.

Leurs familles respectives, absorbées dans les prières rituelles, n'avaient rien remarqué. Le grand-père d'Abigael, un homme à la foi inébranlable, récitait encore ses psaumes, ses doigts glissant avec dévotion sur les perles de son chapelet. Quant au père de Moussa, les yeux fermés et le front posé sur le sol, il murmurait les versets sacrés du Coran avec une ferveur presque palpable. Ces adultes, prisonniers de leurs certitudes et de leur passé, ne

Les Hourim de l'innocence

pouvaient comprendre ce qui se passait à cet instant précis, à la frontière de l'invisible.

« Un jour… un jour, ils comprendront, » chuchota la voix dans la tête d'Abigael, sa résonance semblable à un écho d'éternité. « Mais pour l'instant, c'est à vous de voir au-delà de leurs peurs. Vous êtes les enfants de deux mondes, mais vous partagez la même lumière. »

Moussa déglutit, ses pupilles dilatées par une émotion qu'il n'avait jamais ressentie auparavant. « Qui es-tu ? » osa-t-il demander, sa voix brisée par un mélange d'espoir et de fascination.

La silhouette de lumière ne répondit pas par des mots, mais une onde de sérénité traversa Moussa, une vague de calme qui apaisa son esprit, comme si la réponse n'avait jamais eu besoin d'être formulée. Tout devint limpide : cette présence n'était pas un rêve ou une illusion, mais une promesse. Une promesse de protection, d'espoir, et de guidance.

Puis, aussi soudainement qu'elle était apparue, la lumière s'évanouit, se dissolvant dans l'éther comme une étoile filante disparaît dans l'immensité céleste. La voix qui résonnait dans l'esprit d'Abigael se tut, et le silence retomba, lourd et profond. Mais ce n'était plus le même silence. Quelque chose avait changé. Une graine invisible avait été plantée, et ils le savaient tous deux, d'instinct.

Ce Gardien, invisible aux yeux des adultes mais palpable pour eux, resterait présent, veillant sur leurs âmes innocentes, les guidant à travers le chaos d'un monde en guerre. Car bien que la foi, la religion, et la haine chercheraient inlassablement à les séparer, une force bien plus ancienne, bien plus puissante, veillait sur eux. Une magie ancestrale, née de la terre sacrée sur laquelle ils se tenaient.

Les Hourim de l'innocence

Les jours s'étirèrent, et malgré les murs invisibles qui cherchaient à les éloigner, Moussa et Abigael se retrouvèrent régulièrement près du Dôme du Rocher. L'endroit semblait habité par un souffle divin, une force magnétique qui les attirait l'un vers l'autre. Leurs rencontres étaient brèves, souvent silencieuses, mais avec chaque regard échangé, chaque sourire partagé, un lien invisible se tissait, un lien que rien, ni le temps ni la violence, ne pourrait briser.

Dans cet entre-deux où l'espoir luttait pour survivre, un rêve naissait. Un rêve simple, beau, mais indestructible, celui d'un avenir où ils pourraient se retrouver sans peur, sans murs, sans haine. Juste deux enfants, épris de la même lumière, épris d'un amour que même l'obscurité ne pouvait éteindre.

Abigael, ses cheveux bruns ondulant avec une élégance naturelle dans le vent, ses yeux d'un vert lumineux empreints d'une pureté rare, semblait incarner l'essence même de l'innocence. Il y avait dans ses traits cette douceur propre aux enfants qui, malgré l'ombre qui plane autour d'eux, continuent de rêver et d'espérer, dont les cœurs battent avec une compassion infinie. Elle portait en elle une grâce subtile, une retenue délicate, comme si chacun de ses gestes était mesuré pour ne pas briser la fragile harmonie de cet instant volé à la tourmente environnante. Moussa, lui, avec ses cheveux d'un noir corbeau qui paraissaient toujours en bataille, ses yeux d'un noir profond et méditatif, était un enfant dont le regard trahissait une gravité précoce, comme un reflet des batailles qu'il avait trop souvent observées, mais une gravité adoucie par une lumière intérieure qui ne s'était jamais éteinte. Il était beau, d'une beauté simple et discrète, marquée par l'épreuve de la vie, mais éclairée par un rêve qu'il nourrissait encore, même en silence.

Ils étaient deux enfants d'univers opposés, deux âmes que tout aurait dû séparer, des héritiers de douleurs anciennes, de cicatrices transgénérationnelles. Pourtant, entre eux, chaque rencontre, chaque sourire, était une victoire sur le monde adulte, une transcendance des doctrines de haine et de méfiance inculquées par les générations passées.

C'était mai 2020. Le monde semblait s'effondrer sous le poids de la pandémie, une crise mondiale qui imposait son règne de peur et d'isolement. Mais à Jérusalem, l'angoisse n'était jamais simple. Ici, les explosions, les cris, les représailles incessantes, étaient une litanie quotidienne, une mélodie macabre qui ne s'arrêtait jamais. Abigael et Moussa, malgré la tendresse de leur âge, ne pouvaient ignorer la violence qui imprégnait les rues de la ville sainte, cette terre d'histoire et de discorde.

Un jour, alors qu'ils s'étaient encore une fois retrouvés près du Dôme du Rocher, un grondement sourd fit trembler le sol sous leurs pieds, une onde de choc qui fit vibrer l'air autour d'eux. Une explosion, quelque part dans la ville, résonna comme un tonnerre de malheur. Moussa se tendit, ses muscles se raidirent par réflexe, habitué depuis son plus jeune âge à cette cruelle vigilance qu'imposaient les conflits incessants. Abigael, quant à elle, s'accroupit, son visage pâle et ses yeux écarquillés de terreur. Le son s'évanouit peu à peu, mais le sentiment de danger, lui, restait, suspendu, accablant. Des cris lointains montèrent dans l'air, se mêlant à l'écho de la détonation, tandis qu'une fumée noire s'élevait lentement dans le ciel, tel un mauvais présage, une balise de désespoir.

« C'était un attentat », murmura Moussa, son regard fixé dans la direction du bruit, la voix éteinte par l'habitude de ce malheur récurrent. « Un kamikaze, sûrement... »

Abigael, encore sous le choc, se redressa lentement, le souffle court, la poitrine serrée d'une peur qu'elle ne pouvait maîtriser. Elle avait entendu parler des attentats suicides, de ces actes de désespoir et de haine, mais cette fois, la proximité de la violence rendait tout plus réel, plus terrifiant. Les raisons, les justifications qui étaient souvent évoquées autour d'elle, semblaient soudain bien dérisoires. « Pourquoi ? » demanda-t-elle, sa voix écorchée par l'émotion. « Pourquoi font-ils ça ? »

Moussa resta silencieux, le visage assombri par une tristesse trop grande pour son âge. Il connaissait les réponses que les adultes lui donnaient, les récits de souffrance et d'injustice, mais au fond, cela restait pour lui un mystère, une incompréhension cruelle. Pourquoi choisir la destruction ? Pourquoi prendre des vies ? C'était une question qui, comme un poison, lui brûlait l'esprit.

Et c'est alors, dans ce moment de terreur partagée, qu'une voix s'éleva, douce et apaisante, dans l'esprit d'Abigael. « Ils sont perdus, aveuglés par leur propre douleur, » murmurait la voix du gardien, une mélodie venue d'ailleurs, résonnant en elle avec la force d'une ancienne vérité.

Moussa aussi sentit cette présence. Cette fois, elle ne se dissimulait plus dans les recoins de son imagination. Elle se révéla pleinement, une silhouette de lumière, flottant doucement entre eux, éclatante et bienveillante. Le Gardien, cet être fait de pureté et de mystère, se matérialisait enfin, comme une réponse muette à leurs peurs. Ses traits étaient indistincts, presque immatériels, mais sa bienveillance rayonnait autour d'eux, enveloppant les deux enfants d'une chaleur protectrice.

Le Dôme du Rocher sembla briller d'une intensité surnaturelle, comme si ce lieu, sacré et tourmenté, reconnaissait la présence de cet être. L'aura de lumière semblait faire danser l'air, imprégnant le lieu d'une sérénité étrange et inespérée. Les prières, les lamentations, les hurlements du monde semblaient s'éteindre, happés par cette présence divine.

Les Hourim de l'innocence

Abigael frissonna, mais ce n'était pas de peur. « Moussa... » murmura-t-elle, les larmes perlant à ses yeux, mais non de tristesse. « Tu le vois, n'est-ce pas ? »

Moussa, les yeux écarquillés de fascination, hocha la tête. Il n'avait jamais ressenti une paix aussi douce, une paix qui contrastait si brutalement avec les explosions et la haine. « Oui, je le vois, » dit-il, sa voix tremblante, mais emplie de certitude.

Le Gardien, fait de lumière et de mystère, les contempla un moment avant de murmurer dans l'esprit des enfants, « Ne perdez jamais espoir. Vous êtes le pont entre deux mondes, la promesse d'un amour que rien ne peut briser. » Et, sur ces mots, la silhouette disparut lentement, mais son essence, sa protection, semblait imprégner l'air autour d'eux.

Moussa et Abigael se regardèrent, bouleversés. Quelque chose d'ineffable les avait touchés, quelque chose que les adultes ne pourraient jamais comprendre. Mais dans cet instant, même avec la guerre grondant à leurs portes, ils sentaient qu'ils portaient en eux une force plus grande. Une force faite d'espoir, d'innocence et d'un amour plus fort que la haine.

Abigael, encore sous le choc de l'explosion, sentit la voix s'élever dans son esprit avec une clarté nouvelle, comme si les mots se gravaient directement dans son âme : « Leur souffrance a tordu leur cœur. Ils croient défendre, mais en vérité, ils ne font que semer la destruction. »

Moussa, lui, fixait la silhouette de lumière, et malgré l'horreur du chaos qui régnait autour d'eux, une sensation de paix inébranlable l'enveloppa. Il serra les poings, cherchant à comprendre. « Pourquoi nous montres-tu cela ? » demanda-t-il, sa voix encore frémissante d'émotion, mais soutenue par une détermination naissante.

Les Hourim de l'innocence

Le gardien les contempla avec des yeux lumineux, empreints d'une sagesse ancienne, des yeux qui semblaient percer les voiles du temps et des âmes. « Parce que vous êtes des enfants, et seuls les enfants ont encore le pouvoir de percevoir ce que les adultes ont décidé de ne plus voir. Votre amour, votre pureté, sont des armes bien plus puissantes que n'importe quelle haine. Le monde suffoque dans l'obscurité, et vous êtes cette lumière qu'il attend. »

Abigael sentit son cœur battre plus fort. Un mélange de peur et de détermination traversait son jeune esprit. « Que devons-nous faire ? » murmura-t-elle, sa voix frêle mais habitée d'une force qu'elle ne savait pas posséder.

Le gardien, entouré d'une aura d'éclats irisés, s'avança. Sa présence semblait presque effleurer leur peau, comme un souffle divin. « Vous devez protéger ce qui est le plus sacré : l'innocence des enfants. Ces enfants qui grandissent sans jamais connaître la paix, transformés en instruments de violence avant même d'avoir compris qui ils sont. Vous devez leur rendre leur enfance volée, briser les chaînes qui les asservissent à la guerre. Vous êtes la lumière qui transpercera cette nuit sans fin. »

Moussa et Abigael échangèrent un regard intense, un regard qui portait en lui l'écho de ce fardeau que le gardien venait de leur confier. Le poids de cette mission semblait démesuré, une responsabilité presque insupportable pour leurs jeunes épaules. Et pourtant, ils se sentaient investis d'une force nouvelle, une énergie née de leur lien, de cet amour naissant, fragile mais indestructible, qui les unissait. Ce sentiment, pur et lumineux, était leur plus grande arme, leur plus précieuse protection. Ni les bombes, ni les cris de haine ne pourraient jamais altérer ce qu'ils partageaient.

Les Hourim de l'innocence

Le gardien, la voix douce mais chargée d'une solennité prophétique, poursuivit : « Il viendra des heures sombres, des instants où la guerre cherchera à vous séparer. Mais rappelez-vous, l'amour surpasse toutes les forces destructrices. Même dans les ténèbres les plus profondes, votre lumière continuera de briller. Vous portez en vous l'espoir d'un monde meilleur. Protégez-le, nourrissez-le, même si le chemin est semé de douleurs. »

Abigael sentit ses yeux s'embuer, les larmes coulant sur ses joues, traçant des sillons de tristesse et de compassion. Elle pensait à tous ces enfants, à ces innocents dont on avait volé la paix et l'innocence, à ces âmes qui vivaient chaque jour sous le joug de la peur, sans jamais comprendre pourquoi le monde leur infligeait tant de souffrances. Moussa, voyant son amie en larmes, lui prit doucement la main, et dans ce geste simple, il y avait une promesse silencieuse, un engagement qu'ils ne comprenaient pas encore totalement, mais qu'ils honoreront, quoi qu'il advienne.

Soudain, un cri perça l'air, un cri lointain, étouffé par la poussière et les échos du chaos environnant. Le bruit des explosions s'intensifia, cette fois venant du côté israélien. Le grondement sourd de la violence résonna dans leurs cœurs, rappelant cruellement la fragilité de leur monde. Abigael ferma les yeux, secouée par la terreur et l'impuissance, tandis que Moussa se redressa, le regard fixé sur l'horizon, comme s'il cherchait un signe, une guidance.

Ils n'étaient encore que des enfants, mais le destin avait choisi de les placer au centre d'une guerre qu'ils n'avaient jamais demandée. Pourtant, ils comprenaient, dans ce moment de douleur partagée, qu'ils portaient en eux une flamme plus forte que toutes les armées, une lueur qui ne demandait qu'à grandir, à illuminer même la nuit la plus sombre.

Les Hourim de l'innocence

Le gardien se dissipa dans un éclat, mais son message restait gravé en eux, incandescent et éternel.

« Des deux côtés, ils sont coupables », murmura Abigael, sa voix se brisant sous le poids de cette vérité qu'aucun enfant ne devrait porter. Ses yeux brillaient d'une tristesse insondable, un reflet du chagrin d'une génération entière. « Mais les enfants... les enfants sont innocents. »

Moussa, à ses côtés, hocha la tête, les mâchoires serrées. Son regard sombre, empreint de cette sagesse précoce que seule la douleur pouvait forger, fixait l'horizon teinté des rougeurs du sang versé. Il savait, mieux que quiconque, que sa propre famille portait les cicatrices des attaques israéliennes, tout comme celle d'Abigael vivait sous la menace constante des attentats palestiniens. C'était une boucle infernale de violence, une danse macabre où chacun était tour à tour victime et bourreau. Mais lui et Abigael... ils devaient échapper à ce destin.

« Nous devons les protéger », dit Moussa, sa voix se raffermissant malgré le tremblement de ses mains, signe de sa détermination et de sa vulnérabilité mêlées. « Même si personne ne comprend, même si nos familles refusent de nous entendre... nous devons protéger les enfants. »

Le gardien, cette entité mystérieuse et lumineuse, les contempla un long moment, son aura irradiant une bienveillance ineffable. Puis, dans un éclat de lumière douce, il disparut, laissant derrière lui une empreinte de chaleur et d'espoir. Désormais, Moussa et Abigael savaient qu'ils n'étaient plus seuls. Leur mission sacrée venait de commencer, et ils allaient devoir la mener, même si le monde autour d'eux s'évertuait à les briser.

L'été s'était emparé de Jérusalem, déployant son manteau brûlant sur la ville. Les pierres millénaires de la vieille cité semblaient exhaler une chaleur suffocante, et les tensions palpables

Les Hourim de l'innocence

rendaient l'air encore plus étouffant. Pourtant, pour Moussa et Abigael, le temps n'avait plus vraiment de prise. Chaque moment passé ensemble devenait une oasis de paix, une parenthèse enchantée au cœur du tumulte.

Ils n'étaient que des enfants de onze ans, mais l'intensité de leurs émotions, la profondeur de leur connexion, défiait toute logique. Ce que leurs familles, leurs amis, et même les anciens ne comprenaient pas, c'était que cet amour naissant n'avait rien d'ordinaire. Il était une résistance silencieuse, un espoir secret qui s'accrochait à la vie malgré le poids écrasant de la haine.

Un soir, après une journée marquée par les bombardements incessants, où la ville tout entière semblait retenir son souffle, Abigael se faufila hors de chez elle. Son cœur battait à tout rompre dans sa frêle poitrine, une symphonie de peur et d'anticipation. Elle savait que ses parents n'accepteraient jamais cette escapade, que leur colère serait terrible s'ils la découvraient, mais l'appel était trop fort, irrépressible. Voir Moussa, ne serait-ce que quelques instants, lui semblait plus important que tout.

Elle avançait dans les ruelles sombres, où les ombres des maisons de pierre semblaient s'étirer comme pour la retenir. Mais elle se faufilait, légère et rapide, avec une détermination que rien ne pouvait ébranler. L'air, chargé d'une chaleur encore pesante, semblait vibrer autour d'elle, mais Abigael ne ralentit pas. Elle savait où elle allait : là où elle se sentait le plus vivante, le plus elle-même.

Moussa l'attendait déjà à l'ombre du Dôme du Rocher, cet endroit qui, pour eux, était devenu un sanctuaire, un havre de paix au milieu de la tempête. Quand il la vit arriver, un sourire timide éclaira son visage, chassant un instant la gravité qui marquait ses traits juvéniles. Abigael, avec ses cheveux bruns ondulant dans la brise et ses yeux d'un vert éclatant, lui apparut comme une vision de pureté, un souffle d'espoir dans un monde étouffé par la haine.

Ils s'assirent côte à côte, leurs genoux se frôlant à peine, comme s'ils craignaient de briser la délicatesse de cet instant. Leurs mains restaient sagement posées sur leurs genoux, mais l'énergie entre eux était palpable, un fil invisible qui les reliait de cœur à cœur. Le silence s'installa, mais ce n'était pas un vide. C'était un espace rempli de tout ce qu'ils ne pouvaient pas dire, de tout ce qu'ils ressentaient.

« Est-ce que ça s'arrêtera un jour ? » demanda Abigael, sa voix à peine un souffle, comme si elle redoutait de briser un sortilège en prononçant ces mots.

Moussa détourna les yeux, contemplant la lumière dorée qui effleurait le Dôme. Il n'avait pas de réponse. Comment aurait-il pu savoir si cette guerre sans fin trouverait un jour son apaisement ? Mais il se tourna vers elle, cherchant ses yeux, et y trouva une force qui le surprit. « Je ne sais pas », murmura-t-il, « mais je sais que tant qu'on sera ensemble, ça n'aura pas vraiment d'importance. »

Abigael sentit les larmes lui monter aux yeux, mais elle ne pleura pas. Elle se contenta de serrer un peu plus fort ses mains sur ses genoux, comme pour se donner du courage. Elle savait qu'ils n'avaient rien, pas même la promesse d'un lendemain meilleur, mais dans ce simple moment, en présence de Moussa, elle avait tout.

Abigael tourna lentement la tête vers Moussa. Ses yeux verts, ourlés de larmes non versées, luisaient dans l'obscurité naissante avec une intensité telle que son cœur à lui s'arrêta un instant. Ce regard semblait contenir mille questions, mille tourments, et en même temps, une lumière qui refusait de s'éteindre.

Les Hourim de l'innocence

« Comment fais-tu pour être aussi courageux, Moussa ? » murmura-t-elle, sa voix brisée mais emplie d'une douceur qu'elle ne réservait qu'à lui. « Comment fais-tu pour garder espoir, même quand tout semble si... désespérément perdu ? »

Moussa sentit sa gorge se nouer. Comment pouvait-il lui expliquer que c'était elle, et seulement elle, qui lui donnait cette force, que chaque sourire d'elle était comme un éclat de lumière dans l'obscurité la plus profonde ? Il chercha les mots, ces mots qui lui échappaient souvent, lui qui n'avait jamais été doué pour les discours.

« Parce que je te vois », répondit-il enfin, simplement, mais avec une vérité qui faisait trembler ses lèvres.

Le silence retomba sur eux, mais ce n'était plus le silence oppressant de la guerre qui grondait tout autour. C'était un silence habité, chargé de sens, comme une promesse scellée par les battements synchronisés de leurs cœurs juvéniles. Lentement, presque timidement, leurs mains se frôlèrent, hésitant à franchir cette frontière invisible qui les séparait encore. Puis Moussa avança ses doigts, les entrelaçant avec ceux d'Abigael. Ce simple geste, si naturel et pourtant si interdit par le monde adulte, résonna en eux comme un serment silencieux : nous ne nous quitterons jamais.

Leurs mains entrelacées, ce contact fragile mais puissant, devint un sanctuaire, une muraille que même les balles et les bombes ne pourraient percer.

Avec le temps, le gardien devint une présence constante, une lueur bienveillante qui semblait veiller sur eux à chaque instant volé au chaos environnant. Il flottait toujours près d'eux, éthéré, sa lumière douce faisant briller leurs regards comme les étoiles d'un ciel trop souvent assombri. Ce gardien, né de leur amour pur, semblait grandir en éclat à mesure que leur lien se renforçait.

Les Hourim de l'innocence

Et un soir, alors que la nuit s'étirait en un voile de velours noir parsemé d'éclats d'or, ils osèrent enfin lui poser la question qui leur brûlait les lèvres.

« Qui es-tu vraiment ? » demanda Abigael, sa voix cristalline vacillant entre la peur et la curiosité.

Le gardien resta silencieux un moment, comme s'il pesait l'importance de sa réponse. Puis, d'un souffle qui semblait emporter la brise elle-même, il répondit : « Je suis ce que vous faites de moi. Je suis né de votre amour, de votre innocence. Je suis ici pour vous guider, pour vous protéger de ce qui rôde dans les ténèbres. »

Moussa, fasciné, scrutait cette lumière flottante, cherchant à en déchiffrer les mystères. « Pourquoi nous ? » interrogea-t-il, le souffle coupé par l'intensité de ce qu'il ressentait. « Pourquoi est-ce que tu nous suis ? »

Le gardien se tourna vers lui, ses traits lumineux se fondant dans les ombres environnantes, et répondit : « Parce que vous êtes la lumière dans cette guerre noire. Votre amour est un flambeau que même les tempêtes de violence ne pourront éteindre. Vous portez en vous une force que personne ne peut voir, une force qui peut changer les cœurs. Vous êtes les protecteurs de ce qu'il y a de plus précieux : l'innocence des enfants. »

Les mots résonnèrent dans le cœur d'Abigael comme un écho douloureux. Chaque jour, elle assistait, impuissante, à la perte de cette innocence autour d'elle. Des enfants de son quartier, trop jeunes pour comprendre la haine qu'on leur inculquait, devenaient des soldats en herbe, endoctrinés par des discours de vengeance. De l'autre côté du mur, Moussa voyait la même chose. Des garçons et des filles, presque des bébés, devenaient des armes humaines, prêts à exploser pour une cause qui leur était

Les Hourim de l'innocence

imposée, répétant des slogans dont ils ne comprenaient pas la signification.

Et pourtant, eux deux... eux deux comprenaient. Ils savaient que ces enfants, comme eux, étaient innocents. Que ce n'était pas leur guerre. « Comment pouvons-nous les sauver ? » demanda Moussa, la voix tremblante sous le poids de cette mission écrasante.

Le gardien les regarda, et un sourire doux, empreint de mélancolie, illumina son visage éthéré. « Vous devrez être forts. Vous devrez être un exemple de pureté et de courage. Votre amour est la clé, mais il sera mis à rude épreuve. On essaiera de vous séparer, d'étouffer votre lumière, de vous faire douter de vous-mêmes. Mais si vous restez unis, si vous continuez à protéger l'innocence qui est en vous, alors vous protégerez aussi celle des autres. »

Abigael sentit une larme glisser le long de sa joue. Cette prophétie, cet avenir qu'on leur dessinait, la terrifiait autant qu'il la galvanisait. Elle serra la main de Moussa plus fort, sentant sa chaleur, son énergie, sa détermination.

« Nous serons forts », murmura-t-elle, sa voix s'élevant comme une prière.

Moussa se tourna vers elle, ses yeux sombres brillants d'une lueur d'acier et d'espoir mêlés. « Oui », dit-il, ses doigts se refermant avec douceur mais fermeté autour des siens. « Nous le serons. »

Et ainsi, sous le ciel étoilé de Jérusalem, deux enfants s'unirent dans un pacte sacré, une promesse d'amour et de lumière, prêts à affronter ensemble les ténèbres d'un monde qui semblait vouloir les détruire, mais qui, peut-être, finirait par s'éveiller à leur lumière.

Les Hourim de l'innocence

Les jours qui suivirent furent marqués par une escalade de violence, un crescendo de désespoir et de fureur qui semblaient consumer tout espoir. Les attentats-suicides se rapprochaient, frappant les cœurs des quartiers, et les représailles israéliennes s'abattaient avec une impitoyable précision. Partout, la haine prenait racine, s'insinuant dans les esprits comme un poison insidieux, et les familles de Moussa et d'Abigael, elles aussi, s'enfonçaient davantage dans la peur et la suspicion. Chaque discussion, chaque nouvelle entendue ne faisait qu'alimenter la conviction que la guerre était la seule issue. Mais pour Moussa et Abigael, cette réalité n'avait plus de sens. Leur amour transcendait les frontières et les lignes de bataille que leurs parents s'acharnaient à défendre.

Leurs rencontres, devenues rares et périlleuses, étaient désormais des trésors inestimables. Chaque instant passé ensemble brillait d'une intensité douloureuse, comme si chaque seconde volée à l'horreur environnante était une étincelle de lumière dans les ténèbres les plus profondes. Ils savaient que ces moments étaient éphémères, fragiles, mais leur amour s'épanouissait dans cette précarité, nourri par le danger et l'espoir désespéré de quelque chose de plus grand qu'eux.

Un soir, après une attaque d'une violence inouïe qui avait ravagé le quartier de Moussa, Abigael, le cœur battant d'angoisse, courut vers le Dôme du Rocher. La peur la rongeait. Elle ne savait pas s'il viendrait. Chaque pas qu'elle faisait semblait résonner du fracas de ses inquiétudes. Et pourtant, alors qu'elle commençait à désespérer, elle le vit, arrivant à grandes enjambées. Son visage était sombre, marqué par la fatigue et la douleur, mais ses yeux brillaient toujours de cette détermination qui faisait battre le cœur d'Abigael.

Ils se précipitèrent l'un vers l'autre, et cette fois, il n'y eut plus de pudeur ni d'hésitation. Le monde autour d'eux s'effondrait, mais

Les Hourim de l'innocence

leur étreinte était un rempart contre la destruction. Ils se tenaient, fusionnés dans une étreinte qui transcendait tout ce que les adultes pouvaient imaginer. Le gardien les observait, sa lumière douce caressant les vestiges de leur enfance brisée, comme un ange silencieux qui veillait sur eux.

Mais cette lumière était impuissante face à la haine qui grandissait de chaque côté. La tension entre leurs familles, alimentée par des années de souffrance et de deuil, atteignit bientôt son paroxysme. Moussa et Abigael avaient tenté de dissimuler leurs rencontres, de préserver leur amour secret. Mais la méfiance, cet ennemi insidieux, avait contaminé l'air qu'ils respiraient, et leurs familles se refusaient à croire qu'un amour pur pouvait naître dans un contexte si souillé par le sang.

Juillet 2020. La chaleur écrasante de l'été ne faisait qu'attiser les esprits, exacerbant les colères, comme si le soleil lui-même était complice de la violence. Des rumeurs empoisonnées parcouraient le quartier de Moussa, attisant les regards suspicieux et rendant chaque rue un piège potentiel. Les soldats israéliens étaient sur le qui-vive, et les représailles fusaient, régulières comme des coups de marteau frappant un cœur déjà fracturé.

Et ce jour-là, par un caprice tragique du destin, les familles de Moussa et d'Abigael se retrouvèrent face à face. Était-ce un hasard cruel ou la main invisible d'un sort qui s'amusait à jouer avec des vies innocentes ? Ce fut là, au carrefour de leurs mondes opposés, que tout bascula. Moussa et Abigael, cachés derrière un mur, observaient avec le souffle court, espérant que ce face-à-face s'évanouirait sans faire de victimes.

Mais ils virent le père d'Abigael s'avancer, le regard flamboyant de colère, et le père de Moussa lui faire face, les traits tordus par une haine qui ne lui appartenait pas vraiment, mais que les années de guerre lui avaient imposée. Les mères, anxieuses,

Les Hourim de l'innocence

s'accrochaient désespérément aux bras de leurs maris, tentant de les tirer en arrière, mais le poison de la discorde avait déjà gagné leurs cœurs.

« Qu'est-ce que tu fais ici, Palestinien ? » cracha le père d'Abigael, les poings serrés, le visage rougi par une rage qu'il ne maîtrisait plus. « Je pourrais te poser la même question, envahisseur ! » rétorqua le père de Moussa, sa voix grondante comme un orage sur le point d'éclater.

Les mots, acérés comme des lames, volèrent dans l'air lourd de juillet, se transformant en cris, en insultes. Moussa connaissait son père. Il avait été un homme pieux, digne, mais la guerre avait laissé des cicatrices indélébiles dans son âme. Les pertes, les humiliations, la peur quotidienne... tout cela avait fait naître une haine qu'il n'avait jamais voulue. Et maintenant, cette haine éclatait, déversée devant les yeux horrifiés de son fils.

« Vous n'avez rien à faire ici ! » hurla le père d'Abigael, sa voix tremblant d'une rage déchirante. « Cette terre n'est pas la vôtre ! »

Les mères pleuraient presque, leurs doigts crispés sur les bras de leurs maris, mais rien ne pouvait arrêter cette marée noire. Des soldats israéliens, qui patrouillaient à proximité, perçurent la scène comme une menace imminente. Ils s'élancèrent, armes levées, et en un éclair, ils jetèrent le père de Moussa au sol. Sa chute résonna comme un coup de tonnerre, et le cœur de Moussa sembla se briser en mille morceaux.

Les cris de la mère de Moussa se mêlèrent aux ordres aboyés des soldats. Les poings du père, pourtant pieux, se refermèrent de douleur et de désespoir, et les coups commencèrent à pleuvoir. Chaque impact, chaque cri, chaque éclat de colère était une note dissonante dans la symphonie macabre de la guerre.

Les Hourim de l'innocence

Moussa serra la main d'Abigael avec une force désespérée, la terreur figeant ses membres. « Il faut qu'on fasse quelque chose… » murmura-t-il, la voix brisée par l'impuissance.

Mais que pouvaient-ils faire, eux, deux enfants pris dans la tourmente des adultes ?

« Arrêtez ! » hurla Moussa, sa voix déchirée par l'angoisse, tandis qu'il s'élançait hors de sa cachette. « Arrêtez, s'il vous plaît ! » Mais son cri, empli d'une détresse qui transcende l'âge, fut avalé par le chaos environnant, un cri égaré parmi des échos de violence trop habituels. Les soldats, indifférents à son appel, continuèrent leur assaut, comme des machines d'oppression, implacables et insensibles, écrasant tout espoir sous la semelle impitoyable de la guerre. Pour eux, ce n'était qu'une scène de plus dans la longue tragédie de cette terre.

C'est alors qu'une nouvelle menace émergea, une ombre juvénile qui marchait avec une lenteur spectrale. Un garçon, à peine plus âgé que Moussa, avançait, vêtu d'une veste bien trop large qui pendait de son corps fragile. Ses yeux étaient éteints, comme s'ils ne contenaient déjà plus la moindre étincelle de vie. Abigael le vit, et son cœur se contracta d'effroi. Ce n'était pas qu'un enfant ordinaire. Elle comprit, dans un éclair de lucidité glaciale, la terrible vérité : l'enfant kamikaze.

« Non… » murmura-t-elle, la gorge serrée par la terreur, voyant le garçon s'approcher de sa famille, dissimulant une main tremblante sous sa veste.

Le garçon portait un détonateur, un instrument de mort forgé par des adultes qui avaient volé son innocence. Le temps ralentit, chaque seconde s'étirant comme un supplice, alors qu'Abigael vit la main de l'enfant se tendre, prête à appuyer sur le bouton fatidique. L'instant était suspendu, vibrant d'une tension

Les Hourim de l'innocence

insoutenable, quand un coup de feu retentit, perçant le voile du temps figé.

Le tir d'un sniper, impitoyable, faucha le père de Moussa, le laissant figé à jamais dans une posture tragique, sculptée par la fatalité. Son corps inerte devint le témoin silencieux d'une injustice que seule la mort pouvait sceller. Le cri de Moussa déchira l'air, une clameur déchirante et viscérale, qui sembla faire frémir les pierres millénaires de Jérusalem, comme si la ville elle-même, alourdie par des siècles de souffrance, versait une larme muette pour cette vie fauchée trop tôt.

Et alors, le détonateur de l'enfant kamikaze explosa. Une déflagration aveugle, brutale, un éclat de lumière et de destruction qui projeta la mère d'Abigael en arrière. Son corps, frêle et désarmé, heurta le sol avec une violence insupportable, comme si le monde lui-même rejetait cette tragédie.

Le chaos s'abattit avec la fureur d'une tempête. Des cris d'horreur, le fracas des armes, le vacarme de la destruction… tout se mêlait dans une cacophonie infernale. Moussa et Abigael, paralysés, assistaient à l'effondrement de leurs mondes. Un de leurs parents, leurs piliers, leurs protecteurs, venaient d'être emportés par la folie que leurs cœurs d'enfants avaient toujours redoutée.

Et dans cet abîme de désespoir, une lumière jaillit, intense, éclatante. Le gardien apparut, mais cette fois, son aura n'était pas douce. C'était une lumière féroce, une force presque divine qui enveloppa les deux enfants d'un bouclier impénétrable. Les balles et les éclats de la déflagration semblaient se heurter à cette barrière lumineuse, incapables de traverser le sanctuaire que la lumière avait érigé autour d'eux. Le temps s'était figé, comme suspendu au-dessus d'un gouffre insondable.

Les Hourim de l'innocence

Moussa, le visage ruisselant de larmes, se tourna vers le gardien, ses yeux noirs implorant une réponse à l'incompréhensible. « Pourquoi ? » cria-t-il, sa voix se brisant en un sanglot. « Pourquoi n'as-tu pas pu les sauver ? »

Le gardien le regarda avec une tristesse infinie, son visage lumineux irradiant d'une douceur mélancolique. « Je ne peux pas tout empêcher, Moussa, » murmura-t-il, sa voix résonnant comme un écho d'un autre monde. « Mais je suis là pour vous, pour vous protéger, pour vous guider. Votre lumière doit survivre. »

Abigael, la gorge nouée par la douleur, baissa les yeux vers le corps inanimé de sa mère. Une larme solitaire roula sur sa joue avant de s'écraser sur le sol poussiéreux. « Maman… » murmura-t-elle, le cœur en lambeaux. « Pourquoi… ? »

Le gardien s'agenouilla à ses côtés, posant une main intangible mais lumineuse sur son épaule frêle. « Le monde est empli de ténèbres, » dit-il, « mais vous êtes la lumière qui doit continuer à briller. Vous devez être forts, car votre mission est plus grande que vous ne le réalisez. »

Moussa s'effondra à genoux à côté d'Abigael, et dans cet instant de désespoir total, il la prit dans ses bras, cherchant un réconfort dans cette étreinte douloureusement nécessaire. Leurs corps tremblaient, brisés par l'horreur qu'ils venaient de vivre, mais ensemble, ils formaient un tout, un lien indestructible, un bastion d'amour dans un monde ravagé par la haine.

La lumière du gardien continuait de briller, formant un sanctuaire autour d'eux. Ils ne savaient pas comment ils allaient survivre, comment ils allaient affronter les jours à venir. Mais ils savaient que leur amour, bien que meurtri et mis à l'épreuve, restait leur seule force, leur unique refuge.

Les Hourim de l'innocence

Le silence qui suivit était plus terrible encore que la déflagration. C'était un vide infini, un abîme de chagrin où même les cris d'agonie semblaient s'être éteints. La poussière retombait doucement, comme un linceul, enveloppant les ruines de leur innocence. Le père de Moussa gisait là, son sang s'infiltrant dans la terre sacrée, et la mère d'Abigael reposait, figée dans la mort. Une absence insupportable, une rupture irréparable.

Moussa et Abigael, eux, étaient seuls, deux enfants face à l'immensité de la tragédie. La guerre leur avait arraché tout ce qui leur était cher, mais elle ne pouvait pas briser leur amour. Dans ce paysage de désolation, leurs cœurs battaient toujours, porteurs d'une lumière que même la mort ne pouvait éteindre.

Et dans cette union désespérée, une vérité émergea : ils étaient liés pour l'éternité, et rien, pas même le tumulte de la guerre, ne pourrait défaire ce lien sacré.

Perdre un parent, c'est comme voir une partie de son âme s'arracher, laissant derrière elle une plaie béante qui ne se refermera jamais complètement. C'est une perte qui creuse un abîme d'absence, un silence assourdissant où les souvenirs deviennent des spectres, et l'avenir un horizon flou et incertain. Pour Abigael et Moussa, ce vide était insondable, empli d'une douleur d'autant plus insupportable qu'elle était née de la haine, de la guerre, de cette spirale implacable de violence qui engloutissait tout sur son passage. Ils étaient encore des enfants, mais le deuil leur révélait déjà la cruauté implacable de la vie, la brutalité d'un monde où même l'innocence n'était plus sanctuaire.

Face à cette réalité insupportable, ils se retrouvèrent à une croisée des chemins, un carrefour où tant d'enfants, dans ce conflit ancestral, avaient dû faire un choix : celui de la haine ou de l'amour.

Les Hourim de l'innocence

Pour beaucoup, la perte d'un parent devenait un embrasement. Le chagrin se muait en rage, et cette rage, insidieusement, se transformait en un désir de vengeance, un feu dévorant qui ne cherchait qu'à brûler tout ce qui l'entourait. C'était ainsi que la guerre perdurait, que des enfants devenaient soldats, des enfants devenaient des bombes humaines, sacrifiant leur enfance sur l'autel d'une justice qu'ils ne comprenaient même pas.

Abigael et Moussa comprirent, avec une lucidité glaçante, combien il serait facile de céder à cette haine. Combien il serait simple de se laisser consumer par ce poison qui les entourait, d'embrasser cette colère qui promettait un soulagement éphémère. Leurs familles, leurs peuples, tout semblait leur hurler de céder, de devenir des instruments de cette vengeance, de suivre le chemin tracé par des générations de colère et de souffrance.

Le père d'Abigael avait souvent parlé de la vengeance comme d'une obligation sacrée. Il croyait que protéger sa famille et son peuple passait par la guerre, même si cela signifiait se perdre soi-même. De son côté, le père de Moussa pensait que la résistance armée était la seule réponse possible, la seule manière de survivre dans un monde où leur existence était constamment menacée. Mais aujourd'hui, un de leur parent gisait, emporté par cette même logique implacable qu'il avait défendue. La guerre les avait consumés.

Pourtant, au fond des cœurs d'Abigael et de Moussa, une autre vérité palpitait, une vérité que leurs parents n'avaient jamais pleinement saisi. Une vérité fragile, mais indestructible.

Moussa, les mains encore tremblantes, chercha celle d'Abigael, et leurs doigts se trouvèrent, s'accrochant l'un à l'autre comme des naufragés cherchant à se sauver de la tempête. Ce contact, simple

Les Hourim de l'innocence

mais chargé d'une infinie signification, les ramena à l'essentiel : l'amour qu'ils partageaient, même au milieu des ruines.

« Je ne veux pas… » Abigael murmura, sa voix brisée par les sanglots qui l'étouffaient. « Je ne veux pas devenir comme eux… même si ça fait si mal. » Ses larmes roulaient sur ses joues poussiéreuses, traçant des sillons de lumière dans la pénombre de ce moment tragique.

Moussa hocha la tête, trop bouleversé pour parler, mais partageant chaque mot, chaque émotion. La haine n'avait jamais rien construit. Elle n'avait jamais rien réparé. Elle n'apporterait que plus de destruction, plus de chagrin. S'ils cédaient à la haine, ils perdraient la seule chose qui leur restait : leur amour.

Le gardien apparut alors, lumineux et protecteur, son aura bienveillante enveloppant les deux enfants. Sa lumière douce éclairait les ténèbres qui les menaçaient, un baume apaisant sur leurs blessures invisibles. « Ne laissez pas la haine vous détruire, » murmura sa voix, comme une caresse dans le vent. « Votre amour est plus fort que la guerre, plus puissant que la mort. Vous êtes la promesse d'un monde meilleur. Vous êtes l'espoir. »

Moussa serra la main d'Abigael un peu plus fort, ses yeux sombres brillants d'une détermination nouvelle. « Nous ne céderons pas à la haine. »

Abigael ferma les yeux, laissant le chagrin l'envahir, mais sentant au fond d'elle une flamme renaître, une force qu'elle n'avait jamais soupçonnée. « Nous serons la lumière, » promit-elle, une résolution pure s'inscrivant dans chaque fibre de son être.

Ils restèrent agenouillés, entourés par les ruines de leurs vies, mais unis dans cette promesse silencieuse. Leur deuil, bien que dévastateur, ne les plierait pas à la haine. Ils avaient choisi un

Les Hourim de l'innocence

autre chemin, un chemin où l'amour serait leur flambeau, même dans les ténèbres les plus épaisses.

Le deuil n'est pas seulement un cri de douleur. C'est un chemin. Une épreuve où la douleur peut soit devenir une semence de haine, soit une source de compassion. Abigael et Moussa, malgré leur jeune âge, comprirent cette vérité. Leur amour, fragile mais inébranlable, était la seule arme qu'ils avaient pour défier ce monde rongé par la violence.

Les jours suivants furent une traversée de l'obscurité, une période où chaque instant semblait empli de chagrin. L'enterrement du père de Moussa eut lieu sous un soleil implacable, écrasant le cortège de sa lumière cruelle. Les hommes marchaient en silence, récitant des prières en arabe, des versets du Coran qui flottaient dans l'air brûlant comme des lamentations séculaires. Moussa avançait, les jambes lourdes, les pensées perdues. Les mots des prières lui échappaient, se dissolvaient dans l'écho de sa douleur. Tout semblait irréel.

Le corps de son père, enveloppé dans un linceul blanc, était descendu dans la terre. Une terre aride, indifférente à son chagrin, qui acceptait le corps de cet homme dont l'ombre avait toujours veillé sur lui. Les mains des hommes jetèrent la terre sur la tombe avec respect, mais pour Moussa, c'était comme si chaque pelletée arrachait un peu plus son cœur.

Il se tenait là, parmi les adultes dont les visages étaient marqués par le deuil et la colère. Des murmures s'élevaient, des mots de vengeance, des promesses de représailles. Le cycle de la haine se nourrissait de la mort, et Moussa, en cet instant, sentit la futilité de tout cela. Son père était mort, et aucune vengeance ne le ramènerait. Aucune guerre ne guérirait cette plaie béante.

Il regarda la terre qui recouvrait maintenant son père, et son âme, si jeune, se sentit écrasée par une sagesse trop lourde pour ses épaules. Il ne voulait pas de cette guerre, de cette haine. Il voulait juste retrouver la paix, sentir à nouveau la chaleur rassurante de son père.

Le chagrin, l'incompréhension, l'amour… tout cela se mélangeait en lui, mais il savait une chose : Abigael et lui portaient la promesse d'un autre chemin. Une voie où l'amour serait toujours plus puissant que la haine.

Et c'est sur cette certitude, vacillante mais présente, qu'il s'accrocha pour ne pas sombrer.

Le jour des funérailles de la mère d'Abigael arriva avec une clarté douloureuse. Le soleil, cruel témoin de cette tragédie, baignait le cimetière israélien d'une lumière éclatante, aveuglante presque, comme pour rappeler que la vie continuait malgré l'insupportable. L'air semblait figé, saturé de chagrin et de douleur muette. Des sanglots étouffés résonnaient çà et là, entrecoupés de prières en hébreu, des mots anciens murmurés avec une ferveur empreinte de désespoir, comme si chaque syllabe pouvait alléger la souffrance.

Le rabbin, drapé dans ses vêtements sacrés, se tenait droit près de la tombe, le Livre des Psaumes ouvert dans ses mains tremblantes. Sa voix résonnait avec gravité, scandant les versets qui accompagnaient l'âme de la défunte dans son dernier voyage. Mais pour Abigael, tout semblait n'être qu'un écho lointain, une mélodie cruelle qui ne parvenait pas à atteindre la profondeur de sa douleur. La mère d'Abigael, cette femme tendre et protectrice, gisait désormais dans un simple cercueil de bois, si humble et pourtant si lourd du poids de l'absence.

Chaque geste, chaque parole semblait enveloppé de l'irréalité d'un cauchemar. Comment pouvait-elle comprendre ce qu'était vraiment la mort ? Comment pouvait-elle accepter que sa mère, qui l'avait bercée, qui avait su transformer les moments les plus

Les Hourim de l'innocence

sombres en havres de tendresse, soit maintenant prisonnière de cette boîte sans vie, prête à être engloutie par la terre ? Tout cela paraissait si brutal, si dénué de sens. Le monde tel qu'elle le connaissait semblait s'être désintégré en un instant.

Les murmures de sa famille s'élevaient autour d'elle, vibrants de douleur mais aussi d'une colère sourde. On parlait de vengeance, de représailles, de la nécessité de défendre leur terre et leur honneur. Les voix se durcissaient, les poings se serraient, et les regards se remplissaient d'une rage que les générations de souffrance avaient gravée dans leur chair. Mais Abigael n'entendait rien de tout cela. La haine qu'on essayait de planter en elle glissait comme la pluie sur une pierre. Elle ne ressentait qu'un vide immense, un abîme que rien ne pouvait combler, excepté peut-être l'amour indéfectible qu'elle portait pour Moussa, cet amour qui restait sa seule ancre dans un monde qui semblait sombrer dans la folie.

Lorsque le cercueil de sa mère fut descendu dans la terre, Abigael sentit son cœur se briser, chaque fragment se dispersant dans le vent. Les sanglots autour d'elle redoublèrent, et pourtant, au milieu de cette marée de chagrin, quelque chose de nouveau émergeait dans son âme. Ce n'était pas de la haine, non. C'était une force, une résolution d'acier, une promesse silencieuse que la mort de sa mère ne serait pas le début d'une spirale de vengeance. Chaque pelletée de terre qui recouvrait le cercueil faisait naître en elle un désir de paix, une conviction que la violence ne devait plus avoir le dernier mot.

D'un autre côté, dans un quartier modeste de Jérusalem-Est, Moussa pleurait la mort de son père. Deux funérailles, deux mondes qui semblaient irréconciliables, et pourtant, un même chagrin. Leurs traditions les séparaient, tout comme leurs familles, leurs croyances et leurs coutumes. Mais au plus profond de cette douleur, Abigael et Moussa partageaient un lien unique,

Les Hourim de l'innocence

une blessure commune qui transcendait les divisions. Leur perte, bien qu'ancrée dans des réalités différentes, les rapprochait avec une intensité bouleversante.

Leurs cœurs savaient une vérité que les adultes ne pouvaient comprendre. Là où d'autres enfants, empoisonnés par la rage, auraient cédé à l'appel de la vengeance, Moussa et Abigael n'avaient que l'amour pour se guider. Ils comprenaient, malgré leur jeunesse, que la haine ne réparerait rien, qu'elle ne ferait qu'ajouter des couches de douleur à une histoire déjà trop lourde.

Le gardien apparut, intangible mais présent, une lueur bienveillante que seuls eux pouvaient percevoir. Il se tenait près d'eux, protecteur, enveloppant leurs cœurs brisés d'une chaleur qui semblait défier la dureté de ce monde. « Ne laissez pas la haine vous détruire, » chuchota-t-il, sa voix résonnant dans leurs esprits, douce et pleine de sagesse. « Vous êtes plus forts que cela. Vous êtes les porteurs d'un amour qui peut illuminer les ténèbres. »

Moussa, ses larmes se mêlant à la poussière, sentit la présence réconfortante du gardien à ses côtés. Abigael, agenouillée près de la tombe de sa mère, sentit cette voix douce murmurer à son âme en lambeaux. « Vous êtes plus forts. »

Ils ne comprenaient pas encore la pleine portée de cette mission, mais ils savaient que leur amour était leur seule force, leur unique espoir dans ce monde fracturé. Ils se promettaient silencieusement de ne jamais céder à la haine, de ne jamais laisser leur douleur être un instrument de destruction.

Et ainsi, deux âmes blessées, séparées par quelques centaines de mètres mais unies par un amour inébranlable, se levèrent dans leur chagrin. Le gardien, invisible aux yeux des adultes, veillait sur eux, conscient de l'immense poids qu'ils portaient, mais aussi de la lumière qu'ils apportaient. Moussa et Abigael allaient devenir

Les Hourim de l'innocence

bien plus que des enfants brisés par la guerre. Ils étaient la promesse d'un avenir différent, la lumière qui défierait les ténèbres.

Leur amour était devenu leur bouclier, une lumière dans l'obscurité qui ne cesserait jamais de briller, même dans les moments les plus sombres. Et c'est avec cette conviction que, malgré la douleur et la perte, ils marchèrent vers un destin qu'ils allaient devoir affronter ensemble, mais toujours armés de cette vérité éternelle : l'amour, même fragile, était la plus puissante des forces.

Le ciel de Jérusalem, chargé de nuages denses et lourds, semblait, ce jour-là, pleurer avec ceux qui pleuraient leurs morts. La chaleur écrasante étouffait les cœurs déjà alourdis par le chagrin, rendant l'air presque irrespirable, comme si la ville elle-même s'accablait du fardeau des vies fauchées par la guerre. Deux funérailles, deux mondes si différents et pourtant unis dans la même tragédie.

Moussa, debout devant la tombe béante de son père, ne put contenir la douleur qui grondait en lui. Jusqu'à cet instant, il avait essayé de garder la dignité que l'on attendait de lui, de rester stoïque malgré l'horreur de la perte. Mais voir la terre engloutir ce père qu'il avait tant aimé, ce père qui avait été son modèle, sa force, son refuge, c'était trop. Une douleur brute et ancestrale, celle de milliers d'enfants avant lui, déchira son âme.

Le cri s'échappa de sa poitrine avec la force d'une tempête, un cri qui transcenda les simples lamentations d'un enfant. Ce cri portait en lui toute la peine et l'injustice de la guerre, toute l'absurdité des vies perdues sans raison. Le cortège s'immobilisa, pétrifié par la puissance de ce hurlement. Les sourates, jusque-là murmurées en un chœur solennel, s'évanouirent dans l'air suffocant.

Les Hourim de l'innocence

— « Baba ! » hurla-t-il, ses genoux frappant durement la terre desséchée. « Pourquoi ? Pourquoi ? »

Ce cri, ce désespoir incandescent, fit trembler l'atmosphère. Il s'éleva, déchirant le ciel, résonnant comme l'écho des explosions qui avaient ravagé leur quotidien. Il ne laissait aucune place à l'indifférence ; il était un rappel déchirant de l'innocence détruite, un cri si fort qu'il semblait capable de réveiller les morts, de les ramener pour réparer ce qui avait été brisé.

Les hommes qui l'entouraient restèrent figés, leurs propres souffrances étouffées par ce cri si pur et si sauvage. Mais ce cri, aussi insoutenable qu'il fût, n'était pas simplement un cri de désespoir : c'était un cri de révolte, un refus d'accepter l'injustice. Un cri qui libérait une partie du poids accablant sur les épaules encore frêles de Moussa.

De l'autre côté de Jérusalem, Abigael fixait le cercueil de sa mère. Elle était paralysée, ses jambes raides, ses mains tremblantes, glacées malgré la chaleur suffocante. Tout son univers se délitait, les contours de la réalité devenant flous et insaisissables. Comment accepter la mort de celle qui l'avait bercée, protégée, qui avait été la source de sa tendresse et de son amour inconditionnel ?

Et soudain, comme un écho venu de loin, elle entendit le cri de Moussa. Ce cri, traversant le ciel, sembla frapper directement son cœur, y éveillant un chagrin si immense qu'il ne pouvait plus être contenu. Le cri d'Abigael monta à son tour, déchirant le silence du cimetière avec une intensité qui brisait le cœur de ceux qui l'entendaient.

— « Imaaaaaaaaan ! » hurla-t-elle, son appel déchirant l'air comme un poignard, implorant encore une fois sa mère de revenir, de défaire ce cauchemar. Ce cri, chargé d'un amour et

Les Hourim de l'innocence

d'une détresse infinis, fit vibrer les pierres des tombes, comme si même les morts pouvaient être émus par cette douleur innocente.

Et c'est alors qu'un phénomène étrange se produisit. Le ciel, qui semblait prêt à éclater de tristesse, s'ouvrit légèrement, laissant passer un rayon de lumière douce et dorée. La chaleur écrasante s'adoucit, une brise légère caressa les visages trempés de larmes. À cet instant, bien que séparés par des kilomètres, Moussa et Abigael étaient unis par quelque chose de bien plus fort que la guerre : un lien qui transcendait la douleur, un amour qui ne pouvait être brisé.

Leurs cris n'étaient pas des cris de haine ; ils étaient des cris d'amour, des cris de rébellion contre la cruauté de la guerre. Le gardien, ce protecteur invisible, se tenait près d'eux. Sa lumière, habituellement douce, était devenue éclatante, un bouclier invisible mais palpable, un rempart contre la spirale de la haine.

Les adultes autour d'eux, aveuglés par la souffrance, parlaient de représailles, de vengeance. Mais pour Moussa et Abigael, il y avait une autre voie. Une voie difficile, presque impossible, mais qui seule pouvait honorer la mémoire de leurs parents. Une voie où l'amour devenait la réponse à la guerre.

Moussa, ses mains encore tremblantes, murmura, sa voix brisée par le chagrin : « Je ne les laisserai pas m'emporter dans la haine… Je ne deviendrai pas comme eux. »

Et dans ce même souffle, à l'autre bout de la ville, Abigael, les yeux levés vers le ciel, pensa avec une résolution nouvelle : « Maman, je te promets… je ne deviendrai pas comme eux. »

Au milieu des ruines de leurs vies, une promesse naquit. Une promesse silencieuse, mais plus forte que le fracas des bombes. Le gardien, témoin de ce serment, savait que ces enfants portaient en eux une force capable de changer leur monde. Leur

Les Hourim de l'innocence

amour, bien que fragile, était leur armure, un bouclier de lumière dans une obscurité qui semblait infinie.

La douleur et le deuil ne s'effaceraient jamais, mais leur amour avait trouvé une voie, un sens. Une promesse de ne jamais céder à la haine, de devenir des porteurs de lumière, même dans les moments les plus sombres. Et ainsi, deux enfants, unis dans leur perte, choisirent l'amour. Un amour qui défiait la guerre. Un amour qui ne serait jamais vaincu.

Les prières et les larmes des adultes continuaient de s'élever vers le ciel, mais ce jour-là, une vérité plus grande venait de naître : l'amour, même au milieu des pires tragédies, restait la seule arme véritablement invincible.

Mais ce drame n'avait pas seulement endeuillé deux familles ; il en avait emporté une troisième, celle de ce jeune enfant, transformé en arme vivante par des mains indignes. Cet enfant, frêle silhouette enveloppée d'une ceinture d'explosifs, avait sacrifié sa vie pour une cause qu'il ne comprenait pas, un idéal qu'il ne percevait qu'à travers les mots empoisonnés de ceux qui l'avaient manipulé. On lui avait fait miroiter un paradis céleste, une place d'honneur à la droite du Créateur. Mais comment un si jeune esprit, encore pur et malléable, pouvait-il appréhender la portée de ses actes, le poids des vies qu'il allait faucher, y compris la sienne ?

Comment, en effet, l'humanité pouvait-elle se retourner contre elle-même avec une telle brutalité, annihilant ce qu'elle avait de plus précieux : l'innocence d'un enfant ? Ce petit être, à peine sorti des jeux de l'enfance, avait été arraché à son monde pour devenir un instrument de mort. Ses bourreaux, car il faut les nommer ainsi, lui avaient volé son avenir en l'accablant de promesses mensongères, en le privant de cette lumière qu'il portait encore au fond de lui.

Les Hourim de l'innocence

Peut-on alors le juger ? Peut-on, dans un même souffle, le condamner tout en l'absolvant ? Car s'il est indéniable que son acte fut abominable, impardonnable dans ses conséquences, qui peut affirmer que cet enfant était véritablement coupable ? La vraie culpabilité repose sur les épaules de ceux qui l'ont dépouillé de son humanité, de ceux qui, avec une lâcheté insidieuse, ont noué autour de sa taille la ceinture de la mort. Ce sont eux, les vrais artisans de cette tragédie, ceux qui ont semé dans son esprit le poison de l'idéologie, obscurcissant sa raison jusqu'à lui ôter toute capacité à distinguer le bien du mal.

Et pourtant, cet enfant, malgré la monstruosité de son geste, a lui aussi payé le prix ultime. Il a quitté ce monde dans une explosion aussi brutale qu'injuste, un fracas de feu et de débris qui n'a laissé derrière lui que le silence assourdissant de l'absence. Une vie innocente s'est éteinte, arrachée à ce qu'elle aurait dû être : une vie d'espoir, de rires, de rêves.

Dans la maison qu'il laissait derrière lui, le deuil s'était installé. Peut-être ses parents avaient-ils pleuré sa perte, s'effondrant sous le poids insoutenable de l'amour et de la culpabilité. Peut-être, au contraire, avaient-ils trouvé dans ce sacrifice une forme déformée de fierté, glorifiant ce qu'ils percevaient comme un acte de bravoure. Mais quelle que soit la réponse, peu importe que cette famille ait pleuré l'enfant ou élevé sa mémoire au rang de martyre : au bout du compte, il ne reste qu'un enfant disparu, une existence brisée, un avenir balayé.

Le deuil, cette ombre impitoyable, devait recouvrir également le toit de la maison qu'il habitait. Les murs, témoins silencieux de ses rires d'autrefois, porteraient désormais l'écho de son absence. Chaque pièce deviendrait le sanctuaire d'un souvenir, chaque objet familier une relique d'une vie volée. La douleur imprégnerait les lieux comme une brume persistante, inondant chaque recoin d'une tristesse sourde et indicible.

Les Hourim de l'innocence

Il y a dans cette triple tragédie un miroir brisé de l'humanité : d'un côté, les victimes directes, réduites en poussière par une violence aveugle ; de l'autre, cet enfant, victime collatérale de la haine, sacrifié sur l'autel de la folie des adultes. Et derrière lui, une famille qui, qu'elle l'ait voulu ou non, devait désormais composer avec la perte, la honte ou la glorification de ce qu'il était devenu.

Peut-être que, dans un coin isolé de cette maison, une mère s'assiérait, les mains serrant un vêtement d'enfant usé, respirant encore l'odeur familière de celui qu'elle avait porté et chéri. Peut-être qu'un père, incapable de trouver les mots pour apaiser sa propre douleur, marcherait en silence, le regard vide, hanté par le spectre de ce fils qu'il n'avait pas su protéger. Ou peut-être que leurs nuits, peuplées de cauchemars, seraient hantées par le visage de leur enfant, partagé entre l'innocence d'un petit garçon et l'image troublante d'un martyr fabriqué par d'autres.

Et ainsi, dans cette maison, tout comme dans celles de Moussa et d'Abigael, la tragédie continuerait de se dérouler, invisible mais omniprésente. Trois familles, trois deuils, liés par le même fil cruel de la guerre et de la manipulation.

Le Gardien, observateur silencieux, savait que ce poids-là, celui des âmes égarées, ne pourrait jamais être porté par les enfants seuls. Pourtant, il espérait qu'en eux, malgré l'horreur, malgré la douleur, subsisterait une étincelle capable d'illuminer les ténèbres, une lumière que même la mort ne pourrait jamais éteindre.

Les Hourim de l'innocence

CHAPITRE II
L'AUBE APRÈS LA TEMPÊTE

« C'EST AU CŒUR DES TÉNÈBRES QUE NAISSENT LES PLUS GRANDES LUMIÈRES, CAR CE SONT LES ÂMES QUI REFUSENT LA HAINE QUI TROUVENT LE CHEMIN VERS L'AUBE.,. »

Le deuil, cette ombre insaisissable et implacable, avait tendu son manteau sombre autour d'eux, éteignant la lumière du monde. Les jours qui suivirent les funérailles devinrent une brume grise et dense, enveloppant Jérusalem d'une langueur mélancolique.

Les Hourim de l'innocence

Pour Moussa et Abigael, l'univers semblait s'être figé dans une éternelle agonie, le ciel lui-même refusant de briller, comme si le soleil, témoin de leur souffrance, avait détourné son regard.

Chaque coin de rue, chaque pierre, semblait exhaler l'odeur âcre de la mort et de la violence. Pourtant, en eux, quelque chose s'éveillait, une flamme ténue mais indomptable, qui persistait malgré le vent brutal de la guerre. La douleur de leur perte était immense, un gouffre sans fond, mais c'était aussi le terreau d'une force nouvelle, mystérieuse, qui germait dans leurs jeunes cœurs.

Les premières semaines après les funérailles, Moussa et Abigael furent séparés par une trame de haine tissée de mains adultes. La communauté de Moussa, ulcérée par la mort injuste de son père sous les balles israéliennes, érigea des murs invisibles mais infranchissables. Ses oncles, ses cousins, guettaient le moindre de ses gestes, leurs regards lourds de méfiance et de colère. Pour eux, revoir Abigael aurait été une trahison, un affront à la mémoire de l'homme qu'ils pleuraient.

De l'autre côté, le père d'Abigael s'était refermé dans une forteresse de chagrin et de ressentiment. La perte de sa femme avait creusé en lui un abîme d'amertume, et il ne supportait pas d'entendre le nom de Moussa. Pour lui, ce garçon palestinien était devenu un symbole de l'ennemi, un rappel vivant de tout ce que la guerre lui avait arraché. Il parlait sans cesse de protection, de sécurité, et d'une méfiance absolue envers ceux qui ne partageaient pas leur foi et leur sang.

Mais malgré cette séparation imposée, malgré les barrières dressées autour d'eux, Moussa et Abigael continuaient de se chercher dans le silence de la nuit. Chaque soir, Moussa grimpait sur le toit de sa maison, les yeux rivés aux étoiles, espérant qu'Abigael faisait de même, quelque part. Et chaque nuit, Abigael, enveloppée dans sa tristesse, se tenait près de sa fenêtre,

Les Hourim de l'innocence

son cœur tourné vers lui, murmurant des prières d'espoir que seul le vent emportait.

Un mois s'écoula, lentement, douloureusement. Le vide laissé par leur parent respectif ne s'était pas comblé, mais dans ce néant, un espoir fragile commençait à prendre racine. Abigael, poussée par une impulsion qu'elle ne comprenait pas encore, décida un matin de braver l'interdiction de son père. Elle savait où trouver Moussa : là, sous l'olivier ancien non loin du Dôme du Rocher, cet endroit sacré où le temps semblait suspendu.

À l'aube, drapée d'un châle qui masquait son visage, Abigael quitta sa maison en silence. Les rues de Jérusalem étaient encore endormies, seules quelques voix murmuraient les prières matinales, et l'air portait la fraîcheur douce de la nuit qui s'effaçait. Ses pas résonnaient sur les pavés, et son cœur battait si fort qu'elle crut un instant que son secret serait trahi par ce tambour intérieur.

Quand elle arriva près de l'olivier, Moussa était déjà là, assis, l'air perdu dans des pensées qu'elle ne pouvait qu'imaginer. Il la vit avant qu'elle ne le remarque. Lorsqu'elle leva enfin les yeux, elle s'immobilisa, surprise par la présence qu'elle espérait tant et redoutait de ne pas trouver. Ils restèrent ainsi, un long moment, silencieux. Les mots semblaient superflus, leur douleur les reliant dans une symphonie muette que seuls leurs cœurs pouvaient entendre.

— « Je ne pensais pas que tu viendrais, » murmura Moussa, sa voix marquée par l'émotion contenue, presque brisée.

Abigael s'approcha de lui, ses pas hésitants mais déterminés.

— « Je devais te voir, » répondit-elle, chaque mot portant en lui une vérité indéniable.

Les Hourim de l'innocence

Ils se tinrent face à face, leurs mains s'effleurant, hésitant à s'unir, comme si ce simple contact pouvait les ancrer dans une réalité qu'ils ne comprenaient plus. Et finalement, leurs doigts s'entrelacèrent, un geste si simple mais si lourd de promesses, une ancre dans la tempête qui les entourait.

— « Je ne comprends pas pourquoi tout cela est arrivé, » dit Abigael, sa voix fragile mais emplie d'une détermination nouvelle. « Mais je sais que nous ne sommes pas comme eux. Nous ne devons pas devenir comme eux. »

Moussa serra sa main un peu plus fort.

— « Mon père croyait en la guerre, » dit-il, les yeux plongés dans ceux d'Abigael. « Mais je ne veux pas suivre ce chemin. Je ne veux pas que la haine me consume, comme elle a consumé tant de vies. »

À cet instant, leur lien devint indestructible. Ils savaient qu'ils avaient choisi un chemin différent, un chemin dangereux mais nécessaire, où leur amour serait la seule lumière capable de percer l'obscurité.

Soudain, une lueur douce illumina les branches de l'olivier, comme un souffle d'espoir. Le gardien apparut, cette présence mystique qui les avait accompagnés depuis le début. Cette fois, il était plus tangible, plus réel, sa lumière douce et réconfortante illuminant leurs visages marqués par la souffrance.

— « Vous avez choisi le chemin le plus difficile, » dit-il d'une voix empreinte d'une infinie tendresse, « mais c'est aussi celui qui apportera la paix. Pas seulement pour vous, mais pour tous ceux qui vous suivront. »

Moussa et Abigael restèrent figés, fascinés par cette apparition bienveillante. Le gardien n'était plus une simple présence éthérée

Les Hourim de l'innocence

; il était leur guide, leur protecteur, porteur d'une promesse plus grande qu'eux.

— « Vous portez en vous la clé pour sauver l'innocence des enfants que la guerre cherche à détruire, » continua-t-il. « Votre amour est votre force, mais préparez-vous : la haine et la vengeance tenteront de vous séparer. »

— « Comment ? » demanda Abigael, les larmes aux yeux. « Comment pouvons-nous protéger les autres, alors que nous sommes si fragiles ? »

Le gardien leur offrit un sourire doux, empreint de sagesse.

— « Vous apprendrez. Chaque jour, vous grandirez, et chaque jour, votre amour se renforcera. Mais d'abord, vous devez guérir vos propres cœurs. Votre douleur peut devenir votre plus grande lumière, si vous l'acceptez. »

Moussa, avec une résolution qu'il ne pensait pas posséder, répondit :

— « Nous le ferons. Nous protégerons l'innocence, et nous ne laisserons pas la guerre nous voler ce qui nous reste. »

Le gardien les observa un moment, puis sa lumière s'évanouit lentement, laissant derrière lui un souffle d'espoir, une bénédiction invisible mais palpable.

Leur rencontre au pied de cet olivier non loin du Dôme du Rocher n'était que le début d'un chemin semé de pièges invisibles. Le destin semblait décidé à éprouver leur amour, à mesurer la force de leurs cœurs contre le poids des traditions, des haines ancestrales, et de la guerre qui ne s'arrêtait jamais de gronder autour d'eux. Pourtant, chaque rencontre clandestine, chaque étreinte échangée en secret, les rendait plus forts, plus résolus. Leur amour, fragile et incandescent, était leur seul rempart contre l'obscurité qui dévorait leur monde.

Ils se retrouvaient avec la ferveur de ceux qui savent que le temps leur est compté. Chaque conversation, chaque sourire partagé était une victoire contre la guerre, une déclaration d'espoir dans un univers où l'espoir était devenu un luxe. Ensemble, ils rêvaient de ce que leur avenir aurait pu être : un monde où les enfants pourraient grandir sans la peur, sans le bruit des bombes, un monde où la seule guerre qu'ils connaîtraient serait celle des rires et des jeux.

Mais la réalité se rappelait sans cesse à eux, intransigeante. Les familles de Moussa et Abigael étaient comme deux forteresses érigées l'une contre l'autre, défendant des douleurs irréconciliables, prêtes à tout pour protéger leur mémoire, même si cela signifiait détruire l'avenir de leurs enfants. Chaque pas qu'ils faisaient pour se rejoindre était un défi aux lois invisibles mais impitoyables de leurs communautés.

Un jour, Moussa rentra chez lui après une de ces précieuses rencontres. Il avait encore dans son cœur la chaleur du sourire d'Abigael, la tendresse de son regard. Mais son bonheur se heurta brusquement à la colère froide de son oncle, qui l'attendait dans l'ombre de la cour familiale. Les bras croisés, le visage tendu par une haine qu'il nourrissait comme un feu sacré, il l'observait de ses yeux sombres, deux braises de ressentiment.

— « Tu crois que tu peux salir l'honneur de notre famille, » siffla-t-il, sa voix tranchante comme une lame, « en te rapprochant de ceux qui sont responsables de la mort de ton père ? »

Moussa sentit son cœur se serrer, mais il ne baissa pas la tête. Il avait appris, depuis la perte de son père, que la honte ne devait pas l'habiter. Ce qu'il ressentait pour Abigael était plus grand,

Les Hourim de l'innocence

plus noble que cette haine stérile qui avait déjà pris tant de vies. Il fixa son oncle, sa voix douce mais résolue.

— « Ce n'est pas elle, » répondit-il, ses mots lents, lourds d'une vérité que son oncle refusait de voir. « Ce n'est pas eux. C'est la guerre qui a tué mon père, pas Abigael. »

Son oncle le dévisagea, comme s'il avait devant lui un étranger. Pendant un instant, le silence se fit, et dans cet instant, un doute, imperceptible mais réel, sembla vaciller dans les yeux de l'homme. Mais ce doute fut vite chassé, balayé par des années de haine et de souffrance.

— « Tu es jeune, » murmura-t-il avec amertume. « Un jour, tu comprendras. »

Mais Moussa savait déjà. Il comprenait bien plus que son oncle ne le soupçonnait. La haine était un poison, un cercle vicieux qui n'avait jamais apporté que la mort. Et il refusait de s'y soumettre.

De l'autre côté, Abigael vivait une réalité similaire. Son père, brisé par la mort de sa femme, s'était enfermé dans une coquille de colère. Le monde lui semblait désormais divisé en noir et blanc, amis et ennemis, et son cœur s'était durci, incapable de pardonner. La simple idée que sa fille puisse aimer un garçon palestinien était une hérésie, une trahison qu'il ne tolérerait jamais.

Mais malgré les interdits, malgré les regards accusateurs et les menaces, Abigael et Moussa continuaient de se retrouver. Leur amour était comme une graine semée dans un champ de ruines, mais qui poussait, envers et contre tout, défiant la terre aride de la guerre.

Puis, un jour, le destin, ou la cruauté du hasard, voulut que la mère de Moussa et le père d'Abigael se retrouvent face à face. C'était au marché, ce lieu vibrant de vie et de tension, où les

Les Hourim de l'innocence

odeurs de fruits mûrs et d'épices se mêlaient à celles de la poussière et de la sueur, où les voix des marchands rivalisaient avec les chuchotements méfiants. C'était un espace fragile, un équilibre précaire où Palestiniens et Israéliens se croisaient, rarement sans arrière-pensées.

La mère de Moussa avançait, le visage couvert d'un voile noir, ses yeux rougis par le deuil. Elle venait ici pour acheter des légumes, pour nourrir son enfant malgré la douleur qui la rongeait. Le père d'Abigael, lui, se tenait près d'un étal, serrant les poings comme pour contenir une rage qu'il portait depuis des semaines. Il n'avait jamais cessé de penser à sa femme, à la justice qu'il croyait mériter. Leurs regards se croisèrent, un choc muet, une collision d'univers inconciliables. Dans les yeux de la mère de Moussa, une peine insondable. Dans ceux du père d'Abigael, une colère qui ne demandait qu'à s'embraser. Il y avait entre eux une violence qui ne nécessitait aucun mot, une violence nourrie par le sang, par les pertes, par tout ce que la guerre avait détruit.

Le marché, si bruyant un instant plus tôt, sembla retenir son souffle. Ceux qui les entouraient se figèrent, sentant que quelque chose de terrible pouvait se produire. Les vieilles haines dormaient à peine, prêtes à se réveiller, à se répandre comme un feu dans cette foule déjà tendue.

Le marché, qui bruissait d'activité quelques instants auparavant, s'était figé dans une tension insupportable, comme si le monde lui-même avait retenu son souffle. Le père d'Abigael, les traits déformés par une douleur abyssale et une colère indomptable, s'avança vers la mère de Moussa, le regard flamboyant de ressentiment. Ses poings se crispèrent, et lorsqu'il parla, sa voix éclata avec une violence qui ébranla l'air, comme un cri de guerre ou un ouragan de désespoir.

« Vous avez arraché ma femme, » tonna-t-il, chaque syllabe chargée de rancœur et de désolation. « Tout est de votre faute !

Les Hourim de l'innocence

Vous et les vôtres êtes les bourreaux de nos vies ! Cette guerre, ce chaos, c'est à cause de vous, de votre existence qui souille notre terre ! »

La mère de Moussa, usée par des années de peur et de privations, sentit néanmoins une étincelle de dignité et de courage s'allumer en elle. Elle se redressa, le visage ravagé par la douleur, mais ses yeux, eux, brillaient d'une résolution inébranlable. Sa voix, malgré tout, ne vacilla pas.

« Ce n'est pas moi, ni même les miens, qui avons transformé cette terre en cimetière, » rétorqua-t-elle, son ton glacial, sa peine transmutée en une force stoïque. « Nous saignons tous, mais vous refusez de le voir, préférant accuser et haïr. »

Ses mots, d'une vérité crue, frappèrent comme des lames aiguisées. Mais le père d'Abigael, aveuglé par le chagrin, ne vit pas en elle une autre âme brisée par la guerre. Tout ce qu'il percevait, c'était l'incarnation de sa souffrance, un catalyseur de sa rage qui bouillonnait comme un volcan prêt à exploser.

Les badauds, sentant l'orage approcher, commencèrent à s'immobiliser, les visages tendus. Chaque regard était un avertissement, chaque respiration semblait porter en elle la menace d'une déflagration imminente. Les murmures s'éteignirent, et le marché entier fut suspendu dans un équilibre précaire entre le calme et l'éruption.

« Vous ne comprendrez jamais ! » rugit le père d'Abigael, sa voix vibrant de désespoir, un flot d'émotions refoulées. « Vous êtes la source de notre misère ! Vous détruisez tout ce que nous aimons ! »

Il ne pensait plus, ne voyait plus que sa douleur, cette douleur qui l'avait rongé jusqu'à la moelle. Son cœur était un champ de ruines, et dans ce moment d'égarement total, il se laissa emporter

Les Hourim de l'innocence

par la vague dévastatrice de son propre désespoir. Sans réfléchir, ses doigts agrippèrent le manche d'un couteau dissimulé sous sa veste. Le geste fut rapide, aveugle, nourri d'une colère si pure qu'elle semblait anéantir toute raison. Dans un instant de folie déchirante, il planta la lame dans le corps de la mère de Moussa.

Le marché bascula dans un abîme de stupeur. Un silence de mort s'installa, comme si l'univers avait perdu la parole. Puis le cri étouffé de la mère de Moussa fendit l'air avant qu'elle ne s'effondre, le sang jaillissant de sa blessure, une mare pourpre s'élargissant sous elle.

Ce fut le signal d'un chaos irréversible. Les cris éclatèrent comme des coups de tonnerre, et la place entière se transforma en un tourbillon de confusion, d'horreur et de fureur. Des hommes se précipitèrent, des Palestiniens et des Israéliens s'affrontant dans un déferlement de violence. Le marché n'était plus qu'un champ de bataille, où la haine et la peur se mêlaient en une danse macabre.

Moussa, alerté par le vacarme, accourut, le cœur battant à tout rompre. Lorsqu'il vit sa mère étendue, le sang teintant le sol de rouge, son univers éclata en morceaux. La douleur le paralysa, le souffle lui manqua, et son cri retentit, un hurlement déchirant de désespoir.

« Oummi ! » cria-t-il, se précipitant vers elle, mais des bras l'agrippèrent, le tirant en arrière. Il lutta, se débattit, mais les hommes le maintinrent fermement, incapables de comprendre son agonie.

Pendant ce temps, les membres de la famille de Moussa, alertés par l'effroi qui se propageait, se précipitèrent sur les lieux. L'un de ses oncles, voyant le corps de sa sœur baignant dans son propre sang, fut submergé par une fureur implacable. Ses yeux se posèrent sur le père d'Abigael, qui tenait encore le couteau,

Les Hourim de l'innocence

tremblant de stupeur. Cet homme, ravagé par son propre acte irréparable, ne semblait même plus conscient de ce qu'il avait fait.

Mais l'oncle de Moussa ne voyait qu'un meurtrier, qu'un ennemi à abattre. Il sortit une arme cachée sous sa veste, ses mains crispées par une rage irrépressible. « Tu vas payer pour ça ! » hurla-t-il avant de presser la détente.

Le coup de feu résonna, et le père d'Abigael tomba, foudroyé sur le coup. La détonation couvrit les hurlements, et la panique se transforma en terreur pure. Le marché, lieu de rencontres et de commerce, s'était métamorphosé en un théâtre de mort.

Moussa, les larmes roulant sur ses joues, était incapable de comprendre ce qui venait de se passer. Sa mère, son dernier repère, venait de lui être arrachée par un acte insensé de haine. Tout ce qu'il avait connu, tout ce qu'il aimait, était en train de s'effondrer devant ses yeux.

Le marché, autrefois vibrant d'une vie quotidienne marquée par la diversité et les échanges, s'était transformé en un théâtre de désolation. Abigael, qui avait suivi son père jusqu'à ce lieu fatidique, arriva quelques instants après l'effondrement brutal de ce dernier. Lorsqu'elle aperçut le corps inerte de son père, baignant dans une flaque de sang sombre et poisseuse, le monde sembla vaciller autour d'elle, déraillant comme un rêve devenu cauchemar. Tout son univers s'effondra en une fraction de seconde. Le souffle lui manqua, et une nausée violente monta en elle.

Cet homme, son père, cet être autrefois fort et protecteur, que la guerre avait pourtant tant affaibli et perverti, gisait désormais sans vie. Les épaules frêles d'Abigael se mirent à trembler, et son cœur, déjà fracturé, se brisa encore davantage. Comment le monde pouvait-il se montrer si impitoyable, si féroce ?

Les Hourim de l'innocence

Les deux enfants, séparés par une marée de corps en furie, étaient incapables de comprendre l'ampleur de ce qui venait de se produire. Leurs regards se croisèrent à travers ce chaos insensé, et dans ce lien silencieux, ils partagèrent la même terreur, le même chagrin abyssal. Ils étaient désormais orphelins, dépouillés de leurs repères, et la guerre les avait marqués de son empreinte indélébile. Ce conflit cruel avait volé ce qu'ils avaient de plus précieux et les forçait à contempler l'horreur de l'humanité brisée. Mais, même face à cette douleur immense, une vérité plus profonde émergeait, une promesse silencieuse qui les liait : ils ne céderaient pas à la haine.

Au milieu de cette tempête de désespoir, une lumière douce se manifesta. Le gardien, éthéré et resplendissant, se matérialisa dans un éclat lumineux, son visage habituellement serein imprégné d'une tristesse infinie. Pourtant, sa présence restait empreinte d'une force et d'une conviction inébranlable.

« La guerre a pris ce qu'elle pouvait, » murmura-t-il, sa voix résonnant avec une autorité calme et une tendresse désarmante. « Mais elle ne vous arrachera pas ce que vous avez de plus précieux. Vous êtes la lumière qui résistera. Vous portez l'espoir que même les ténèbres ne peuvent éteindre. »

Moussa et Abigael, leurs visages baignés de larmes, levèrent les yeux vers lui. La douleur se mêlait à une étrange sensation de chaleur, comme si le gardien leur insufflait un peu de sa force. Leurs mains, instinctivement, cherchèrent le contact de l'autre. Ils s'approchèrent, malgré la violence environnante, et se prirent la main, ce simple geste devenant un acte de défiance face à la destruction, une affirmation silencieuse que l'amour pouvait encore survivre.

Autour d'eux, le marché était devenu un champ de bataille. Les cris déchiraient l'air, les hommes se battaient, aveuglés par la

Les Hourim de l'innocence

haine et le désir de vengeance. Mais pour Moussa et Abigael, le monde extérieur s'effaça. Leurs cœurs battant à l'unisson, ils se soutenaient mutuellement, leur amour devenant leur seule vérité dans ce maelström de folie.

Les jours qui suivirent la tragédie furent plongés dans une obscurité dense, un abîme sans fin. Chaque matin était un rappel cruel de ce qu'ils avaient perdu, et la maison d'Abigael semblait un mausolée, imprégné d'une absence palpable. La douleur était omniprésente, se manifestant dans le moindre recoin, comme un spectre qui refusait de partir.

Pour Moussa, les ombres de la perte étaient tout aussi oppressantes. Chaque coin de sa maison lui rappelait sa mère, sa voix douce, son rire, sa chaleur. Tout cela avait été effacé en un instant, réduit à un souvenir, et le vide semblait vouloir l'engloutir. Mais malgré la tristesse qui les étreignait, une force indomptable, née de la douleur elle-même, commençait à éclore en eux. Une résilience, une promesse : ils ne laisseraient pas cette guerre les détruire.

Un matin, sous un ciel couvert de nuages menaçants, Abigael fut réveillée par une conversation qu'elle aurait préféré ne jamais entendre. Son oncle, cet homme au regard glacial et aux paroles tranchantes comme des lames, discutait avec son grand-père. Le vieil homme, affaibli par le chagrin, écoutait en silence, ses yeux voilés par l'épuisement.

« Il ne peut plus s'occuper de toi, » déclara son oncle, sa voix dépourvue de toute douceur, trahissant une fermeté inflexible. « Ton grand-père est trop vieux, trop faible. C'est à moi de te protéger, et je ne laisserai pas les erreurs de ton père se répéter. »

Le cœur d'Abigael se serra. Elle comprenait ce que ces mots signifiaient : elle allait être éloignée, arrachée à ce qu'elle connaissait, envoyée dans un endroit où l'amour ne trouverait plus sa place. Un camp d'entraînement, un centre où les enfants étaient transformés en soldats impitoyables, endoctrinés pour servir une cause qu'elle ne voulait pas défendre. Un endroit où l'on effaçait l'innocence pour la remplacer par une froideur implacable, un lieu où elle risquait de perdre la dernière étincelle de lumière en elle.

Moussa, désormais sous la férule implacable de son oncle Samir, se voyait entraîné dans un monde où la haine régnait en maître, s'insinuant comme un poison dans les cœurs encore jeunes. Samir, un homme au regard acéré comme la lame d'un poignard, portait la guerre dans ses entrailles, en faisant une raison d'être. Il avait pris Moussa sous son aile, non pas par affection, mais par devoir, par une sorte de dévotion pervertie envers l'idée de vengeance. Il lui promettait force et pouvoir, lui répétant sans cesse qu'il devait venger la mort de ses parents, effacer toute trace de faiblesse en lui. Mais ce que Moussa voyait dans les yeux de son oncle, c'était une rage sans fin, une douleur transformée en une volonté de destruction qu'il peinait à comprendre.

À ses côtés, Lina, une jeune fille marquée par la guerre, avait été assignée pour l'observer, l'encadrer, et l'endurcir. Lina avait un regard perçant, empli d'une sagesse douloureuse, et elle semblait comprendre la colère de Moussa mieux que quiconque. Mais au lieu de l'apaiser, elle l'encourageait à l'embrasser. « Libère ta rage, » lui soufflait-elle, d'une voix presque hypnotique. « C'est ta force. Ne laisse personne te convaincre du contraire. » Moussa, pourtant, résistait. Il sentait en lui une force qui contredisait ce discours. Chaque fois que Lina s'approchait un peu trop de ses pensées, qu'elle tentait de nourrir cette haine en lui, il ressentait la présence bienveillante du Gardien, comme un rempart invisible qui le protégeait, lui rappelant que la haine n'était pas la voie à suivre.

Les Hourim de l'innocence

De l'autre côté, Abigael subissait les mêmes pressions. Elle aussi était entourée d'une force brutale, personnifiée par un garçon nommé Eytan. Bien qu'encore adolescent, il portait en lui une rage froide et implacable. Ses yeux, jadis vifs, étaient devenus des abysses de désespoir et de dureté, marqués par la perte de sa propre famille. Il avait appris à éteindre ses émotions, à les enfouir sous un masque d'indifférence, et il voyait en Abigael un danger, une faiblesse à extirper. Chaque jour, il cherchait à la briser, à la plonger dans les mêmes ténèbres qui le consumaient. « Tu n'es pas prête, » lui répétait-il avec une voix glaçante. « Tu es trop faible pour venger tes parents. Tu ne comprends pas ce que signifie être fort. »

Mais Abigael, bien que jeune, portait en elle une force rare. Malgré la douleur qui pesait lourdement sur son cœur, elle refusait de céder. Elle voyait Eytan pour ce qu'il était réellement : un enfant brisé, une victime, tout comme elle, forcé à renoncer à sa compassion. Et chaque fois qu'elle sentait la haine rôder, prête à l'engloutir, elle se rappelait l'amour qu'elle partageait avec Moussa, cet amour qui éclairait même les recoins les plus sombres de son âme. Cet amour, elle le sentait, était une lumière plus puissante que toutes les ténèbres.

Les semaines s'écoulèrent, et malgré la séparation, Moussa et Abigael ne cessaient de penser l'un à l'autre. Ils ressentaient la présence de l'autre comme une étoile lointaine, mais constante. Leurs pensées l'un pour l'autre, secrètes et brèves, étaient un baume sur leurs plaies, des instants volés à la guerre qui leur rappelaient qu'ils n'étaient pas seuls. Le Gardien, maintenant une figure protectrice et tangible pour eux, continuait de leur apparaître, portant des paroles qui devenaient leur guide.

Un soir, alors que Moussa s'allongeait sur le lit étroit de sa chambre, le regard vide, le Gardien surgit de l'obscurité. Sa lumière n'était pas crue, mais elle baignait la pièce d'une chaleur qui semblait chasser le froid de la guerre. Il semblait, majestueux dans son aura dorée, puis il s'approcha de Moussa, sa voix semblable à un murmure du vent qui souffle dans les vallées de l'histoire.

« Le chemin sera semé d'épines, Moussa, » dit-il, une gravité douce dans ses mots. « Mais souviens-toi : même la nuit la plus obscure abrite des étoiles. Il suffit de les chercher. » Une détermination nouvelle s'éveilla en Moussa. Il savait que Lina n'était pas son ennemie. Elle n'était qu'une autre âme perdue, manipulée, façonnée par les mains d'adultes brisés. Il comprit alors que sa mission ne consistait pas seulement à se protéger de la haine, mais aussi à sauver ceux qui, comme Lina, étaient sur le point de sombrer.

Abigael, de son côté, affrontait encore les provocations d'Eytan. Mais un jour, alors qu'il tentait de l'humilier, de la rabaisser une fois de plus, Abigael vit une larme glisser furtivement sur sa joue. Eytan détourna le regard, mais elle avait vu. Sous sa carapace de haine et de dureté, il n'était qu'un enfant en deuil, un enfant qui n'avait jamais eu l'occasion de guérir. Abigael, guidée par l'amour qu'elle portait pour Moussa, sentit sa compassion s'intensifier. Elle ne le laisserait pas tomber dans l'abîme. Elle se jura d'être une lumière, même pour ceux qui refusaient de voir.

Cet amour, cet amour qu'elle partageait avec Moussa, devenait leur arme la plus puissante, un bouclier d'espoir et de lumière. Même séparés, ils sentaient que cette force les unissait. Elle les protégeait, les guidait, leur rappelant que, malgré tout, leur mission était plus grande que leur propre survie. Ils devaient protéger l'innocence. Ils devaient montrer un autre chemin, un chemin où l'amour triomphait de la guerre.

Et alors qu'ils se préparaient à affronter de nouveaux défis, Moussa et Abigael savaient que leur amour, aussi fragile qu'il

Les Hourim de l'innocence

puisse paraître, était leur plus grande force, la promesse que la guerre ne pouvait pas tout détruire.

La mission que le Gardien leur avait confiée, ce fardeau écrasant et pourtant porteur d'espoir, habitait désormais chaque pensée d'Abigael et de Moussa. Leur amour avait survécu à tant d'épreuves, mais les vérités qu'ils venaient de découvrir ébranlaient les fondements mêmes de leur existence. Les années qui avaient passé n'avaient rien effacé de leur douleur, mais elles avaient forgé en eux une résilience, un désir de comprendre ce qui se cachait derrière les mensonges tissés par ceux qui manipulaient leur destin.

Le Gardien du Dôme, leur allié lumineux, flottait parfois autour d'eux, invisible aux autres mais profondément ancré dans leur conscience. Il était un phare, une voix qui perçait les ténèbres et leur montrait une voie différente, loin de la violence et de la vengeance. Cependant, même lui ne pouvait dissiper entièrement le voile de mensonges qui entourait le monde. Abigael et Moussa savaient que la lutte serait longue, que le chemin serait jonché de trahisons et de faux-semblants.

Le poids des révélations les hantait, se répercutant comme des échos déchirants dans leur âme. Abigael se souvenait des paroles de son oncle, qui décrivait avec un cynisme glacial les enfants comme de simples "pions" dans un jeu d'échecs qui dépassait l'entendement humain. Le choc de cette révélation avait fissuré les certitudes d'Eytan, dont le masque d'insensibilité semblait se fissurer de jour en jour. Pour la première fois, Abigael vit dans son regard autre chose que de la dureté. Elle y perçut une lueur d'humanité, une prise de conscience, une vulnérabilité qu'il tentait de cacher, mais qui trahissait la souffrance de l'enfant qu'il avait été avant d'être façonné par la haine.

Les Hourim de l'innocence

Moussa, de son côté, ne pouvait oublier ce qu'il avait entendu de la bouche de son oncle Samir. Le plan global, cette sinistre machination qui exploitait la haine et le sang des innocents pour alimenter une guerre éternelle, lui donnait la nausée. Il comprenait maintenant pourquoi Samir paraissait toujours si inflexible, si insensible aux souffrances qui l'entouraient. Samir n'était qu'un rouage dans une machine plus vaste, un homme dévoré par des illusions de grandeur, prêt à tout sacrifier, même l'innocence de son propre neveu, pour atteindre des objectifs qui n'avaient rien à voir avec la justice ou la paix.

Ces vérités transformèrent Abigael et Moussa en quelque chose de nouveau, de plus sage, de plus déterminé. Leurs cœurs portaient toujours le deuil de leurs parents, mais cette douleur devenait un moteur, une énergie qui nourrissait leur volonté de mettre fin à ce cycle infernal. Ils comprenaient que leur mission ne se résumait plus seulement à protéger l'innocence, mais à dévoiler les vérités cachées, à briser les chaînes de la manipulation qui enserraient leurs peuples.

La nuit qui suivit ces découvertes, Abigael se retrouva une fois de plus dans sa chambre, les pensées tourbillonnant comme un ouragan. Eytan était étrangement silencieux ce soir-là, comme s'il méditait sur ce qu'ils avaient entendu ensemble. Le poids du monde reposait sur leurs épaules, mais Abigael se tourna vers la fenêtre, cherchant l'étoile qui lui rappelait toujours Moussa. Elle sentait qu'il pensait à elle, qu'il luttait, lui aussi, contre les ténèbres.

Le Gardien apparut soudain, sa lumière douce et dorée baignant la pièce d'Abigael d'une chaleur réconfortante. Il semblait plus solennel que jamais, comme si lui aussi ressentait l'urgence de la situation.

Les Hourim de l'innocence

— "Vous avez vu les fils de la conspiration, mais ne laissez pas le désespoir vous consumer," murmura-t-il, sa voix caressant les recoins de son esprit comme une mélodie ancienne. "Vous n'êtes pas seuls. Il y a d'autres enfants, d'autres âmes perdues que vous pouvez sauver, et ensemble, vous ferez pencher la balance."

Abigael se sentit envahie par un espoir fragile, mais réel. Le Gardien n'avait jamais semblé aussi humain, aussi impliqué. Elle comprit que lui aussi, malgré sa nature éthérée, voulait ardemment leur victoire, leur lumière. Un frisson parcourut son corps, un mélange de peur et d'exaltation. Leur mission n'était plus seulement un rêve d'enfants, c'était un combat réel, un combat contre une force insidieuse qui voulait leur voler leur avenir.

De l'autre côté de Jérusalem, Moussa s'éveilla en sursaut, le souffle court. Le Gardien se tenait près de lui, les yeux lumineux empreints d'une compassion infinie.

— "La guerre essaiera de vous briser," dit-il, sa voix comme un souffle dans la nuit. "Mais votre amour est plus fort que le plus puissant des démons. Vous devez continuer à croire, à aimer, même lorsque tout semblera perdu. Car c'est votre amour qui changera le monde."

Ainsi, avec une volonté que même les années de guerre n'avaient pu briser, Abigael et Moussa allaient se lever, prêts à affronter un destin qui leur réservait encore de terribles épreuves, mais déterminés à faire briller leur lumière, pour eux, pour les enfants, pour l'avenir.

Le poids de cette révélation était accablant pour ces jeunes âmes, encore en quête d'innocence, mais déjà façonnées par la douleur. L'amour qui unissait Abigael et Moussa leur insufflait une force insoupçonnée, leur conférant le courage de s'élever contre l'obscurité omniprésente qui les cernait de toutes parts. Ce lien indéfectible, plus éclatant que la haine qui les entourait, les préservait de sombrer dans l'abîme de la vengeance. Ils comprirent que leur mission transcendait les simples notions de survie et de rédemption personnelle ; ils étaient les gardiens d'une vérité, les porteurs d'un espoir qui se devait de briser l'interminable enchaînement des tromperies et des manipulations, où des enfants étaient immolés sur l'autel des ambitions dissimulées. Les rouages de la conspiration globale se dévoilaient progressivement à leurs esprits désormais éveillés. Ils discernèrent, avec une lucidité effroyable, que les guerres entre nations, les haines religieuses, et les clivages ancestraux n'étaient que les pièces d'un échiquier monstrueux. Les dirigeants des peuples, qu'ils soient Palestiniens, Israéliens, ou d'autres horizons, n'étaient que des pantins orchestrant un ballet macabre pour satisfaire les desseins d'entités dissimulées dans l'ombre, manipulant l'humanité par le truchement de la peur et du chaos.

Chaque jour renforçait cette conscience amère. Moussa regardait Lina avec des yeux neufs, comprenant qu'elle n'était pas son ennemie, mais une victime comme lui, enchaînée aux mêmes mensonges. De même, Abigael perçait à jour les brèches de fragilité dans l'armure émotionnelle d'Eytan, reconnaissant que sous son masque d'hostilité, il n'était qu'un enfant brisé par la perte, façonné par les traumas et l'endoctrinement.

Ils savaient qu'ils devaient feindre l'obéissance, avancer masqués dans cette mascarade insidieuse, tout en préparant en secret leur riposte. Leurs esprits, bien que juvéniles, s'affinaient dans l'épreuve, mûrissant avec une rapidité dictée par les souffrances accumulées. Ils savaient que l'année 2023, tapie à l'horizon, présageait des bouleversements décisifs. Une tempête se profilait, et ils en seraient les pivots.

Lorsque l'obscurité descendit sur le camp où Moussa subissait un entraînement impitoyable, une convocation inattendue tomba,

Les Hourim de l'innocence

enveloppée de mystère. Une réunion secrète, accessible seulement à une poignée d'élus. Le pressentiment de Moussa se fit glacial. Quelque chose d'important, de terrible, allait se jouer.

À des lieues de là, Abigael reçut elle aussi un ordre impératif. Elle devait se rendre à une assemblée d'élite. Le visage de son oncle Yossef se durcit lorsqu'elle partit, une ombre indéchiffrable traversant ses yeux. L'atmosphère était lourde, saturée d'une attente qui semblait prête à exploser. Conduits dans deux salles séparées mais identiques, dissimulées dans les méandres des complexes d'entraînement israélien et palestinien, Moussa et Abigael furent confrontés à une épreuve qui semblait avoir surgi des tréfonds de l'enfer. Un adulte les attendait, avec, à ses côtés, un enfant. Un enfant accusé de trahison, désigné comme un traître. Dans le camp de Moussa, le garçon était soupçonné d'avoir vendu des secrets aux Israéliens ; dans le camp d'Abigael, le jeune accusé était jugé coupable d'avoir nourri des sympathies pour le peuple palestinien.

— « C'est l'heure de prouver ta loyauté, » Moussa ! Lui déclara son oncle d'un ton d'une froideur implacable. « Si tu veux être digne de notre cause, tu dois éliminer cet infâme traître. » Du côté d'Abigael, son oncle également lui tint le même discours, la chargeant de devenir le bras vengeur de la justice implacable de son peuple.

La vision de Moussa se brouilla, son esprit luttant pour assimiler l'horreur de la situation. Lina, toujours à ses côtés, lui tendit une arme, son regard impitoyable guettant sa réaction. Dans la salle où se trouvait Abigael, Yossef lui remit également une arme, ses yeux se plissant d'attente. Leurs cœurs jeunes, battant à tout rompre, étaient au bord de la rupture.

Moussa fixa l'enfant devant lui. Ce garçon aux yeux écarquillés, au regard suppliant, lui rappelait des visages familiers, des

Les Hourim de l'innocence

souvenirs enfouis de l'époque où l'innocence n'était pas encore une utopie. Comment pourrait-il ôter la vie à cet enfant ? Comment céder à une violence qu'il avait juré de ne jamais incarner ? Abigael, de son côté, ressentait une angoisse semblable. Le garçon face à elle n'était pas un ennemi. Il n'était qu'un enfant, brisé, tout comme elle. Leurs esprits se connectèrent dans le silence. Séparés par la distance, mais unis par une force invisible, Abigael et Moussa puisèrent dans la lumière de leur amour pour trouver la force de résister. Dans ce moment suspendu, ils firent leur choix.

Moussa laissa tomber l'arme à ses pieds, le bruit résonnant comme un coup de tonnerre dans le silence étouffant de la salle. Il redressa la tête, ses yeux brûlant de défi. « Je ne suis pas un assassin, » déclara-t-il d'une voix qui, bien que jeune, vibrait d'une conviction inébranlable. Lina, stupéfaite, ne put cacher l'incrédulité qui fissurait son masque impassible.

De son côté, Abigael serra l'arme, non pour s'en servir, mais pour affirmer sa résolution. Elle releva la tête, les larmes glissant sur ses joues. « Je refuse d'être comme vous, » murmura-t-elle, sa voix d'une douceur douloureuse mais empreinte d'une force inébranlable. Yossef, en proie à une colère sourde, se figea, sidéré par la rébellion de sa nièce.

Alors, dans ce moment où tout aurait pu basculer, le Gardien du Dôme apparut, enveloppant les deux enfants d'une lumière divine, douce mais invincible. Ses ailes lumineuses les protégeaient, comme un rempart contre la noirceur.

— « Vous avez choisi le chemin le plus ardu, » dit le Gardien, sa voix résonnant comme une musique céleste. « Mais c'est aussi celui qui sauvera ce monde de l'obscurité. Ne fléchissez pas. Votre lumière est plus forte que tout. »

Les Hourim de l'innocence

Les adultes, pris dans les filets de la haine et de la brutalité, ne comprenaient pas la puissance de ce moment. Mais quelque chose changea. Une onde subtile, une chaleur, traversa Lina et Eytan, ébranlant leurs certitudes forgées dans la douleur.

La guerre pour l'innocence, pour l'espoir, ne faisait que commencer. Mais Abigael et Moussa, porteurs d'un amour incandescent, savaient que leur lumière ne faiblirait pas. Au contraire, elle grandirait, guidant les âmes égarées vers un avenir où la paix ne serait plus un rêve, mais une réalité tangible.

Le refus de Moussa et d'Abigael résonnait comme un ultime acte de défi dans un monde gouverné par la violence et le mensonge. Leur "non" ferme et inébranlable avait laissé des marques, non seulement sur leurs oppresseurs, mais aussi dans l'âme de ceux qui avaient été témoins de leur courage. Les adultes autour d'eux, pourtant endurcis par la guerre, ne purent cacher l'onde de choc qui les traversa, comme si cet acte de rébellion portait en lui une vérité qu'ils avaient eux-mêmes reniée depuis trop longtemps.

Pour Lina, le refus de Moussa fut une insulte à tout ce qu'on lui avait inculqué. Elle s'avança avec une froideur implacable, ramassa l'arme du jeune garçon, et, sans la moindre hésitation, exécuta l'enfant désigné comme traître. Le son du coup de feu résonna comme une sentence finale, figée dans l'horreur. Moussa se sentit suffoquer, le cri de son âme se brisant avant de pouvoir franchir ses lèvres. Sa vision s'assombrit, sa colère se mua en un torrent de douleur muette, mais il tint bon, refusant de laisser la haine s'emparer de lui.

Du côté d'Abigael, le sort fut tout aussi cruel. Eytan, ce jeune garçon en qui elle avait placé ses derniers espoirs, s'avança d'un pas lourd, le visage déformé par une rage insensée. Avant qu'elle ne puisse s'interposer, il tira froidement sur l'enfant accusé de trahison. Le sang jaillit, souillant le sol d'une innocence brisée.

Les Hourim de l'innocence

Abigael sentit son cœur se fendre, comme si l'univers s'effondrait autour d'elle. Elle voulut hurler, mais ses cris restèrent prisonniers de sa gorge, étouffés par la brutalité insupportable de ce monde où l'espoir semblait à jamais éteint.

Lina s'approcha de Moussa, le regard perçant, une expression de mépris figée sur ses traits. « Tu penses pouvoir défier ce que nous sommes ? » gronda-t-elle, chaque mot chargé de mépris. « La faiblesse ne sera jamais tolérée ici. Tu paieras pour ta trahison, et tu apprendras à obéir. »

Les paroles d'Eytan résonnèrent de la même manière à l'oreille d'Abigael. « Il n'y a pas de place pour la faiblesse, » cracha-t-il. « Tu porteras les conséquences de ton insolence, de ton refus d'accepter la réalité de cette guerre. »

Les mois qui suivirent furent une succession interminable de punitions. Humiliations, privations, et exercices harassants furent imposés aux deux enfants. Ils étaient traités en parias, marqués du sceau de la faiblesse, rejetés par ceux qui les avaient autrefois formés à devenir des machines de guerre. Mais ni Moussa ni Abigael ne fléchirent. Leurs esprits demeuraient intacts, leurs cœurs se nourrissant de cette force inébranlable qu'ils tiraient l'un de l'autre. Ce qu'on appelait faiblesse chez eux n'était que la plus belle preuve de leur humanité, de leur lumière intérieure.

Deux années s'étaient écoulées. Deux années lourdes et silencieuses, où chaque jour semblait éroder un peu plus la mémoire des visages aimés. Ni Abigael ni Moussa n'avaient revu l'autre, et pourtant, ils portaient en eux l'empreinte indélébile de leur séparation. Leurs cœurs, malgré la distance, battaient encore à l'unisson, liés par un fil d'or que même le poids du temps et de la douleur ne parvenait à briser. Mais ce fil, fragile et ténu, s'étirait douloureusement à chaque instant, et la solitude pesait sur eux comme un voile de cendres.

Les Hourim de l'innocence

Les souvenirs, autrefois vifs et lumineux, se ternissaient sous l'érosion de l'absence. Les éclats de rire et les regards échangés s'effaçaient, remplacés par le silence oppressant des jours sans fin. Pourtant, au creux de leurs âmes, une présence persistait, comme une note de musique suspendue dans l'air, une vibration imperceptible mais éternelle. Chacun ressentait l'autre, comme on perçoit la chaleur d'une flamme invisible. Ce n'était pas une absence totale, mais une douleur sourde, constante, une blessure qui refusait de cicatriser.

Enfermés dans des sous-sols glacés, prisonniers d'une obscurité qui semblait vouloir engloutir le peu d'humanité qu'il leur restait, ils vivaient chaque instant dans l'attente d'un signe, d'un espoir, d'un miracle. La lumière du jour leur était étrangère ; leur monde se résumait à la pénombre et aux échos lointains de pas indifférents. Et pourtant, dans ces ténèbres, ils continuaient à rêver, à espérer, à se souvenir. Chaque nuit, ils tissaient dans leur esprit les fragments d'un amour qu'aucun mur, aucune guerre, aucune trahison ne pourrait jamais effacer.

Un matin, dans des lieux séparés par des frontières invisibles mais infranchissables, un ordre tomba, aussi lourd qu'une sentence. Une mission capitale. On leur parlait de devoirs et de destin, mais les mots résonnaient comme des coups, dépouillés de toute humanité. Dans le sous-sol de Moussa, Samir, son oncle et mentor implacable, délivra l'ordre avec une froideur tranchante. Son regard n'exprimait ni compassion ni remords, seulement l'arrogance de celui qui croit tenir les rênes du destin. Chaque mot qu'il prononçait semblait destiné à enfoncer davantage le poids de la fatalité sur les épaules de Moussa, à le broyer sous l'idée que sa vie ne lui appartenait plus. Pour Samir, Moussa n'était qu'un instrument, un pion à manipuler jusqu'à ce qu'il devienne la lame parfaite pour exécuter ses plans.

Les Hourim de l'innocence

À des kilomètres de là, Yossef, l'oncle d'Abigael, jouait sa propre partition. Son ton était différent, plus feutré, mais son regard trahissait une intention tout aussi calculatrice. Yossef n'avait jamais vu Abigael comme une enfant à protéger, mais comme une pièce sur un échiquier, un levier qu'il pouvait actionner au moment opportun. Il lui parla de transfert, d'un nouveau rôle à jouer, mais il dissimula la vérité derrière des demi-mots. Abigael serait endormie, transportée et déposée dans une maison paisible au cœur d'un kibboutz israélien, un lieu où la vie fleurissait malgré la guerre. Mais ce havre de paix avait été marqué pour disparaître, et Abigael deviendrait, malgré elle, une figure d'innocence sacrifiée, un visage parmi les ombres des morts.

Cette nuit-là, alors que l'obscurité pesait de tout son poids sur leurs esprits, une lumière inattendue vint déchirer les ténèbres. Le Gardien, brillant et mystérieux, se manifesta. Il se divisa, apportant à chacun un message unique, adapté à la douleur qu'il portait.

Dans le sous-sol d'Abigael, la lumière douce du Gardien remplit soudain la pièce, chassant les ombres comme une vague apaise les rivages tourmentés. Abigael, recroquevillée sur son matelas de fortune, leva les yeux, éblouie par cette présence familière et réconfortante. Ses larmes, retenues trop longtemps, coulèrent enfin, comme si la lumière du Gardien avait brisé un barrage invisible en elle.

« Abigael, » murmura-t-il, sa voix imprégnée d'une tendresse infinie. « Depuis deux ans, ton cœur pleure l'absence de Moussa. Chaque nuit, je ressens ta douleur, cette souffrance muette que même les rêves ne parviennent à alléger. Mais sache ceci : même dans les ténèbres les plus profondes, il y a une lumière qui ne s'éteint jamais. Cette lumière, c'est celle qui vous unit. »

Les Hourim de l'innocence

Les mots du Gardien se déposèrent sur elle comme un baume, ravivant une chaleur qu'elle croyait à jamais perdue.

Dans le sous-sol de Moussa, la même lumière fendit l'obscurité, enveloppant la pièce d'une chaleur douce mais pénétrante. Moussa, éveillé en sursaut, fixa la silhouette lumineuse avec un mélange d'émerveillement et de douleur. Le Gardien, sans un mot au départ, posa sur lui un regard chargé de compassion.

« Moussa, » dit-il enfin, sa voix résonnant comme un écho venu des profondeurs du temps. « Depuis deux ans, tu portes le poids de l'absence d'Abigael. Ce vide te consume, mais il n'a jamais réussi à éteindre la flamme qui brûle en toi. Cette flamme, c'est votre lien, plus fort que la distance, plus fort que la peur. »

Moussa, le regard embué, serra les poings, luttant contre l'émotion qui menaçait de le submerger.

Alors que le Gardien parlait, un lien invisible mais tangible semblait s'établir entre Abigael et Moussa. À travers les murs, les kilomètres, et les ombres de leurs geôles respectives, ils se retrouvèrent. Leurs âmes s'effleurèrent, portées par la lumière du Gardien, et dans ce moment suspendu, ils ressentirent la présence de l'autre comme un souffle léger.

« Le 7 octobre approche, » dit le Gardien, sa voix chargée de gravité. « Ce jour marquera un tournant irréversible. Vous serez témoins d'un désastre, mais même dans les ruines, vous porterez l'espoir. Vous êtes la lumière dans l'obscurité, le dernier rempart contre la haine. Ne laissez jamais cette flamme s'éteindre. »

Puis, lentement, il disparut, laissant derrière lui une lueur persistante, un écho silencieux de ses paroles. Abigael et Moussa, bien que séparés par des murs et des destins différents, se sentaient plus unis que jamais. Ils savaient désormais que l'épreuve à venir serait terrible, mais ils étaient prêts. Car au-delà des ténèbres, leur amour continuait de brûler, éclatant comme une étoile solitaire dans l'immensité du ciel.

Le silence retomba, lourd et implacable. Mais ce n'était plus le même silence. C'était celui qui précède la tempête, celui qui s'étire juste avant que le monde ne bascule. Dans leurs sous-sols respectifs, Abigael et Moussa sentaient l'air s'alourdir, chargé d'une menace invisible mais écrasante.

Le 7 octobre approchait, et avec lui, l'écho d'un cataclysme qui ne ferait pas de distinction entre les innocents et les coupables. Ce jour serait un point de rupture, une déchirure dans la trame fragile de leur existence. Une ombre s'étendait déjà sur eux, prête à les engloutir.

Ils ne le savaient pas encore, mais ce qui les attendait allait briser bien plus que leur corps : il ébranlerait leurs âmes. Et dans l'obscurité oppressante, une vérité glaçante se dessinait, implacable : le pire était encore à venir.

Les Hourim de l'innocence

CHAPITRE III

LE JOUR DES OMBRES

« LA GUERRE NE DÉTERMINE PAS QUI A RAISON, MAIS QUI RESTE. »

BERTRAND RUSSELL

L'aube d'octobre s'élevait avec une majesté funèbre, et une brise automnale descendait des collines comme une étreinte venue d'un passé ancestral, soufflant des secrets immémoriaux dans l'air immobile.

Les Hourim de l'innocence

Cette brise, fragile et caressante, semblait tisser un poème muet avec les arômes de la terre endormie, mêlant la senteur âpre de la rocaille chauffée par le soleil et la fraîcheur diaphane de la rosée. Elle portait le parfum amer des herbes sauvages, le thym et la sauge aux notes pénétrantes, effleurant les âmes comme un chant des siècles, une prière murmurée par les esprits du désert.

Le jour naissait avec une lenteur solennelle, distillant sa lumière en fines larmes dorées, perçant les lambeaux d'ombre encore accrochés aux collines. Ces dernières, couronnées d'arbres torturés par les vents impitoyables, se dressaient comme des monuments silencieux, témoins des âges oubliés. Leurs branches, noueuses et pleines de souffrance, s'étiraient vers le ciel d'un bleu laiteux, comme des mains implorantes cherchant une grâce introuvable. Les feuilles, flétries et veinées de sombre, murmuraient des prières perdues dans le vent, des murmures de survivants à des tempêtes qui ne laissent jamais de répit.

Le ciel lui-même semblait hésiter entre la nuit et le jour, teinté d'un bleu spectral, fragile et évanescent. Une brume argentée, comme un fantôme égaré, flottait dans les vallons, capturant les premiers rayons du soleil naissant pour les transformer en poussière d'étoiles, un voile éphémère et sépulcral. Chaque gouttelette de rosée, suspendue aux herbes comme un éclat de diamant, resplendissait d'une lumière tremblante, éphémère offrande au matin.

Un silence impérieux, d'une gravité presque surnaturelle, enveloppait la terre. Il pesait sur chaque pierre, sur chaque brin d'herbe, tel un lourd manteau de velours noir. C'était un silence si profond qu'il semblait éteindre le souffle des vents, étouffer le bruissement des feuilles, un silence qui possédait une dimension cosmique, comme si l'univers lui-même attendait, suspendu, figé par un pressentiment que même les étoiles comprenaient. Les ombres longues et anguleuses, étirées par la lumière rasante,

Les Hourim de l'innocence

dessinaient des fresques mouvantes sur le sol, des runes de pénombre qui chuchotaient des histoires oubliées.

Au loin, les enfants des kibboutz dormaient encore, bercés par l'illusion d'une paix intemporelle. Leurs songes étaient peuplés de fantaisies innocentes, des aventures dans des champs en fleurs, des rires cristallins résonnant sous des cieux cléments. Ils reposaient dans la douceur trompeuse des draps chauds, inconscients de la menace tapie, de la bête sombre qui rôdait à l'horizon. Les cours, désertes et immobiles, attendaient d'être à nouveau emplies des jeux insouciants qui les faisaient vivre. Les balançoires, prisonnières d'un air figé, semblaient des pendules sans cœur, suspendues dans le temps, figées dans une attente muette.

Dans les maisons, les familles, enroulées dans la torpeur des rêves, goûtaient aux derniers instants de répit, oubliant l'oppression des jours passés. Les volets clos ne laissaient filtrer que des filets de lumière pâle, protégeant les secrets des nuits où l'inquiétude veille. Tout semblait si tranquille, si fragilement parfait, que l'on aurait pu croire, dans un élan de naïveté, que cette sérénité était éternelle, inviolable, que le monde, en ce matin d'octobre, avait fait vœu de paix.

Pourtant, il y avait dans l'air une tension insaisissable, comme un parfum d'inévitable, une note dissonante dans la symphonie du silence. Les chiens errants qui flânaient, leurs pattes frôlant la terre comme un murmure, semblaient le sentir. Les chats, ces ombres élégantes et insondables, se faufilaient entre les ruines, leurs prunelles scintillant de mystères impénétrables. Seul le braiment d'un âne, rauque et lugubre, osait troubler cette quiétude factice, écho spectral d'une souffrance que même la nature ne parvenait à cacher. Les plaines, vastes et muettes, s'étendaient sous la lumière dorée comme un tableau peint par des mains divines, mais traversé d'une mélancolie indicible.

Les Hourim de l'innocence

La brume, qui s'effilochait lentement, révélait des collines sereines, mais elles semblaient porter un secret trop lourd, une vérité que personne ne voulait entendre. L'horizon, baigné dans la lueur de l'aube, paraissait sans fin, mais cette apparente tranquillité dissimulait le monstre prêt à dévorer toute beauté.

Car ce calme, cette perfection illusoire, n'était qu'une façade. Une menace invisible rampait, sournoise, dans l'ombre des collines, attendant son heure pour frapper. La nature elle-même semblait le savoir, semblait retenir son souffle, suspendue entre l'éveil et le cauchemar, comme si elle savait que l'humanité était sur le point de trahir encore une fois sa promesse de paix. Ce matin du 7 octobre, le monde s'apprêtait à vaciller, et sous la beauté éphémère de l'aube, le destin des hommes se jouait, prêt à s'écrire en lettres de feu et de sang.

Moussa se tenait dans l'un des camions du Houmas, enveloppé par une angoisse qui semblait s'être ancrée au plus profond de ses entrailles, une terreur sourde et immuable qui nouait ses muscles et pétrifiait ses pensées. Autour de lui, l'atmosphère était oppressante, saturée d'une tension presque palpable, malgré la fraîcheur matinale qui caressait sa peau de son souffle mordant. Ce froid, aiguisé comme une lame de cristal, n'était rien comparé au gel qui lui enserrait le cœur. Il ne tremblait pas de froid, non ; c'était la peur, une peur viscérale, sauvage, qui le dévorait de l'intérieur, glissant en lui comme un serpent venimeux, alourdissant chaque respiration, chaque battement de son cœur.

Il s'efforçait de cacher ce frémissement qui le traversait, mais il n'échappait pas à ce pressentiment glaçant, une intuition qui, telle une ombre funeste, murmurait que rien de bon ne sortirait de cette mission. Une part de lui savait, savait depuis le commencement, que cette route ne menait qu'à la désolation, qu'elle n'était qu'une marche vers le néant. Autour de lui, les hommes chuchotaient dans la pénombre du camion, leurs

Les Hourim de l'innocence

murmures tranchants comme des lames, contrastant avec la sérénité trompeuse de la nature environnante. Le cliquetis des armes, ce bruit froid et méthodique des chargeurs que l'on vérifiait encore et encore, créait un rythme hypnotique, une symphonie mécanique, un prélude à l'horreur imminente. Tout cela paraissait irréel, comme une scène de cauchemar que Moussa observait de loin, spectateur désincarné d'un drame qui se jouait sans lui.

Le Gardien était là, invisible aux yeux des autres, mais présent comme un souffle de chaleur au milieu de ce froid de mort. Une présence immatérielle, bienveillante, qui veillait sur Moussa, qui murmurait à son âme de tenir bon, de ne pas céder. C'était une lumière douce, invisible, qui irradiait son être et s'efforçait de calmer le chaos de son esprit. Moussa ferma les yeux un instant, essayant de dompter les battements affolés de son cœur. Il s'accrocha à cette présence, comme on s'accroche à une bouée dans un océan en furie, cherchant désespérément un havre de paix intérieure, une paix qui, pourtant, semblait toujours lui échapper.

À l'extérieur, la paix offerte par la nature était presque cruelle, un contraste cynique et impitoyable avec le tumulte intérieur de Moussa. Les collines endormies, la lumière hésitante du matin, le ciel se parant doucement des couleurs de l'aube, tout cela semblait se moquer de lui, lui susurrer que la beauté du monde continuerait d'exister, indifférente à la souffrance des hommes. L'innocence des paysages, ce calme insolent, paraissait un affront, un pied de nez à l'horreur qui se préparait. Le camion vrombissait, les secousses faisant vibrer le métal usé, et chaque soubresaut, chaque gémissement des ressorts, rapprochait Moussa un peu plus du chaos.

À travers la bâche élimée, il pouvait apercevoir des fragments de ce monde extérieur. Le ciel d'octobre, d'un gris perlé, semblait

Les Hourim de l'innocence

infini, étirant sa froideur silencieuse comme un voile de deuil. Les nuages bas, lourds comme des promesses non tenues, roulaient lentement, indifférents aux passions humaines, témoins impassibles des drames qui allaient se jouer en contrebas. Les collines, d'un vert austère hérissé de rocailles, se dressaient comme des géants de pierre, gardiens impassibles d'un territoire où le sang et les larmes se mêlaient depuis des générations.

Et puis, les premières voiles noires des parapentes apparurent à l'horizon. Elles semblaient jaillir du ciel même, spectres ailés glissant avec une grâce macabre, des ombres funestes qui dansaient au-dessus des collines, prêtes à fondre sur leur proie. Ces ailes sinistres, déployées comme celles de rapaces majestueux, portaient une promesse de mort, de destruction. Elles se mouvaient avec une élégance effrayante, flottant comme des signes d'augure, messagers d'une tempête de violence. Moussa sentit un nœud se resserrer dans son estomac, une masse de peur glacée qui lui coupait le souffle.

Les hommes autour de lui se préparèrent, leurs corps tendus comme des arcs, la détermination gravée sur leurs traits contractés. Leurs yeux brillaient d'une lueur sombre, quelque part entre la peur et l'exaltation, alors qu'ils se préparaient à semer la destruction. Leurs gestes étaient précis, presque ritualisés, comme s'ils se raccrochaient à cette routine pour ne pas céder à la terreur qui rampait sous leur peau. Moussa les observait, lui-même figé, paralysé par l'horreur de ce qui allait arriver. Une sueur glacée coula le long de sa nuque, chaque frisson lui semblant une prophétie, un funeste présage.

Le bruit monta, un crescendo qui faisait écho à la fin d'une paix fragile. Le froissement des bottes sur la terre, ce crissement sec et nerveux, se mêlait au cliquetis des armes, à ce métal froid que l'on chargeait, que l'on caressait presque, en un dernier hommage avant l'orage. Tout semblait si réel, si terriblement tangible, mais

Les Hourim de l'innocence

en même temps, si étranger, comme une scène que l'on observe dans un rêve, un cauchemar dont on ne peut s'éveiller. Les battements de cœur de Moussa semblaient marteler sa poitrine, lui hurlant qu'il n'était qu'un enfant, un enfant perdu dans une guerre qui ne lui appartenait pas.

L'ordre retentit, sec, tranchant comme une lame qui fend l'air. Sans appel. Le camion s'arrêta brusquement, projetant Moussa vers l'avant, le sortant de la torpeur glaciale qui l'emprisonnait. L'impact le ramena violemment à la réalité, et, bien qu'il eût l'impression que son cœur allait s'arrêter, ses mains continuèrent de trembler. Le métal froid de l'arme qu'il tenait, implacable et pesant, semblait aspirer la chaleur de ses paumes, lui rappelant brutalement le rôle auquel il avait été contraint, un rôle qu'il haïssait de toute son âme mais qu'il devait malgré tout jouer.

Il descendit du camion avec les autres, ses bottes heurtant la terre dure avec un bruit sourd, presque lugubre, résonnant comme un écho funeste. L'air autour de lui, chargé de tension, paraissait plus dense, presque palpable. Chaque respiration devenait un effort, et au lieu de l'apaisement, c'était une peur vorace, insatiable, qui s'emparait de lui, nouant sa gorge. L'odeur de la terre humide, encore imprégnée de la rosée matinale, se mêlait à l'acre relent de sueur et de crainte des hommes qui l'entouraient, créant un parfum de terreur et de violence imminente, un arôme qu'aucun souffle de vent ne pouvait dissiper.

Autour de lui, la nature, dans toute son indifférente splendeur, semblait frémir. Des nuées d'oiseaux, arrachés de leur sommeil par l'agitation humaine, s'envolèrent en un tourbillon désordonné, leurs ailes battant l'air dans une danse effrénée et chaotique, comme les premiers témoins de l'apocalypse. Leurs cris perçants et désespérés traversaient le ciel, tandis que les branches qu'ils abandonnaient se balançaient encore,

Les Hourim de l'innocence

tremblantes de leur départ précipité, comme si elles-mêmes savaient que l'enfer allait se déchaîner.

Puis, tout bascula. Les cris s'élevèrent, déchirant l'air paisible de l'aube, suivis des ordres aboyés, secs et nerveux, et du fracas des pas qui s'élançaient. L'air semblait vibrer d'une énergie brutale, chaque onde sonore résonnant dans le corps de Moussa comme une cloche funèbre. Ce moment de calme, fragile comme le cristal, se brisa sous le poids de la violence. Les parapentes noirs, ces silhouettes sinistres, s'abattirent sur les kibboutzim, glissant comme des oiseaux de proie, silencieux mais porteurs d'une promesse de mort. Leur descente n'avait rien de naturel, rien d'innocent ; elle était le prélude à la destruction, une danse funèbre dans un ciel qui s'assombrissait déjà sous l'ombre de la fumée montante.

Les premières déflagrations éclatèrent, déchirant l'harmonie de la matinée, transformant la sérénité en chaos. Les portes des maisons furent enfoncées, chaque coup résonnant avec une violence presque surnaturelle, le bois éclatant en un fracas de débris. Les cris déchirants des habitants s'élevèrent, hurlant la peur, la douleur, l'incompréhension, se mêlant aux détonations des armes automatiques qui résonnaient comme des coups de tonnerre. Des murs s'effondraient, des fragments de pierre et de bois volaient en éclats, le ciel d'octobre se teintait de noir sous le poids suffocant de la fumée épaisse, qui rampait sur le village comme un monstre affamé, étouffant l'air, rendant chaque souffle douloureux.

Moussa, les jambes tremblantes, avançait avec les autres. Chaque pas était un supplice, un acte de volonté brute pour ne pas s'effondrer. Ses mains moites agrippaient son arme, mais il ne se sentait pas guerrier, seulement un enfant, perdu, terrifié, un enfant qui aurait tout donné pour disparaître, pour s'éveiller de ce cauchemar. Autour de lui, la violence éclatait, sans répit,

Les Hourim de l'innocence

brutale et aveugle, frappant tout sur son passage. Les hurlements des enfants, des femmes, transperçaient l'air, des cris de désespoir qui semblaient transpercer son âme, chaque cri une lame qui s'enfonçait dans son cœur. Ces sons, ces bruits infernaux, tourbillonnaient autour de lui comme des fantômes enragés, des échos de l'enfer qu'il ne pourrait jamais oublier.

Il tenta de détourner le regard, de chercher un refuge, une échappatoire, mais la réalité était inévitable. Les maisons se désintégraient sous ses yeux, des fragments de vie réduits en poussière, des souvenirs et des espoirs qui s'effondraient en un amas informe de débris. Chaque visage qu'il croisait, chaque regard, était empreint de terreur. Ces gens, ces âmes, n'étaient plus que des victimes, arrachées à leur quotidien, brisées par une violence qui n'épargnait personne. Les yeux, les bouches ouvertes sur des cris muets, les corps figés dans une expression de peur pure, cette horreur s'imprimait en lui comme une cicatrice indélébile.

Et c'est alors qu'il la vit. Abigael. Elle se tenait là, parmi un groupe d'otages, emmenée de force hors d'une maison en ruines, une silhouette frêle mais déterminée. Son visage, couvert de saleté, les joues striées de traces de terre, ses cheveux emmêlés et collés à son front, était méconnaissable. Mais ce fut son regard qui le frappa. Même dans cet enfer, même couverte de poussière, avec la peur imprimée sur son visage, ses yeux brillaient toujours d'une lueur indomptable. Une flamme, fragile mais inextinguible, qui semblait défier le monde entier.

Cette vision le transperça. C'était elle, son Abigael, celle qu'il aimait, celle qu'il avait juré de protéger. Et dans cet instant suspendu, malgré la peur, malgré la mort qui rôdait partout autour, il sentit quelque chose de puissant s'éveiller en lui. Une force qu'il ne soupçonnait pas, une résolution qui brûlait plus fort que la terreur.

Les Hourim de l'innocence

Leurs regards se croisèrent, et pour un instant, le chaos sembla se suspendre, comme si le monde retenait son souffle. Le fracas assourdissant des explosions, les hurlements déchirants, tout disparut, englouti par une cloche de silence qui ne laissait place qu'à l'intimité de ce moment. Moussa et Abigael, deux enfants pris dans l'engrenage infernal d'une guerre qui n'était pas la leur, se retrouvèrent unis par ce lien invisible et inébranlable. La souffrance et la peur semblaient s'évanouir dans ce regard partagé, où l'incompréhension et la terreur se mêlaient à une lueur fragile d'espoir.

Dans cet échange muet, leurs âmes semblaient se parler, se rassurer malgré l'horreur environnante. C'était un langage sans mots, un cri d'innocence, un serment silencieux qu'ils se faisaient l'un à l'autre : ne jamais céder à la folie qui les entourait. Moussa sentit son cœur se serrer violemment, chaque battement semblant scander une vérité brutale : il devait se battre pour elle, pour cette lumière encore vivante dans le regard d'Abigael, pour préserver ce qu'il leur restait d'humain.

Mais l'urgence de la situation le clouait sur place. Ses jambes refusaient de bouger, comme enchaînées par une peur primitive, son corps pétrifié par l'angoisse. Tout en lui criait de la rejoindre, de l'arracher aux griffes de ses ravisseurs, mais la terreur l'étranglait, et son souffle se faisait court. Le Gardien, avec sa présence protectrice, murmurait encore à son esprit, comme une vague de chaleur douce l'enveloppant. « Attends ton moment », souffla la voix éthérée, emplie d'une sagesse infinie.

Le vacarme des hélicoptères israéliens se rapprochait, leurs pales fouettant l'air avec une violence croissante, tandis que les tirs redoublaient, transformant l'atmosphère en une symphonie de destruction. Mais il y avait une dissonance, une incohérence qui heurtait l'esprit de Moussa. Ces frappes aériennes n'étaient pas là pour sauver des vies ; elles visaient des lieux où se rassemblaient

Les Hourim de l'innocence

des civils, des innocents pris au piège. Où étaient les renforts, les soldats qui devraient être là pour défendre leur propre peuple ? Un doute insidieux commença à germer dans son esprit, un pressentiment glaçant : était-ce un piège, une mise en scène de mort pour servir des desseins obscurs ?

Non loin de là, l'horreur s'écrivait dans le sable ensanglanté. Le concert, ce rassemblement joyeux où des jeunes s'étaient réunis sous les étoiles pour danser et célébrer la vie, était devenu un cimetière à ciel ouvert. Quelques heures auparavant, la musique résonnait encore, éclatante de bonheur, et les rires s'élevaient comme des prières insouciantes. Maintenant, il ne restait que des corps brisés, des cendres, des vestiges calcinés de ce qui avait été une fête. Les instruments étaient réduits en morceaux, la scène éventrée, et les rêves des jeunes fauchés se dispersaient comme des fantômes dans l'air lourd de désespoir.

Moussa, le souffle coupé par l'horreur, était submergé par l'incompréhension. Cette violence, ce carnage, ces vies innocentes arrachées sans pitié… tout cela n'avait aucun sens. Le destin de ces âmes, palestiniennes et israéliennes, sacrifiées sur l'autel d'une guerre absurde, le laissait pétrifié. Ses pensées se fracassaient contre une réalité trop cruelle : comment le monde avait-il pu en arriver là, à ce point de non-retour où la haine et la folie régnaient en maîtresses absolues ?

Les hommes du Houmas avançaient sans hésitation, leurs gestes mécaniques, leurs regards vidés de toute humanité. Ils semblaient insensibles au carnage qu'ils provoquaient, comme des ombres qui ne connaissaient que la destruction. Mais Moussa, lui, sentait son esprit se déchirer. Chaque cri d'enfant, chaque pleur de mère, chaque visage tordu par la peur le traversaient comme une lame, s'enfonçant profondément dans sa conscience. Il ne voulait pas de cette guerre, il ne voulait pas être ce qu'ils essayaient de faire de lui.

Les Hourim de l'innocence

Le monde autour de Moussa ne ressemblait plus à rien de ce qu'il avait connu. Tout avait basculé dans un abîme de cruauté pure, un gouffre de violence où l'humanité se perdait à jamais. Les visages des hommes autour de lui n'étaient plus que des masques grotesques, déformés par une folie indicible, comme si le chaos qui régnait s'était emparé de leurs âmes pour les vider de toute compassion, de toute lumière. Ces silhouettes, emportées par une rage aveugle, n'étaient plus des soldats mais des spectres, des émissaires de la désolation. Leurs rires rauques, sans joie, se heurtaient au tumulte de la mort qu'ils déchaînaient.

Moussa tentait de saisir ce qui se déroulait devant lui, mais chaque scène était une gifle de barbarie qui le laissait étourdi, l'âme écartelée. Les viols étaient des actes de possession insoutenables, une profanation du dernier sanctuaire de l'humanité, une souillure qui laissait des cicatrices invisibles mais éternelles. Les mutilations, quant à elles, étaient un spectacle de déraison, un défi lancé à la vie elle-même. Des membres arrachés, des corps laissés en lambeaux comme si la chair humaine n'avait plus aucune valeur. La souffrance devenait un art, une œuvre sombre où la douleur était peinte avec un plaisir maléfique.

Les tirs résonnaient sans fin, ponctués par les hurlements de désespoir et les supplications étouffées. À chaque coup de feu, c'était une vie arrachée, un futur brisé, un rêve anéanti. Moussa ressentait tout cela avec une acuité presque insupportable, chaque détonation résonnant en lui comme une cloche de désolation. Pourtant, malgré ce tumulte, il s'accrochait à la seule chose qui le maintenait en vie : Abigael. Elle était son étoile, son souffle, la seule lueur dans cet enfer.

Il la voyait, cette lueur d'espoir, ce défi silencieux qu'elle lançait à la folie environnante. Même couverte de terre, même tremblante de peur, elle ne s'était pas laissée éteindre. Ses yeux, bien que remplis de l'horreur de ce qu'elle voyait, gardaient une

Les Hourim de l'innocence

flamme. Une flamme qui disait : Je suis là, je n'abandonne pas. C'était cette lumière, cette étincelle de défi qui donnait à Moussa la force de ne pas sombrer.

Tout autour de lui, la violence n'était plus une simple conséquence de la guerre, mais une entité vivante, une marée implacable qui déferlait sur tout ce qui était fragile, tout ce qui était beau. Mais Moussa ne voulait pas céder. Il ne voulait pas se transformer en une créature privée d'âme. Il savait, dans un recoin de son cœur, que son amour pour Abigael le rendait différent, qu'il était encore capable de choisir autre chose que la haine.

Le Gardien, ce phare invisible qui veillait sur eux, ne les avait pas abandonnés. Sa présence se faisait plus vive, plus insistante, comme un rappel que la force ne réside pas dans les armes, mais dans la volonté de ne pas se laisser corrompre. Le Gardien chuchotait à Moussa des paroles de réconfort, lui insufflant le courage de continuer, même lorsque tout semblait perdu : Reste fort, Moussa. Reste fidèle à ce qui te rend humain. Ton combat est plus grand que cette guerre, car il est pour l'amour, pour la lumière.

Moussa sentit cette force intérieure grandir, comme un écho qui se propageait dans tout son être. Il savait qu'il ne pouvait pas encore agir, qu'il devait attendre le moment opportun. Mais il se promit que, lorsque ce moment viendrait, il se battrait pour Abigael, pour cette lueur fragile qu'ils représentaient ensemble. Peu importait la noirceur environnante, leur lumière, même vacillante, ne serait pas éteinte.

Et tandis que le serpent de la guerre continuait de se resserrer autour d'eux, prêt à les broyer, il tenait encore à cette certitude. Leur amour était une rébellion, une flamme qui défiait l'obscurité, et tant qu'elle brûlerait, ils n'étaient pas vaincus.

Les Hourim de l'innocence

En ce jour d'épouvante, l'enfer semblait avoir entrouvert l'une de ses portes, libérant une horde impitoyable de démons, des spectres déchus se répandant sur la terre comme une marée inexorable. Nulle lueur d'espérance ne perçait les ténèbres, nulle main secourable n'émergeait pour sauver les âmes innocentes prises dans le maelström. Ce n'était que l'abandon absolu, la souffrance sans issue, une sensation d'agonie où chaque existence piétinée devenait une offrande sans valeur, sacrifiée sur l'autel d'intrigues dont la noirceur dépassait l'entendement. Ces infortunés, happés dans la furie de cette journée sanglante, étaient des victimes expiatoires, réduites à n'être que des pions dans un échiquier macabre, des vies offertes comme prétextes pour alimenter la haine future, engendrant des représailles encore plus féroces. Les innocents d'aujourd'hui n'étaient que la semence de la vengeance de demain, et leurs cris résonneraient longtemps dans un silence complice.

Les jeunes qui avaient fui le concert, ce moment d'insouciance et de joie transformé en un cauchemar d'une violence indicible, s'éparpillaient dans le désordre, sans destination, sans espoir. Ils couraient à l'aveuglette, traqués par une violence aveugle, une entité sans visage, sans pitié. Ils se heurtaient aux corps inanimés éparpillés sur le sol, des cadavres qui, avec leurs yeux éteints et leurs membres rigides, semblaient les observer, rappelant l'inexorabilité de leur propre destin. Certains, dans un sursaut de vie, parvenaient à se faufiler dans les ombres, à se dissimuler, à survivre dans le chaos. Mais d'autres voyaient leur course interrompue de manière brutale, définitive, leur souffle arraché par la terre poussiéreuse, imprégnée de sang.

Moussa, spectateur impuissant de ce spectacle d'horreur, ne pouvait comprendre comment ceux qui échappaient à la mort ne pourraient jamais se relever, comment ils pourraient retrouver la moindre parcelle de paix après avoir vu l'indicible. Les hurlements résonnaient dans l'air, les visages tordus de terreur

Les Hourim de l'innocence

restaient gravés en lui comme des stigmates, et il comprenait que ces jeunes, comme lui, étaient condamnés à porter ce fardeau pour l'éternité. L'innocence n'était plus qu'un souvenir brisé, piétinée de manière irrémédiable, irrécupérable.

Dans l'esprit de Moussa, une question revenait sans cesse, martelant son crâne comme un supplice : Pourquoi ? Pourquoi cette soif insatiable de destruction, ce besoin viscéral d'anéantir, de tout réduire en cendres ? Les croyances de son enfance, sa foi autrefois inébranlable, tout ce qu'on lui avait enseigné sur la dignité de la vie humaine semblait en totale contradiction avec ce qu'il voyait. Sa religion lui avait toujours interdit de faire le mal gratuitement, de faire souffrir sans cause. Elle exaltait la paix, la miséricorde, le respect de la vie, et rien ici ne reflétait ces valeurs. Ces prétendus guerriers, drapés de noir, ne paraissaient plus être des hommes. Ils étaient des âmes perdues, des marionnettes de forces obscures, ayant troqué leur humanité contre des ténèbres sans conscience.

Leurs gestes étaient brutaux, leurs cris inhumains. On aurait dit qu'une fièvre malsaine, une rage venue des profondeurs de l'abîme, animait leurs corps et embrasait leurs esprits. Plus rien en eux n'évoquait la compassion, l'humanité. Ce n'étaient plus des êtres doués de raison, mais des avatars de la cruauté elle-même, se repaissant du désespoir et de la souffrance comme d'un festin offert à une divinité sanguinaire. Et la terre, cette terre chargée d'histoire, tremblait sous leurs pas, témoin impuissant de ce carnage inepte.

Mais ce déchaînement de haine ne provenait pas d'un seul camp. L'horreur s'était partagée équitablement entre les hommes. Les soldats israéliens, dont les regards étaient vides d'espoir, obéissaient eux aussi à des ordres sans âme. Leurs gestes n'étaient pas moins automatiques, leur violence pas moins cruelle. C'était comme si chaque être présent sur ce champ de ruines avait été vidé de sa substance humaine, ne laissant que des coquilles animées par une pulsion de mort universelle. Les responsabilités se rejetaient d'un camp à l'autre, mais tout semblait réglé, orchestré pour nourrir la bête insatiable qu'était la guerre, cette entité vorace qui se nourrissait de l'innocence sacrifiée.

Moussa se sentait pris au piège dans ce cauchemar éveillé. Tout ce qu'il voyait, tout ce qu'il entendait, se superposait dans une spirale infernale de confusion, de douleur, et d'effroi. Les corps s'effondrant, les appels des enfants résonnant comme des supplications dans un désert d'indifférence, les sanglots désespérés des mères, le crépitement des armes déchirant le silence… Tout se mêlait dans un tourbillon de sons et d'images qui lacéraient son esprit. Pourtant, au cœur de cette tourmente de terreur, une certitude restait ancrée en lui, éclatante comme une braise résistante au vent : il devait sauver Abigael.

Qu'importait l'horreur, qu'importait la peur qui lui nouait les entrailles, il ne pouvait pas l'abandonner. Abigael était quelque part, au milieu de ce pandémonium, et il le sentait dans chaque battement de son cœur : il devait la retrouver. Elle était sa lumière, son dernier lien avec tout ce qui était pur, tout ce qui valait encore la peine d'être sauvé. Rien ne pouvait l'empêcher de se battre pour elle, de lutter contre l'obscurité qui menaçait de tout engloutir.

Le Gardien, avec sa présence bienveillante et mystérieuse, ne l'avait pas quitté. Il était là, invisible mais palpable, un souffle dans l'air, une force douce mais indéfectible. Il murmurait à l'oreille de Moussa, des paroles qui semblaient tissées de lumière : « Pas encore, Moussa. Ne perds pas espoir. Ta mission n'est pas terminée. » Ces mots étaient comme un baume sur ses plaies, comme un feu intérieur qui refusait de s'éteindre, une étoile solitaire dans la nuit la plus noire, mais qui suffisait à illuminer son chemin.

Les Hourim de l'innocence

La peur restait en lui, tapie comme une bête froide, lovée dans le creux de sa poitrine. Mais cette peur, au lieu de le paralyser, s'était muée en une force irrésistible, une énergie brûlante qui lui donnait le courage d'avancer. Chaque respiration, chaque pas était un défi lancé à la terreur, une victoire arrachée à l'abîme. Cette peur lui rappelait tout ce qu'il avait à perdre, tout ce qu'il refusait de voir sombrer dans l'oubli. Abigael devait vivre, et il devait la protéger, quoi qu'il en coûte.

Il scruta les environs, les flammes qui dévoraient les maisons, les ombres qui dansaient sur les murs comme des spectres assoiffés de destruction. Ce monde semblait voué à l'anéantissement, à une nuit éternelle. Mais même au milieu des cendres et des hurlements, même parmi les visages défigurés par la douleur et le désespoir, Moussa savait ce qu'il devait faire. Son destin n'était plus un mystère : c'était un chemin gravé dans son cœur, un sentier de lumière qu'il suivrait envers et contre tout.

Un cri perça l'air, un cri qui fit vaciller ses certitudes, mais il ne détourna pas les yeux de son objectif. Il sentit le souffle des bombes, le vacarme assourdissant des tirs, mais tout cela semblait lointain, irréel. Ce qui comptait, c'était Abigael. Tant qu'elle vivait, tant qu'elle avait une chance, il irait la chercher. Et s'il le fallait, il affronterait l'enfer lui-même, car l'amour qu'il portait en lui, aussi fragile soit-il, restait la seule chose capable de défier cette journée de sang.

Abigael était sa raison de se tenir debout, son phare au milieu de cette tempête de feu et de cendre. Peu importaient les affres de la guerre, les ténèbres insatiables qui semblaient s'étendre comme un voile de mort sur le monde. L'amour qu'il éprouvait pour elle brûlait avec une intensité que ni le carnage ni la terreur ne pouvaient étouffer. Il la retrouverait, il la sauverait, et cette lumière vacillante mais inextinguible, qui persistait à briller malgré la désolation, serait son guide. Pour elle, pour cet amour sacré, Moussa était prêt à affronter l'abîme.

Il était aux alentours de dix-sept heures lorsque l'ordre tant attendu, aussi brutal qu'irrémédiable, résonna dans l'air lourd de l'après-midi : évacuer ce théâtre de l'horreur. Les hommes, tels des ombres dantesques, se dispersèrent par centaines, abandonnant derrière eux des ruines fumantes, des dépouilles éparses, un paysage irrémédiablement défiguré par la furie humaine. Le jour se retirait avec une lenteur solennelle, et le soleil déclinant jetait sur les collines environnantes une lumière dorée, presque irréelle, qui semblait caresser chaque contour avec une tendresse déplacée. Cette clarté douce, envoûtante, contrastait cruellement avec la réalité sanglante en contrebas, comme si même le ciel voulait détourner le regard de l'abomination qu'il surplombait. Des nuages denses, gorgés de tristesse, s'amoncelaient lentement, pesants, pareils à des funérailles célestes.

L'air était saturé de relents mortifères, chacun portant une note distincte du drame qui venait de se jouer. Le parfum métallique et écœurant du sang versé s'entremêlait avec l'âcreté des décombres incandescents, des habitations ravagées, des objets familiers réduits en cendres âpres et désolées. Par moments, un effluve insoutenable de chair brûlée flottait, surgissant comme un coup de fouet olfactif, rappel impitoyable de la fragilité de la condition humaine face aux caprices dévorants du feu. La fumée, la poussière et l'odeur entêtante de la mort formaient une sorte de mur invisible mais palpable, rendant chaque respiration laborieuse, chaque inspiration une lutte contre l'oppression de l'air devenu poison. Moussa sentait ses narines s'irriter, chaque bouffée d'air devenant une épreuve qui le rapprochait de l'asphyxie morale et physique.

Les Hourim de l'innocence

Des pensées vertigineuses assaillaient son esprit, le plongeant dans un gouffre de questions métaphysiques. Comment un Dieu, infiniment bon et juste, pouvait-il laisser le monde sombrer dans une telle ignominie ? Pourquoi le ciel, cette voûte impassible et infinie, semblait-il observer dans un silence méprisant la douleur des innocents, des enfants qui criaient leur désespoir, des mères accablées de chagrin ? Tandis que la lumière du crépuscule enveloppait les collines d'une teinte d'ambre mélancolique, une voix douce et grave résonna dans l'âme de Moussa. Le Gardien, avec sa présence immatérielle mais bienveillante, parlait comme une brise caressant une plaie béante.

"Le Créateur n'a pas fait de l'homme un pantin, Moussa," murmura le Gardien, ses paroles s'élevant telles des notes d'un chant ancien, imprégné de vérité. "Il n'a pas façonné des automates enchaînés à son bon vouloir. Il a donné à l'humanité ce don ineffable : la liberté. La liberté de choisir, de penser, de forger son propre chemin, même au prix de l'errance." Ces mots, porteurs d'une sagesse immémoriale, résonnaient en lui comme une leçon oubliée, une vérité ancestrale qui semblait enfin prendre sens. "Certains hommes," continua le Gardien, "veulent usurper le rôle du Créateur, imposer leur volonté cruelle, manipuler les esprits des foules, semer le doute pour mieux contrôler. Ils veulent faire croire que qu'Il n'existe pas, ou qu'il est indifférent. Mais la réalité est simple et cruelle : le bien et le mal s'entrelacent, comme l'ombre et la lumière, et c'est à chaque âme de choisir sa destinée."

Moussa écoutait, ses pensées tourbillonnant comme des feuilles emportées par une bourrasque, ses yeux rivés sur l'horizon où la lumière mourante laissait entrevoir un espoir fragile, une lueur éphémère avant la chute inexorable de la nuit. Le Gardien poursuivait, sa voix teintée d'une gravité presque sacrée : "Il existe, Moussa, mais il a choisi de ne pas intervenir à chaque instant. Il ne dirige pas chaque pas, car les humains ne sont pas des pions, mais des êtres libres. Ce sont leurs choix, leurs actions délibérées, qui seront jugés. Chaque souffrance infligée, chaque acte de bonté, sera un poids dans la balance du destin. Ton rôle aujourd'hui est autre. Ne t'embarrasse pas de questions sans réponse. Pense à Abigael. Pense à ta survie et à la sienne. Le moment viendra où un choix lourd de conséquences s'imposera à toi, car souvent, le mal se drape de la bannière du bien, et le bien peut naître des cendres du mal. Souviens-toi de cela."

Une détermination nouvelle s'enflamma dans le cœur de Moussa. Il ne pouvait se permettre de s'abandonner aux affres du doute ou de se perdre dans des questionnements sans fin. Il devait se concentrer sur ce qui importait réellement. Abigael. Elle était tout ce qui comptait à cet instant, tout ce qui donnait un sens à son combat. D'un pas résolu, il se dirigea vers le camion où les otages étaient entassés. Son cœur battait comme un tambour, mais il ne faiblissait pas. La fumée continuait de s'élever en volutes épaisses, les débris gémissaient sous ses semelles, mais son regard ne quittait pas sa destination. Abigael, sa lumière, devait être là, quelque part, et il ne pouvait pas faillir.

Les troupes infernales, ces ombres de mort, se dispersaient avec une précision presque démoniaque, regagnant leurs repaires souterrains, des antres invisibles où ils se tapissaient tels des fauves ayant assouvi leur soif de sang. Ce qu'ils laissaient derrière eux n'était plus qu'une terre désolée, jonchée de ruines, de cendres et de cadavres. L'espoir semblait s'être retiré, et même la lumière semblait avoir abdiqué devant l'horreur environnante. Les flammes mourantes laissaient place à une désolation glacée, qui, bientôt, deviendrait le foyer de nouvelles représailles, de nouvelles vagues de haine et de violence.

Vers dix-huit heures trente, alors que le crépuscule étendait son linceul sur la terre, les premiers véhicules de l'armée de Tsouhal apparurent, comme des spectres surgissant d'un rêve brisé. Leurs

Les Hourim de l'innocence

phares tranchaient l'obscurité naissante, mais ces lueurs semblaient tardives, comme si elles ne venaient que pour constater l'ampleur de la tragédie, et non pour l'empêcher. Les soldats descendirent, leurs visages figés par une gravité qui ne pouvait être feinte. Leurs regards parcouraient ce champ de désolation, essayant de saisir l'horreur, mais ne trouvant qu'un silence funèbre, brisé par le craquement des braises mourantes et l'odeur suffocante du carnage.

Moussa se sentait pris au piège dans ce cauchemar éveillé. Tout ce qu'il voyait, tout ce qu'il entendait, se superposait dans une spirale infernale de confusion, de douleur et d'effroi. Les corps s'effondrant, les appels des enfants résonnant comme des supplications dans un désert d'indifférence, les sanglots désespérés des mères, le crépitement des armes déchirant le silence... Tout se mêlait dans un tourbillon de sons et d'images qui lacéraient son esprit.

À travers les ouvertures étroites du camion, Moussa apercevait par moments des silhouettes en uniformes israéliens, mais leurs gestes trahissaient leur véritable nature : des imposteurs, des faux soldats, exécutant froidement un plan macabre. Ces hommes, drapés dans des symboles de défense, étaient devenus les instruments d'une barbarie insidieuse. Leurs fusils n'étaient pas dirigés contre des ennemis armés, mais contre l'espoir lui-même, incarné dans ces âmes innocentes qu'ils réduisaient au silence.

Malgré l'horreur qui l'assaillait de toute part, une certitude restait ancrée en Moussa, éclatante comme une braise résistante au vent : il devait sauver Abigael. Il savait qu'elle était là, quelque part dans l'obscurité oppressante de ce camion, son corps frêle prisonnier de la même violence absurde.

Qu'importait l'horreur, qu'importait la peur qui lui nouait les entrailles, il ne pouvait pas l'abandonner. Abigael était sa lumière,

Les Hourim de l'innocence

son dernier lien avec tout ce qui était pur, tout ce qui valait encore la peine d'être sauvé. Rien ne pouvait l'empêcher de lutter, même au cœur de cet enfer. Chaque battement de son cœur lui rappelait qu'il n'avait pas le droit de fléchir.

Et pourtant, même dans ce chaos, Abigael restait sa lumière, le dernier éclat d'humanité qui illuminait son âme. Ses yeux la cherchaient désespérément parmi les silhouettes des otages, et lorsqu'il l'aperçut enfin, son cœur se serra, non de peur, mais d'une détermination renouvelée et inébranlable. Il devait la sauver. Rien d'autre ne comptait. Ni les flammes, ni les hurlements, ni la mort elle-même ne pouvaient éteindre cette flamme intérieure. Pour elle, il défierait la nuit et braverait la terreur, prêt à tout pour préserver cette lumière vacillante mais tenace qu'ils partageaient.

Ses yeux, bien qu'éteints par l'épuisement et la peur, portaient encore cette douceur indéfinissable, cet éclat fragile mais indomptable qui lui donnait la force de continuer. Il serra les poings. Il ne permettrait à personne, pas même à ces monstres déguisés, de lui arracher cet amour, cette étincelle d'humanité qu'il refusait de voir disparaître.

Alors que tous regagnaient les bas-fonds des tunnels de Gaza, ces galeries sinistres et tortueuses où les ombres semblaient habiter le sol même, Moussa suivait les otages d'un pas silencieux, chaque muscle de son corps tendu par la peur et l'angoisse. Son ventre était noué, un poids insupportable qui ne cessait de le comprimer. Il ne pouvait pas perdre Abigael de vue ; il devait veiller sur elle, savoir où elle était à chaque instant. L'odeur putride qui imprégnait ces tunnels lui brûlait les narines : un mélange de chair en décomposition, de terre humide et de misère humaine accumulée. L'air y stagnait, lourd et suffocant, comme si l'oxygène lui-même s'était imprégné de la douleur et des peines enfouies dans ces lieux. Chaque respiration était une épreuve,

Les Hourim de l'innocence

chaque inspiration une brûlure amère, comme un rappel constant que la mort rodait tout près.

Ces bas-fonds étaient un labyrinthe sans fin, un enchevêtrement de passages étroits et sinueux, des veines corrompues s'étirant sous la terre. Ces tunnels, creusés de manière désordonnée, avaient été conçus pour dissimuler des opérations secrètes, faire passer clandestinement des armes, des vivres, mais aussi pour servir de sanctuaire impénétrable, à l'abri des regards du monde extérieur. La lumière y était une rareté, comme bannie par une force obscure, laissant régner des ténèbres épaisses et oppressantes. Chaque couloir semblait receler un secret macabre, chaque ombre une menace silencieuse.

Moussa, le souffle court, avançait avec une prudence infinie, ses pieds effleurant à peine le sol poussiéreux, ses mouvements calculés pour ne pas éveiller de soupçons. Il était une ombre parmi les ombres, une présence fantomatique, les sens en alerte, le cœur battant un rythme effréné dans sa poitrine. Il suivait le groupe d'otages de loin, ses yeux rivés sur Abigael. Il devait s'assurer qu'elle était là, vivante, que son âme résistait encore au désespoir qui les entourait.

Ils furent finalement conduits dans une pièce délabrée, un espace sombre où les murs semblaient suinter de souffrance accumulée au fil des années. Les otages furent séparés : les femmes d'un côté, les enfants de l'autre. Abigael était tout près, mais elle ne l'avait pas encore aperçu. Le regard de Moussa la cherchait désespérément, s'accrochant à chaque détail de son visage pour se convaincre qu'elle respirait toujours, qu'elle n'avait pas été brisée par l'horreur.

Puis, tout bascula. Comme une ombre sinistre, l'oncle de Moussa apparut, sa silhouette massive projetant une aura menaçante. Lorsqu'il aperçut Abigael, ses yeux se durcirent, une lueur de compréhension cruelle se dessinant sur son visage. Il comprit immédiatement pourquoi Moussa était là, ce qu'il projetait de faire. Un rictus sardonique étira ses lèvres, et en un geste brusque, il saisit Abigael par le bras, la traînant sans ménagement hors de la pièce.

Moussa sentit une vague glacée parcourir son échine, chaque fibre de son être criant à l'alarme. Il vit son oncle entraîner Abigael vers une autre salle, un lieu qui semblait exhaler la souffrance et le désespoir : une pièce d'interrogatoire, ou pire encore, une salle de torture. Les murs de cet espace, recouverts d'ombres angoissantes, semblaient murmurer des récits de douleur et de cris étouffés.

Le monde sembla s'effondrer autour de lui. La peur, l'horreur, la rage s'entrechoquaient dans son esprit comme des vagues déchaînées. Mais au-delà de cette tempête intérieure, une certitude demeurait. Il ne laisserait pas son oncle briser Abigael. Il ne le permettrait pas. La lumière qu'ils partageaient, ce flambeau qu'ils portaient ensemble, devait survivre, peu importe le prix à payer.

Les murs de cette pièce étaient des témoins muets, érigés comme des sentinelles de l'horreur, imprégnés des tourments de ceux qui avaient jadis souffert ici. Chaque pierre semblait suinter une souffrance ancienne, une peine imprimée dans la matière elle-même, exhalant un souffle lugubre à chaque murmure du vent s'insinuant par les fissures. L'air y était lourd, saturé d'une angoisse palpable, comme si la douleur des martyrs avait laissé un écho sinistre, une onde fantomatique flottant autour des murs grisâtres. Respirer ici, c'était inhaler la mémoire d'agonies sans nom, sentir la peur figée en des strates invisibles, enracinées dans les moindres recoins de ce tombeau de chair et de cris. Moussa s'approchait, chacun de ses pas étant un combat contre la terreur primitive qui enflait en lui. Ce n'était pas seulement sa

Les Hourim de l'innocence

propre peur, mais celle des esprits suppliciés qui semblaient murmurer des lamentations inaudibles, des prières brisées, des supplications restées sans écho. L'atmosphère était une mer de noirceur, où les espoirs s'étouffaient, où chaque inspiration devenait une brûlure chargée d'âmes perdues, un poison âpre s'insinuant dans la poitrine. Cette salle n'était pas seulement un espace, elle était le sanctuaire d'une souffrance immortalisée, un théâtre des supplices où le temps lui-même semblait s'être arrêté, enchaîné aux tourments passés.

Quand la porte se referma avec un claquement sinistre, Abigael tourna la tête, et leurs regards se croisèrent. Une rencontre d'âmes dans l'abîme, un échange électrique où tout ce qu'ils ressentaient se mêla : la peur viscérale, l'épouvante brute, mais aussi une lumière précieuse, inébranlable, celle d'un amour assez puissant pour défier même les ténèbres les plus voraces. Ce regard échangé fut un serment silencieux, un pacte scellé dans la noirceur : quoi qu'il advienne, ils se tiendraient l'un l'autre, indomptables. Cet instant, aussi bref qu'éternel, suffisait à raviver leur courage, un souffle d'espoir perçant les brumes infernales qui les entouraient.

Mais ce répit fut de courte durée. La porte claqua, scellant Abigael dans ce lieu de torture, et le cœur de Moussa se serra d'une angoisse presque insupportable. Son oncle apparut, ses traits marqués par une haine presque surnaturelle, une obsession meurtrière qui tordait ses pensées comme un serpent étouffant sa proie. Il ne voulait rien entendre des ordres du haut gradé du Houmas, un homme calculateur qui, malgré sa cruauté, comprenait que la guerre se jouait aussi sur le front de l'opinion publique. Pour cet officier, les otages devaient servir de symbole de modération, une illusion soigneusement entretenue pour contrer les accusations israéliennes et contrôler le récit médiatique. Mais l'oncle de Moussa n'avait cure de ces considérations diplomatiques. La haine l'avait consumé, enfiévré d'une rage si aveugle qu'elle surpassait toute rationalité. Il voyait en Abigael une incarnation de l'ennemi, un fardeau de culpabilité injuste, l'écho de la mort de sa sœur, la mère de Moussa.

Le haut gradé, après un échange nerveux, finit par céder, non sans une lueur d'exaspération dans le regard. "Emmène-la loin d'ici, loin des regards," ordonna-t-il d'une voix qui suintait le dégoût. Il ne voulait pas que l'affaire compromette son plan soigneusement échafaudé, une mise en scène où la violence devait paraître justifiée, non sadique. L'oncle, les yeux assombris de folie, empoigna Abigael d'une main ferme, ses doigts s'enfonçant dans sa chair délicate comme les serres d'un rapace s'agrippant à sa proie. Il la traîna hors de la salle, l'ombre de la vengeance suivant chacun de ses pas, tandis que Moussa, saisi à son tour par une main brutale, sentait la panique éclater en lui comme une tempête de feu.

Ils s'engouffrèrent dans les ténèbres des sous-sols, un labyrinthe d'obscurité où la lumière ne faisait que de timides apparitions. Chaque souffle d'air était lourd de l'odeur acre de la terre moite, de la peur stagnante des otages, de la sueur d'hommes qui n'avaient plus d'humanité. Moussa, emporté par une marée d'émotions dévastatrices, essayait de respirer, d'apaiser les battements frénétiques de son cœur. Ils atteignirent un espace isolé, un recoin oublié où le monde extérieur semblait être une réalité lointaine, irréelle. Là, l'oncle de Moussa jeta Abigael au sol avec une brutalité qui fit tressaillir Moussa. Elle s'effondra, la respiration saccadée, le regard empli de larmes, mais refusant de se briser. Ses yeux cherchaient ceux de Moussa, un dernier appel, un cri muet, une demande de réconfort ou de miracle.

Moussa sentit sa rage s'élever, un torrent de fureur pure, le genre de colère que seule l'injustice la plus abominable peut réveiller. Ses mains tremblaient, ses poings se serrèrent, et il comprit que le moment était venu. Il ne pouvait plus rester passif. Abigael, sa

Les Hourim de l'innocence

lumière, son espoir, ne devait pas être sacrifiée sur l'autel de cette haine insatiable. La noirceur les entourait, menaçante, prête à les consumer, mais au milieu de ce gouffre, Moussa sentit une force naître en lui, une flamme qu'il était prêt à embraser pour tout défier.

Cette haine aveugle, ce cycle de violence, il ne le laisserait pas les détruire. Il se tiendrait debout, un rempart contre la barbarie, prêt à se dresser contre son propre sang s'il le fallait.

L'oncle, silhouette imposante et sombre, brandit son arme, un objet froid, presque spectral, qui capturait les dernières lueurs du crépuscule, les rendant plus tranchantes et plus impitoyables. L'acier semblait absorber toute la noirceur de cet instant fatidique, un éclat sinistre, une promesse de mort qui ne demandait qu'à s'accomplir. D'un geste brusque et inattendu, il tendit l'arme à Moussa, ses yeux, noirs comme la nuit la plus dévorante, fixant sans ciller ceux de son neveu. « C'est à toi de le faire, » ordonna-t-il d'une voix rauque, saturée de haine et de mépris. « Tu dois venger ta mère. Cette fille est la cause de notre malheur. Elle incarne tout ce que nous avons perdu. Prouve-moi que tu es des nôtres. »

Les mots tombaient comme des pierres, lourds, irrémédiables, emprisonnant Moussa dans une cage de commandements venimeux. Son oncle tenait un couteau dans l'autre main, sa lame tachée de sang séché, relique morbide du carnage matinal, comme un sinistre témoignage de la brutalité qui avait embrasé cette journée. Le métal luisait faiblement, une lueur vénéneuse qui semblait émettre le parfum même de la mort.

Les mains de Moussa tremblaient, secouées de frissons incontrôlables, si violemment que l'arme semblait sur le point de lui échapper. Jamais il n'avait ôté la vie, pas même celle de la plus infime créature, pas même celle d'un insecte, tant il respectait le caractère sacré de toute existence. Sa foi, malgré la terreur et l'horreur environnantes, lui dictait de protéger la vie, de la vénérer, de la considérer comme le plus précieux des dons. Et là, devant lui, on lui demandait de briser cette loi inviolable, de profaner ce qu'il avait toujours tenu pour intangible. De pointer cette arme contre Abigael, celle qui incarnait tout ce qu'il avait de plus cher, l'ultime flamme qui lui réchauffait encore le cœur. Comment pouvait-il seulement concevoir un tel acte ?

Sa vision s'embrouillait, ses pensées se dispersaient dans un tumulte désespéré. Le regard de son oncle se faisait de plus en plus sombre, sa voix résonnant comme un glas, le pressant de plonger dans les abîmes de la vengeance. Mais soudain, un souvenir s'éveilla en lui, les paroles du Gardien, un murmure porteur de sagesse et de mystère : Parfois, le mal peut enfanter le bien. Ces mots, gravés dans son âme, s'élevèrent en lui comme un appel à la clarté. Une lente, presque imperceptible, transformation se produisit. Moussa détourna l'arme d'Abigael et la pointa vers son oncle.

Un sourire narquois déforma le visage de l'homme, une grimace de mépris incrédule. « Tu n'oseras pas, » cracha-t-il, ses yeux s'emplissant d'une certitude malsaine. « Je suis de ton sang. Jamais tu ne me trahirais. Elle, en revanche, n'est qu'une juive abjecte, indigne de ta clémence. »

L'univers semblait suspendu, un théâtre d'ombres où le moindre souffle avait des allures de destin. Moussa attendait, espérant un miracle, une intervention divine, que le Gardien se manifeste pour le sauver de ce choix infernal. Mais rien ne vint. Le monde resta silencieux. Il était seul, face à l'ultime décision, avec ce poids d'une vie humaine entre ses mains. Son doigt appuya sur la détente, presque instinctivement, comme s'il répondait à un appel secret, une force irrépressible qui dépassait sa propre volonté.

Les Hourim de l'innocence

La détonation déchira l'air, un cri de métal brutal et implacable, et l'oncle de Moussa bascula en arrière, son corps frappé par la fatalité, s'effondrant dans la poussière avec une ultime convulsion. La vie s'échappa de lui en un souffle, comme une flamme étouffée par le vent, le silence retombant sur la scène, lourd et implacable, un silence d'après-tempête.

L'adrénaline saisit Moussa comme un torrent, enflamma ses veines, et il se jeta vers Abigael, la relevant avec une force qu'il ne se connaissait pas. Ils s'élancèrent dans l'obscurité, deux âmes en fuite, courant pour échapper à la fureur des ombres qui les poursuivaient, leurs pieds martelant la terre battue, soulevant des nuées de poussière dans leur course effrénée. Leur souffle haletant s'unissait au battement précipité de leurs cœurs, créant une musique désespérée, un hymne à la survie.

Enfin, ils atteignirent le Dôme du Rocher, ce lieu où tout avait commencé, un sanctuaire de pierre illuminé par les dernières lueurs du crépuscule. La brune déployait des ombres étirées, projetant sur le sol de longues traces d'obscurité, mais la beauté de ce moment semblait presque irréelle, un contraste cruel avec l'enfer dont ils s'échappaient. Là, épuisés, essoufflés, Moussa et Abigael se serrèrent l'un contre l'autre, leurs bras formant un rempart protecteur, un bouclier d'amour contre le monde.

Leurs cœurs battaient à l'unisson, des cœurs juvéniles mais marqués par une douleur que même le temps ne pourrait guérir complètement. Le monde autour d'eux semblait s'être arrêté, suspendu dans cet instant où la nuit n'avait pas encore triomphé du jour, où l'espoir tenait encore tête aux ténèbres. Cœur contre cœur, ils sentaient la chaleur de leur vie, une vibration douce, la preuve que, malgré tout, ils étaient encore là, ensemble, invaincus. Dans ce silence oppressant, après la fuite, il ne restait que la musique intime de leurs battements, une mélodie d'espoir que ni la guerre ni la cruauté ne pourraient faire taire.

Les Hourim de l'innocence

Moussa posa doucement son front contre celui d'Abigael. Les larmes s'échappaient de ses yeux, s'unissant aux siennes dans une communion silencieuse, une douleur douce-amère qui les traversait tous deux. Aucun mot ne fut nécessaire, car ce qu'ils éprouvaient transcendait les limites du langage humain. C'était une chaleur immatérielle, une force inébranlable, un lien d'une profondeur insoupçonnée qui défiait la haine, la guerre, et même le destin. Les doigts de Moussa glissèrent tendrement sur la joue d'Abigael, essuyant les traces de ses larmes. Son regard plongeait dans celui de la jeune fille, un regard dénué de peur ou de résignation, empli seulement de la promesse de survivre et de rester unis, coûte que coûte.

Abigael tremblait, mais ce n'était pas le froid qui la secouait. C'était une onde de sentiments qui la submergeait, une force débordante, l'amour innocent et absolu qu'elle éprouvait pour Moussa. À peine âgés de quatorze ans, ils portaient pourtant un amour qui dépassait toutes les limites, un amour si pur qu'il échappait aux définitions et aux frontières que les adultes s'étaient évertués à dresser entre eux. Cet amour était exempt de calculs, de méfiance, de tout ce qui avait contaminé le monde des hommes. On avait tout fait pour les diviser, pour les transformer en ennemis, en étrangers l'un à l'autre, mais rien n'avait pu briser ce lien incandescent qui les unissait. Au contraire, tout les rapprochait : la douleur partagée, la perte, et un rêve commun d'une vie meilleure.

Leur amour était une forteresse impénétrable, un refuge sacré érigé contre la folie environnante, un écho de tendresse et de lumière au milieu des ténèbres. Ils avaient traversé l'indicible, des épreuves qu'aucun autre être ne pourrait jamais complètement saisir. Pourtant, au milieu de cette obscurité accablante, il y avait ce moment de grâce, ce miracle d'espoir : deux cœurs serrés l'un contre l'autre, refusant de céder aux ténèbres. La main de Moussa trouva celle d'Abigael, et ses doigts se lièrent fermement aux

Les Hourim de l'innocence

siens. Dans un murmure empreint de la force d'une promesse éternelle, il souffla : « Nous allons nous en sortir. Ensemble. »

Leur amour, fragile comme une flamme vacillante au cœur de la tempête, était aussi une force inébranlable, une richesse inestimable dans un monde dévasté par la haine. C'était une richesse qui ne se mesurait ni en biens, ni en conquêtes, mais en éclats d'âme, en promesses muettes partagées sous un ciel déchiré. Ils s'étaient trouvés parmi les ruines d'une humanité éclatée, et leur union, telle une lumière perçant les ténèbres, leur insufflait le courage de défier la peur, de se dresser contre le désespoir rampant.

Moussa, avec une tendresse infinie, s'approcha d'Abigael. Ses mains, encore tremblantes des échos de la guerre, se posèrent doucement sur ses épaules frêles. Il inclina la tête et déposa un baiser sur son front, un geste chargé de promesses silencieuses. Ce baiser n'était pas seulement une marque d'affection, mais un serment sacré, un bouclier invisible qu'il érigeait entre elle et les horreurs du monde. Le parfum de ses cheveux, mêlant la poussière des décombres et une douceur ineffable, lui parvint. C'était une fragrance qui évoquait un temps révolu, une réminiscence d'innocence qui résistait, tenace, même au cœur du chaos.

La nuit, vaste et silencieuse, avait déployé son voile d'encre, parsemé d'étoiles, comme un tableau céleste offert en répit à leurs âmes tourmentées. La lune, souveraine paisible, éclairait la scène de sa lueur argentée, conférant à leur étreinte une dimension presque sacrée. Sa lumière douce semblait leur murmurer que, même dans l'obscurité la plus profonde, il existait des îlots de paix, des instants où le tumulte s'effaçait devant la puissance de l'amour.

Les Hourim de l'innocence

Ils restèrent ainsi, leurs corps jeunes mais déjà marqués par l'épreuve, enlacés dans un silence qui transcendait le langage. Le temps, habituellement tyrannique, sembla suspendre son cours, emprisonné dans cet écrin d'éternité. Tout autour d'eux, la violence du monde, les cris des hommes, le fracas des armes, semblaient s'être évanouis, comme dissipés par l'aura de leur lien. Ce silence, loin d'être vide, était lourd de promesses, porteur d'une fragile mais éclatante espérance.

Pour la première fois depuis des mois qui leur avaient semblé des siècles, ils osèrent croire à un avenir. Leur amour, incandescent, triomphait des ténèbres environnantes. Il était un brasier inextinguible, alimenté par chaque sourire échangé, chaque larme partagée. Bien plus puissant que la guerre, bien plus durable que les haines accumulées au fil des générations, cet amour était leur arme ultime, leur défi lancé à un monde déchiré.

Ils n'étaient encore que des enfants, mais leur amour dépassait les frontières des âges et des conflits. Il n'était soumis ni aux lois des hommes ni aux caprices de l'histoire. Cet amour ignorait les murs, les barbelés, les séparations imposées par des mains trop pleines de rancune. C'était un amour qui se riait des distinctions, des divisions, et des querelles des nations.

Car dans cet amour résidait une vérité simple et universelle : le véritable combat, celui contre l'oubli, contre l'indifférence, avait déjà été remporté. Leur amour, plus tranchant que toutes les lames, plus résistant que les trahisons les plus amères, était une force primordiale, une lumière que rien ne pouvait éteindre. Et avec cette lumière, ils avanceraient, main dans la main, défiant l'obscurité, porteurs d'un message que le monde ne pourrait plus ignorer : l'Amour, dans sa forme la plus pure, était l'unique réponse aux maux des hommes.

Les Hourim de l'innocence

CHAPITRE IV
LE CRI DES CENDRES

« DANS LES CENDRES DES CITÉS, SEULS LES ENFANTS SAVENT ENCORE RÊVER, MÊME QUAND LE MONDE TENTE DE LEUR ARRACHER CHAQUE ESPOIR. »

La nuit s'était emparée de Jérusalem, déployant son manteau d'ombres glacées sur les pierres antiques de la cité, infusant l'air d'un froid mordant qui s'insinuait entre les interstices de l'Histoire. Abigael et Moussa, enveloppés dans l'obscurité, se serraient l'un contre l'autre, cherchant dans la chaleur de leur étreinte un rempart contre le monde qui s'effondrait autour d'eux.

Les Hourim de l'innocence

Ils n'avaient besoin ni de paroles ni d'explications ; le silence suffisait. Ce silence n'était pas une absence, mais une présence pleine, un espace sacré où leurs cœurs battaient à l'unisson, apaisant le tumulte de l'extérieur par un rythme secret qui n'appartenait qu'à eux. Chaque battement de cœur apportait un réconfort précieux, une pulsation d'espoir qui semblait repousser l'obscurité.

Alors, soudain, le Gardien fit son apparition devant eux. Cette fois, il avait pris forme humaine : un vieil homme aux traits profondément burinés par le temps, un visage sculpté d'une sagesse millénaire qui semblait appartenir à toutes les terres de cette région, aussi bien palestinienne qu'israélienne. Il émanait de lui une paix indicible, mais aussi une énergie d'une puissance insoupçonnée, comme si chaque ride de son visage racontait une fable perdue, un écho des siècles passés. Ses yeux étaient de véritables puits d'étoiles, profonds et insondables, abritant une lumière mystique qui semblait contenir des secrets oubliés de l'humanité.

Sans un mot de plus, il les guida vers un lieu qu'aucun mortel n'aurait su découvrir de lui-même, un passage dissimulé, presque onirique, niché non loin du Dôme du Rocher. Ils descendirent dans les entrailles de Jérusalem, suivant ce chemin invisible jusqu'à ce qu'ils atteignent une salle aux accents d'un autre monde, imprégnée d'une magie ancienne et inaltérable. Les murs de pierre étaient gravés de symboles oubliés, comme autant de hiéroglyphes murmurant les fragments d'une histoire jamais contée. Ici, la réalité semblait suspendue, et même le temps s'était arrêté, pétrifié dans un instant d'éternité. C'était un sanctuaire où les lois du monde extérieur n'avaient plus de prise, un lieu où chaque pierre semblait vibrer d'une mémoire sacrée.

La pièce baignait dans une lueur douce, émise par les murs eux-mêmes, une luminescence irréelle qui semblait exhaler un souffle

Les Hourim de l'innocence

ancien, une lumière qui rendait l'air palpable, presque vivant. Abigael et Moussa se tenaient là, transformés par cette atmosphère enchanteresse. Ils se sentaient libérés des chaînes de leur destin, comme si, pour un moment suspendu, ils pouvaient effleurer le miracle d'une paix authentique, un répit où le monde, avec ses douleurs et ses guerres, n'avait plus d'emprise sur eux.

Le Gardien prit alors la parole. Sa voix, empreinte d'une douceur solennelle, semblait s'insinuer dans chaque pierre, chaque recoin de leur âme, se fondant dans l'espace avec une harmonie divine : "Vous devez comprendre," commença-t-il, sa voix portant un écho d'éternité, "que votre survie n'est due qu'à l'Amour qui vous unit. Vous avez affronté les plus sombres abysses, des horreurs que nul enfant ne devrait connaître. Tout a été minutieusement orchestré pour vous briser, pour vous séparer, pour éteindre cette flamme fragile qui brûle en vous. La perte de vos parents était le premier assaut ; les massacres et la violence aveugle devaient vous anéantir. Pourtant, vous avez tenu bon, vous êtes restés unis, car votre amour est plus puissant, plus pur que toutes les forces de la haine."

Il les contempla, ses yeux empreints d'une tendresse infinie, comme s'il pouvait voir à travers eux l'étoffe de leur âme. "L'homme," reprit-il, "est capable d'actes monstrueux, surtout lorsqu'il se laisse guider par les chuchotements du démon, lorsqu'il repousse les limites du mal. Mais ne pensez pas que le Créateur vous a testés. Il voit tout, connaît tout, et laisse toujours à l'homme le choix de son chemin. Ce sont vos choix, libres et courageux, qui ont forgé votre destin. Vous avez choisi l'amour au milieu des ténèbres, et c'est cela qui vous distingue."

Un instant, le regard de Moussa s'assombrit, l'ombre de ses actes pesant sur lui, le souvenir de l'oncle qu'il avait abattu le hantant. Le Gardien, comme s'il lisait dans ses pensées, s'approcha avec une sagesse infinie :

Les Hourim de l'innocence

"Moussa," dit-il doucement, "tu portes un fardeau qui n'est pas le tien. Lorsque tu as tiré, ce n'était pas toi qui décidais de la vie ou de la mort. Le Créateur seul prend les âmes, qu'elles soient innocentes ou corrompues. Ton oncle est tombé par ta main, mais c'est l'Unique qui l'a permis. Les âmes innocentes qui se sont éteintes, et celles qui tomberont encore, sont des victimes d'un mal qui cherche à détruire l'amour, à éteindre cette lumière universelle qui lie les hommes au divin. Mais souviens-toi, le Créateur est juste, et son jugement est au-delà de toute injustice humaine."

Abigael et Moussa, imprégnés de ces révélations, sentaient leur être se transformer. Leurs esprits étaient marqués d'une vérité transcendante, une compréhension nouvelle qui éclipsait la peur et embrasait en eux une détermination sans égale. Ils savaient, d'une manière viscérale, que leur amour était leur bouclier, la seule arme assez pure pour défier les ténèbres.

Le Gardien les observait avec une intensité bienveillante, ses yeux reflétant l'éternité d'un savoir ancien. Dans un geste empreint de sérénité, il étendit ses mains lumineuses, et une brise presque divine caressa leurs visages. Sa présence ne s'effaça pas, mais devint une force palpable autour d'eux, un phare inébranlable dans l'obscurité. Il restait là, silencieux mais vigilant, prêt à guider leurs pas à chaque détour du destin.

Main dans la main, ils se tenaient au cœur de ce sanctuaire intemporel, leur amour vibrant d'une énergie presque sacrée. Le froid et l'obscurité n'avaient plus d'emprise sur eux ; ils étaient prêts. Ensemble, ils affronteraient la tempête qui se préparait, porteurs d'une lumière que rien ne pourrait éteindre, une lumière née de leur douleur, mais transcendée par leur amour.

Ils buvaient tous les deux chaque parole du Gardien, subjugués par cette sagesse inébranlable, par cette vérité qu'ils sentaient

Les Hourim de l'innocence

vibrer au plus profond de leur être, comme une corde longtemps restée muette qui résonnait enfin. "Ce qui va déferler sur Gaza et les terres environnantes," poursuivit le Gardien, sa voix s'alourdissant d'une sombre prophétie, "sera d'une ampleur diabolique. Un cataclysme, une danse infernale de feu et de métal qui réclamera des milliers d'âmes, tandis que le reste du monde se figera, pétrifié par une force invisible, une noirceur qui paralysera jusqu'à la pensée. Ce silence complice, ce mutisme coupable, sera jugé. Chacun, même ceux qui se sont murés dans l'indifférence, devra rendre des comptes : ceux qui se sont tus, ceux qui ont observé sans agir, ceux qui ont laissé les innocents périr sans lever le moindre cri."

Il s'approcha d'eux, et le simple contact de sa main sur leurs frêles épaules semblait insuffler une chaleur nouvelle, une énergie que même la terreur ne pouvait étouffer. Ses mots s'adoucirent, mais perdirent en rien de leur gravité : "Vous serez l'étincelle qui rallumera la flamme. Votre amour, si pur, si absolu, est une leçon que les adultes doivent réapprendre. Car tant que deux cœurs s'aiment sans conditions, la haine ne peut triompher. Vous serez l'éclair déchirant la nuit la plus sombre, une lumière guidant les âmes égarées vers la rédemption. Vous portez cet espoir, né d'une douleur que vous ne méritiez pas, mais qui, pourtant, éclaire au-delà des divisions les plus profondes."

Les mots du Gardien s'élevèrent, planant dans l'air comme une bénédiction muette, et même le silence, éternel témoin de leurs souffrances, semblait s'incliner en reconnaissance. Abigael se tourna vers Moussa, et leurs regards s'accrochèrent comme on se raccroche à une étoile quand l'obscurité veut nous avaler. Dans ce regard, il y avait une force nouvelle, une résolution qui brûlait comme un feu sacré. Ils n'étaient plus deux enfants, des âmes errantes dans une guerre qui les dépassait. Non, désormais, ils étaient devenus des porteurs de lumière, des esprits unis par l'amour, capables d'éveiller un monde engourdi par la haine et

Les Hourim de l'innocence

l'indifférence. Leur innocence n'était plus une faiblesse, mais un rempart d'une puissance inestimable, une pureté que rien ne pourrait entacher.

Dans un ultime geste empreint de tendresse infinie, le Gardien posa sur eux un regard où dansait l'éclat de millénaires de souffrances et d'espoir, avant de se dissiper dans une brise légère, un souffle d'éternité qui caressa leurs joues comme un dernier adieu. Abigael et Moussa se retrouvèrent seuls, mais avec la certitude inébranlable de ce qu'ils devaient accomplir. Ils se tenaient la main, unis par un serment tacite. Ils avaient une mission, un devoir sacré envers ceux qui n'avaient plus de voix, envers les enfants, les innocents, et envers l'Amour, ce miracle qui ne devait jamais être brisé.

À cet instant, plus rien n'avait d'importance, ni le froid, ni les ténèbres. Leur amour était leur unique chaleur, une flamme que rien ne pouvait éteindre. Ils étaient prêts, prêts à affronter la tempête qui se profilait, même si cela signifiait se sacrifier pour sauver ce qui restait de beauté et de pureté en ce monde. Car leur amour était un miracle, une lumière arrachée à la destruction, un feu sacré qui défierait l'obscurité.

Les jours qui suivirent furent marqués d'une démesure apocalyptique. La vengeance israélienne se déchaîna avec la force d'une tempête divine, transformant les cieux de Gaza en un abîme incandescent où des torrents de bombes pleuvaient sans relâche. Ce qui, au départ, était prétendu comme des frappes ciblées, minutieusement calculées pour frapper les positions du Houmas, se transforma en un ouragan aveugle, balayant tout sur son passage, emportant des vies innocentes dans un déluge de feu. La frontière entre combattants et civils s'éroda jusqu'à disparaître, et la fureur mécanique des bombardements broya sans distinction hommes, femmes, et enfants, ensevelissant leurs existences fragiles sous des montagnes de gravats.

Les Hourim de l'innocence

Les médias, loin d'être des témoins neutres, devinrent des acteurs dans ce théâtre tragique, amplifiant l'horreur de l'attaque du 7 octobre jusqu'à la faire résonner comme une ignominie sans précédent. Les mots eux-mêmes semblaient mutilés par la violence qu'ils décrivaient : pogrom, massacre, apocalypse. Mais la réplique, ce déluge meurtrier, se déroulait avec une froideur déshumanisée, broyant toute parcelle d'espoir. Ce ne fut bientôt plus une simple vengeance, mais un carnage à la fois absurde et implacable, orchestré dans l'indifférence de ceux qui auraient dû élever la voix.

Le sang des innocents coulait, mais le silence des puissants le recouvrait. Les médias dominants, eux, prirent parti, stigmatisant ceux qui osaient exprimer la moindre empathie pour les Palestiniens. Toute tentative de nuance, toute parole de compassion, était aussitôt étouffée par des accusations d'antisémitisme, clouant au pilori ceux qui ne voulaient pas céder à une vision binaire, simpliste et cruelle. La propagande se déployait comme une brume oppressante, masquant les larmes, les cris, la vérité de ce carnage, tandis que les gouvernements occidentaux, habillés d'une fausse neutralité, prenaient leur place dans ce chœur de complices, échos aveugles d'un jeu macabre.

Les médias, dans leur immense majorité, s'étaient empressés de prendre position, pointant du doigt quiconque osait exprimer ne serait-ce qu'un soupçon d'empathie pour les Palestiniens, quiconque osait remettre en question la version officielle ou s'insurger contre la brutalité aveugle des représailles israéliennes. Une propagande s'insinuait, s'étendait telle une fumée opaque, épaisse et inaltérable, dissimulant la souffrance humaine et la complexité des événements derrière un écran de slogans simplistes et de jugements aussi tranchés qu'injustes. Toute voix dissidente, toute tentative d'amener une nuance, de poser des questions dérangeantes ou d'inviter à une réflexion plus profonde, était immédiatement muselée, diabolisée. Ceux qui se

Les Hourim de l'innocence

risquaient à élever la voix pour dénoncer cette violence disproportionnée et aveugle se retrouvaient traînés en place publique, lynchés par une opinion façonnée de toutes pièces, accusés d'antisémitisme, condamnés à l'infamie. Pour beaucoup, ces voix courageuses finissaient même par être poursuivies en justice, broyées sous le poids d'une machinerie politique implacable. Les gouvernements occidentaux, avec leur air de fausse neutralité, n'étaient pas épargnés par cette mascarade. En réalité, leur impartialité affichée était une illusion : ils avaient déjà choisi leur camp, se ralliant aveuglément à la politique israélienne, en adoptant des postures convenues, mécaniques, et terriblement cyniques.

Tout ceci semblait minutieusement orchestré, comme les rouages d'une grande machination savamment huilée, mise en mouvement bien avant le déchaînement de la violence. Comment le Mouzad, ce service de renseignement Israélien réputé pour sa vigilance implacable et ses ressources quasi illimitées, aurait-il pu manquer des signes aussi manifestes ? Pourquoi les autorités israéliennes avaient-elles attendu si longtemps pour intervenir, laissant la situation s'emballer au point de devenir incontrôlable ? Comment des combattants, se disant musulmans, avaient-ils pu commettre de telles atrocités, en dépit des enseignements de l'islam qui condamnent sans ambiguïté les actes de barbarie ? Tout cela défiait la logique, défiant la raison avec une insistance cruelle, comme si les pièces de ce puzzle, au lieu de former une image cohérente, avaient été intentionnellement distordues pour justifier une riposte d'une ampleur terrifiante. Une riposte qui ne se contenterait pas de frapper Gaza, mais qui allait embraser toute la région, semant le chaos et la désolation bien au-delà de ses frontières.

Dans ce jeu cynique, les gouvernements jouaient le rôle des bourreaux, tandis que les peuples n'étaient, à leurs yeux, que des dommages collatéraux, de simples pions sacrifiables sur

Les Hourim de l'innocence

l'échiquier géopolitique. Ces stratèges sans scrupule, héritiers des décideurs d'autrefois, semblaient ne chercher qu'à redessiner les frontières, tout comme leurs prédécesseurs l'avaient fait avec une arrogance glaciale. Comment un peuple, qui avait enduré l'indicible horreur de la Shoah, qui avait subi la pire persécution de l'histoire, pouvait-il, aujourd'hui, imposer des souffrances qui ressemblaient, à s'y méprendre, à celles qu'il avait lui-même endurées ? L'histoire semblait s'écrire avec des échos lugubres. Ce ne furent pas les peuples arabes qui avaient exterminé des millions de Juifs, qui avaient orchestré cette folie génocidaire. Non, c'étaient les Européens, les mêmes qui aujourd'hui se drapaient dans un silence lourd de contradictions.

Lors des heures sombres de l'histoire, ce furent les pays arabes qui, bravant les divisions religieuses et culturelles, avaient ouvert leurs frontières, offrant refuge aux Juifs persécutés, les accueillant quand le reste du monde leur avait tourné le dos. Comment alors expliquer que, des décennies plus tard, ce même peuple, censé être le dépositaire de la mémoire du mal absolu, puisse infliger à d'autres des souffrances si semblables ? Pensons-nous réellement qu'un jour viendrait où les peuples d'Afrique, autrefois arrachés de leur terre et vendus comme des marchandises, se lèveraient pour asservir à leur tour le reste du monde, pour soumettre ceux qui les avaient réduits en esclavage ? Ce furent encore les Européens qui dirigèrent cet ignoble commerce, exploitant des êtres humains comme des objets, et pourtant, ceux qui furent opprimés n'avaient jamais répondu par une soif de domination universelle.

Aujourd'hui, les peuples sont cloués devant leurs écrans, hypnotisés par le martèlement incessant d'une propagande qui ne laisse aucune place au doute, à la nuance, ou à la réflexion. Les réseaux sociaux regorgent de fausses informations, de récits fabriqués, de réalités tronquées qui s'infiltrent dans l'esprit des masses, brouillant la frontière entre la vérité et le mensonge. La

Les Hourim de l'innocence

sagesse, le recul, et la pensée critique sont devenus des denrées rares, étouffées par la cacophonie de la désinformation. La vérité, la vraie, ne se dévoile jamais dans le vacarme des slogans et des images violentes ; elle réside dans le silence méditatif, dans la sagesse des anciens, dans le cœur des êtres qui osent encore voir au-delà des façades trompeuses et qui refusent de céder aux discours imposés.

Nul ne devrait se dresser contre un peuple ou une foi, car c'est contre ce qui corrompt l'essence même du monde que nous devons tous lutter, contre le mal sous toutes ses formes, insidieuses et manifestes. Qu'ils soient Juifs en Israël, musulmans en Palestine, chrétiens d'Orient, ou croyants d'autres confessions, tous ceux qui, au fond, partagent une foi en ce même Dieu unique, ne sont que des noms inscrits sur une liste. Une liste que le mal souhaiterait effacer, pour anéantir l'espoir divin et plonger la création dans une nuit éternelle.

En Terre Sainte, le mal a ouvert une faille, et il s'emploie à l'étendre, comme une gangrène cherchant à contaminer la planète entière. Il sème le chaos, alimente les divisions, et nourrit la haine jusqu'à ce qu'elle dévore toute trace d'humanité. Mais son ambition dépasse encore ce carnage apparent : il désire réveiller un pouvoir ancestral, réactiver une porte scellée, un vortex millénaire dissimulé sous le Dôme du Rocher. Un passage interdit, dont les légendes évoquent le retour des Gogs et des Magogs, ces civilisations maudites, évoquées dans les versets coraniques, qui, à la fin des temps, se déverseraient sur la Terre depuis les hauteurs, apportant la désolation et la mort. Telle est la véritable menace, plus insidieuse que les bombes, plus effrayante que la guerre des hommes. C'est une guerre spirituelle, une bataille pour l'âme de l'humanité. Et dans ce combat invisible, Abigael et Moussa, par leur pureté et la force de leur amour, sont peut-être le dernier rempart contre l'obscurité qui guette le monde.

Les Hourim de l'innocence

Durant leur retraite dans ce sanctuaire, Abigael et Moussa demeurèrent longtemps en compagnie du Gardien. Ils restèrent dans ce lieu qui semblait figé hors du temps, entourés de silence et d'ombres chargées de mystère. Là, protégés des tumultes du monde extérieur, ils eurent le temps de plonger dans une contemplation profonde, une introspection presque divine. Bien que si jeunes, à peine quatorze ans, ils avaient traversé des épreuves d'une intensité inimaginable, des souffrances que peu d'adultes auraient pu supporter sans succomber. Ils avaient été témoins d'atrocités sans nom, et pourtant, le deuil leur avait été refusé, comme un droit arraché par la cruauté des circonstances. Leurs parents, arrachés à leur vie dans des flots de violence, avaient laissé en eux des blessures béantes, des cicatrices invisibles qui refusaient de se refermer. Ils portaient cette douleur en silence, un poids lancinant qu'aucun miracle ne pouvait alléger. Pourtant, la vie continuait, implacable, les jours glissant comme du sable entre leurs doigts. Ils n'avaient d'autre choix que de continuer, cherchant des bribes de lumière dans une nuit interminable, des éclats de bonheur dans un océan de désolation.

Les mois défilèrent, s'égrenant avec une lenteur trompeuse, et Abigael et Moussa s'endurcirent. Ils forgeaient leur corps et leur esprit, chaque entraînement les rendant plus forts, mais c'était surtout l'amour qu'ils ressentaient l'un pour l'autre qui les transformait, une énergie lumineuse qui défiait les ombres et repoussait la haine. Leurs regards, autrefois empreints de peur, brillaient maintenant d'une profondeur paisible, d'une force tranquille que même les plus terribles des adversaires ne pouvaient ébranler. Ils n'étaient plus seulement des enfants ; ils étaient des porteurs de lumière, des cœurs immortels débordant de compassion. Leur amour était devenu un sanctuaire, un bastion que rien ne pouvait ébranler.

Chacun d'eux avait sa manière de prier. Abigael adressait ses prières en silence, les mains jointes, les yeux levés vers un ciel invisible, cherchant une communion intime, une conversation sacrée avec l'infini. Moussa, lui, priait avec une ferveur brûlante, ses genoux s'enfonçant dans la terre, récitant les paroles anciennes avec toute la foi de son âme, des mots qui le reliaient aux espoirs et aux prières de générations disparues. Leurs chemins vers le divin étaient différents, mais leurs cœurs battaient à l'unisson, orientés vers la même lumière. Ils avaient compris que ce qui importait n'était pas la forme des prières, ni le rituel, mais la foi qui les animait, la sincérité pure de chaque pensée tendue vers le Créateur. Ils savaient qu'ils étaient unis dans cette quête de bonté, dans cet engagement pour le bien, le partage, la paix.

C'était une paix fragile, une paix qui avait traversé les siècles de conflits, de trahisons, de luttes insensées. Mais cette paix n'avait jamais été totalement brisée, car il y avait toujours eu des âmes, quelque part, prêtes à la porter, à la transmettre, au-delà des frontières humaines, au-delà des barrières dressées par les hommes. Cette paix, comme leur amour, ne pliait pas, ne se laissait pas souiller par l'ignorance ou le fanatisme. Elle survivait parce qu'elle était portée par des êtres qui avaient choisi de croire en la lumière, même quand tout semblait s'effondrer.

Quand ils émergèrent de la protection du Gardien, le spectacle qui les attendait était à couper le souffle, mais d'une manière qui laissait un goût amer, un goût de cendres et de larmes non versées. Gaza n'était plus qu'un champ de ruines. Des quartiers entiers, jadis animés par les rires des enfants et les conversations des anciens, n'étaient désormais que des amas informes de gravats, des décombres muets, témoins de vies brisées. Chaque rue, chaque demeure, chaque vestige humain semblait avoir été avalé par une force destructrice qui ne faisait pas de distinction. Et dans le ciel, les avions de guerre poursuivaient leur danse macabre, déchirant le silence avec un grondement métallique, lâchant des bombes qui semaient la mort et le néant.

Les Hourim de l'innocence

La nuit était tombée, et un froid coupant s'insinuait entre les pierres millénaires de la ville, pénétrant les moindres fissures comme un souffle glacé d'éternité. Moussa et Abigael avancèrent, blottis l'un contre l'autre, puisant l'un dans l'autre une chaleur presque sacrée qui transcendait les tourments du monde extérieur. Ils n'avaient pas besoin de mots ; leur silence était plus éloquent que n'importe quelle prière. Le simple fait d'être ensemble, après tout ce qu'ils avaient traversé, suffisait à illuminer les ombres environnantes. Leurs cœurs battaient à l'unisson, et dans ce rythme partagé, ils trouvaient un apaisement qui éclipsait, ne serait-ce qu'un instant, l'anarchie de l'humanité.

Alors qu'ils avançaient dans les ruines de Gaza, le paysage de désolation devant eux semblait s'étendre bien au-delà de ce territoire. Le chaos n'épargnait plus personne, et la spirale de la violence continuait d'engloutir tout sur son passage. Après l'Iran, ce fut au tour du Liban, cette terre déjà marquée par tant de douleurs, de se retrouver sous le feu des représailles israéliennes.

Les missiles traçaient des lignes de feu dans l'obscurité, tandis que les dirigeants du monde, englués dans des discussions diplomatiques stériles, restaient spectateurs. Des paroles creuses s'empilaient, incapables de masquer l'inaction face à l'horreur. Comment en était-on arrivé là ? Comment un pays aussi puissamment armé qu'Israël, soutenu et financé par des nations se proclamant gardiennes de la paix, pouvait-il frapper avec une telle impunité un peuple sans défense ?

Sous le prétexte de traquer le Houmas, un groupe dont l'ironie tragique résidait dans le fait qu'il avait été, autrefois, soutenu et financé par Israël lui-même pour semer la discorde parmi ses ennemis, une punition collective s'abattait sur des innocents. Chaque missile qui tombait ne faisait pas seulement éclater des murs, il détruisait des vies, des espoirs, et la fragile promesse d'un lendemain meilleur.

Les Hourim de l'innocence

Rien de tout cela ne semblait sensé. Tout était trouble et limpide à la fois, un paradoxe abject qui défiait la logique et pervertissait la vérité. La manipulation régnait en maîtresse absolue, tissant des voiles d'ombres autour des esprits, et les vérités profondes se cachaient derrière des façades de propagande, des demi-mots et des peurs bien placées. Le monde entier semblait n'être devenu qu'un théâtre absurde, une scène où les rôles de victime et de bourreau s'échangeaient sans fin, où la réalité se trouvait distordue par des marionnettistes de l'ombre.

Abigael et Moussa traversaient ces décombres avec une gravité nouvelle, leurs yeux se posant sur les visages pétrifiés de ceux qui n'étaient plus, sur ces ruines qui criaient la folie des hommes. Chacun de leurs pas était un coup de poignard, mais c'était aussi une marche chargée de détermination. Une force s'était éveillée en eux, quelque chose d'immense, d'indomptable. Ils savaient ce qu'ils avaient à faire. Ils n'étaient pas là pour être de simples témoins impuissants, mais pour agir, pour réveiller les consciences, pour être la voix des âmes que le monde avait choisi d'ignorer.

La vérité, crue et implacable, ne demandait pas à être clamée à grands cris. Elle se tenait là, dans chaque fragment de vie brisé, dans chaque soupir, dans le regard vide d'une mère, dans les larmes séchées d'un enfant. Les peuples étaient devenus de simples pions sur l'échiquier des puissants, leurs existences sacrifiables, leurs espoirs foulés aux pieds par des ambitions démesurées. Mais Abigael et Moussa refusaient d'être des pions. Ils ne laisseraient pas d'autres enfants être réduits en cendres par la cupidité et la haine des hommes. Leur amour, plus fort que l'acier des bombes, serait leur arme. Leur foi, leur bouclier. Ensemble, ils défieraient les ténèbres, même si cela les menait jusqu'aux portes de l'enfer.

Les Hourim de l'innocence

Ils s'enfoncèrent plus loin dans ce paysage de désolation, déterminés à retrouver d'autres enfants, des êtres perdus comme eux. À chaque rencontre, ils tendaient la main, incitaient ces jeunes âmes à les suivre, et bientôt, ils formèrent un groupe solidaire, uni par le désespoir mais aussi par une fragile espérance. Autour d'eux, l'océan de ruines s'étendait sans fin, chaque pierre, chaque fragment dégageant une chaleur suffocante, un écho des flammes qui avaient ravagé ce monde. Les enfants qu'ils croisaient, orphelins, terrifiés, étaient comme des fantômes d'une époque qui n'existait plus. Leurs visages portaient la marque de la poussière, de la terreur, des larmes figées. Leurs vêtements, déchirés, pendaient sur eux comme des haillons, et dans leurs yeux brillait une peur primitive, déchirante, qui surpassait même celle des adultes.

Cette peur, si brute, si palpable, semblait faire écho dans l'air, une lamentation muette, et il y avait quelque chose dans ces regards qui vous tordait les entrailles, qui hurlait une vérité que personne ne pouvait ignorer. La peur d'un enfant n'a rien de comparable ; elle est si pure, si absolue, qu'elle en devient insupportable.

Les odeurs âcres des ruines s'infiltraient dans l'air comme des spectres invisibles, un mélange suffocant de poussière, de cendre et de larmes cristallisées. Les enfants, eux, ne redoutaient pas tant la douleur, ni même la mort. Ce qui les terrifiait, c'était la peur elle-même, nue, brutale, surtout lorsqu'elle était vécue dans une solitude absolue, sans un mot rassurant, sans la chaleur d'une étreinte protectrice. Leur innocence révélait le visage le plus cruel de la peur : celui de l'abandon, celui de la rupture d'un lien d'amour, l'angoisse insupportable d'être séparé à jamais de la tendresse d'une mère, de la protection d'un père, de l'affection d'un être cher. Le regard d'un enfant qui a peur devrait suffire à briser le cœur de quiconque possède encore une once d'humanité. Pourtant, ici, dans cette guerre sans fin, ce regard était devenu banal, un reflet constant des injustices perpétrées par un monde d'adultes insensibles.

La guerre, avec son cortège de terreur et de destruction, avait planté ses graines sombres dans le cœur de ces enfants, les enchaînant à des cauchemars bien trop grands pour eux. Moussa et Abigael comprenaient l'urgence d'agir, de réconforter ces âmes brisées, qu'elles soient orphelines ou non. Ils devaient raviver l'espoir, même s'il ne s'agissait que d'une étincelle vacillante dans ce chaos implacable. Au-dessus d'eux, des oiseaux charognards décrivaient des cercles sinistres, leurs cris perçant le silence pesant, soulignant l'urgence et la fragilité de leur mission. Tout semblait insurmontable, mais ils étaient décidés à commencer, peu importait la difficulté.

Moussa, inspiré par une idée soudaine, proposa aux enfants un jeu. Un jeu simple, mais capable, peut-être, de ramener un peu de lumière dans leurs yeux éteints. Il leur demanda de fermer les yeux, de penser très fort à ceux qu'ils avaient perdus, de les imaginer présents, tout près d'eux. Il leur expliqua qu'ils devaient sentir la main aimante qui caressait leurs cheveux, entendre une voix douce qui les rassurait, comme si cette présence leur était rendue, même pour un instant. Beaucoup d'enfants, malgré la douleur qui pesait sur leurs frêles épaules, acceptèrent. Leurs paupières se fermèrent, leurs cils tremblant sous l'effort de concentration, leurs lèvres murmurant des noms, des prières, des souvenirs précieux. Mais certains restaient réticents, sceptiques, presque endurcis. La haine avait déjà germé en eux, étouffant la moindre once de candeur, et ils étaient devenus incapables de croire, même en un jeu.

Abigael s'approcha de ces enfants-là, ceux dont le cœur semblait fermé. Elle s'agenouilla près d'eux, plongeant son regard dans le leur, empreint d'une douceur et d'une gravité infinies. Elle prit une inspiration profonde et leur raconta une histoire, une histoire

Les Hourim de l'innocence

vraie. Sa voix, d'abord hésitante, devint fluide, comme un ruisseau qui glisse sur des pierres. Elle parla d'une petite fille et d'un petit garçon qui s'étaient rencontrés sous un olivier, un arbre aux feuilles argentées qui frémissaient sous le vent, un symbole de paix fragile dans un monde en ébullition. Elle décrivit la lumière dorée de cet après-midi-là, la douceur d'une rencontre qui, malgré la violence environnante, avait donné naissance à quelque chose de précieux. Puis elle parla des épreuves qu'ils avaient traversées ensemble, de la journée du 7 octobre, des bruits assourdissants, des flammes léchant le ciel, de la peur incommensurable, mais aussi de la force mystérieuse qui les avait guidés, de cette force invisible qui les poussait à survivre.

Sa voix se brisa légèrement, ses yeux s'humidifiant, mais elle continua : « Cette petite fille, c'est moi. Et ce garçon, c'est Moussa, qui se tient ici, devant vous. » Un silence dense s'abattit sur eux, seulement troublé par le vent qui s'insinuait entre les ruines et le bruit sourd des décombres encore chauds. Les enfants écoutaient, suspendus à ses mots, cherchant dans son visage la vérité de son histoire, cette lumière fragile qu'elle tentait de leur transmettre.

Puis, un murmure s'éleva, faible d'abord, hésitant, mais qui gagna en force, se transformant en un cri unanime : « Hourim ! Hourim ! Hourim ! » Ce mot, mystérieux et puissant, semblait surgir des profondeurs mêmes de leurs âmes. C'était un mot nouveau, forgé dans l'urgence de l'espoir, un mot qui n'appartenait ni à l'arabe ni à l'hébreu, mais aux deux à la fois. En lui vibrait la racine de « Houras », qui, en arabe, signifie gardien, et la terminaison « im », empruntée à l'hébreu, marquant le pluriel.

Ce mot magique naquit spontanément des lèvres des enfants, comme s'il avait été soufflé par une force supérieure. Il transcendait les langues et les frontières, unissant les cœurs sous un même cri, un même appel. Il désignait Abigael et Moussa,

Les Hourim de l'innocence

leurs gardiens magiques, les protecteurs qu'ils avaient choisis, les phares lumineux dans cette nuit dévorante.

Leurs voix s'élevèrent dans l'obscurité, emplissant l'air d'un écho vibrant de défi et de foi. « Hourim » n'était pas qu'un simple slogan, c'était une proclamation d'espoir, une déclaration de résistance, un mot gravé dans l'éternité pour désigner ceux qui, par leur courage, portaient la promesse d'un monde nouveau.

Ce cri collectif, ce mot unique, semblait posséder une force presque magique. Il était comme une incantation, un souffle d'espoir qui défiait les ténèbres environnantes. L'histoire d'Abigael et Moussa se répandit à travers les camps de réfugiés, à travers Gaza tout entière. Les enfants désiraient les voir, les rencontrer, comme s'ils étaient devenus des légendes vivantes, des porteurs de lumière. Une aura invisible émanait d'eux, une énergie réconfortante, une paix que rien ne semblait pouvoir briser. Il suffisait de les observer, de les écouter, pour sentir le fardeau de la douleur s'alléger, pour que l'air oppressant devienne soudainement respirable, pour que l'obscurité paraisse un peu moins effrayante. Avec eux, les ombres reculaient, et l'espoir, même fragile, redevenait possible.

La nouvelle se propagea telle une flamme insaisissable, une étincelle vivante que rien ne pouvait arrêter. D'un camp à l'autre, les enfants chuchotaient, s'émerveillaient, leurs voix chargées d'une solennité presque sacrée. « Hourim », ce mot qui n'appartenait à aucune langue connue, mais qui était le fruit d'une fusion, une création née de l'amour et du désespoir, résonnait à travers les ruines. Il circulait comme un souffle porteur d'espérance, une promesse à peine murmurée mais vibrante d'une force inébranlable. On racontait que ce mot leur avait été offert par la providence elle-même, que rien, dans cette guerre cruelle, n'était laissé au hasard. Le Gardien, entité céleste et bienveillante, avait inspiré cette appellation, conférant à Abigael

Les Hourim de l'innocence

et Moussa un pouvoir que même les plus sombres des ténèbres ne pouvaient éteindre.

Au fur et à mesure que les jours passaient, Hourim devint plus qu'un simple nom : il se transforma en un cri de ralliement, un hymne de liberté. Ce mot vibrait dans l'air avec une intensité qui transcendait les frontières et brisait les chaînes invisibles de la haine. Il s'inscrivait dans le cœur des enfants comme une bénédiction, une promesse que la lumière pouvait toujours triompher, même dans les abîmes de la souffrance. Leurs voix, jeunes mais vibrantes de détermination, étaient devenues un chant sacré, un défi lancé aux forces de la destruction.

Sans qu'ils s'en aperçoivent, Abigael et Moussa étaient devenus des figures emblématiques, des phares d'espoir pour tous les enfants palestiniens. Leur énergie rayonnait comme une lumière divine, et cette aura bienveillante franchit bientôt les frontières. En Israël, les enfants eux aussi commencèrent à se rallier à cette cause. Ils murmuraient, puis scandaient « Hourim » avec une ferveur que personne n'avait prévue, un écho puissant qui s'élevait dans l'éther, franchissant les murs de méfiance, traversant les cœurs de ceux qui avaient oublié ce que c'était que de croire en l'amour et l'innocence.

En l'espace de quelques semaines, le phénomène devint impossible à ignorer. Les réseaux sociaux s'enflammèrent, portés par un engouement irrépressible. Des messages d'espoir circulaient, des photos de bougies scintillantes dans la nuit, portées par des mains tremblantes mais courageuses. Les plateformes numériques, d'abord réticentes à donner de la visibilité au mouvement, furent contraintes de céder face à l'ampleur de la vague. Les algorithmes de censure, impitoyables et surveillés de près, se voyaient sans cesse contournés par l'ingéniosité des partisans du mouvement. Hourim s'adaptait, se transformait, jouait avec les règles pour se faufiler dans chaque recoin de la toile, devenant une force insaisissable. Les médias, d'abord sceptiques, se mirent à traiter le sujet. Certains cherchèrent à discréditer ce mouvement né de l'innocence. Comment, se demandaient-ils, deux enfants pouvaient-ils porter un tel fardeau ? Des experts furent convoqués pour analyser ce phénomène inattendu, mais rien n'y fit. Les cœurs purs étaient conquis, et même les adultes commencèrent à écouter, à prêter attention. Les parents, d'abord effrayés par cette lueur révolutionnaire, se mirent peu à peu à comprendre. Comment pouvait-on s'opposer à la voix de ses propres enfants ? Comment pouvait-on ignorer un mouvement qui émanait de la sincérité, de la bonté, et d'un amour que même la guerre ne parvenait pas à souiller ?

Pour Abigael et Moussa, cet élan d'espoir ressemblait à un rêve, mais il s'accompagnait d'un poids écrasant. Parfois, quand la fatigue devenait insupportable et que les angoisses surgissaient dans l'obscurité, ils cherchaient refuge l'un dans l'autre. Sous le ciel étoilé, ils se retrouvaient dans des moments de silence où ils pouvaient déposer leurs armes invisibles, laisser leurs cœurs parler sans mots. Moussa posait doucement sa main sur celle d'Abigael, et ce simple contact suffisait à repousser les ombres qui rôdaient. Leur amour, silencieux mais d'une puissance inouïe, était une promesse inébranlable, un serment qui ne se romprait jamais.

Les nuits qu'ils passaient ensemble étaient remplies de murmures inaudibles, de regards qui en disaient plus long que n'importe quel discours. Parfois, Abigael reposait sa tête contre l'épaule de Moussa, écoutant les battements de son cœur, ces battements qui étaient devenus sa mélodie préférée, une source de réconfort. Les bougies des enfants éclairaient doucement l'horizon, et la lueur vacillante dessinait sur leurs visages de tendres ombres. C'était un amour encore jeune, une flamme précieuse, que la guerre avait rendue inaltérable. Chaque geste, chaque regard, était une

Les Hourim de l'innocence

déclaration silencieuse que leur lien ne céderait jamais, qu'il était plus fort que la haine, plus puissant que la peur.

En ces instants volés, ils trouvaient la force de continuer. Et tandis que le monde sombrait dans le chaos, leur amour restait la lumière qui guidait les âmes égarées, un rappel que, même dans la nuit la plus noire, l'humanité pouvait encore choisir la beauté et la bonté.

Dans la bande de Gaza, chaque soir, au coucher du soleil, tous les enfants se rassemblaient, serrant dans leurs petites mains des bougies ou de simples briquets. Des milliers de minuscules flammes perçaient l'obscurité, illuminant la nuit comme une constellation terrestre. Cette lumière vacillante, fragile et pourtant infinie, se propageait avec une douceur irrésistible, unissant ces âmes innocentes dans une vaste toile d'espoir. Ensemble, ces enfants éclairaient les ténèbres pour montrer au monde entier qu'une simple flamme, multipliée à l'infini, pouvait devenir un phare, un bastion lumineux capable de dissiper l'obscurité la plus profonde.

Moussa et Abigael se tenaient toujours légèrement en retrait, non par crainte, mais par une sorte de pudeur partagée, une réserve empreinte de douceur. Ils échangeaient parfois des regards, et dans leurs yeux, des océans de sentiments se déployaient sans qu'aucun mot ne soit nécessaire : la peur, certes, mais aussi une flamme d'espoir, et surtout, cet amour naissant, fragile mais indomptable, qui osait défier les circonstances les plus cruelles. Il fallait voir ces enfants, des milliers de visages illuminés par la lueur dansante des flammes, et entendre leurs voix s'élever, fortes, irréductibles, criant en chœur : « Hourim. » C'était un cri d'innocence, un chant de résistance, une chaleur qui réchauffait les cœurs meurtris et laissait entrevoir la promesse d'une paix que beaucoup avaient cessé d'espérer. De l'autre côté, en Israël, la situation devenait critique. Les frappes sur Gaza ne pouvaient

Les Hourim de l'innocence

plus se poursuivre sans que ceux qui les ordonnaient ne soient vus par le monde entier comme les meurtriers d'enfants innocents. Même les conflits les plus anciens, comme celui entre la Russie et l'Ukraine, durent marquer une pause, car partout, des enfants se dressaient en boucliers vivants, main dans la main, formant des lignes inébranlables d'une pureté désarmante. Même les plus impitoyables des dictateurs se retrouvaient paralysés, impuissants face à cette armée d'innocence. Qui aurait pu imaginer qu'un tel mouvement surgirait, se répandant avec la rapidité d'un feu sacré, avec une puissance que personne ne pouvait contenir ?

L'innocence, longtemps ignorée et foulée aux pieds, réclamait maintenant sa place. Les adultes, jusqu'alors engourdis par l'indifférence ou l'impuissance, se réveillaient peu à peu. Ils se ralliaient à cette cause, subjugués par la pureté de ce cri, bouleversés de voir la lumière que ces enfants tenaient si fermement entre leurs mains. Une simple étincelle s'était transformée en un brasier immense, une lumière que même la noirceur la plus dense ne pouvait étouffer.

Lorsque le mouvement Hourim marquait une pause, dans ces rares instants arrachés à la nuit, Moussa et Abigael trouvaient refuge dans le sanctuaire le plus précieux qu'ils possédaient : l'un et l'autre. Sous la douce lumière des bougies, leurs visages s'illuminaient, et dans ce halo fragile, ils échangeaient des sourires timides, des promesses silencieuses bien plus puissantes que les mots. Une nuit, sous un ciel parsemé d'étoiles bienveillantes, Abigael glissa sa main dans celle de Moussa et la serra tendrement. Ce geste simple, infiniment doux, disait tout ce qu'ils n'avaient pas besoin de prononcer. Ce moment volé au tumulte était suspendu dans le temps, un instant de pureté, où ils n'étaient plus les figures de proue d'un mouvement, mais seulement deux adolescents s'aimant d'un amour à la fois vulnérable et indestructible. Leurs cœurs battaient en harmonie, et dans ce

Les Hourim de l'innocence

rythme partagé résonnait une promesse silencieuse : celle de ne jamais céder à la haine, de lutter toujours pour l'espoir qu'ils avaient découvert ensemble, cet amour unique et précieux, ce rêve inaltérable d'un monde possible.

Sous cet écrin étoilé, ils levèrent les yeux vers les étoiles, ces éclats lumineux, lointains mais immuables, comme les témoins silencieux de leur serment. Tout paraissait éphémère et fragile autour d'eux, et pourtant, ils sentaient au plus profond de leur âme que cet instant, cette tendresse partagée, resterait gravée en eux pour l'éternité. Car c'est dans cette douceur tranquille que résidait la vraie puissance de leur histoire : non dans les clameurs de la révolte ou dans l'écho des batailles, mais dans la profondeur silencieuse de leur lien, un amour humble et absolu, qui n'exigeait rien mais incarnait tout.

Soudain, le Gardien se matérialisa devant eux, sa silhouette empreinte d'une sérénité presque intemporelle. Vêtu humblement, il semblait incarner l'essence même de la sagesse ancestrale, ses traits sereins illuminés par une aura de gravité apaisante. Sa voix, douce mais empreinte d'une solennité rare, les enveloppa comme une prophétie vivante. « Mes enfants, » murmura-t-il, sa voix vibrant dans la quiétude de la nuit, « écoutez-moi avec une attention sans faille. Vous avez triomphé de bien des épreuves, mais celles qui vous attendent seront plus perfides encore. Vos ennemis savent qu'ils ne peuvent vous abattre sans éveiller la colère des nations, alors ils emploieront des moyens plus sournois. Ils chercheront à briser ce qui vous unit, à affaiblir cet amour qui est votre rempart le plus puissant. »

Le Gardien s'avança, ses yeux scintillant d'une inquiétude protectrice. « Ils infiltreront vos rangs, s'insinueront dans vos cercles les plus intimes, manipulant la vérité, distillant le mensonge. Ils sèmeront le doute, tisseront des trahisons invisibles, inventeront des illusions pour fissurer la confiance qui vous lie. Ils joueront avec vos peurs les plus enfouies, exploiteront vos moindres failles, et feront croire au monde que votre amour n'est qu'une illusion, une ruse, un instrument de propagande. Leur dessein est de vous faire douter de la pureté même de ce qui vous lie, de cette flamme qui les menace. »

Le Gardien posa un regard empreint de tendresse et de force sur eux, comme un parent veillant sur des enfants qu'il sait vulnérables mais résolus. « Vous devez être vigilants, car l'ombre est plus proche que vous ne l'imaginez. Ils savent que votre amour est une lumière insaisissable, qu'elle est la menace ultime pour leurs ténèbres. Ils tenteront tout pour éteindre cette flamme, pour vous convaincre que vous n'êtes pas assez forts. Mais vous l'êtes. Vous êtes ensemble, et c'est cela, cette union indéfectible, qui vous rend invincibles. N'oubliez jamais que votre amour est la clé, qu'il est l'étoile qui guide tous ceux qui errent dans l'obscurité. Préparez-vous, et ne laissez jamais le doute éroder ce que vous avez de plus précieux. »

Le Gardien se tut, laissant ses paroles flotter dans l'air, s'imprégner dans l'âme des deux jeunes enfants. Le silence qui suivit semblait aussi dense et sacré que le ciel étoilé au-dessus d'eux, comme si le monde entier retenait son souffle, suspendu à cette promesse que rien, ni la peur ni la haine, ne pourrait briser. Moussa et Abigael échangèrent un regard chargé d'émotion, sentant en eux la force de ces mots, cette vérité intemporelle. Ensemble, ils étaient invincibles. Et tant qu'ils gardaient cette certitude, tant qu'ils protégeaient la flamme qui les unissait, il n'existait aucune ombre qu'ils ne puissent vaincre.

Le Gardien se dissipa avec la douceur éthérée d'un rêve effleuré par la lumière fragile de l'aube naissante, se mêlant aux premières lueurs comme une ombre paisible emportée par le vent. Dans la pénombre subtile, Moussa et Abigael se rapprochèrent

Les Hourim de l'innocence

davantage, leurs mains jointes dans une étreinte silencieuse et puissante. Ils sentaient au loin l'approche d'une tempête, le souffle menaçant de l'adversité, mais ils savaient aussi, avec une certitude tranquille, qu'ensemble ils formaient une force indomptable, une force que rien ne pourrait briser.

« Mais souvenez-vous, mes enfants, » leur avait murmuré le Gardien, sa voix s'élevant comme une dernière bénédiction, « que votre amour est leur plus grande menace. C'est ce qui les terrifie le plus, car c'est un pouvoir qu'ils ne peuvent ni comprendre, ni maîtriser. Quoi que vous entendiez, quoi que vous voyiez, restez unis. Soyez la lumière l'un pour l'autre lorsque tout autour de vous semblera s'effondrer. Vous devrez lutter, non pas avec des armes, mais avec une détermination à toute épreuve. Votre amour est une flamme que même les vents les plus violents ne pourront éteindre, tant que vous la protégerez ensemble. »

Le Gardien s'évanouit doucement, comme un souffle sacré emporté par les brises nocturnes, laissant derrière lui un silence solennel, presque sacré, un écho vibrant entre les étoiles et les cœurs battants des deux jeunes héros. Moussa et Abigael restèrent là, immobiles, absorbant le poids de ses paroles comme une bénédiction et une mise en garde à la fois. Leurs mains ne se séparèrent pas ; au contraire, elles se serrèrent plus fort, scellant une promesse muette, celle de ne jamais fléchir, de ne jamais permettre à l'ombre de les séparer.

Autour d'eux, la nuit s'étendait, vaste et insondable, parée de ses mystères, de ses dangers. Mais là où d'autres n'auraient vu que désespoir et solitude, Moussa et Abigael perçurent une autre vérité : la nuit pouvait être sombre, elle n'était pas invincible. Car tant qu'ils demeuraient ensemble, tant que leurs âmes s'agrippaient l'une à l'autre avec une foi absolue, il y aurait toujours une lueur, une flamme intrépide défiant les ténèbres.

Les Hourim de l'innocence

Tout autour, Gaza gémissait sous le poids des épreuves, un paysage de cendres et de ruines, symbole de souffrance et de désolation. Pourtant, des décombres émergeait une miraculeuse lumière : des milliers d'enfants tenaient leurs bougies, des flammes fragiles mais tenaces, formant un réseau lumineux aussi vaste et infini que la voûte étoilée. Ce n'était plus seulement une lumière ; c'était une toile vivante, une constellation terrestre tissée d'espoir, de courage, et d'une indomptable volonté de résister. Chaque flamme vacillante, reflet de cœurs jeunes et déterminés, rappelait que même face aux forces destructrices, un miracle pouvait naître de la pureté et de la solidarité.

Ce spectacle d'unité et de défi, magnifique dans sa simplicité, résonna bien au-delà des frontières, captivant le monde entier, ébloui par cette armée d'enfants armés seulement de bougies et d'innocence. Loin des discours guerriers et des divisions tracées par les hommes, cette lueur partagée témoignait d'une puissance que ni la haine ni les bombes ne pouvaient éteindre. C'était une force pure, née de l'amour, du désir de vivre, et de la foi en un avenir où la paix serait enfin possible.

Moussa et Abigael échangèrent un dernier regard, une conversation silencieuse passant entre eux sans qu'aucun mot ne soit nécessaire. Leurs cœurs, battant en harmonie, murmuraient la même promesse : ceci n'était que le commencement. L'aube restait lointaine, la route semée d'embûches, mais ils l'avaient déjà choisie. Ensemble, ils avanceraient vers la lumière, pas à pas, défiant la nuit, portés par la force invincible de leur amour.

Dans cet instant de parfaite connexion, ils savaient que le chemin serait difficile, que d'innombrables épreuves se dresseraient encore devant eux. Mais ils possédaient en eux l'arme la plus puissante : leur amour, leur foi inébranlable en un monde où, inévitablement, l'aube finirait par triompher des ténèbres.

Les Hourim de l'innocence

CHAPITRE V
LA BRÈCHE DU SILENCE

« LORSQUE LES TÉNÈBRES S'ACHARNENT À SÉPARER LES ÂMES, CE SONT LES CŒURS UNIS QUI OUVRENT LA VOIE À LA LUMIÈRE. »

Le monde changeait, et la guerre aussi. L'évidence s'imposait avec une clarté implacable : le mal avait troqué ses armes retentissantes contre des instruments plus sournois, des poisons invisibles qui s'insinuaient dans les cœurs et les esprits. Désormais, les batailles ne se livraient plus sur des champs éclatants de bruits et de sang, mais dans le secret des consciences.

Les Hourim de l'innocence

Les épées s'étaient muées en idées vénéneuses, les balles en mots habilement déguisés. Et là où les obus déchiraient autrefois le ciel, ce sont des vérités maquillées, tordues jusqu'à en perdre leur éclat, qui semaient la désolation.

La dévastation, jadis brutale et frontale, avait revêtu les habits du quotidien, devenant insidieuse, traîtresse, se drapant de sourires polis et de promesses mielleuses. Le mal s'était sophistiqué, devenu un maître de la dissimulation, distillant sa perfidie au cœur même des sociétés. Tout était calculé, chaque geste, chaque mot, pour endormir les consciences, pour emporter les âmes dans une douce torpeur, un sommeil doré, séduisant, mais mensonger. Les masses, captivées par la frénésie d'un monde superficiel, se laissaient bercer par la mélodie du confort, abandonnant peu à peu ce qu'elles possédaient de plus sacré : l'amour véritable, cet amour qui mène à la transcendance, l'amour divin.

Et ainsi, le mal prospérait, se délectant de l'aveuglement collectif, se réjouissant de voir l'humanité se détourner de sa propre lumière. Cela avait fonctionné, des années durant, implacablement. Les cœurs s'étaient durcis, la chaleur de l'amour s'était éteinte peu à peu, et la flamme divine vacillait, presque évanouie. Mais un jour, alors que personne ne s'y attendait, l'imprévisible se produisit. Deux enfants surgirent de ce "nulle part" qui représente tout à la fois : la source première et le point ultime, l'infime commencement et l'infini dénouement.

Deux jeunes âmes, lumineuses et vulnérables, s'étaient dressées contre l'obscurité, comme un miracle inattendu. Moussa et Abigael, deux enfants que la guerre aurait dû briser, mais qui, au lieu de cela, portaient en eux une lumière invincible. Leur amour avait été comme une comète perçant l'obscurité la plus épaisse, une lueur qui se faufilait là où tout semblait irrémédiablement perdu. Dans ce monde pétri de désolation, ils avaient semé des

Les Hourim de l'innocence

graines d'espoir, là où le désespoir faisait ses racines les plus profondes. Là où les cœurs s'étaient barricadés, ils avaient insufflé des étincelles de vie.

Ce n'étaient pas des mots grandiloquents, ni des armes tranchantes qui avaient changé la donne. Non, c'était l'amour, pur et inébranlable, qui s'était révélé être la plus puissante des résistances. Deux enfants, porteurs d'une innocence si lumineuse qu'elle désarmait les esprits les plus corrompus, avaient défié l'ordre établi. Et de ce défi naissait une vérité irréductible : l'amour, cet amour qui ne réclame rien mais qui offre tout, cet amour qui se dresse face aux ténèbres avec une force que rien ne peut soumettre, demeurait la seule véritable arme capable de renverser le mal.

Leurs cœurs battaient en harmonie avec une foi inébranlable. Moussa et Abigael, par leur simple présence, par leur attachement inaltérable, rappelaient que même les stratagèmes les plus élaborés des puissants étaient voués à échouer devant la pureté d'un amour désintéressé. Car la véritable puissance n'appartient pas aux tyrans ni aux manipulateurs, mais à ceux qui aiment sans conditions, ceux qui osent croire, encore et toujours, en la lumière au sein des ombres.

Et c'est ainsi que commença une nouvelle bataille, non plus faite de fracas, mais de résilience, d'un amour qui défiait la nuit et s'élevait, imperturbable, prêt à rallumer l'étincelle de l'humanité.

Abigael et Moussa, quant à eux, n'avaient pas besoin de longs discours pour captiver les cœurs. Leur seule présence était un baume, une force qui apaisait les tourments et ramenait la paix là où elle semblait s'être à jamais éclipsée. Lorsqu'ils prenaient la parole, c'était pour raconter des histoires, des récits habités de leurs propres expériences ou imprégnés des sagesses antiques transmises par le Gardien. Un jour, ils partagèrent un conte qui traversa les âges, les croyances et les frontières culturelles. Un récit qui toucha l'âme de tous, comme une onde de pure émotion et de vérité universelle.

C'était un vendredi, jour sacré, et ils étaient assis côte à côte près du Dôme du Rocher, un lieu imprégné d'histoire et de spiritualité. Des micros avaient été installés pour que leur voix atteigne les foules rassemblées. Des milliers de personnes attendaient, enfants et parents mêlés dans une atmosphère d'attente sereine et solennelle. Ce n'était pas une manifestation tapageuse ni un concert animé de cris enthousiastes ; non, c'était un moment d'une rare intensité, empreint de sacralité. Le mot « Hourim » résonnait en un murmure envoûtant, presque une prière, et l'air semblait vibrant de la magie douce et lumineuse que ces deux jeunes âmes partageaient.

Moussa se leva, le cœur battant, et malgré sa petite voix, encore fragile et adolescente, un charisme inattendu en émanait. Sa simplicité portait une force indéniable, celle de la vérité.

« Hourim ! » s'exclama-t-il, levant la main vers le ciel, ses doigts entrelacés avec ceux d'Abigael. Elle le suivit dans ce geste, et la foule, comme un écho, répondit à l'unisson. Une vague de silence respectueux s'abattit ensuite, et Moussa poursuivit, d'un ton humble et vibrant de sincérité.

— « Un sage m'a raconté une histoire, et aujourd'hui, je voudrais à mon tour vous en faire le récit, en espérant lui rendre justice. »

Il inspira profondément, et sa voix se teinta de la gravité d'un conteur portant un secret ancien.

— « Il y a fort longtemps, le Créateur façonna un homme à partir de boue malléable, un être modelé avec une précision divine, chaque trait portant la marque de sa sagesse infinie. Puis, dans un geste empreint d'amour absolu, Il insuffla en lui une étincelle de

Les Hourim de l'innocence

Son esprit, une lumière pure et éternelle, qui fit rayonner l'âme de cet homme d'une clarté ineffable. Autour de cette création, l'univers retenait son souffle, émerveillé par la perfection incarnée.

Mais il existait une créature, née d'un feu sans fumée, dont l'orgueil brûlait avec une intensité vorace. Consumée par la jalousie, elle refusa de s'incliner devant cet être façonné par le Créateur, porteur de la lumière divine. »

La foule retenait son souffle, suspendue à ses mots.

— « Cet être de feu, au cœur noirci par le ressentiment, ne voyait en l'homme qu'un rival injuste, indigne de la lumière divine. Pourtant, le Créateur, dans Son infinie sagesse, insuffla à l'homme une parcelle de Son souffle éternel, une essence immortelle, et tous furent appelés à se prosterner devant ce miracle de chair et d'esprit. Tous obéirent… sauf celui que l'on nomme Iblis. »

Moussa marqua une pause, laissant l'histoire se frayer un chemin dans le cœur des auditeurs. Sa voix s'éleva de nouveau, plus intense.

— « Iblis se dressa, l'orgueil dévorant son être, refusant de plier devant ce qu'il croyait inférieur. Pour lui, le feu dont il était issu surpassait en noblesse la terre qui avait donné vie à l'homme. Alors, le Créateur, dans Sa justice, descendit l'homme nommé Adam dans un jardin de merveilles, un lieu de promesses et de beauté. Mais Adam, bien qu'entouré de splendeurs, ressentait une solitude poignante. Le Créateur, plein de compassion, sut que l'homme avait besoin d'une présence qui adoucirait son existence. »

Moussa se tourna vers Abigael, et leurs regards se croisèrent, empreints d'une complicité infinie.

Les Hourim de l'innocence

— « Le Créateur prit alors une côte d'Adam et en façonna une compagne, Eve. Elle reçut le même souffle sacré, cette lumière divine qui fit d'eux un tout, une union parfaite, destinée à affronter ensemble les mystères de la vie. Mais le jardin, aussi beau soit-il, cachait un péril. Au centre, un arbre aux fruits interdits, renfermant la connaissance du bien et du mal, un fardeau trop lourd pour leurs âmes. Le Créateur les avertit de ne jamais en goûter, mais la créature de feu, Iblis, n'avait pas dit son dernier mot. Déchu mais non soumis, il descendit aussi, non plus pour servir, mais pour défier et tenter. »

Le silence s'était épaissi, palpable. Chaque mot de Moussa semblait imprégné d'une sagesse ancestrale, et dans les yeux de ceux qui écoutaient, une étincelle d'espoir et de compréhension venait de naître.

Adam et Ève vivaient au cœur d'un jardin enchanteur, un royaume où les merveilles de la création s'étiraient comme des rêves infinis, où chaque feuille frémissait de la musique d'un vent sacré, où les rivières murmuraient des hymnes à la vie. Mais, même entourés d'une telle splendeur, il leur manquait la tendresse d'un père, la douceur d'une mère. Ils avaient été façonnés adultes, parachutés dans l'existence sans passer par le berceau de l'innocence, privés de l'apprentissage tendre de l'amour, de ce fil invisible qu'un parent tisse avec l'enfant, un lien fait de caresses, de mots murmurés comme des promesses contre l'obscurité.

Cette enfance jamais vécue, ce cocon de vulnérabilité dont ils n'avaient jamais émergé, formait la faille de leur âme. Et Iblis, la créature de feu, le serpent au cœur jaloux, connaissait cette fissure dans leur essence. Il s'y glissa, sinueux, comme un murmure de nuit froide, instillant le doute, distillant l'angoisse dans le cœur de l'homme. Chaque jour, sa voix glissait dans les ombres, tentatrice et obsédante : « Goûte à l'arbre interdit, savoure le fruit, et

Les Hourim de l'innocence

deviens comme les dieux », répétait-il, inlassablement, un venin invisible s'écoulant comme du miel.

Ève, fidèle et pure, veillait sur Adam avec une tendresse infinie, mais même cet amour ne pouvait suffire à chasser les ténèbres d'un esprit qui n'avait jamais appris la force du renoncement. Adam, adulte forgé de terre mais jamais enfant, ne savait pas repousser la peur, ne connaissait pas les prières qu'on apprend en pleurant dans les bras de sa mère. Un jour, après des siècles de murmures venimeux, il céda à la tentation qui le consumait. Ses doigts tremblants cueillirent le fruit défendu, et lorsqu'il le porta à ses lèvres, le goût se répandit comme un feu sucré, une caresse trompeuse. Ce fruit, éclatant et interdit, avait le goût d'un désir divin qui enivre, qui corrompt. Chaque bouchée charriait la douceur perverse d'un secret maudit, éveillant en eux un vertige de connaissance lourde et brûlante, une brume s'élevant pour obscurcir la lumière que le Créateur leur avait offerte.

Alors, le Créateur apparut, majestueux et insondable, et Son jugement s'abattit tel un décret gravé dans le tissu des étoiles. Adam, Ève, et Iblis furent précipités sur Terre. Mais leur chute n'était point une condamnation finale. Elle était le prélude d'une histoire d'apprentissage, d'un devenir. La terre, rude et belle, devint leur école, où le soleil caressait leur peau avec des rayons dorés, où le vent soufflait des poèmes d'éternité dans leurs cheveux.

Cependant, une énigme persistait. Adam et Ève, qui n'avaient jamais goûté à l'enfance, devinrent parents. Ils offrirent à leurs enfants un amour sincère, mais comment transmettre un savoir qu'ils n'avaient jamais reçu ? Comment déchiffrer les rires et les peines de l'enfance, eux qui avaient été modelés dans l'âge adulte, sans ce passage sacré ? C'est là que résidait la vulnérabilité de l'humanité, mais aussi sa plus grande force. Car Iblis, l'ange déchu aux flammes noires, redoutait l'enfance. L'enfance, éclat

Les Hourim de l'innocence

pur de lumière céleste, était le royaume où il n'avait pas de pouvoir. Là où règne l'innocence, ses chaînes se brisaient. Il savait que la véritable puissance de l'humanité ne résidait ni dans les muscles, ni dans l'intellect, mais dans le cœur vierge des enfants, dans leur pouvoir infini d'aimer, de pardonner, et de rêver au-delà des étoiles.

Le Créateur, en concevant l'homme, avait gardé ce secret : l'enfance, don sacré, ne serait jamais créée comme Adam et Ève avaient été façonnés. L'enfance ne pouvait éclore que par le miracle de l'amour humain, par la grande porte sacrée qui s'ouvrait dans le ventre d'une femme. Le miracle de Jésus, porté par Marie, naissant vulnérable, symbolisait cette connexion divine. Chaque enfant, traversant cette porte, apportait avec lui l'étincelle du divin, le chant des commencements.

Chaque naissance, alors, est une promesse, une aube nouvelle. Iblis, hanté par sa propre ombre, ne pouvait souffrir cette lumière. Il savait que tant que les enfants viendraient au monde avec cette innocence, son règne resterait précaire, chancelant. Il passerait son existence à tenter de corrompre cette pureté, à voler les rêves d'enfance, mais il ne pourrait jamais éteindre cette flamme.

Nous, les enfants, sommes les nouveaux Adam et Ève. Nous avons cette enfance bénie qu'ils n'ont jamais eue. Nous sommes des héritiers de lumière, portant la force de résister aux ténèbres. Nous nous tenons main dans la main, au-delà des guerres, au-delà des haines. Nous sommes l'espérance incarnée, la pureté que les forces des ombres ne peuvent étouffer. Tant qu'il y aura des enfants pour aimer, pour rêver, les ténèbres ne connaîtront jamais la victoire. »

Moussa se tut, sa voix résonnant encore dans l'écho des cœurs. Autour de lui, le silence devint une entité palpable, un souffle

Les Hourim de l'innocence

sacré partagé par mille âmes. Abigael, la main serrée dans la sienne, lui offrit un sourire où l'éternité semblait éclore, et dans ce sourire, il y avait toute la beauté, tout le miracle d'un amour qui refuse de s'éteindre.

Le message était cristallin : l'enfance, ce sanctuaire de pureté, était le don le plus sacré que l'humanité ait jamais reçu, une lumière céleste émanant d'une source inaltérable. Et dans ce rayon d'innocence, se cachait l'espoir d'un monde réconcilié, le rêve d'une paix que les siècles de guerre n'avaient pas encore su éteindre. Ce n'était point la perfection des actions qui importait, mais la résilience, cette flamme tenace qui refusait de s'éteindre, ce courage inébranlable de continuer à aimer même quand la douleur déchirait l'âme, même quand les ténèbres s'insinuaient dans chaque souffle.

Moussa avait terminé son récit, mais ses paroles persistaient, suspendues dans l'air, comme un serment murmuré aux étoiles, inscrit dans l'éther même qui s'étirait au-dessus du Dôme du Rocher. Le mot "Hourim" s'éleva alors, une vague sonore enveloppante, portée par des voix innombrables, des voix d'enfants, des voix d'aînés, entrelacées d'une force lumineuse qui surpassait toutes les armes, un amour incandescent qui semblait repousser l'obscurité elle-même.

Alors, Abigael sentit en elle la nécessité de parler. Une histoire vivait en elle, comme une flamme fragile qui demandait à briller, une vérité que son grand-père, empli de sagesse et de tendresse, lui avait confiée avant que la maladie ne le conduise dans l'oubli. Abigael ne pouvait plus se taire ; elle devait partager ce trésor d'humanité, cette leçon enveloppée de lumière et de douceur.

Elle leva la main droite vers le ciel, unissant son cri au nom sacré d'« Hourim », et sa voix se mêla aux échos des milliers d'autres, galvanisant les esprits, resserrant les âmes autour de cette promesse d'unité. Les Palestiniens et les Israéliens, ceux que l'histoire avait séparés par des murs visibles et invisibles, se retrouvaient unis, liés par un même cri, un même espoir. Quand le tumulte s'apaisa, Abigael prit la parole, sa voix douce mais intrépide, chaque mot porté par une émotion sincère, chaque syllabe résonnant comme une confession sacrée.

— « Lorsque j'avais onze ans, l'année où mon destin a croisé celui de Moussa, les tensions au sein de ma famille étaient devenues insupportables. Mes parents avaient perçu ce que Moussa représentait pour moi, et la peur s'était installée dans leur cœur. Pour eux, il était "l'autre", celui qui venait de l'autre rive, cet étranger qu'on nous avait appris à redouter. De l'autre côté, pensaient-ils, ne vivaient que des ennemis, des ombres menaçantes, des spectres de haine que l'on devait tenir à distance.

Je ne vous raconterai pas la fin tragique de mes parents ni celle des parents de Moussa. Leurs existences furent brisées par la même haine aveugle, un feu nourri d'histoires qui nous précédaient, un venin instillé par des mensonges hérités. Mais aujourd'hui, je ne suis pas ici pour vous parler de la nuit, mais de l'aube. Je veux vous parler de la lumière, de cette flamme fragile que Moussa et moi avons portée, même lorsque tout semblait voué à l'effondrement, même quand les ombres cherchaient à nous ensevelir. L'amour qui nous lie est une force que même les bourrasques de la haine n'ont pas su éteindre. Cet amour, né dans l'obscurité, a grandi, s'est renforcé, a défié tous les obstacles, et c'est lui qui nous a sauvés. »

La voix d'Abigael, teintée de douceur et de courage, caressait l'air comme une mélodie ancienne, éveillant des émotions que les cœurs avaient enfouies depuis trop longtemps. Une onde de chaleur se répandit dans la foule, une onde faite de larmes retenues, de chagrins inexprimés, mais aussi d'une étincelle de rédemption. Et pour un instant, un souffle d'éternité sembla

Les Hourim de l'innocence

effleurer les âmes présentes, une invitation à croire que la lumière, même vacillante, avait le pouvoir de traverser les pires tempêtes.

Elle s'interrompit un instant, un léger tremblement dans sa voix. Elle regarda Moussa, et il lui adressa un sourire qui lui donna la force de continuer.

— « La seule âme à incarner un discernement véritable, la seule source de sagesse authentique au sein de ma famille, était mon grand-père. C'était un homme d'une piété infinie, d'une bienveillance presque sacrée. Ses mains portaient les stigmates des rigueurs du labeur, mais son cœur, lui, demeurait léger, toujours prompt à m'envelopper de sa tendresse inébranlable. Lorsque mes parents furent arrachés à mon existence, je fus plongée dans une douleur vertigineuse. Un gouffre abyssal s'était ouvert en moi, une douleur insondable, aussi vaste et sombre que la voûte céleste privée d'étoiles. Un jour, pour apaiser cette souffrance qui me consumait, il me conta une histoire. C'était avant que la maladie, ce fléau impitoyable que l'on nomme Alzheimer, ne vienne tout effacer en lui, avant que son esprit ne soit dépouillé jusqu'à la mémoire de mon nom. Cette histoire, elle m'a apporté une compréhension profonde des mystères de la vie, et aujourd'hui, je souhaite la partager avec vous. »

La foule retenait son souffle, les enfants, avec leurs yeux écarquillés, étaient suspendus aux lèvres d'Abigaël, ressentant la gravité mystique de l'instant, comme si une force invisible unissait leurs âmes.

— « Mon grand-père m'a narré une histoire du Talmud, une parabole qui célébrait l'innocence immaculée et la force inébranlable des enfants d'Israël. Il me disait que, depuis l'aube des temps, il existait une vérité que les ténèbres redoutaient par-dessus tout : la pureté des enfants. Cela remontait à des siècles

Les Hourim de l'innocence

avant Moïse. Les enfants, par leur nature vierge de tout mal, furent toujours les gardiens d'une lumière à laquelle même les puissances les plus sombres ne pouvaient prétendre.

Il y a fort longtemps, à l'époque où Pharaon régnait en maître absolu, une prophétie fut portée à ses oreilles. Pharaon avait appris qu'un enfant naîtrait parmi les Hébreux, un enfant destiné à le renverser, à libérer son peuple de l'oppression. Pris de panique, il décréta que tous les nouveau-nés de sexe masculin soient arrachés du sein de leur mère et jetés aux eaux du Nil. Mais c'est dans ces flots mêmes que le miracle s'accomplit. Un nourrisson fut déposé dans une arche de jonc, glissant doucement sur les eaux, silencieux et fragile tel un souffle de prière, une offrande au destin. Et ce fut la fille de Pharaon elle-même, Bithiah, qui le trouva, qui le recueillit, ignorant tout de l'identité de cet enfant portant le nom de Moïse. Ainsi, la lumière se déroba aux ténèbres, dissimulée aux yeux mêmes de ceux qui la redoutaient.

Mon grand-père disait que, déjà en ces temps anciens, les enfants étaient le cœur palpitant de la résistance. Moïse n'était qu'un nourrisson, vulnérable et sans défense, mais c'était précisément en cette fragilité que résidait sa puissance. Pharaon pouvait se prémunir contre les armées, contre les insurrections, mais il restait démuni face à la douce lumière d'un enfant flottant sur les eaux. »

Abigaël marqua une pause, ses yeux se perdirent un instant parmi les enfants de la foule, comme pour capter leurs âmes innocentes, puis elle reprit d'une voix douce et empreinte d'émotion.

— « Cette histoire m'a toujours rappelé une autre, celle d'Ismaël, ce jeune garçon marchant aux côtés de son père Abraham. Imaginez cette scène : un père et son enfant, seuls au cœur du désert, portant sur leurs épaules le poids d'un ordre divin

Les Hourim de l'innocence

implacable. Abraham avait reçu le commandement de sacrifier son fils, et pourtant Ismaël, bien que jeune, ne fléchit pas. Il ne versa aucune larme, ne trembla point. Il était prêt, non par ignorance, mais par une confiance totale, une foi inébranlable en ce que le Créateur pourvoirait. Et au moment où la lame allait s'abattre, la main divine intervint. Un bélier fut envoyé pour prendre la place d'Ismaël. Là encore, ce fut l'innocence de l'enfant, son abandon pur à la foi, qui fléchit le cours du destin. »

Abigaël s'interrompit de nouveau, ses yeux s'attardant sur les visages attentifs des enfants qui l'entouraient, avant de poursuivre d'une voix encore plus douce, empreinte d'une gravité bienveillante.

— « Et puis il y eut David, ce jeune berger, un enfant qui veillait humblement sur les troupeaux. On raconte que les hommes d'Israël tremblaient devant Goliath, ce géant invincible, mais que ce fut David, armé d'une simple fronde, qui s'avança sans crainte. Il n'était ni le plus fort, ni un guerrier chevronné, mais il possédait quelque chose d'infiniment plus puissant. Une foi pure, une certitude inébranlable que même le plus imposant des géants pouvait être défait si l'on se tenait du côté de la lumière. Et c'est avec une pierre, une seule pierre guidée par la main divine, qu'il terrassa Goliath, abattant l'ombre par la lumière. »

Elle laissa le silence s'étendre, un silence presque sacré, laissant chaque récit trouver son écho dans le cœur de ses auditeurs, comme un murmure qui résonnait au plus profond de l'âme.

— « Mon grand-père m'a également conté l'histoire de Salomon, qui devint roi alors qu'il n'était qu'un enfant. Il devait gouverner un peuple, rendre la justice, alors qu'il ne possédait que la sagesse innocente de sa jeunesse. Mais c'est justement cette sagesse, cette capacité à voir au-delà des apparences, à ressentir les cœurs plutôt que d'écouter les mots, qui fit de lui le grand roi que l'on connaît.

Les Hourim de l'innocence

Salomon ne demanda point la richesse ni la puissance, mais un cœur capable d'entendre et de comprendre. C'était là la requête d'un enfant, une requête empreinte d'une audace candide et d'une humilité inégalée. Car seul un enfant pouvait avoir la clairvoyance de comprendre que saisir l'âme du monde est bien plus précieux que de chercher à le dominer. »

Abigael scruta la foule, ses yeux s'attardant sur les visages des parents, des adultes qui la fixaient avec une attention fervente. Elle inspira profondément, laissant son regard, chargé d'une lueur presque mystique, se fondre dans les âmes qui l'entouraient.

— « Mon grand-père m'a dit un jour que l'enfance est la force ultime. Parce qu'elle porte en elle l'innocence la plus pure, parce qu'elle est capable de voir la vérité sans les voiles que la peur impose aux adultes. Pharaon a cherché à anéantir Moïse, mais c'est la foi inébranlable d'une sœur, l'amour invincible d'une femme, et l'innocence sacrée d'un nourrisson qui ont changé le cours de l'Histoire. Iblis a tenté de corrompre l'homme, mais il redoute la pureté de l'enfant, car cette pureté est une lumière radieuse, une flamme qui transcende les ombres, une clarté que rien ne peut éteindre. »

Elle marqua une pause, sa voix se faisant plus grave, presque prophétique, alors que chaque mot résonnait comme un écho dans l'espace.

— « C'est pour cela que, depuis l'aube des temps, des hommes, enivrés par les ténèbres, ont commis les plus effroyables atrocités, sacrifiant des innocents sur l'autel de leur désespoir. Ces enfants, qui sont les porteurs d'une lumière divine, ont été immolés dans une tentative désespérée d'étouffer cette étincelle sacrée. Mais tant que des mères porteront la vie en elles, tant que chaque enfant franchira la porte sacrée du ventre de sa mère, l'innocence triomphera toujours. La naissance est un miracle

Les Hourim de l'innocence

perpétuel, une aube éternelle, la promesse indéfectible d'un renouveau qui défie le mal, qui repousse les ombres. »

La voix d'Abigael s'était faite tremblante, comme si elle portait le poids de toutes les âmes innocentes qu'elle évoquait, mais ses yeux étaient d'une fermeté indomptable, d'un éclat incandescent, tel un flambeau dans la nuit la plus noire. Elle serra la main de Moussa, qui la regardait, ses yeux débordant d'une admiration muette, presque sacrée, comme s'il contemplait une vérité supérieure.

— « Nous sommes les enfants de la Palestine, les enfants d'Israël, nous sommes les enfants du monde. Nous sommes la lumière qui défie les ténèbres. Nos voix unies ont plus de puissance que toutes les armes. Tant que nous continuerons à croire, tant que nous refuserons de céder à la haine, tant que nous chanterons ensemble, nous serons libres. »

Elle leva alors sa main vers le ciel, une main ouverte, vibrante d'une foi inébranlable. Moussa l'imita, et la foule suivit, comme un seul être. Le mot « Hourim » s'éleva, d'abord tel un souffle fragile, puis il s'amplifia, une onde puissante et irrésistible, emportant tout sur son passage. C'était un chant, un cri d'amour et d'espoir, une lumière pour tous ceux qui regardaient, un éclat lumineux qui fendait les ténèbres.

C'était bien plus qu'un simple cri. C'était une prière collective, un engagement profond, une promesse solennelle. Une promesse que, tant qu'il resterait un enfant capable d'aimer, l'espoir demeurerait inaltérable, inébranlable, comme un phare resplendissant au milieu de la tempête.

Ensuite, Abigael et Moussa retournèrent au refuge du Gardien. Personne ne savait véritablement où se trouvait ce refuge, personne ne comprenait comment ils disparaissaient ainsi, sans laisser de trace, tels des esprits guidés par une lumière céleste. Le

Les Hourim de l'innocence

monde entier commençait à croire qu'il y avait quelque chose de divin en eux, que ces enfants étaient des envoyés du Créateur, apparus pour sauver une humanité vacillante, glissant insidieusement vers les ténèbres. Certains murmuraient même que les anciennes magies s'étaient éveillées, que le ciel avait tendu la main à la terre pour l'empêcher de sombrer. Même les dirigeants israéliens, pourtant maîtres de la narration et du contrôle, commençaient à évoquer des prophéties, à parler de la venue de l'Antéchrist ou du retour du Messie. Comment un gouvernement pouvait-il parler ainsi sans secouer la conscience du monde entier ? Ces mensonges, ces prophéties falsifiées semblaient perdre leur emprise, et, par la lumière de ces deux enfants, le monde commençait à entrevoir une vérité trop longtemps dissimulée.

Le Gardien les attendait à l'intérieur du refuge, un lieu si unique qu'il semblait appartenir à un autre monde, à une réalité parallèle où le bruit de la haine ne pouvait pénétrer. C'était un sanctuaire, protégé par une force invisible, un lieu que seuls Abigael et Moussa pouvaient atteindre. Lorsqu'ils y pénétrèrent, ils retrouvèrent cette atmosphère enchanteresse, une ambiance où l'air lui-même semblait murmurer des chants anciens, où les murs émettaient une douce lueur, comme si des étoiles avaient trouvé refuge en leur sein. Le temps semblait y être suspendu, chaque souffle plus profond, chaque battement de cœur plus vibrant, plus vrai.

Le Gardien les accueillit avec un sourire empreint de bienveillance, mais ses traits trahissaient la gravité des paroles qu'il s'apprêtait à prononcer. Il avait pris forme humaine depuis fort longtemps, une silhouette sans prétention, mais dont la simple présence imposait un respect immédiat, une volonté d'écouter chaque mot avec une attention absolue. Ses yeux, profonds comme des abysses, semblaient contenir la sagesse des âges, et dans leur éclat, on percevait des fragments d'anciennes

Les Hourim de l'innocence

vérités, des secrets millénaires que seuls les cœurs les plus purs pouvaient espérer saisir.

« Vous êtes revenus, mes enfants, et je suis heureux de vous savoir ici, en sécurité. » Sa voix résonnait dans le refuge, douce, mais teintée d'une puissance mystique que les mots seuls ne pouvaient contenir. « Mais le chemin qui s'étend devant vous est encore plus obscur qu'il ne l'a été jusqu'à présent. Vous avez éveillé des cœurs, rallumé des flammes que l'on croyait éteintes à jamais. Le monde commence à se souvenir de la lumière, et c'est grâce à vous. Mais sachez que tout éveil engendre des résistances. »

Il marqua une pause, ses yeux scrutant les jeunes héros avec une tendresse infinie, mêlée d'une gravité insondable. Abigaël et Moussa, assis l'un à côté de l'autre, se tenaient fermement la main, puisant leur force l'un dans l'autre, comme deux âmes jumelles affrontant ensemble l'adversité. Le Gardien reprit, son regard pénétrant cherchant à atteindre les tréfonds de leurs âmes.

« Si vous ne vous étiez jamais rencontrés, si l'amour n'avait pas transcendé les chaînes de la haine, l'humanité aurait continué sa descente vers les abîmes. Le Créateur savait ce qui pourrait advenir, car Il voit tout, et Il connaît les chemins que nous empruntons avant même que nous n'en foulions les premiers pas. Mais même avec Sa vision infinie, Il laisse à chaque être le libre arbitre, la possibilité de choisir entre l'ombre et la lumière. Vous avez fait un choix, et ce choix a changé le cours de l'Histoire. Mais souvenez-vous, mes enfants, le doute est l'arme la plus insidieuse que vos ennemis chercheront à retourner contre vous. Le doute, c'est ce qui a poussé Adam, malgré les avertissements, à céder à la tentation et à goûter le fruit défendu. Le doute peut éroder les plus grandes certitudes, et il est perfide, tel le vent qui s'infiltre dans les failles les plus infimes. Ne laissez jamais le doute ternir votre lumière. »

Les Hourim de l'innocence

Le Gardien s'approcha d'eux, sa voix s'assombrissant, se muant en un murmure grave, et pourtant ce murmure semblait emplir tout l'espace, vibrant comme l'écho lointain des âges immémoriaux.

« Mais le mal, mes enfants, ne s'arrête jamais. Ceux qui se terrent dans l'ombre, les architectes de la désolation, les entités malignes qui manipulent Israël et leurs alliés, ne renonceront jamais à leurs noirs desseins. Vous êtes en péril constant, et vous devrez exercer une vigilance absolue, sans relâche. Ils ont compris, à présent, que la seule façon de vous anéantir est de fracturer votre amour. Ils orchestreront des campagnes de désinformation massives, des nuées sombres de mensonges empoisonnés qui obscurciront le ciel, pour ébranler vos esprits, pour instiller le doute entre vous. Ils tenteront de faire de votre amour une faiblesse, de vous convaincre que ce lien sacré qui vous unit est la source de tous les malheurs du monde. »

Le Gardien s'assit face à eux, ses yeux lourds de visions prophétiques, hantés par des vérités trop vastes, trop terribles pour de si jeunes âmes. « Et ce ne sera pas leur seule stratégie. Si vous parvenez à surmonter la désinformation, ils enverront des enfants, des innocents, encore plus jeunes que vous, pour accomplir leurs desseins les plus sombres. Ils chercheront à prouver que même l'innocence peut être détournée, que même un enfant peut être perverti par la haine, afin de souiller la pureté que vous incarnez. Et si cela échoue encore, ils recourront aux poisons, aux maladies, aux virus, ces armes invisibles, insidieuses, qui se glissent comme des spectres silencieux dans la nuit, capables de dérober la vie sans laisser la moindre trace. Ils feront croire à une mort naturelle, à un caprice du destin, espérant ainsi étouffer votre lumière sans éveiller la révolte des cœurs. »

Abigael sentit un frisson glacé lui parcourir l'échine, comme si les ténèbres elles-mêmes avaient effleuré sa peau. La main de

Les Hourim de l'innocence

Moussa dans la sienne, elle sentit la force vive de son amour, cette chaleur inaltérable qui l'aidait à faire face à la vérité sombre et inexorable que le Gardien leur dévoilait. Ils ne parlaient pas, car aucun mot n'était nécessaire. Leur cœur savait déjà qu'ils étaient prêts à tout affronter, ensemble, en dépit des abîmes.

Le Gardien les observait, un éclat de tendresse infinie adoucissant son regard fatigué. « Mais sachez ceci, mes enfants : le plus grand danger ne réside pas dans la mort elle-même. Le plus grand danger, c'est la division, c'est le doute insidieux qui pourrait s'insinuer entre vous, telle une fissure venimeuse qui ferait éclater la force qui vous lie. Le doute est un poison silencieux, une ombre perfide qui ronge les fondements de l'âme de l'intérieur. C'est par là qu'ils commenceront, et c'est précisément là que vous devrez être les plus forts. Vous devrez veiller l'un sur l'autre, non seulement contre les ennemis visibles, mais contre ceux qui se tapissent dans les recoins de vos pensées, dans les peurs les plus secrètes, les plus profondes. »

Il marqua une pause, son expression se chargeant d'une mélancolie presque tangible, comme si les mots eux-mêmes pesaient sur son âme millénaire. « Je dois également vous dire qu'à vos seize ans, je ne serai plus là pour veiller sur vous. Vous devrez poursuivre seuls cette croisade. Jusqu'alors, je serai votre guide, votre protecteur dans l'ombre, mais lorsque ce jour viendra, je devrai vous laisser déployer vos ailes et affronter la tempête. Vous devrez affronter les ténèbres, armés seulement de la puissance incommensurable de votre amour. C'est ainsi que le Créateur l'a voulu, et c'est ainsi que vous devez vous préparer. »

Il leva lentement les mains, et une lumière douce, presque surnaturelle, s'épanouit de ses paumes, telle la lumière des étoiles descendant du firmament pour les bénir. Cette lumière se refléta sur les visages des deux enfants, les enveloppant d'une lueur apaisante et sacrée. « Il ne s'agit pas de force physique, ni même

Les Hourim de l'innocence

de courage tel que le monde le conçoit. Il s'agit de l'amour, cet amour transcendant, votre plus grande arme, votre plus haut rempart contre l'obscurité vorace qui cherche à vous engloutir. C'est un amour pur, un amour qui défie les frontières humaines, les dogmes érigés, et les haines ancestrales. Un amour qui ne peut être brisé que si vous permettez à la peur et au doute de l'empoisonner. Là réside votre véritable défi. Peu importe ce qu'ils feront, peu importe les mensonges qu'ils tisseront autour de vous comme une toile d'araignée pour vous piéger, restez unis. Car, dans cet amour, se trouve la force du Créateur, cette force primordiale qui insuffla la vie dans la glaise pour créer Adam et Ève, cette force originelle qui a permis aux enfants de survivre, de se redresser et de s'élever, à travers les âges, malgré l'étreinte funeste des ténèbres. »

Un silence feutré, presque solennel, retomba sur le refuge, enveloppant Abigael et Moussa dans une quiétude rare, mais non pesante, comme un écho de répit avant la tempête. Leurs regards se croisèrent, vifs de détermination, et, dans leurs yeux sombres, on pouvait lire la flamme irrévocable de ceux qui avaient choisi leur destin en connaissance des obstacles à venir. Ensemble, main dans la main, ils se levèrent, résolus à embrasser ce chemin tortueux qui les attendait. La lumière qui les habitait, fragile mais éclatante, ne demandait qu'à se propager dans les ombres. Et le Gardien, les suivant des yeux alors qu'ils s'éloignaient, sentit une onde mêlée de fierté et de mélancolie l'envahir. Il comprenait que son rôle auprès d'eux ne serait pas éternel, qu'il ne pourrait toujours être là pour les protéger ; mais il savait, avec une certitude quasi sacrée, que l'amour qui les liait était tel une flamme ardente qu'aucune tempête ne saurait éteindre.

Alors qu'Abigael et Moussa franchissaient le seuil du refuge, le poids invisible des espoirs et des attentes sembla s'alourdir sur leurs épaules jeunes mais déterminées. Jérusalem, endormie sous le ciel nocturne, baignait dans un calme trompeur, une quiétude

Les Hourim de l'innocence

apparente qui démentait le tumulte vibrant dans leurs âmes. Dehors, dans les ruelles sinueuses et les places baignées de lumière lunaire, un monde frémissant les attendait, avide de leurs mots, avide de cette promesse insaisissable d'espoir qu'ils incarnaient.

Ils avancèrent jusqu'au Dôme du Rocher, un lieu chargé de leurs souvenirs les plus intenses, où des moments décisifs avaient façonné leur âme. À cette heure avancée, la clarté de la lune, enrobant les dorures des murs, diffusait une lueur apaisante, presque mystique. Le regard de Moussa se posa sur Abigael ; dans ses yeux, il retrouva ses propres peurs, un miroir de ses doutes et de ses espoirs. Ce n'étaient plus les craintes des enfants insouciants qu'ils avaient été autrefois ; désormais, ils portaient en eux des inquiétudes plus graves, celles héritées du monde adulte, un univers de responsabilités auquel ils accédaient trop tôt, avec une sagesse empreinte d'amertume et de lucidité. Car le véritable défi, ils le savaient, était de préserver la flamme pure de leur innocence, cette lueur précieuse que tant de forces s'acharneraient à obscurcir.

« Le Gardien nous a avertis, » murmura Abigael en serrant doucement la main de Moussa. « Il nous a dit que le doute serait notre plus grand ennemi, que l'amour serait notre salut… et aussi ce qu'ils chercheront à nous arracher. »

Moussa acquiesça lentement, sa voix vibrante d'une émotion à peine contenue. « C'est étrange, n'est-ce pas ? Comme cet amour peut être à la fois notre plus grande force et notre vulnérabilité la plus exposée… »

Un sourire pâle, empreint de tendresse, effleura les lèvres d'Abigael. « C'est justement pour cela qu'il est précieux. Parce qu'il nous coûte, parce qu'il nous bouleverse et nous transforme. » Elle laissa échapper un souffle, presque un soupir, et leva les yeux vers le ciel constellé, ses prunelles étincelant d'une lumière farouche. « Peut-être est-ce cela, le vrai miracle : parvenir à discerner une lueur, même dans les nuits les plus opaques. »

Moussa, imprégné de cette pensée, se tourna vers elle avec une résolution nouvelle dans le regard. « Oui. Et il reste tant de nuits à illuminer, tant d'âmes à toucher, tant d'enfants à éveiller à cette lumière. Ce que nous vivons, ce n'est que le commencement d'un voyage bien plus vaste. »

Le vent nocturne portait, tel un murmure millénaire, les échos de la ville endormie, un chuchotement ténu mais persistant des espoirs et des attentes. Dans l'air flottait la rumeur lointaine des familles et des enfants qui, désormais, plaçaient en eux leurs espoirs les plus profonds, comme une prière silencieuse adressée aux étoiles. Palestiniens et Israéliens s'étaient levés pour défendre un rêve, un espoir si vaste qu'il transcendait les murs, les barbelés, et les frontières invisibles ou imposées. Hourim. Ce mot était devenu bien plus qu'un simple slogan crié dans la ferveur des rassemblements. Il incarnait une force vive, un étendard de résistance contre la peur, un chant d'amour défiant la haine, une lumière perçant les ténèbres.

Le Gardien les avait avertis des ombres qui les attendaient, des complots ourdis dans les recoins obscurs de l'esprit humain, des attaques perfides et insidieuses. Ils savaient que des forces invisibles s'acharneraient à les diviser, à miner cette union qui menaçait les fondations mêmes de la haine enracinée. La lutte serait âpre, impitoyable. Les mensonges, la manipulation, la traîtrise, autant d'armes perfides qui les guetteraient dans chaque regard suspect, chaque sourire dissimulant une intention obscure. La désinformation serait leur adversaire le plus subtil, une arme invisible s'insinuant dans les esprits comme un poison silencieux, érodant les certitudes et semant le doute là où la vérité aurait dû prospérer. Et, peut-être, les pièges se dissimuleraient même là où

Les Hourim de l'innocence

ils ne les attendaient pas, prêts à dévorer leur confiance l'un en l'autre.

Moussa brisa le silence, sa voix vibrant de cette promesse indéfectible qui les liait : « Abigael, quoi qu'ils fassent… quoi qu'ils disent… Souviens-toi toujours de cela : je t'aime. Et rien, absolument rien, ne pourra changer cela. »

Abigael serra sa main plus fort, comme pour ancrer cette promesse au plus profond de son âme. Ses yeux s'enfoncèrent dans ceux de Moussa, où se reflétaient à la fois les tourments et la pureté de leur lien. « Nous avons traversé des flammes, Moussa. Ce monde a essayé de nous détruire de mille manières. Mais tant que nous resterons ensemble, ils n'auront jamais gain de cause. »

Ils demeurèrent ainsi, sous l'immensité du ciel constellé, savourant cet instant suspendu dans le temps, un répit précieux avant que la tempête ne se lève à nouveau. Car ils savaient que le Gardien, bien qu'il fût une protection, représentait aussi une épreuve. Il les avait guidés, éclairant leur chemin de sa sagesse, mais bientôt il devrait s'éloigner, les laisser affronter seuls les tumultes de leur destinée. Ce qu'ils vivaient n'était pas seulement une aventure ; c'était une plongée au cœur des vérités profondes, dans cette capacité rare d'aimer et de résister, de grandir en dépit des tempêtes. À partir de ce jour, ils devraient marcher sans son ombre bienveillante, avancer sans le refuge de sa présence.

La main dans la main, ils quittèrent les ruelles dorées de Jérusalem, se dirigeant vers ceux qui les attendaient dans la pénombre. Un groupe d'enfants se tenait là, leurs visages illuminés par l'espoir, leurs yeux pétillant de cette promesse d'un futur enfin libéré de la peur. Abigael et Moussa comprenaient que cette lutte n'était pas seulement pour la survie ; c'était une bataille pour l'innocence, pour préserver la pureté de chaque enfant, ici présent ou ailleurs. Leur amour, leur unité, étaient l'étendard silencieux que ces jeunes âmes suivaient avec confiance, et ils ne pouvaient se permettre de les décevoir.

Parmi eux, un garçon d'à peine dix ans s'avança. Il leva les yeux vers Moussa et, avec une solennité troublante, lui tendit une petite bougie. « Pour la lumière, » murmura-t-il avec une ferveur innocente, ses yeux brûlant d'une conviction presque irréelle. Moussa accepta la bougie, ses yeux soudain alourdis de larmes, submergé par l'émotion de ce geste d'une pureté inégalée. Abigael approcha alors la flamme de sa propre bougie, allumant la mèche avec une tendresse presque sacrée. Ensemble, ils observèrent la lumière vaciller dans la nuit, fragile et pourtant invincible, défiant le vent et l'obscurité.

« Pour la lumière, » murmura Moussa, sa voix étranglée d'émotion, comme une prière offerte aux étoiles. Autour d'eux, un à un, les enfants s'avancèrent, allumant leurs bougies jusqu'à former un cercle vibrant de lueurs vacillantes, protectrices. Dans l'écrin silencieux de la nuit, le Dôme du Rocher se dressait, imposant et solennel, gardien millénaire de leur promesse. Les flammes reflétées dans les yeux des enfants illuminaient leurs visages d'une douce détermination, imprimant sur chaque expression la promesse d'un lendemain meilleur. Ces enfants, ces « Hourim », incarnaient désormais plus qu'un espoir fragile ; ils étaient devenus la lumière elle-même, une lueur d'espérance prête à percer les ténèbres les plus épaisses, à incendier l'obscurité d'une flamme pure et ardente.

Sous ce ciel constellé de mille promesses, Abigael, Moussa et tous les enfants présents firent un vœu silencieux, une promesse sacrée : se tenir ensemble, main dans la main, peu importe les tempêtes à venir. Car au bout de chaque nuit, même la plus impénétrable, une aube attend inévitablement, patiente et pleine de promesses.

Les Hourim de l'innocence

Mais alors que la lumière vacillante des bougies dansait dans la brise, une ombre discrète, à peine perceptible, glissa dans l'atmosphère. Un frisson glacial parcourut la ronde des enfants, plantant en eux une graine d'inquiétude, une sensation trouble et inexplicable. Abigael et Moussa échangèrent un regard, sentant passer entre eux une onde de doute fugace, un pressentiment difficile à saisir. Le Gardien les avait prévenus des forces obscures, des entités invisibles qui tenteraient de les atteindre. Et, cette nuit-là, ils ressentaient cette présence, impalpable mais indéniable, quelque chose qui guettait, qui les observait dans l'ombre, patient et silencieux.

C'était Iblis lui-même, caché sous les traits les plus inattendus et inoffensifs : un enfant. Un jeune garçon aux yeux innocents, dont l'apparence douce et angélique n'avait rien d'inquiétant. Il s'approcha du cercle de lumière, ses pas presque flottants, sa voix aussi ténue qu'un souffle s'élevant à peine dans la nuit. « Vous savez, » murmura-t-il d'une voix sucrée et envoûtante, « il existe ici, sous le Dôme du Rocher, un fruit caché. Un fruit qui pourrait décupler votre amour, vous donner une force qu'Adam et Ève eux-mêmes n'ont jamais eue. Avec ce fruit, vous pourriez toucher l'enfance qu'ils ont perdue, retrouver la pureté originelle… l'amour à son état le plus pur et invincible. »

Un froid pénétrant s'installa, se mêlant à la chaleur des bougies, comme si l'ombre elle-même cherchait à s'immiscer dans leurs âmes. Dans l'air flottait un parfum étrange, sucré et métallique, envoûtant et oppressant, une senteur qui promettait autant qu'elle menaçait, alliant séduction et corruption dans un même souffle. Abigael et Moussa se figèrent, sentant monter en eux une tension inconnue, une dualité violente entre leur désir de protéger ces enfants et la tentation de saisir ce pouvoir. Ce fruit, ce pouvoir d'amour pur et indomptable, semblait si proche, si tentant. Avec cette force, ils pourraient se rendre invincibles, protéger ces jeunes âmes sans jamais faiblir, défier le monde et ses ombres sans crainte.

Et pourtant, quelque chose les retenait, un pressentiment effrayant, un doute venimeux qui s'insinuait en eux comme une brume sournoise. Ils se souvenaient des paroles du Gardien, de son avertissement contre cette faille de doute que les ténèbres s'acharneraient à creuser entre eux. La tentation se tenait là, insidieuse et douce, déguisée sous les traits d'un enfant au regard innocent. Mais derrière cette promesse d'un amour décuplé, se cachait l'ombre d'un piège, une offrande empoisonnée prête à percer leur lien sacré, à miner leur union par la séduction et le désir.

La lueur des bougies se mit à vaciller, comme hésitant face à la noirceur qui se pressait autour d'eux. Les enfants, toujours en cercle, observaient Abigael et Moussa, leurs regards étincelants d'une confiance pure et inébranlable. Ils n'avaient pas encore saisi l'ombre qui planait, la menace silencieuse qui s'infiltrait jusque dans les cœurs de ceux qui veillaient sur eux. Et Abigael et Moussa comprirent alors que leur plus grande force résidait dans cette innocence, dans cet amour sans calcul et sans désir de puissance. Car, dans ce monde fait de ténèbres et de lumière, la plus grande victoire serait de rester fidèles à cette promesse première, même lorsque les ombres se faisaient plus proches, plus pressantes.

Les yeux du jeune garçon semblaient capturer la lueur des étoiles, un éclat limpide, presque enchanteur. Mais lorsqu'Abigael fixa son regard, elle crut y déceler, l'espace d'un instant, une lueur fugace, une étincelle de malice, un feu intérieur teinté d'une noirceur dissimulée sous son innocence. Une vague de malaise monta en elle, un frisson désagréable qui lui serra la gorge, comme si l'air autour d'eux s'était soudain densifié, saturé d'une présence oppressante, difficile à ignorer.

Les Hourim de l'innocence

À ses côtés, Moussa sentit également un froid pénétrant lui parcourir l'échine, un signal instinctif d'alerte, lui criant que quelque chose était terriblement anormal. L'enfant, bien que paraissant inoffensif, irradiait une aura indescriptible, empreinte d'une ancienneté effrayante et malveillante. Une odeur de terre humide s'éleva discrètement, un parfum qui semblait remuer quelque chose d'ancien, de profondément enfoui, comme si une force tapie dans l'ombre venait de se réveiller après un long sommeil.

Abigael ferma les yeux, cherchant un point d'ancrage, un refuge intérieur au-delà de cette voix douce mais perverse. Elle se rappela des paroles du Gardien, de son avertissement sur le doute, ce venin subtil et invisible qui s'immisçait dans les esprits, un serpent sournois prêt à enserrer leurs pensées et leur foi. Elle comprit que là résidait le pouvoir véritable d'Iblis : non pas dans la force brute ni dans la violence, mais dans ce murmure trompeur, ce poison silencieux qui visait à ébranler leur amour à la racine, à saper les fondations de leur union.

Le jeune garçon esquissa alors un sourire, presque imperceptible, mais dont la noirceur perçait sous l'apparence douce de son visage. « Le fruit est à portée de main, » susurra-t-il, sa voix glissant comme une caresse dangereuse. « Il suffit de le cueillir, de le goûter, et vous compléterez ce qui a été commencé. Imaginez… un amour et une lumière sans limites. Plus de peurs, plus de faiblesses. La capacité de protéger tous ceux que vous aimez, d'être au-delà de la douleur, au-delà du doute. »

Leurs regards se croisèrent, leurs cœurs tiraillés entre l'espoir et la prudence. Les paroles de l'enfant vibraient d'une promesse de puissance, mais sous cette douceur, ils devinaient une ombre, une séduction envoûtante, presque mielleuse, qui s'immisçait en eux, insidieuse. Tout autour, la nuit semblait s'épaissir, oppressante, comme si l'obscurité elle-même cherchait à étouffer la lumière des bougies, dont les flammes vacillantes hésitaient, défiant tant bien que mal l'ombre envahissante.

Moussa sentit son souffle se suspendre, comme si une main invisible tentait de saisir son esprit, de l'entraîner dans cette tentation, cette promesse d'un pouvoir absolu et sans entrave. Il ferma les yeux, ses doigts se crispant autour de ceux d'Abigael, cherchant refuge dans la chaleur de sa main, comme un ancrage pour ne pas se perdre dans ce murmure envoûtant.

Abigael ouvrit lentement les yeux, posant à nouveau son regard sur l'enfant. Mais cette fois, sa silhouette semblait légèrement floue, presque irréelle, comme tissée de brume. Dans son regard brillait une lueur étrange, oscillant entre une pureté trompeuse et une corruption profonde. Ce détail, subtil mais indéniable, perça le doute dans le cœur d'Abigael ; une compréhension la frappa de plein fouet. Elle savait désormais qui il était, ce visage angélique dissimulant la malignité.

« Iblis… » murmura-t-elle, sa voix à peine un souffle, mais d'une certitude glaciale.

Moussa tourna son regard vers elle, sa stupeur se mêlant à une vague de crainte palpable. En suivant son regard vers l'enfant, il sentit l'air se charger davantage, oppressant, envahi par cette fragrance métallique et sucrée, une odeur séduisante et repoussante tout à la fois. Elle semblait imprégner chaque respiration, envenimant l'air d'une aura de défi interdit.

L'enfant, ou ce qu'il prétendait être, leur lança un sourire, doux mais pernicieux, un sourire qui semblait percer leurs âmes. « Pourquoi ne pas essayer ? » insista-t-il, sa voix devenant une caresse glissante, presque reptilienne, s'enroulant autour de leurs esprits. « Adam a échoué parce qu'il était seul… Mais vous, vous êtes deux. Deux cœurs unis, deux âmes inséparables. Ce fruit n'aura sur vous que des effets bénéfiques. Ensemble, vous serez

Les Hourim de l'innocence

invincibles, au-dessus de toute peur, plus puissants que toutes les forces qui vous menacent. »

Les mots du jeune garçon flottaient dans l'air, s'infiltrant dans les esprits d'Abigael et de Moussa avec la force tentatrice d'un charme ancien. Une promesse d'amour pur, d'une invincibilité qui les libérerait de la peur, de la douleur, du doute… Ces mots, sous leur douceur trompeuse, déployaient leurs racines comme un poison envoûtant. Abigael et Moussa ressentaient ce tiraillement douloureux, cette hésitation mortelle qui creusait sa place dans leurs âmes.

Et pourtant, malgré le chant envieux du pouvoir, malgré l'ombre qui rôdait autour d'eux, il subsistait en eux une étincelle, infime mais vibrante, la même lumière qu'ils avaient promis de défendre. Car ils savaient que ce pouvoir, aussi séduisant fût-il, venait avec un prix bien plus lourd, un tribut que leur amour pourrait ne jamais supporter.

Moussa ferma les yeux, cherchant dans l'obscurité intérieure une ancre, un repère, quelque chose qui pourrait l'aider à résister à l'appel envoûtant des paroles de l'enfant. Les mots, envoilés d'une douceur trompeuse, résonnaient en lui comme une mélodie interdite, s'insinuant dans les recoins les plus vulnérables de son esprit. Tout en lui semblait pris dans une lutte sourde, une bataille contre cette pulsion irrésistible de céder, d'atteindre ce fruit qui lui promettait tant.

Et puis, soudain, il sentit quelque chose. Une chaleur. Abigael. Sa main serrée dans la sienne, sa présence qui ancrée dans le monde réel, rappelant à son cœur pourquoi il était là, pourquoi il se battait. Le parfum de ses cheveux, ce mélange doux de fleurs et de terre, le ramenait à un temps révolu, un temps où la guerre n'était qu'un écho lointain, un murmure inconnu. Elle était là, tangible et lumineuse, un phare dans l'ombre, sa pureté dissipant les doutes qui menaçaient de l'engloutir.

« Non, » dit-il, sa voix basse mais portée par une force nouvelle, une certitude qui balayait la tentation. « Nous n'avons pas besoin de cela. Nous n'avons pas besoin d'un pouvoir qui nous éloignerait de ce que nous sommes. »

Abigael acquiesça, ses yeux, profonds et déterminés, fixés sur ceux de l'enfant. « Notre amour ne cherche ni raccourci, ni puissance illusoire. Ce que nous partageons est déjà assez puissant pour défier les ténèbres. »

Un instant, le masque de l'enfant se fissura. Son regard, autrefois innocent, se durcit, se faisant perçant, glacial, et la malice qui luisait dans ses yeux s'intensifia, devenant presque brûlante. Un sourire tordu s'étira lentement sur ses lèvres, révélant l'ombre d'une intention plus sombre. Il recula d'un pas, et l'ombre autour de lui sembla se densifier, comme une brume épaisse se refermant sur lui.

« Vous croyez vraiment pouvoir résister… » Sa voix, désormais plus grave, presque inhumaine, se fit écho, comme si elle venait de très loin, des profondeurs insondables de la nuit. « Vous croyez que cet amour est indestructible. Mais le doute… le doute a déjà pris racine en vous. Il grandira. Il vous ronge déjà. »

Sans un mot de plus, l'enfant, ou ce qu'il semblait être, se tourna et s'enfonça dans l'obscurité, s'évanouissant dans la nuit tel un spectre, se dissipant comme la brume sous les premières lueurs du jour.

Le silence tomba, dense, pesant, comme si le monde entier retenait son souffle, suspendu dans un équilibre précaire. Abigael et Moussa demeurèrent immobiles, absorbant la tension de cet instant, puis, lentement, ils se tournèrent l'un vers l'autre. Une

Les Hourim de l'innocence

larme glissa sur la joue d'Abigael, éclatant comme un cristal sous la lumière des bougies. Doucement, Moussa la recueillit du bout des doigts, un geste empreint de tendresse et de fragilité.

« Il voulait semer le doute, » murmura Abigael, sa voix vibrante d'émotion. « Et peut-être… peut-être a-t-il réussi, un peu. Mais nous ne le laisserons pas grandir. »

Moussa acquiesça, ses yeux plongés dans ceux d'Abigael, réaffirmant silencieusement leur lien, leur pacte inébranlable. « Tant que nous restons ensemble, tant que nous gardons la foi en ce que nous sommes, aucune ombre ne pourra nous détruire. »

Ils se prirent dans les bras, fermant les yeux, laissant leur amour, simple, inébranlable, éclairer l'obscurité qui menaçait de les engloutir. Ils étaient encore jeunes, des enfants projetés dans un monde d'adultes, un monde où les forces du bien et du mal se jouaient des vies avec la désinvolture de ceux qui déplacent des pions. Mais au-delà de ce jeu, ils avaient découvert la véritable force : celle d'un amour qui ne se courbait pas sous la tentation, qui ne faiblissait pas face aux ténèbres.

Ils se redressèrent, mains toujours unies, et avancèrent vers le cercle des enfants, dont les bougies, petites mais vaillantes, brillaient encore dans la nuit, défiant les ombres. Ils savaient que leur chemin serait semé d'embûches, que les ténèbres reviendraient sous d'autres visages, avec d'autres ruses. Mais pour l'instant, ils avaient repoussé Iblis. Pour l'instant, ils avaient remporté une bataille : celle du doute.

Leur lumière n'avait jamais semblé aussi fragile, mais jamais elle n'avait été aussi authentique, aussi vraie. Sous le ciel étoilé, entourés de ces enfants qui les regardaient avec des yeux emplis d'admiration et d'espoir, Abigael et Moussa firent une promesse silencieuse, une promesse ancrée dans la profondeur de leur

Les Hourim de l'innocence

amour : continuer de marcher, de s'aimer, de briller, même lorsque l'ombre deviendrait plus menaçante.

Car ils avaient compris une vérité éternelle : même la plus épaisse des ténèbres s'incline devant une simple flamme.

Et cette flamme, ils le savaient désormais avec une certitude infinie, brûlait en eux, inextinguible.

CHAPITRE VI
LES MIROIRS D'IBLIS : QUAND LE DOUTE SE RÉPAND

« LE DOUTE EST LA SEMENCE PRÉFÉRÉE D'IBLIS, ARROSÉE PAR LES MÉDIAS ET NOURRIE PAR LA PEUR. SEULS CEUX QUI REGARDENT AU-DELÀ DU MIROIR VERRONT LA VÉRITÉ DERRIÈRE LES ILLUSIONS. »

La première attaque médiatique fut fulgurante, orchestrée avec une précision clinique pour démanteler le phénomène Hourim. Les plateaux de télévision se peuplèrent rapidement d'une myriade de pseudo-spécialistes arborant des titres ronflants, des airs empreints d'assurance, comme s'ils détenaient la vérité ultime, en observateurs impartiaux et sages.

Les Hourim de l'innocence

Leur objectif était limpide : planter dans l'esprit des spectateurs une graine subtile qui, si elle trouvait un terreau fertile, germerait rapidement et infecterait les consciences. Cette graine, ils la nommaient « le doute », et dans l'art de la semer, ils excellaient. Ils en dispersaient des poignées dans l'éther des talk-shows, des débats, des bulletins d'information, dans l'espoir que certaines prennent racine dans les esprits fatigués, déjà abreuvés de confusion.

Abigael et Moussa, figures de proue du mouvement, étaient décrits comme bien trop jeunes, bien trop idéalistes pour comprendre les enjeux de leurs propres actions. Des voix graves, pleines de condescendance, s'élevaient pour insinuer que des adultes manipulaient leur naïveté dans l'ombre, tirant les ficelles et orchestrant leurs discours. Ces experts, se présentant comme des voix de la raison, insistaient sur l'idée d'un « plan caché », d'une « main invisible » dirigeant leurs moindres gestes. Bientôt, d'autres figures d'autorité entrèrent en scène : des psychiatres et des psychologues pour enfants, avec leurs regards grave et leurs mots choisis. Ils prétendaient diagnostiquer un nouveau mal : le « syndrome de Hourim ». Ils allaient jusqu'à détacher ce cri de révolte de son contexte brûlant pour l'emprisonner dans une étiquette clinique fabriquée de toutes pièces. Leur but ? Effrayer les parents, les convaincre que leurs enfants étaient les victimes d'une contamination mentale insidieuse, d'une épidémie de pensées rebelles.

Les présentateurs, figés dans des sourires lisses et artificiels, leurs voix mielleuses s'étirant sur chaque mot, évoquaient la menace d'une contagion pire encore que celle de la Covid : une contagion mentale, se propageant par les mots, par les rêves, par la simple écoute du mot « Hourim ». Face à cette « épidémie », il fallait, disaient-ils, étouffer ce cri avant qu'il ne se transforme en un incendie incontrôlable. Leur remède ? L'oubli. Faire disparaître

Les Hourim de l'innocence

les mots, effacer les visages, étouffer l'écho avant qu'il ne devienne trop puissant, trop ancré dans les consciences.

Les plateaux de télévision devenaient chaque jour plus absurdes, les voix se croisant dans une cacophonie d'arguments qui s'annulaient mutuellement, sans jamais vraiment résonner. Mais cela importait peu. La stratégie était simple : la répétition. Répéter encore et encore, jusqu'à saturer les esprits, jusqu'à transformer les téléspectateurs en simples réceptacles passifs de la peur et du doute. Pourtant, une chose échappait aux architectes de cette désinformation soigneusement orchestrée : les enfants qu'ils cherchaient à atteindre n'étaient pas leurs spectateurs. Ils ne regardaient pas leurs émissions ; ils se désintéressaient de ces visages rigides, de ces mots complices et dénués de chaleur, de ces discours qui ne faisaient que les ennuyer. Pour eux, le seul « syndrome » qui méritait un diagnostic était celui de l'ennui profond.

Quant aux parents, ces relais espérés par les médias pour diffuser la peur, ils se sentaient impuissants. Car le mouvement Hourim n'était plus seulement un cri de protestation ; il était devenu un courant souterrain, une rivière d'espoir qui creusait son chemin à travers les cœurs, emportant les doutes sur son passage. Rien ne semblait pouvoir endiguer la montée irrésistible de cette révolte douce, un courant trop vaste pour être contenu.

Face à cet échec, les médias adoptèrent une nouvelle stratégie. Ils firent venir des enfants sur les plateaux, des jeunes visages censés prôner la prudence et la peur. Mais même là, le stratagème s'effondra : les enfants choisis parlaient avec des mots trop calculés, des phrases trop parfaitement construites. Leur ton sonnait faux, comme une dissonance perçue instinctivement par leurs pairs. La jeunesse, loin d'être dupe, sentait la supercherie, reconnaissait que ces voix prétendument semblables aux leurs n'étaient que des échos manipulés. Et cela ne faisait qu'éloigner

Les Hourim de l'innocence

encore plus les jeunes, poussant même certains adultes à trouver ces mises en scène risibles et creuses.

Mais les médias n'avaient pas dit leur dernier mot. Ils passèrent à la vitesse supérieure, libérant une avalanche de photos falsifiées, de vidéos truquées prétendant montrer des enfants reniant le mouvement Hourim, ou affirmant que toute l'initiative n'était qu'une vaste escroquerie. Ces montages grossiers, saturés de mensonges, visaient à ternir l'image d'Abigael, de Moussa, et de leurs compagnons, insistant sur l'idée que l'argent collecté finissait dans les poches de leaders corrompus. Mais les manipulations furent rapidement exposées. Les réseaux sociaux, en dépit de la censure, virent fleurir les révélations d'informateurs, de hackers qui démasquaient chaque mensonge.

Ainsi, la vérité, patiemment démêlée des falsifications, se frayait un chemin. Elle triomphait des ombres et des artifices, confirmant que le mouvement Hourim restait pur, une force de résistance que même les vagues incessantes de propagande ne pouvaient détruire.

Les médias étaient en échec. Leurs stratégies, soigneusement élaborées, s'effondraient, l'une après l'autre, incapables de freiner la vague Hourim qui continuait de grandir. Alors, en un dernier acte de désespoir, ils jouèrent leur ultime carte : la confrontation directe. Les projecteurs de leurs plateaux, armés comme des phares de tempête, visaient désormais Moussa et Abigael. Les médias exigeaient leur présence en direct, face au monde entier, les pressant de se défendre sous les regards du public. Leur but était limpide : les exposer, les pousser à la faute, les prendre au piège des mots, sous l'éclat intense des caméras. Pour cela, ils n'hésitèrent pas à employer des accusations scandaleuses, espérant ainsi fissurer l'armure de ces deux jeunes figures devenues le symbole d'une vérité insupportable pour leurs opposants.

Les Hourim de l'innocence

Moussa fut accusé de meurtre, celui de son propre oncle. On le dépeignait comme un être violent et froid, un tueur habilement dissimulé derrière un masque d'innocence. Abigael, elle, fut épargnée de telles calomnies, mais l'accusation visait à frapper là où cela ferait le plus mal, là où la douleur de l'injustice, mêlée à l'impuissance, pourrait fissurer leur lien.

Ce n'était pas une simple invitation qui leur était adressée ; c'était un duel, un affrontement inégal entre des adultes rompus aux subtilités de la manipulation et deux enfants porteurs d'une vérité limpide, dérangeante, mais sincère. La stratégie médiatique était comme une grenade dégoupillée ; la question n'était pas de savoir si elle exploserait, mais où, et de quelle manière elle pourrait les atteindre.

Informés de l'accusation perfide, ceux qui entouraient Moussa et Abigael les avertirent aussitôt. La nouvelle se propagea comme une onde de choc, amplifiant la gravité de la situation.

Moussa se souvenait de son oncle avec une froide distance. Cet homme, qui avait commis les pires crimes, ne pouvait susciter ni compassion ni haine brûlante. Pourtant, il restait le frère de sa mère, une figure appartenant à un passé qu'il ne pouvait ni effacer ni revendiquer. Moussa n'éprouvait ni fierté ni honte à son égard, seulement une neutralité douloureuse, une reconnaissance tacite des complexités de l'histoire familiale.

Lorsqu'il comprit que les médias tentaient de salir la mémoire de son oncle dans le but de l'atteindre lui, une colère froide l'envahit, non pas pour défendre cet homme, mais pour rejeter cette tentative de manipulation. Il refusait de laisser les autres réécrire son histoire ou utiliser les fantômes de son passé comme des armes pour le briser.

Mais il savait que cette réponse instinctive ne les aiderait en rien. Ils devaient être plus forts, plus sages que ceux qui cherchaient à les faire tomber. Le Gardien, avec sa sérénité énigmatique, leur avait souvent rappelé que la véritable victoire ne se trouvait pas dans le tumulte, mais dans la lumière calme et immuable de la vérité. « Le doute est l'arme du faible, » avait-il murmuré un jour à Moussa. « Mais la vérité, elle, éclaire même les esprits les plus sombres. »

La nuit précédant le jour où ils devaient faire leur choix, Moussa et Abigael se retirèrent dans un recoin paisible de la ville, loin du tumulte, des bruits et des regards indiscrets. Ils se retrouvèrent sous l'olivier centenaire, dont les branches noueuses formaient comme un abri protecteur, un sanctuaire végétal au cœur de l'obscurité. La lumière de la lune baignait leurs visages, dessinant leurs ombres entrelacées au pied de l'arbre. Abigael posa sa tête contre l'épaule de Moussa, et ensemble, ils respirèrent ce silence apaisant, ce répit précieux que seul le bruissement des feuilles venait troubler.

« Qu'est-ce qu'on va faire, Moussa ? » murmura-t-elle, sa voix brisée par une inquiétude qu'elle tentait de dissimuler. « Ils nous accusent de choses terribles. Ils veulent nous voir trébucher, se repaître de nos erreurs. »

Moussa laissa un silence s'installer, réfléchissant à cette question qui brûlait en lui depuis des heures. Il sentit la chaleur de la main d'Abigael dans la sienne, une force tranquille qui le ramenait à l'essentiel, à ce qui comptait vraiment.

« Ce qu'ils cherchent, c'est de nous faire oublier qui nous sommes vraiment, » répondit-il doucement. « Ils voudraient que l'on réagisse avec colère, que l'on se défende avec des mots tranchants et qu'on leur donne des raisons de nous accuser encore. Mais ce n'est pas de ça qu'ils ont peur, Abigael. Ce qui les terrifie, c'est notre calme, notre amour, cette vérité qu'ils ne peuvent manipuler. »

Les Hourim de l'innocence

Abigael leva les yeux vers lui, et il y vit une étincelle de détermination renaître, cette flamme inébranlable qui les avait portés jusque-là. Ils comprenaient tous deux que leur réponse ne devait pas se limiter à des mots sur un plateau de télévision. Elle devait être un message, un acte de résistance pacifique, une affirmation de leur amour et de leur force intérieure.

« Ils peuvent nous accuser de tout ce qu'ils veulent, » ajouta Abigael d'une voix douce mais résolue. « Ce qu'ils ne comprennent pas, c'est que tant que nous restons unis, tant que nous restons fidèles à ce que nous sommes, rien de ce qu'ils disent ne pourra nous atteindre. »

Leur décision était prise. Ils savaient que se présenter devant le monde entier avec cette sérénité désarmante, avec cette lumière qui irradiait de leur sincérité, serait leur plus grande arme. Ensemble, ils affronteraient la tempête, non pas en ripostant coup pour coup, mais en restant eux-mêmes, des jeunes porteurs d'une vérité que même les fausses accusations ne pourraient ternir.

Sous l'olivier, ils se serrèrent l'un contre l'autre, puis levèrent les yeux vers les étoiles, ces témoins silencieux de leur serment. Ils n'étaient plus seulement deux adolescents dans un monde d'adultes ; ils étaient les gardiens d'une lumière que rien ne pourrait éteindre.

Moussa prit une profonde inspiration, sentant le poids du doute en lui, une faille subtile qu'Iblis s'acharnait à élargir, une ombre rampante qui cherchait à fragiliser sa détermination. Il leva les yeux vers le ciel, contemplant les étoiles, ces éclats lointains, suspendus dans la nuit comme des promesses. « Ils veulent que nous ayons peur, que nous nous dissimulions. Mais nous devons leur montrer que nous n'avons rien à cacher, que notre amour pour la vérité est plus puissant que leurs mensonges. »

Les Hourim de l'innocence

Abigael releva la tête, ses yeux trouvant ceux de Moussa. Elle y vit cette même détermination tranquille, cette lumière intérieure qui l'avait attirée vers lui dès le premier jour. Une force douce, inébranlable, qui ne vacillait jamais. Elle hocha la tête, ses doigts se resserrant autour des siens. « Alors, nous irons. Nous irons leur dire ce que nous avons à dire. Pas pour nous défendre, mais pour défendre ceux qui croient en nous. »

Moussa esquissa un sourire léger. « Pour défendre la vérité, Abigael. Pour montrer au monde que, même face au doute et à la haine, il est possible de choisir l'amour, de choisir la lumière. »

Sous l'olivier, ils restèrent ainsi, à puiser dans le calme de la nuit la force dont ils auraient besoin. Le vent jouait doucement dans les branches au-dessus d'eux, comme un murmure ancien, un réconfort murmuré par la nature elle-même. Ils savaient que le lendemain, ils se tiendraient devant les caméras, non pas pour lutter, mais pour éclairer. Quelque part dans les ombres, Iblis observait, sa présence dissoute dans l'obscurité, sentant son emprise s'effriter devant la lumière sereine de ces deux enfants.

Puis, soudain et de manière inattendue, le Gardien apparut. Il se fondit dans les ombres comme une vision éthérée, une présence à la fois familière et mystérieuse, ses traits semblant modelés par la lumière argentée de la lune, quelque part entre rêve et réalité. Il s'approcha en silence, ses yeux perçants plongeant dans ceux de Moussa et Abigael. Son regard était empli de sagesse, de cette bienveillance ancienne qui portait en elle les leçons des âges. Il se tenait là pour les conseiller, mais avant toute chose, il leur posa une question essentielle. Sa voix douce et grave, imprégnée de gravité, rompit le silence de la nuit comme une prophétie :

« Pourquoi avez-vous accepté ? »

Les Hourim de l'innocence

Moussa fut le premier à répondre. Sa voix tremblait légèrement, oscillant entre la peur et la détermination, mais chaque mot était chargé de sincérité.

— Ce n'est pas vraiment que nous avons accepté, répondit-il, sa voix vacillante d'émotion. Ils ne nous ont pas laissé le choix. Comment pourrais-je laisser sans réponse cette accusation ignoble, ce mensonge insoutenable selon lequel j'aurais tué mon oncle, alors que les circonstances étaient totalement différentes ? Mais je sais, au fond, que tout cela me dépasse, que je ne suis pas prêt à affronter ce monde d'adultes, avec toutes ses ruses et ses mensonges. Je ne suis qu'un enfant, et parfois, je ne me sens pas capable de me dresser contre cette marée d'hostilité.

Le Gardien demeura silencieux un instant, laissant ses paroles s'installer dans la quiétude de la nuit. Puis il se pencha légèrement vers eux, ses yeux s'ancrant dans ceux de Moussa, comme s'il cherchait à sonder l'âme même du jeune garçon. Ses paroles s'élevèrent, des flèches de vérité, destinées à éveiller en lui une nouvelle conscience :

— N'oublie jamais, Moussa, que même le Créateur laisse toujours le choix. C'est là l'essence de la véritable liberté. Toi aussi, tu as le choix. Le choix d'accepter ou de refuser de te plier à ce lynchage, de résister ou de céder à cette culpabilité qu'ils cherchent à cultiver en toi. Ils essaient de t'entraîner dans leur monde d'adultes, avec ses ombres et ses rancœurs. Mais souviens-toi, Moussa : tu es un enfant, et c'est là ta plus grande force. C'est ce qui te distingue d'eux.

Le Gardien posa une main rassurante sur l'épaule de Moussa, une chaleur douce et bienfaisante irradiant de ce simple contact. Sous l'ombre de l'olivier, ils se trouvaient comme protégés, enveloppés d'un cocon de paix sous la lumière délicate de la lune.

Les Hourim de l'innocence

— Ne sois pas pressé de grandir, continua le Gardien. La vision d'un enfant est pure, libre des complexités artificielles que les adultes s'imposent eux-mêmes. N'essaie pas de voir plus loin qu'ils ne te le permettent, car souvent, la vérité est plus simple et plus belle, vue avec des yeux innocents. Vous avez fait le bon choix, tous les deux, car sans même le réaliser, ce sont eux qui s'enfoncent dans leurs propres mensonges, piégés dans les sables mouvants de leur propre création.

Il se tourna alors vers Abigael, qui l'observait avec une attention toute absorbée, ses yeux grands et brillants, absorbant chaque mot comme une étoile captant la lumière d'un astre lointain.

— Votre stratégie, mes chers enfants, doit être aussi simple que votre essence. Elle doit demeurer pure, inchangée, immaculée. Vous allez devoir rester vous-mêmes, sans compromis, sans masque. C'est cela, votre vérité. Et n'oubliez jamais que votre force la plus puissante est votre innocence. Comment pourraient-ils vous accuser si vous ne leur donnez aucune prise, si vous êtes des miroirs limpides reflétant la lumière pure d'un amour sincère ?

Un sourire empreint d'une tendresse infinie naquit sur les lèvres du Gardien tandis qu'il poursuivait :

— Je serai là, près de vous, lors de cette confrontation. Invisible, tout comme l'est Iblis avec ses suppôts, mais jamais loin de vous. Je vous soutiendrai de ma présence, et je vous apporterai du réconfort quand vous vous sentirez seuls face à la foule hostile. Ils savent, tout comme moi, que vous êtes des enfants, et ils ont des limites qu'ils ne peuvent franchir sans se trahir eux-mêmes. Poussez-les doucement, sans violence, à montrer leur vrai visage. Incitez-les à l'arrogance, à l'impolitesse envers vous. Et lorsqu'ils se montreront pour ce qu'ils sont vraiment, demeurez simplement dans votre innocence. Si leurs mots vous blessent,

Les Hourim de l'innocence

pleurez, car ces larmes sont sincères. Si leurs accusations vous amusent, gardez le silence, car le rire des enfants n'a rien de commun avec celui des adultes.

Le silence s'installa, un moment suspendu dans la douceur mystérieuse de la nuit. La brise emportait le parfum des fleurs qui entouraient l'olivier, et le temps lui-même semblait s'arrêter, comme en écoute de cette promesse qui se tissait entre le Gardien et les deux enfants. Moussa et Abigael se regardèrent, les mots du Gardien résonnant en eux comme une musique profonde et apaisante, une mélodie d'espoir. Ils comprenaient que leur force résidait dans leur pureté, dans leur refus de céder à la peur et aux ruses des adultes. Demain, ils se tiendraient devant le monde, non pas comme des guerriers, mais comme des enfants, porteurs d'une lumière que rien ni personne ne pourrait éteindre.

Le Gardien reprit la parole, sa voix se faisant plus grave, imprégnée d'une sagesse venue d'un temps révolu, d'une profondeur qui résonnait comme un écho dans l'âme des deux enfants.

— Ils feront tout pour semer le doute en vous, leur dit-il. Mais le doute est une ombre à laquelle vous ne devez jamais céder. Ne répondez jamais à leurs questions en vous justifiant. Répondez par des questions qui les renverront à leurs propres failles, qui les déstabiliseront. Faites-les se perdre dans leur propre lumière, qu'ils s'égarent dans leurs contradictions, jusqu'à ce que la vérité leur échappe.

Les deux enfants échangèrent un regard, une lueur de compréhension et de détermination scintillant dans leurs yeux. Ils comprenaient désormais que leur force la plus grande n'était pas dans les mots savamment choisis, mais dans cette unité indéfectible qui les liait, un amour simple et authentique, à l'épreuve de toutes les tempêtes.

Les Hourim de l'innocence

Le Gardien poursuivit, sa voix vibrant d'une solennité bienveillante :

— Si vous sentez que les mots deviennent des armes, si vous voyez que la confrontation va trop loin, alors parlez de cette macabre journée du 7 octobre. Ne laissez rien dans l'ombre. Racontez chaque détail, exposez la vérité, et vous verrez leur peur, leur panique à l'idée que cette vérité soit entendue. Ils tenteront de vous faire taire, et c'est à cet instant que le monde verra qui ils sont vraiment. Mais n'oubliez jamais de rester unis. Vous allez devoir vous soutenir l'un l'autre. Vous ne faites qu'un, et c'est dans cette unité que réside votre invincibilité. Si l'un de vous fléchit, l'autre le relèvera.

Il marqua une pause, posant un regard attentif sur chacun d'eux, un sourire doux et empreint de confiance illuminant ses traits. Ce sourire, rassurant comme une promesse, apaisait les tourments de leurs jeunes âmes.

— Vous ne risquez rien, murmura-t-il avec assurance, car tant que vous resterez fidèles à votre pureté, aucune force au monde ne pourra vous ébranler. J'ai confiance en vous. Vous serez à la hauteur, parce que vous avez traversé les tempêtes en demeurant purs, parce que vous avez conservé cette essence d'enfant, ici, au ras de la terre, là où poussent les vraies graines de lumière.

Sous la voûte étoilée, la scène se chargea de sens. Les mots du Gardien s'insinuèrent dans leurs cœurs comme une douce promesse. Abigael et Moussa, unis par une confiance renouvelée, se sentaient prêts à affronter l'inconnu qui les attendait, main dans la main, le cœur en paix, plus forts que jamais.

Avant de les quitter, le Gardien s'approcha encore, son visage baigné par la lueur douce de la lune. Dans ses yeux brillait une tendresse infinie, et il semblait sur le point de leur confier un secret, quelque chose de précieux, capable de réchauffer leur

Les Hourim de l'innocence

cœur et d'éclairer leur chemin. Sa voix, grave et réconfortante, perça le silence nocturne comme un murmure d'espoir :

— N'avez-vous jamais remarqué, dit-il, que de tout jeunes enfants jouent ensemble sans même connaître la langue de l'autre ? Ils se comprennent sans avoir besoin de mots. Ils échangent des gestes maladroits, poussent des cris de joie, baragouinent des mots incompréhensibles pour les adultes… mais entre eux, la magie opère. Ils se comprennent au-delà du langage, et les frontières de la langue disparaissent. C'est parce que les enfants possèdent un pouvoir rare et merveilleux : celui de communiquer par le cœur, de se comprendre avec un simple regard, un sourire, ou même des larmes. Les enfants sont les maîtres innés de l'émotion, car leur innocence pure transcende toutes les barrières.

Il laissa un silence envelopper ses paroles, comme une brise douce caressant les visages d'Abigael et de Moussa, qui buvaient chaque mot, fascinés, leurs yeux, grand ouverts, avides de cette sagesse ancestrale. Le Gardien les observait, et dans son regard transparaissait une affection qui semblait traverser les âges. Puis il continua, sa voix prenant une intonation douce, presque comme une confidence précieuse :

— Maintenant, je vais vous faire une révélation, un secret que vous seuls entendrez. Vous possédez en vous un pouvoir bien plus grand que ce que vous pouvez imaginer. Un don rare : celui du langage universel. Sans même le savoir, vous êtes capables de parler toutes les langues du monde et, plus encore, de les comprendre. C'est un cadeau que je vous fais, une arme secrète, un joker qui vous épargnera de longues années d'apprentissages et de difficultés. Gardez ce secret enfoui au plus profond de vous, et attendez le moment propice avant de l'utiliser. Car le jour viendra où ce pouvoir se révélera, et alors le monde vous regardera autrement. Vous serez perçus comme des êtres extraordinaires, des messagers d'un monde nouveau, et vos adversaires, sans même le comprendre, perdront pied devant vous.

Il y eut un silence, un moment suspendu dans l'éternité de la nuit. La brise légère s'infiltrait entre les branches de l'olivier, faisant chanter les feuilles dans une harmonie fragile et réconfortante. Le Gardien leva la main et effleura la joue de Moussa, puis celle d'Abigael, avec une tendresse infinie, comme pour sceller ce secret.

— Maintenant, reposez-vous, mes chers enfants, murmura-t-il avec une douceur qui contrastait avec la gravité de ses propos. Et surtout, restez fidèles à vous-mêmes. Ne laissez jamais le monde vous voler votre essence. Vous êtes l'aube d'un nouveau commencement, la promesse d'un renouveau, la lumière qui mettra fin à un cycle d'obscurité et de souffrance. Et c'est en restant purs, en demeurant les enfants que vous êtes, que vous insufflerez cette nouvelle vie, que vous écrirez une fin digne à cet ancien monde.

Le Gardien s'éloigna alors, ses pas s'estompant dans l'obscurité, sa silhouette se fondant dans la nuit elle-même, comme une ombre bienveillante retournant à son royaume. Abigael et Moussa restèrent un instant, immobiles, sous le poids bienveillant de cette mission, se regardant en silence, leurs cœurs lourds de la grandeur de leur destin, mais légers, apaisés par la force de ce qui venait de leur être confié. Ils se prirent la main, la serrant l'un contre l'autre, et dans ce geste, ils sentaient cette certitude profonde et inébranlable : ils n'étaient pas seuls.

Ensemble, ils se préparaient à affronter le monde, non pas comme des guerriers, mais comme des porteurs de lumière, d'amour et de vérité. Sous la voûte étoilée, avec la bénédiction du Gardien gravée en eux, ils savaient qu'ils étaient prêts.

Les Hourim de l'innocence

La lune, pleine et majestueuse, continuait de les éclairer, témoin muet de cet instant suspendu, où deux enfants marchaient main dans la main, porteurs d'une promesse qu'ils étaient déterminés à tenir. Leurs pas résonnaient dans la nuit comme une mélodie de courage, écho discret d'un amour pur et indomptable, une force nouvelle née des mots du Gardien, de leur lien inébranlable, et de cette innocence qu'ils refusaient de sacrifier. Abigael et Moussa avançaient, résolus à porter ce flambeau jusqu'au bout, le cœur empli d'une sérénité insaisissable.

Le lendemain, la scène qui se préparait avait un caractère presque théâtral : toutes les chaînes de télévision s'étaient mises en ordre de bataille pour interviewer les deux jeunes héros. D'un côté, les journalistes, instruments d'un système avide, investis d'un double devoir contradictoire : celui de détruire la vérité tout en capturant l'attention du monde, de réaliser des audiences spectaculaires. Leurs rivaux devenaient pour un temps des alliés dans une alliance étrange, imposée par une peur commune. Iblis lui-même avait ordonné cette union éphémère, un pacte fragile entre des concurrents naturels, tous unis dans la crainte d'une vérité qui les dépassait. CNN International, BBC World News, Al Jazeera, France 24, Euronews, TF1, et d'autres encore avaient dépêché leurs journalistes les plus féroces, leurs prédateurs affamés de scandales, prêts à faire tomber deux enfants sous le poids de questions acérées.

Mais pourquoi, s'interrogeait-on dans les murmures du public, ces chaînes n'avaient-elles jamais jugé bon de se déplacer ainsi, en masse, sur le Dôme du Rocher lorsque des bombes détruisaient les vies palestiniennes ? Pourquoi ce « deux poids, deux mesures » si flagrant qu'il en devenait grotesque ? Les ordres semblaient venir d'en haut, ou peut-être d'en bas, d'Iblis lui-même. Cet être déchu tirait les ficelles invisibles de la manipulation, poussant ces journalistes, chacun asservi à des ambitions voraces, à servir ses desseins cachés. Il manipulait les

Les Hourim de l'innocence

ombres, les enveloppait de sa ruse, alimentant en eux un désir de contrôle et de pouvoir.

Cela faisait maintenant six mois que les canons s'étaient tus. Les bombardements avaient cessé, les fusils restaient silencieux, comme si toutes les guerres avaient été mises en suspens, suspendues dans un silence fragile, mais miraculeux. Le monde baignait dans une paix inattendue, une trêve cristalline, aussi délicate qu'une goutte de rosée sur une feuille au petit matin. Même le taux de criminalité avait chuté, comme touché par une grâce soudaine. Les criminels eux-mêmes semblaient marqués par un éveil étrange, comme si une étincelle oubliée, une lueur d'innocence enfouie, s'était ravivée dans leurs cœurs. Une vague bienveillante semblait parcourir le monde, une énergie douce, portée par des enfants unis dans un élan silencieux, catalysant un éveil collectif.

Ce phénomène dépassait la simple révolte ; c'était une magie subtile, une onde d'amour et de bienveillance qui s'infiltrait partout, purifiant l'air même. Chaque souffle semblait chargé d'une sérénité nouvelle, d'une invitation à la paix intérieure. La nature, comme touchée par cette vague invisible, paraissait renaître avec une vitalité retrouvée : les arbres s'étiraient vers le ciel avec fierté, leurs feuilles frémissant en une prière silencieuse. Les fleurs éclosaient avec une grâce nouvelle, comme si elles n'avaient jamais connu la guerre, comme si elles ignoraient les cendres et les larmes des hommes. Les rivières, autrefois ternies par la pollution et les conflits, s'écoulaient de nouveau, limpides, d'un bleu pur, et même les animaux semblaient ressentir cette paix enveloppante. Les oiseaux chantaient avec une ferveur presque mystique, comme s'ils portaient le message d'une aube nouvelle, tandis que les chiens flânaient paisiblement dans des rues baignées de lumière douce et dorée.

Les Hourim de l'innocence

Le monde entier semblait respirer après une longue apnée. Cette paix prenait une ampleur phénoménale, grandissant comme une vague irrépressible, et nul ne semblait capable de l'arrêter. Le ciel lui-même paraissait plus vaste, d'un bleu plus profond, un miroir du monde intérieur de chacun, empli de calme et de réconciliation.

Pour la première fois depuis des décennies, on osait parler d'une paix naissante entre Israël et la Palestine. Les armes avaient été déposées, les canons muets se fondaient dans le murmure d'un espoir nouveau. Le mal, celui qui se nourrit de la haine et de la division, semblait paralysé, réduit au silence par la force éclatante de l'innocence. Partout, une couleur de renouveau et d'espoir émergeait, et de tous côtés, un cri s'élevait : « Hourim ! Hourim ! » Ces mots résonnaient comme un chant sacré, semblant atteindre jusqu'aux profondeurs de la terre, éveillant les cœurs les plus durs, les âmes les plus abîmées.

Ce simple mot, Hourim, semblait posséder un pouvoir ancien, comme un talisman capable de fissurer les murs érigés entre les peuples. Son écho désagrégeait la haine accumulée, érodait la peur, réduisant en poussière tout ce qui n'avait jamais eu d'autre fondement que la méfiance et le mépris. Cette poussière, au lieu de ternir l'air, s'envolait, illuminée par la lumière du pardon, se métamorphosant en un ciment d'amour et de compréhension, le seul capable de souder ce qui avait été brisé depuis si longtemps.

Les yeux d'Abigael et de Moussa brillaient d'une certitude calme, d'une détermination plus vaste que la peur, alors qu'ils se préparaient à affronter le monde. Leur amour, leur foi en l'innocence, et leur capacité à embrasser une vérité si grande que même Iblis en tremblait, les rendaient invincibles. Ensemble, main dans la main, ils avançaient, portés par la promesse que la vérité finirait par jaillir, lumineuse et pure, balayant les ombres des mensonges.

Les Hourim de l'innocence

Le jour J approchait à grands pas, mais Abigael et Moussa ne s'en préoccupaient guère. Profitant de chaque instant partagé, ils s'éloignaient des préoccupations politiques et religieuses qui pesaient sur leurs jeunes épaules. Ils préféraient courir après leur cerf-volant, le regard rivé vers le ciel, le laissant danser au gré du vent. Leurs rires s'élevaient dans l'air comme des éclats de cristal, insouciants et libres, éclairant leurs visages d'une pureté propre à l'enfance. Dans ces rires, il y avait une légèreté qui défiait les lois du temps, un instant d'éternité où ni le passé ni le futur n'avaient de prise. Pour eux, seul comptait cet instant fugace et précieux, glissant comme un éclat d'infini. Abigael riait aux éclats chaque fois que le cerf-volant frôlait les branches d'un arbre, et Moussa courait à perdre haleine pour éviter qu'il ne s'y emmêle. Ces moments-là représentaient la vérité la plus pure, une vérité qu'aucune caméra, aucun plateau de télévision, ne pourrait altérer. C'était la liberté absolue de l'enfance, cette lumière qui résistait aux pires ténèbres.

Pendant ce temps, le monde médiatique se préparait à orchestrer le « face-à-face du siècle ». Tout était en place. Un immense studio avait été monté pour l'occasion, une scène monumentale, où l'événement serait retransmis dans tous les pays et traduit en toutes les langues. Au centre du plateau trônait une table circulaire, massive, imposante, rappelant les salles de stratégie des chefs d'État. Abigael et Moussa se tiendraient au milieu, isolés, cernés par des regards d'acier, entourés de journalistes et d'accusateurs prêts à les réduire au silence. L'image avait quelque chose d'absurde et de grandiose, presque mythique : David au milieu des Goliaths, la pureté juvénile de deux enfants face à l'arrogance des médias, prêts à en découdre.

Autour d'eux, les projecteurs tournaient, les lumières s'entremêlaient, projetant une atmosphère à la fois festive et écrasante. Une musique d'introduction, grandiloquente et théâtrale, retentissait dans le studio, cherchant à donner à cet

Les Hourim de l'innocence

événement une allure hollywoodienne, comme si la vérité pouvait s'habiller des artifices du spectacle. Tout était calibré pour transformer cette confrontation en une performance spectaculaire, un show planétaire où chaque silence, chaque geste, chaque réponse pèserait lourd dans la balance de l'opinion publique. Les journalistes, leurs visages figés dans l'assurance de leur rôle, attendaient, affûtant leurs questions comme des lames. Chacun espérait voir vaciller les deux jeunes héros, les prendre en faute, dévoiler une faille.

Abigael et Moussa étaient conscients de l'épreuve qui les attendait. Mais ils ne laissaient rien transparaître. Leur force résidait dans leur sincérité, dans leur union. Ils avaient avec eux la vérité, une vérité pure qui leur servait de bouclier invisible. Ils savaient que leurs adversaires étaient des experts en manipulation, prêts à tout pour les faire tomber. Mais ils n'étaient pas seuls. Le Gardien était là, invisible mais présent, et avec lui, une force venue du monde entier, de tous ceux qui avaient trouvé dans Hourim l'espoir d'un renouveau.

Le monde retenait son souffle. Cette émission dépassait le cadre d'un simple débat : c'était le miroir de l'humanité, l'occasion de se voir telle qu'elle était, reflétée dans le regard innocent de deux enfants. Le sort de l'avenir semblait suspendu à ce plateau, sous les projecteurs aveuglants qui cherchaient à percer l'obscurité des cœurs et des esprits. Abigael et Moussa, devenus les hérauts d'une paix inattendue, allaient devoir affronter la machine médiatique, et peut-être, à leur manière, en exposer les failles.

À 20 heures précises, les caméras allaient s'allumer, et le monde entier serait témoin de cette confrontation. Les enjeux dépassaient de loin les mots, les accusations ; il s'agissait d'une bataille pour l'âme de l'humanité, d'un affrontement entre le mensonge et l'innocence, entre la ruse calculée et la vérité nue. Abigael et Moussa, avec leur fragilité apparente, allaient devoir prouver que la vérité pouvait se dresser, même devant les plus puissants, même sous les lumières crues qui cherchaient à les intimider.

Et dans cette nuit paisible qui précédait la confrontation, sous le ciel étoilé de Jérusalem, la vérité murmurait doucement, prête à être révélée. Les enfants n'étaient pas seuls ; une solidarité universelle, puissante et bienveillante, les entourait. Cette force invisible était leur plus grand atout, une fraternité née d'un espoir partagé, d'un courage pur qui défiait les prédictions. Peut-être, juste peut-être, ces deux enfants allaient-ils réussir à inverser le cours des choses, à renverser les ombres.

En attendant, ils profitaient du présent, de chaque éclat de rire partagé, savourant la douceur de l'instant, comme un baume précieux avant la tempête.

Le moment tant attendu était enfin arrivé. Abigael et Moussa avaient refusé de se faire maquiller avant le début de ce débat. Ce refus, simple en apparence, était un acte de défi, un symbole éclatant de leur sincérité. Face à eux, un monde de faux-semblants, où même ceux qui prétendaient être les gardiens de la vérité portaient des masques invisibles. Sous les visages figés par des couches de maquillage soigneusement appliquées se cachaient des intentions troubles, des ambitions ternies par l'avidité et le cynisme. Les sourires étaient rigides, les regards empreints d'une lueur malveillante, dissimulée derrière des éclats artificiels. C'était un bal de visages factices, prêt à engloutir la vérité dans un banquet de tromperie, à dévorer l'innocence dans le faste des faux-semblants.

Le Gardien ne les quittait pas. Sa présence, bienveillante et douce, les enveloppait d'une chaleur invisible aux autres. Abigael et Moussa étaient les seuls à le percevoir ; sa voix résonnait en eux comme un murmure rassurant, une mélodie de réconfort dans le

Les Hourim de l'innocence

silence. Autour de cette immense table, bien qu'invisible aux yeux de tous, le Gardien semblait occuper une place indiscutable, un siège immatériel défiant les ténèbres qui s'amoncelaient. Les journalistes, impassibles, se préparaient à les attaquer, imaginant déjà leur triomphe éclatant. Dans leurs esprits, le plateau devenait un festin où les deux enfants allaient être dévorés sans pitié, avec la bénédiction d'Iblis, l'empereur des mensonges.

Cette table circulaire ressemblait à une arène antique, où la cruauté se drapait d'une illusion de civilité. Les journalistes, impassibles, s'étaient installés autour de cette scène intimidante, leur froideur rappelant celle des gladiateurs avant l'affrontement. Au centre de l'arène trônait un fauteuil minuscule, une chaise conçue sur mesure pour les enfants, mais agencée de telle manière qu'elle semblait disproportionnée, comme si tout avait été pensé pour exagérer leur vulnérabilité et transformer cette scène en un simulacre d'égalité trompeuse. Le contraste entre ces enfants lumineux et les journalistes, figures taillées dans le marbre de la perfidie, rendait le spectacle presque irréel, caricatural. Plus de vingt journalistes étaient prêts à lancer leurs questions en apparence bienveillantes, avant de glisser, dans un crescendo inéluctable, vers la cruauté déguisée, attendant le moment où ils pourraient jeter la première pierre.

Le compte à rebours était lancé. Abigael et Moussa attendaient dans leur loge, un espace qui, malgré son luxe apparent, dégageait une atmosphère oppressante. Les canapés moelleux, les lumières tamisées et les boissons raffinées n'étaient qu'une façade, dissimulant une intention perfide. Le Gardien leur avait murmuré de ne rien toucher de ce qui se trouvait sur la table. Les jus de fruits, éclatants de fraîcheur, les biscuits parfaitement disposés sur des plateaux dorés, tout était empoisonné par l'hypocrisie. Des drogues subtiles y avaient été dissimulées, des substances pensées pour altérer leur comportement, les faire vaciller, les pousser à l'euphorie incontrôlée ou à la confusion. Les visages souriants des assistants de plateau, qui leur avaient offert ces douceurs, cachaient mal l'ombre des intentions obscures qui se dissimulaient derrière chaque sourire trop parfait.

Abigael jeta un regard vers Moussa, et il lui répondit d'un sourire complice. Leurs mains se frôlèrent, et dans ce contact silencieux, ils trouvèrent toute la détermination et la force qu'ils avaient cultivées ensemble. Le Gardien leur murmurait des paroles de réconfort, insufflant en eux une confiance calme et tranquille, une certitude qui se mêlait à leurs pensées comme s'il faisait partie d'eux, comme si quelque chose de plus grand qu'eux-mêmes s'éveillait. Moussa ressentait cette sensation étrange de devenir plus adulte, tandis qu'Abigael, malgré ses craintes, sentait en elle une force grandissante, une fermeté nouvelle. Ils n'étaient pas seuls. Le Gardien, invisible aux yeux des autres, était avec eux, faisant partie intégrante de leur être.

L'angoisse se mêlait à l'espoir dans cette salle d'attente. Ils pouvaient entendre, à travers les murs fins, le brouhaha des journalistes qui se préparaient, l'agitation croissante de ceux qui allaient les interroger, les broyer. Une tension presque palpable imprégnait chaque recoin du studio, chaque murmure, chaque pas. La minuterie approchait inéluctablement du moment fatidique où ils devraient se présenter, où le face-à-face commencerait. Les battements de leur cœur, synchronisés, semblaient s'accorder avec la lumière clignotante du signal qui leur indiquerait l'heure de sortir.

À cet instant, le Gardien murmura à nouveau, ses mots flottant dans l'air comme une promesse :

— Souvenez-vous, mes chers enfants, que vous ne devez rien à personne. N'offrez pas de justification ; posez des questions. Interrogez-les sur leurs propres failles, et faites-leur sentir leur propre fragilité. La vérité n'a pas besoin de maquillage, pas plus

Les Hourim de l'innocence

qu'elle ne craint les projecteurs. Ce sont eux qui ont peur de ce qu'ils cachent derrière leurs mots.

Les enfants échangèrent un regard silencieux, une lueur d'intelligence et de complicité dans leurs yeux. Ils étaient prêts, remplis d'une sérénité que nul ne pouvait leur ôter. Leurs mains se serrèrent, et dans ce lien résidait leur force. Ils étaient face à un défi colossal, mais leur unité et leur vérité étaient leur plus grand bouclier.

Lorsque la lumière verte clignota, indiquant qu'il était l'heure d'entrer, ils avancèrent main dans la main, leurs pas résonnant dans le couloir qui menait à l'arène. La porte s'ouvrit devant eux, dévoilant la table imposante, les projecteurs, les visages avides des journalistes prêts à lancer leurs premières questions. Ce plateau de télévision ressemblait à une arène, une scène montée pour donner l'illusion d'un combat équitable, mais qui n'était, en réalité, qu'un piège.

Mais Abigael et Moussa étaient prêts. Leurs visages étaient illuminés d'une lueur douce et déterminée, une lumière qui contrastait avec l'ambiance oppressante du studio. Ils s'assirent au centre, sans crainte, prêts à affronter chaque regard, chaque mot. Le monde entier les observait, prêt à voir ces enfants, ces représentants de l'innocence, défier la machine de la manipulation et des faux-semblants.

La vérité flottait dans l'air, telle une brise subtile, et sous les regards inquisiteurs, ils sentaient la présence invisible du Gardien. Ils savaient que cette épreuve, bien que difficile, les révélerait tels qu'ils étaient vraiment. Leurs voix, sans artifice ni masque, allaient ébranler l'arène médiatique.

À cet instant, tout devenait clair : ce face-à-face serait bien plus qu'un simple débat. Il serait le miroir tendu à une humanité en

Les Hourim de l'innocence

quête de sens, une bataille entre la pureté et le cynisme, entre l'innocence et la ruse, une lutte pour l'âme même de l'humanité.

Le Gardien se pencha vers eux une dernière fois, comme une ombre rassurante glissant entre leurs pensées. « N'oubliez pas, mes enfants, c'est eux qui ont peur de vous. Leur peur se dissimule derrière leurs costumes, leurs sourires figés et leurs paroles bien rôdées. Votre pouvoir est votre sincérité. Tant que vous restez fidèles à ce que vous êtes, vous les dépasserez. » Il posa une main sur l'épaule de Moussa, puis sur celle d'Abigael, son regard pétillant d'une flamme douce, sereine, une étincelle de sagesse pure. « Ne cherchez pas à les combattre sur leur terrain. Soyez vous-mêmes. Votre lumière est ce qu'ils redoutent le plus. »

Les enfants hochèrent la tête, en silence, leurs cœurs gonflés d'une nouvelle certitude. Le signal clignotant passa au rouge, indiquant qu'il était l'heure. C'était le moment. Ils se levèrent, leurs silhouettes frêles se détachant dans la lumière tamisée de la loge. Moussa prit une profonde inspiration, ressentant les battements de son cœur comme un écho vibrant d'espoir. Il croisa le regard d'Abigael, un regard empli de force tranquille, de cette détermination qu'ils s'étaient promis de garder. Le Gardien leur adressa un dernier sourire, avant de disparaître dans l'ombre, prêt à les suivre, invisible mais présent, dans cette épreuve. Et tandis qu'ils se dirigeaient vers la porte, un étrange calme s'empara d'eux, une promesse silencieuse chuchotée au creux de leur âme.

Ils allaient se présenter face à un monde qui voulait les briser. Leurs pas, légers mais déterminés, résonnaient comme une mélodie tranquille, un défi empreint de pureté qui allait bientôt être entendu dans chaque foyer, jusque dans les recoins les plus sombres de la terre.

Les Hourim de l'innocence

Le studio resplendissait sous des jeux de lumière savamment orchestrés, chaque faisceau sculptant un drame encore à dévoiler. Les murs vibraient sous une musique d'introduction grandiloquente, une symphonie imposante qui cherchait à imprégner ce moment d'une tension palpable. Mais pour beaucoup, cet artifice se sentait, une scène trop lisse, une démesure arrogante qui tentait de donner à cette confrontation la grandeur d'un spectacle. Pourtant, la tension était bien réelle, palpable, dans chaque murmure retenu, chaque souffle suspendu parmi les spectateurs qui fixaient les portes fermées, attendant que les deux enfants apparaissent.

Les battements de cœur de milliers de spectateurs semblaient s'harmoniser, chacun ressentant l'imminence de quelque chose d'inattendu, d'inexplicable. Dans les coulisses, Abigael et Moussa se tenaient la main, percevant l'énergie oppressante qui émanait du plateau. C'était comme un tourbillon pesant, mais ils n'étaient pas seuls. Le Gardien, ombre bienveillante, se tenait près d'eux, infusant dans leurs cœurs une force paisible.

Les portes s'ouvrirent lentement, dans un mouvement théâtral, et les projecteurs pivotèrent, braquant leurs faisceaux sur les silhouettes des deux enfants qui avançaient, droits et sans trembler. Abigael et Moussa marchaient main dans la main, leur jeunesse éclatant en contraste avec l'immensité du plateau, qui semblait prêt à les écraser sous son faste imposant. Une aura presque irréelle les enveloppait, un éclat d'innocence qui transcendait la simplicité de leurs gestes. La foule retint son souffle, tandis que les murmures s'amplifiaient, une onde d'émerveillement et de respect s'élevant devant ces deux figures enfantines mais puissantes.

Ils avaient refusé les artifices du maquillage, et leurs visages, sans fard ni masque, dégageaient une vérité brute, une transparence que rien ne pouvait altérer. Au milieu des regards curieux et des

… sourires forcés, Abigael et Moussa commencèrent à murmurer doucement, un mot simple mais chargé d'espoir : « Hourim... Hourim... » Ce mot, à peine audible d'abord, se répandit dans l'air comme une étincelle vive. Le public, comme hypnotisé, se laissa emporter, et leurs voix s'unirent dans une clameur douce, le mot « Hourim » vibrant, s'élevant, remplissant le studio d'une énergie pure et incontrôlable. Face à cette ferveur spontanée, les journalistes échangèrent des regards furtifs, déconcertés par la puissance de cet élan inattendu, une force qui semblait se dresser contre leur propre calcul.

Les enfants s'assirent sur le fauteuil rotatif, un siège conçu pour paraître minuscule sous leurs silhouettes frêles, mais qui, sous les projecteurs, les dotait d'une aura de dignité et d'importance. Tout dans le studio avait été orchestré pour donner une impression d'équité, mais l'illusion était ténue. La grande table ronde, l'attitude inébranlable des journalistes, tout ressemblait à une arène moderne. Ces gladiateurs en costume, prêts à lancer leurs premières questions, attendaient avec une patience froide, leurs traits figés sous un calme apparent. Leurs oreillettes bourdonnaient de traductions instantanées, chaque mot, chaque langue se transformant en phrases claires dans leurs esprits. Mais ce qu'ils ignoraient, c'était que ces enfants n'avaient nul besoin de traducteurs ; ils comprenaient chaque mot, chaque inflexion de la voix, chaque intention cachée derrière les phrases soigneusement tournées. Ils savaient que chaque distorsion, chaque ambiguïté serait une occasion de révéler une parcelle de vérité.

Un silence profond tomba alors, tandis que le monde entier retenait son souffle. Les journalistes fixaient Abigael et Moussa, prêts à lancer leurs attaques voilées, à faire glisser sous la façade d'une interview honnête des questions tranchantes, taillées pour ébranler. Mais dans les yeux des deux enfants, une lumière

Les Hourim de l'innocence

tranquille brillait, comme un défi paisible qui semblait dire : « Nous vous voyons, et nous sommes prêts. »

Abigael et Moussa prirent un instant pour croiser le regard de chacun de ces journalistes, une parade silencieuse, un moment pour ancrer leur présence. Ils étaient jeunes, frêles en apparence, mais une puissance sereine émanait d'eux, une vérité qui ne nécessitait aucune défense. Ils étaient l'incarnation même de Hourim, un espoir devenu chair et sang, un défi vivant face aux ombres accumulées.

Les journalistes se préparaient, leurs regards scrutateurs déjà fixés sur les enfants, prêts à dégainer des questions habilement enrobées de politesse. Chaque mot semblait soigneusement choisi, des phrases douceureuses prêtes à masquer la rudesse des vérités qu'ils cherchaient à exposer. Mais les enfants, conscients de l'enjeu, n'avaient pas l'intention de se laisser piéger. Ils attendaient calmement que le débat commence, prêts à répondre avec une simplicité désarmante, laissant leurs paroles briser d'elles-mêmes le mur de cynisme qui les entourait.

Le monde entier regardait. Ce n'était plus seulement une confrontation entre deux enfants et une machine médiatique. C'était un reflet de l'âme humaine, un miroir tendu à une société assoiffée de sens, un moment où la pureté de l'enfance se confrontait aux rouages rouillés du pouvoir et de la manipulation. Abigael et Moussa, sous les projecteurs, se tenaient tels qu'ils étaient : vulnérables et pourtant inébranlables, révélant par leur simple présence la fragilité de cette construction illusoire qui cherchait à les détruire.

Et dans ce silence tendu, où les caméras capturèrent chaque infime émotion, chaque étincelle dans leurs regards, il devint clair que la vérité, pour une fois, pouvait briller sans fard, sans ruse. Ces deux enfants, avec leur fragilité apparente et leur lumière

Les Hourim de l'innocence

pure, prouvaient au monde entier que l'innocence pouvait se dresser face aux plus grands pouvoirs, et que la sincérité pouvait, peut-être, renverser même les ombres les plus profondes.

Le présentateur principal, un homme d'une soixantaine d'années, au visage profondément buriné par les années et les tempêtes de la vie, s'avança lentement vers le centre de la scène. Ses cheveux grisonnants semblaient capturer, dans chaque mèche, les ombres des années écoulées. D'un geste simple mais assuré de la main, il obtint un silence absolu dans la salle, comme si chaque spectateur retenait son souffle.

— Mesdames et Messieurs, bienvenue à cette émission exceptionnelle, un moment que beaucoup d'entre nous attendaient avec impatience, annonça-t-il d'une voix grave, presque solennelle. Ce soir, nous avons devant nous deux enfants devenus les visages d'un mouvement qui a ébranlé le monde entier. Deux jeunes âmes qui, malgré leur tendre âge, ont trouvé la force inouïe de se dresser face aux injustices de notre époque. Abigael et Moussa… Deux enfants dont l'histoire, à la fois simple et poignante, a résonné dans les consciences de millions de personnes. Ce soir, ils ont accepté de nous livrer leur vérité, et c'est avec le plus grand respect que nous les accueillons.

Son ton, malgré les paroles choisies, laissait percer un soupçon de condescendance imperceptible, comme si l'idée même que des enfants puissent siéger face à des journalistes relevait de l'inconcevable, de l'insolite. Le premier journaliste, un homme d'une cinquantaine d'années au visage grave et aux tempes grisonnantes, ajusta ses lunettes avec une précision méticuleuse, puis se pencha légèrement vers le micro. Un sourire s'esquissa sur ses lèvres, peut-être un peu forcé, avant qu'il ne prenne la parole.

Les Hourim de l'innocence

— Abigael, Moussa, bonsoir, commença-t-il d'un ton mesuré. Merci d'être ici avec nous ce soir. Je voudrais vous poser une question simple, pour commencer. Vous avez souvent évoqué ce mot, « Hourim ». Pour tous ceux qui vous découvrent ce soir, pourriez-vous nous dire ce que signifie ce mot ? Comment est-il devenu le cri de ralliement de tant de personnes à travers le monde ?

Moussa jeta un regard à Abigael, un échange bref mais empreint de confiance silencieuse. Il se redressa légèrement sur son siège, sa posture exprimant une gravité qui contrastait avec sa jeunesse. Ses yeux, deux éclats d'ambre aux reflets doux, brillaient d'une détermination calme et d'une sagesse insoupçonnée.

— « Hourim » signifie lumière, expliqua-t-il d'une voix claire. C'est cette lumière qui habite chaque être humain, même dans les heures les plus obscures. C'est un mot d'espoir, celui qui demeure vivant, même quand tout semble perdu. Mais c'est plus qu'un symbole, ajouta-t-il avec intensité. « Hourim », c'est l'espoir de dépasser les divisions, le désir de paix.

Ce mot unit deux cultures, deux langues. Dans sa racine arabe, il signifie « Gardien », un protecteur, un guide. Et sa terminaison en « -im » résonne en hébreu, marquant le pluriel. Ce n'est pas un hasard : le pluriel souligne qu'il s'agit de deux gardiens, deux êtres unis dans une mission commune. Deux langues, deux peuples, qui devraient se protéger l'un l'autre, et non se détruire.

« Hourim », c'est la promesse que nous pouvons être unis sous une même lumière, celle qui transcende les peurs et les différences. Un mot simple, mais chargé de la force de ceux qui refusent de laisser les ténèbres diviser leur humanité.

Le visage des journalistes s'assombrit un instant, comme si ces mots, venus d'un enfant, les déconcertaient. L'un d'eux fronça légèrement les sourcils, ne cachant pas sa surprise devant une réponse aussi profonde. Puis, une journaliste élégamment vêtue d'un tailleur noir prit la parole, son regard empreint d'une curiosité plus marquée, dissimulée derrière un sourire poli.

— Vous parlez de paix, d'unité, de lumière, fit-elle doucement. Mais dites-nous, Abigael, Moussa, vous êtes si jeunes. Vous avez grandi dans un environnement marqué par la souffrance et les conflits. N'avez-vous jamais eu l'impression que l'on vous utilise ? Que peut-être des adultes, des personnes dans l'ombre, manipulent votre innocence pour en faire un symbole de leurs propres luttes ?

Abigael échangea un regard avec Moussa, puis se tourna lentement vers la journaliste. Dans ses yeux, on pouvait lire une lueur d'acier, une force tranquille qui semblait défier le poids de la question.

— Oui, nous avons été poussés, admit-elle d'une voix douce mais résolue. Mais pas par des adultes. Pas par des marionnettistes cachés derrière des voiles d'intérêts et de pouvoir. Depuis notre naissance, nous avons grandi dans un monde où l'on s'acharnait à semer en nous des graines de haine, à nous montrer l'autre comme une menace. On a tenté de nous manipuler, de faire de nous des enfants de la guerre, les héritiers d'une rancœur ancestrale. Mais nous avons découvert autre chose.

Elle prit une brève pause, le silence pesant amplifiant chacun de ses mots. La salle tout entière semblait suspendue à ses lèvres.

— La perte de nos parents, les douleurs que nous avons subies, tout cela aurait pu nous briser. Mais au lieu de cela, nous avons trouvé l'amour. L'amour qui nous unit est plus fort que toutes les ténèbres qu'ils voulaient enfouir dans nos cœurs. Ce que nous disons ici n'est pas la voix de ceux qui tirent des ficelles. C'est notre vérité, celle qui brûle au plus profond de nous. Nous ne sommes les marionnettes de personne.

Les Hourim de l'innocence

Un silence lourd emplit la salle, comme si chaque mot avait laissé une empreinte indélébile dans l'esprit de chaque spectateur. Il n'y avait plus rien de condescendant dans les regards qui les fixaient désormais, seulement une admiration sincère mêlée d'un profond respect.

Un silence tendu s'installa, lourd et pesant, comme si la salle elle-même retenait son souffle. Tous les regards étaient rivés sur les deux enfants, mais un journaliste, au regard acéré et au sourire en coin, semblait attendre son moment. Il décroisa les bras, se pencha légèrement en avant, et, d'un ton teinté de scepticisme mêlé de provocation, il lança :

— Vraiment ? Aucun adulte, aucun soutien dans l'ombre ? Vous comprendrez que c'est difficile à croire. Un mouvement de cette ampleur, porté par deux enfants… On pourrait presque penser que tout cela n'est qu'un spectacle savamment orchestré.

Ses bras se croisèrent à nouveau, comme pour souligner son défi. Moussa ferma les yeux un instant, inspirant profondément, puis les rouvrit lentement. Lorsqu'il fixa le journaliste, son regard était d'une intensité presque déconcertante, empreint d'une sagesse bien au-delà de ses années.

— Oui, des adultes ont toujours été derrière nous, mais pas comme vous l'imaginez, répondit-il, sa voix calme mais chargée d'une gravité palpable. Depuis que nous sommes nés, ce sont des adultes qui ont cherché à nous modeler, à nous influencer, à planter en nous les graines de la haine et de la rancune. Des adultes qui nous ont appris que la colère devait être notre héritage, que nous devions grandir avec le poids de la vengeance sur nos épaules. Ces adultes étaient partout : dans nos écoles, dans nos rues, dans les discours qui nous entouraient. Ils nous ont façonnés, tentant de nous enfermer dans une chaîne sans fin de douleur et de représailles.

Les Hourim de l'innocence

Il marqua une pause, laissant ses mots pénétrer dans l'esprit de chacun, puis poursuivit, plus fermement :

— Mais un jour, nous avons choisi de nous libérer de cette emprise. Nous avons décidé de ne plus écouter ces voix pleines de rancune et de haine. Ce que nous portons ici, ce n'est pas le fruit d'une manipulation ou d'un plan soigneusement préparé. C'est le résultat de ce que nous avons vu, vécu, et décidé. Nous avons choisi de briser ce cycle infernal. Vous trouvez cela difficile à croire parce qu'on ne donne jamais aux enfants l'occasion de parler avec leur propre voix, parce qu'on croit qu'ils ne peuvent pas comprendre la profondeur de la douleur ni la valeur de la paix. Mais je vous assure : ce que vous voyez ici, c'est notre vérité. Il n'y a pas de marionnettiste, pas de script. Juste deux enfants qui veulent que tout cela cesse.

Un murmure parcourut la salle, semblable à une onde qui se propage lentement. L'authenticité brute des paroles de Moussa semblait désarçonner les journalistes, dont les visages oscillaient entre le doute et l'admiration. La tension était presque tangible, comme si la vérité qu'il venait de révéler pesait lourdement sur les épaules de chacun.

La journaliste au tailleur noir, visiblement déstabilisée, reprit la parole, tentant de masquer son trouble derrière un professionnalisme rigoureux. Elle inclina légèrement la tête, son regard se plissant d'un mélange d'incrédulité et de curiosité.

— Très bien. Vous parlez de votre peine, de votre amour. Mais abordons un sujet plus concret. Moussa, il a été dit que vous aviez… tué votre oncle de sang-froid. Que pouvez-vous nous dire à ce sujet ? Que s'est-il vraiment passé ce jour-là ?

La question fusa, et un silence encore plus lourd s'abattit sur la salle. On aurait pu entendre le tic-tac d'une montre ou le souffle d'une plume tombant au sol. Tous les regards se tournèrent vers

Les Hourim de l'innocence

Moussa, dont l'expression se ferma un instant. Il inspira profondément, ses paupières se baissant brièvement, puis il releva la tête. Ses yeux, sombres et profonds, semblaient maintenant contenir toute la douleur et la vérité du monde.

— Mon oncle… commença-t-il d'une voix basse, vibrante d'une émotion à peine contenue, était un homme complexe. Ce n'était pas un homme mauvais, mais il avait été pris dans un engrenage plus grand, plus sombre que lui. Il avait cédé aux voix d'Iblis, aux illusions de ceux qui prêchent la violence comme seule réponse. Pour lui, la dignité ne pouvait se reconquérir que par le sang.

Il s'interrompit un instant, ses mains tremblant légèrement sur ses genoux. Puis, il poursuivit, d'une voix plus ferme :

— Il m'aimait, je le sais. Mais cet amour était déformé, corrompu par une idéologie destructrice. Ce jour-là, il m'a tendu une arme. Il m'a regardé droit dans les yeux, et il m'a ordonné d'appuyer sur la détente, de tuer Abigael. Tout cela simplement parce qu'elle venait de l'autre côté du mur. Il disait que c'était pour notre famille, pour notre honneur, que c'était notre seule voie. Ses yeux brûlaient d'une conviction que je ne comprenais pas. Il croyait me libérer, mais il m'enchaînait.

La voix de Moussa se brisa légèrement, mais il reprit aussitôt, déterminé à aller jusqu'au bout :

— Dans cet instant, tout s'est figé. J'ai vu en lui non pas un bourreau, mais une victime. Une victime de cette haine ancestrale qu'on nous impose. J'ai refusé. Et dans ce refus, dans ce choix, j'ai brisé quelque chose. Ce n'était pas une victoire facile, ni même un acte héroïque. C'était un acte de survie, un acte d'amour. Je n'ai pas tué mon oncle ce jour-là. J'ai tué ce qu'il voulait que je devienne.

Les Hourim de l'innocence

La salle était suspendue à ses mots, figée dans un mélange de stupeur et de respect. La vérité brute de Moussa, sans artifice ni embellissement, avait déchiré le voile des apparences. Personne ne bougeait, personne n'osait interrompre ce moment d'une rare intensité.

À ce moment-là, je n'étais qu'un enfant, une arme lourde entre mes mains frêles, et un choix qui, en réalité, n'en était pas un. Ce n'était pas moi qui avais levé cette arme ; c'était sa voix, le poids de ses attentes, la pression implacable de son désespoir. Ses mots résonnent encore, comme des échos d'un cauchemar que je ne peux effacer. Sa main, ferme et déterminée, s'était posée sur la mienne, guidant mon geste, m'entraînant au bord du gouffre. C'était lui qui tentait de me lier à sa douleur, de me faire plonger avec lui dans l'abîme de sa haine.

Mais au moment crucial, mes yeux ont croisé ceux d'Abigael. Ils étaient empreints d'une terreur viscérale, mais au-delà de cette peur, il y avait autre chose : une lueur fragile, un éclat d'amour, comme une bougie vacillante dans l'obscurité. Et cette lueur a consumé les ténèbres en moi. Elle a brisé l'emprise de mon oncle, dissipant les ombres qu'il tentait d'implanter au fond de mon âme.

J'ai compris alors que la véritable dignité ne résidait pas dans la vengeance, ni dans le sang versé, mais dans la préservation de la vie, dans la lumière. Ce fut un moment de clarté absolue, un instant où tout ce que j'avais été poussé à croire s'effondra, laissant place à une vérité plus pure. J'ai choisi de me retourner contre lui, non par haine, mais par amour, pour Abigael, pour cette étincelle d'espoir qu'elle portait, et pour moi-même, pour ce qu'il restait de mon humanité.

Je n'ai pas tué mon oncle de sang-froid. Ce n'était pas une décision froide et calculée. C'était une déchirure instinctive, un

Les Hourim de l'innocence

cri de vie face au néant. Ce jour-là, j'ai choisi l'amour, et cette victoire intérieure, personne ne pourra me l'enlever.

Le silence qui suivit était presque tangible, comme si les murs mêmes de la salle absorbaient le poids de cette confession. Les caméras, immobiles, captaient chaque nuance d'émotion sur le visage de Moussa, chaque mot qu'il prononçait devenant une vérité inaltérable. Abigael, assise à ses côtés, posa doucement une main sur la sienne. Ses doigts tremblaient légèrement, mais son geste était empreint de réconfort et de solidarité. Ses yeux, brillants de larmes contenues, parlaient d'une douleur partagée et d'une résilience commune.

Le présentateur principal, visiblement ébranlé, se racla légèrement la gorge avant de reprendre la parole. Son ton, bien que professionnel, trahissait une certaine nervosité.

— Merci, Moussa, pour cette réponse courageuse, dit-il avec gravité. Maintenant, passons à un autre sujet. Il y a bientôt une année, le 7 octobre, un événement a secoué le monde entier. Beaucoup disent que cette journée a tout changé, qu'elle a marqué le début d'une nouvelle ère. Abigael, Moussa, que pouvez-vous nous dire sur ce jour fatidique ?

Un frisson parcourut la salle, et tous les regards se tournèrent vers Abigael. Elle serra un peu plus fort la main de Moussa, cherchant dans ce contact la force nécessaire pour affronter ses souvenirs. Prenant une profonde inspiration, elle releva la tête, ses yeux fixant un point lointain, comme si elle voyait à travers le temps. Sa voix, douce mais vibrante de gravité, rompit enfin le silence.

— Le 7 octobre… c'était le jour des ombres, commença-t-elle, ses mots empreints d'une tristesse profonde, chaque syllabe semblant peser comme un roc. Ce jour-là, le ciel a été déchiré par les deltaplanes, surgissant à l'horizon comme une nuée de corbeaux et de vautours. Des silhouettes noires, voraces, affamées de malheur, ont fondu sur nous avec une lenteur calculée, une précision glaciale.

Elle ferma les yeux un instant, revivant chaque détail avec une intensité douloureuse. Lorsqu'elle les rouvrit, ses pupilles brillaient de l'éclat d'un chagrin ancien, mais toujours vif.

— Ils planaient au-dessus de nos têtes, silencieux et implacables, des prédateurs qui semblaient se nourrir de notre terreur. C'était comme si le ciel lui-même nous avait abandonnés, nous condamnant à subir leur descente inexorable. Chaque mouvement qu'ils faisaient jetait une ombre sur le sol, une ombre qui s'étendait comme une promesse de mort.

Sa voix se brisa légèrement, mais elle poursuivit, imperturbable :

— La terreur est descendue avec eux. Une terreur sourde, insidieuse, qui s'insinuait dans chaque souffle, dans chaque regard. Et moi, j'étais là, figée. Sur un territoire qui n'était pas le mien, entourée d'hommes qui avaient juré de me protéger. Mais tout cela… tout cela n'était qu'un leurre, un mensonge cynique destiné à masquer la vérité.

Elle serra les poings, cherchant à contenir l'émotion qui menaçait de la submerger.

— Ces hommes ne m'avaient pas emmenée là pour me sauver. Ils m'avaient placée en plein cœur du piège, exposée, vulnérable, un pion dans leur jeu cruel. Leur promesse de protection était une façade, une illusion pour cacher leur véritable intention. J'étais un appât, un sacrifice. Ils m'avaient livrée aux monstres, sans défense.

Le silence retomba sur la salle comme un voile étouffant. Chaque mot d'Abigael résonnait encore, imprégnant l'air d'une tension

Les Hourim de l'innocence

presque insupportable. Les journalistes, habituellement prompts à réagir, restaient muets, absorbant la dureté de ce témoignage.

Le Mouzad, ceux-là mêmes qui avaient juré de protéger mon peuple, avaient décidé que ma vie n'était qu'un pion sur leur échiquier froid et calculateur. Une carte à jouer, puis à jeter. À leurs yeux, je n'étais rien de plus qu'une variable à effacer, une ombre à sacrifier pour atteindre leurs objectifs obscurs. Ils m'ont livrée au cœur du chaos, abandonnée sans un regard, aux griffes de prédateurs sans âme. Je revois encore le visage impassible de l'un de mes geôliers, ce vide glacial dans ses yeux alors qu'il me livrait à l'enfer. Son silence était une condamnation, un jugement muet : j'étais une offrande sur l'autel de leur stratégie impitoyable, un jouet brisé dans les mains de ceux qui n'avaient jamais connu la compassion.

Le sol tremblait sous mes pieds, ou peut-être était-ce simplement la peur qui me faisait chanceler. L'air était dense, saturé de chaleur et de poussière, chaque respiration un supplice. Tout autour de moi se dissolvait : les silhouettes devenaient des ombres indistinctes, les cris se mêlaient en un grondement sourd, et la terre semblait se refermer comme une cage de ténèbres. Je n'étais plus qu'une enfant prise au piège dans un cauchemar éveillé, condamnée à affronter seule la cruauté d'un monde qui m'avait abandonnée.

Dans le studio, un silence presque sacré s'était installé. Abigael continua, sa voix empreinte d'une gravité profonde, les larmes retenues trahissant la force qu'elle mobilisait pour poursuivre.

— Les brigades de la mort sont arrivées, continua-t-elle, méthodiques, implacables. Ils avançaient comme une marée noire, les fusils levés, les regards glaciaux, vidés de toute humanité. Parmi eux, il y avait des traîtres, des visages que je connaissais. Des hommes et des femmes qui, autrefois, se disaient de notre côté. Mais ce jour-là, ils étaient là pour garantir que ceux qui devaient périr le feraient sans échappatoire. Je les ai suppliés du regard, j'ai appelé à l'aide, mais ils m'ont ignorée. Ils ont détourné les yeux. Leur silence était pire que les coups de feu. Ils m'ont abandonnée, une enfant sans défense, face à des bourreaux qui ne voyaient en moi qu'une cible.

La peur était partout, omniprésente. Elle régnait sur cette scène macabre comme une souveraine invisible. Chaque détonation résonnait comme un glas, un compte à rebours cruel vers une fin inéluctable.

Les journalistes, pourtant habitués aux récits les plus sombres, semblaient figés. Certains, mal à l'aise, esquissèrent des mouvements pour interrompre, pour détourner la conversation. Mais leurs tentatives moururent dans leurs gorges. Quelque chose, ou quelqu'un, semblait les retenir. Une présence intangible, un poids invisible mais oppressant. Le Gardien. Ils le sentaient, même sans pouvoir le nommer. Il était là, imposant le silence, forçant chacun à écouter cette vérité brute et irréfutable.

Abigael inspira profondément, sa voix vacillant légèrement avant de reprendre.

— Et alors que tout semblait perdu, alors que les cris et les explosions m'avaient engloutie, une vérité cruelle s'imposa à moi : personne ne viendrait. Le monde entier m'avait abandonnée. Mais même dans cette solitude absolue, un regard m'a trouvée. Quelqu'un m'a vue, et ce regard a tout changé.

Elle se tourna vers Moussa, ses yeux se posant sur lui avec une intensité qui transcendait les mots. Dans ce moment suspendu, leurs âmes semblaient dialoguer en silence. Moussa serra doucement la main d'Abigael, puis prit la parole, sa voix grave, empreinte de douleur et de conviction.

Les Hourim de l'innocence

— Ce jour-là, j'étais là, en retrait, observant les événements se dérouler autour de moi, dit-il. Et c'est alors que je l'ai vue, Abigael. Elle était otage, emmenée par ces hommes en qui elle croyait pouvoir avoir confiance. Mais leur trahison était évidente. Ils l'ont conduite, sans hésitation, vers sa perte. Je les ai vus la livrer, comme on livre un agneau à l'abattoir, sans un regard, sans une once de remords.

Il marqua une pause, les traits de son visage se durcissant légèrement, comme s'il revivait chaque instant.

— Ces hommes… ils savaient. Ils savaient qu'elle ne s'en sortirait pas. Ils savaient qu'ils la condamnaient. Et pourtant, ils l'ont abandonnée là, dans ce piège qu'ils avaient eux-mêmes tendu. Pour eux, elle n'était qu'un problème à éliminer, une variable encombrante dans une équation complexe. Je les ai vus, leurs gestes calculés, leur mépris palpable. Ils n'ont pas hésité une seconde. À leurs yeux, sa vie n'avait aucune valeur.

Moussa serra les mâchoires, un éclat de colère retenue passant fugacement dans son regard, avant qu'il ne se radoucisse légèrement.

— Mais ce qu'ils n'avaient pas prévu, c'est que je serais là. Que je refuserais de détourner les yeux. Ce jour-là, j'ai compris que nous étions seuls, mais que nous pouvions être forts, ensemble. J'ai choisi de ne pas rester un spectateur impuissant. J'ai choisi de me battre, pas seulement pour elle, mais pour ce que nous représentons. Pour la lumière qu'ils tentaient d'éteindre.

Un murmure parcourut à nouveau la salle, mais cette fois, il n'était pas de gêne ou de malaise. C'était un murmure de respect, d'admiration muette. La force et l'humanité des deux enfants avaient transcendé la douleur de leur récit, laissant dans l'air une empreinte indélébile.

Les Hourim de l'innocence

Il inspira profondément, sa voix s'étranglant légèrement sous le poids des souvenirs qu'il s'apprêtait à dévoiler. La douleur transparaissait dans chacun de ses mots.

— J'ai vu les deltaplanes arriver, entama Moussa, son regard fixé dans le vide, comme s'il revivait chaque instant. Ils descendaient en piqué, tels une nuée d'oiseaux de mauvais augure. Leur ombre s'étirait sur le sol, et avec elle, la panique s'est propagée comme un feu dévorant. Chaque visage que je croisais était marqué par la terreur : des enfants tremblants, des mères agrippant leurs petits, des hommes figés par l'impuissance. Les brigades de la mort n'étaient pas là uniquement pour tuer. Elles étaient là pour briser. Pour nous rappeler que nous étions insignifiants, des pions à broyer sous leur botte.

Il marqua une pause, sa respiration devenant plus lente, comme pour dompter l'émotion qui menaçait de le submerger.

— Et puis, je l'ai vue à nouveau. Abigael, seule au milieu des ruines, son regard cherchant désespérément une aide qui ne venait pas. Je savais que je ne pouvais rester immobile. Quelque chose en moi s'est réveillé, une force que je ne comprenais pas encore, mais qui m'a poussé à agir. Je me suis glissé dans les ombres, suivant ses pas, refusant de la laisser affronter seule ce cauchemar.

Il tourna lentement son visage vers Abigael, et sa voix s'adoucit, empreinte d'une douleur qu'il partageait avec elle.

— Le 7 octobre... c'était le jour où tout a basculé.

Il reprit, sa voix tremblante, chaque mot semblant l'écorcher un peu plus.

— Je l'ai suivie, impuissant, regardant ces hommes qui prétendaient la protéger la traîner sans ménagement. Mais ces hommes n'étaient pas ce qu'ils semblaient être. C'étaient des

Les Hourim de l'innocence

infiltrés du Mouzad, des traîtres opérant dans l'ombre au sein du Houmas, des marionnettes d'un jeu bien plus vaste. Alliés dans l'obscurité, ils tissaient ensemble leurs plans diaboliques, sacrifiant tout sur l'autel de leurs ambitions.

Ils l'ont enfermée dans une cellule sombre et glaciale, un endroit qui suintait la peur et le désespoir. Elle était traitée comme une chose, un poids inutile qu'on pouvait écarter à volonté. J'étais là, tapi dans l'ombre, mes poings serrés, ma rage bouillonnant en silence, incapable d'intervenir mais jurant en moi-même que cette trahison ne resterait pas impunie.

Sa voix se fit plus grave, plus lourde.

— C'est alors que mon oncle est apparu.

Le silence devint presque insupportable dans la salle. Chaque spectateur retenait son souffle, absorbé par le récit de Moussa.

— Il m'a vu. Ses yeux ont changé. L'homme qui m'avait autrefois appris la patience et l'amour avait disparu. À sa place, je voyais un être endurci par la haine. Il m'a saisi par le bras et m'a entraîné dans un coin sombre, loin des regards indiscrets. Là, il m'a tendu une arme.

Moussa marqua une pause, ses mains se crispant légèrement sur ses genoux.

— « Fais-le, Moussa, » m'a-t-il ordonné. Sa voix était glaciale, dénuée de toute émotion. « Montre-leur que tu es des nôtres. Montre-moi que tu es un homme. Tire. »

Ses yeux se plissèrent, comme s'il cherchait à chasser les images qui le hantaient.

— Je l'ai regardé, cherchant en lui un signe de l'homme que j'avais aimé. Mais il n'y avait rien. Ses yeux cherchaient une obéissance totale, un abandon complet de ce que j'étais.

Les Hourim de l'innocence

Il secoua légèrement la tête, comme pour refuser à nouveau cet instant.

— Il a pris mes mains, y a placé l'arme. « Fais-le, » a-t-il insisté, sa voix se brisant dans une fureur désespérée. « Fais-le pour ton peuple, pour notre honneur. » Ses mots étaient des chaînes, sa pression sur mes mains un étau. Il voulait que je devienne comme lui, un homme façonné par la violence et le sang.

Il leva les yeux vers Abigael, dont le regard était maintenant embué de larmes.

— Et puis, je l'ai vue. Elle était là, immobile, ses yeux remplis de larmes, mais sans peur. Elle ne criait pas, ne suppliant pas. Elle me regardait, avec une tristesse infinie, mais aussi une confiance silencieuse.

Sa voix se brisa légèrement, mais il continua, son ton chargé de détermination.

— C'est à ce moment-là que tout a changé. La pression de mon oncle sur mes mains, ses cris, le froid du métal contre ma peau… Tout s'est condensé en un instant insoutenable. Et puis, j'ai tiré.

Le silence qui suivit fut assourdissant. Moussa baissa les yeux un moment avant de poursuivre.

— Le coup de feu a résonné, un bruit sourd, brutal. Mon oncle s'est effondré, son corps s'écroulant comme un pantin désarticulé. Ses yeux, figés dans une surprise muette, me hantent encore.

Il releva la tête, son regard brillant d'une intensité farouche.

— Ce n'était pas un choix. C'était une nécessité. Un acte désespéré pour sauver Abigael, pour sauver ce qu'il restait de lumière en moi.

Les Hourim de l'innocence

Il serra légèrement la main d'Abigael, cherchant dans ce contact la force de conclure.

— Ce jour-là, j'ai perdu une partie de moi-même, une innocence qui ne reviendra jamais. Mais j'ai sauvé Abigael. Et c'est cela qui m'a donné la force de continuer.

Il inspira profondément, sa voix se faisant plus douce, mais résolue.

— J'ai juré, ce jour-là, que plus jamais personne ne manipulerait nos vies. Que jamais nous ne serions les instruments de la haine des autres. Ce qu'ils ont essayé de détruire ce jour-là, c'est ce qui nous unit désormais : une promesse, plus forte que la mort, plus lumineuse que leurs ténèbres.

Le silence qui suivit semblait infini, chaque mot de Moussa laissant une empreinte indélébile. Dans les regards échangés entre eux, il n'y avait plus seulement la douleur, mais une force, une promesse partagée qui transcendait tout ce qu'ils avaient traversé.

Abigael hocha doucement la tête, et ajouta, sa voix s'élevant une dernière fois, claire et pleine de détermination :

— Ce jour-là, on a essayé de nous manipuler, de nous utiliser, de nous jeter comme de simples pions dans une guerre qui n'était pas la nôtre. Mais cela a échoué. Parce que ce que nous avons trouvé, Moussa et moi, c'est l'amour, la solidarité, une force plus grande que toutes les manipulations des adultes. Ce jour-là, ils ont voulu semer la haine, mais ce qu'ils ont récolté, c'est une promesse. Une promesse que nous ne laisserions jamais la peur l'emporter sur l'amour.

Un silence écrasant retomba sur le plateau. Les journalistes, habitués à jongler avec des récits fabriqués et des drames orchestrés, étaient pour une fois désarmés. La vérité brute des enfants, livrée sans artifice, avait balayé les faux-semblants, exposant l'hypocrisie tapie sous les projecteurs.

Les regards d'Abigael et Moussa étaient plantés droit dans celui du présentateur. Une intensité s'en dégageait, un mélange de douceur et de fermeté, une force tranquille qui semblait défier la mécanique froide des débats d'adultes. Pendant un instant suspendu, les journalistes, d'ordinaire prompts à l'analyse et à la controverse, semblaient déstabilisés, pris de court par l'assurance de cette jeune fille et de ce jeune garçon.

Les lumières continuaient de tourner, mais quelque chose avait changé. La scène s'était métamorphosée. Ce n'était plus une simple interview, un exercice d'exposition médiatique. C'était devenu un tribunal de vérité. Et dans ce tribunal, les enfants, avec leur fragilité apparente, renversaient les rôles. Ils n'étaient plus des témoins soumis au jugement des adultes, mais des juges eux-mêmes, portant sur ce monde un regard lucide et impitoyable.

Le public, captivé, restait immobile, presque hypnotisé. Les journalistes, eux, se regardaient furtivement, cherchant une faille, une prise, une manière de reprendre le contrôle. L'un d'eux, un homme au visage impassible et au regard froidement calculateur, se pencha légèrement en avant, ses yeux fixant Abigael comme un prédateur. Il était prêt à porter un coup, à lancer une question qui bousculerait l'équilibre.

Mais malgré la mise en scène, malgré les caméras, malgré la musique destinée à dramatiser, une chose était évidente : Abigael et Moussa n'étaient pas venus pour perdre. Chaque mot qu'ils prononçaient, chaque vérité qu'ils déballaient, érodait un peu plus le vernis de l'émission, fissurant les masques polis des adultes.

Ils étaient venus armés de cynisme et de doutes. Mais face à eux, il y avait une force plus puissante : l'innocence. Une sincérité

Les Hourim de l'innocence

désarmante. Et une lumière, fragile mais persistante, qui continuait de briller contre toutes les attentes.

Les questions allaient devenir plus virulentes, les attaques plus personnelles. Cela faisait partie du jeu. Mais une certitude s'était installée : Abigael et Moussa n'étaient pas là pour plier. Ils étaient là pour que, enfin, la vérité, dans toute sa simplicité désarmante, puisse trouver une voix.

Un silence pesant suivit leur témoignage, un silence qui semblait s'étirer, presque tangible. Les journalistes, habitués à saisir la moindre opportunité pour réagir, restaient immobiles. Ils hésitaient. Comme s'ils comprenaient soudain que la vérité qui leur faisait face les dépassait.

Mais il était clair que l'un d'eux n'avait pas dit son dernier mot. Un homme au ton acéré, connu pour son style incisif, prit la parole. Sa voix, tranchante, perça le silence.

— Abigael, j'aimerais aborder un sujet plus personnel, dit-il, ses yeux s'accrochant aux siens, durs et impitoyables. Votre relation avec Moussa. Vous êtes juive, et Moussa est musulman. C'est contraire aux principes de votre religion. Votre propre famille serait contre cette union.

Il marqua une pause, laissant ses mots flotter dans l'air comme un défi.

— D'ailleurs, nous avons ici quelqu'un qui aimerait s'adresser à vous.

Les mots tombèrent comme des coups, froids et implacables. Abigael fronça les sourcils, la gorge nouée par une angoisse soudaine. Le journaliste, savourant l'effet dramatique, fit un signe vers l'écran géant derrière eux. Une image vacillante apparut, et le visage d'Abigael se figea.

Les Hourim de l'innocence

Sur l'écran, le visage pâle et creusé d'un vieil homme. Ses traits, marqués par la vieillesse et le poids des années, portaient une gravité presque spectrale. Abigael retint son souffle. Son grand-père.

Elle avait cru qu'il était mort. Des années de silence s'étaient écoulées depuis leur dernier échange, et pourtant, là, sous ses yeux, il vivait encore. Mais ce n'était plus l'homme qu'elle avait connu. Ses yeux étaient éteints, perdus dans un vide inquiétant, et son regard flottait comme s'il cherchait à attraper des souvenirs qui lui échappaient. Abigael reconnut aussitôt les signes implacables de la maladie d'Alzheimer, cette terrible maladie qui dévore l'identité, efface les souvenirs, et broie l'esprit.

Son grand-père, ce pilier de son enfance, n'était plus qu'une ombre de lui-même, une marionnette fragile, visiblement manipulée.

— Abigael, ma petite… murmura-t-il, sa voix tremblante, lointaine, comme s'il lisait des mots dictés par une main invisible. L'amour entre une juive et un musulman… ce n'est pas permis. Ce n'est pas dans nos traditions… Tu devrais savoir cela. C'est une trahison…

Chaque mot, prononcé avec une lenteur douloureuse, était une lame qui s'enfonçait dans le cœur d'Abigael. Elle sentit sa main trembler légèrement, mais elle la serra plus fort autour de celle de Moussa. Ses yeux se fermèrent un instant, le temps de ravaler la douleur et de puiser dans une source profonde de force intérieure.

Il était clair que son grand-père ne comprenait pas où il était, ni pourquoi il prononçait ces mots. Il n'était qu'un outil, manipulé par ceux qui cherchaient à la briser. Mais Abigael refusa de céder à la colère. Au lieu de cela, une détermination implacable se grava sur ses traits.

Les Hourim de l'innocence

Moussa sentit la tension dans la main d'Abigael. Il répondit par une pression douce mais ferme, un soutien silencieux mais puissant. Puis, avec une sérénité admirable, il prit la parole, sa voix douce et posée, emplie d'une chaleur rassurante.

— Monsieur, commença-t-il en s'adressant à l'écran, je comprends que ces paroles sont censées blesser Abigael. Mais permettez-moi de vous dire ceci : ma religion, l'islam, n'interdit pas l'amour entre un musulman et une juive.

Il marqua une pause, sa voix gagnant en intensité, chaque mot porté par une conviction inébranlable.

— Le Prophète lui-même, paix et salut sur lui, a prêché le respect et l'amour envers les Gens du Livre. Jamais je n'ai ressenti que notre amour était en contradiction avec mes croyances. Au contraire, je suis persuadé que notre union est un symbole de paix, une preuve de ce que l'humanité pourrait accomplir si elle acceptait de dépasser ses divisions artificielles.

Il se tourna vers Abigael, son regard plongeant dans le sien, une tendresse infinie dans les yeux.

— Abigael et moi ne sommes pas ensemble pour défier quiconque. Nous sommes ensemble parce que nous nous aimons. Parce que nous croyons que cet amour est un pont, un passage qui transcende les frontières que la peur et la haine tentent d'ériger entre nous. Et aujourd'hui, ce pont est plus fort que jamais, malgré toutes les tentatives pour le détruire.

Un silence profond s'installa, un silence où chaque mot de Moussa semblait encore résonner, défiant quiconque de contredire la vérité qu'il venait d'énoncer.

Abigael inspira profondément, se redressant légèrement. Elle tourna les yeux vers l'écran, regardant la figure vacillante de son grand-père. Malgré la douleur qui étreignait son cœur, sa voix,

Les Hourim de l'innocence

lorsqu'elle s'éleva, était empreinte d'une douceur infinie, d'une tendresse indéfectible.

— Grand-père… commença-t-elle, sa voix vibrante d'émotion. Je sais que tu ne te souviens probablement pas de moi. On t'a mis ici pour te faire dire des choses que tu ne crois même pas.

Elle marqua une pause, un léger tremblement dans la voix, puis poursuivit avec une force tranquille.

— Je t'aime, grand-père. Et je respecte profondément les traditions que tu m'as transmises. Mais ces traditions n'ont jamais été destinées à justifier la haine ou à briser l'amour. Les mots que tu dis aujourd'hui… ce ne sont pas les tiens. Ce n'est pas toi qui parles.

Sa voix se raffermit, portée par une détermination féroce.

— Je ne te laisserai pas être utilisé contre nous. Je ne te laisserai pas être le jouet de ceux qui veulent nous diviser.

Ses derniers mots résonnèrent dans l'air lourd du studio, comme un défi lancé non seulement au journaliste, mais à tout un système qui cherchait à imposer ses règles au détriment de l'humanité.

Le silence qui suivit fut total. Il n'y avait rien à ajouter.

Le silence retomba sur le plateau, lourd et presque tangible. On aurait dit qu'il pesait sur chaque respiration, chaque battement de cœur. Les journalistes, pris dans l'étau de cette atmosphère étrange, tentèrent à plusieurs reprises de reprendre le contrôle. Mais à chaque mouvement, à chaque tentative d'interruption, leurs mots restaient suspendus, leurs lèvres scellées par une force invisible. Ils semblaient figés, paralysés sous l'emprise du Gardien, cette présence intangible qui imposait le respect et la vérité.

Les Hourim de l'innocence

Moussa, le regard ferme, se redressa légèrement. Ses yeux sombres parcoururent les visages tendus des journalistes, avant qu'il ne prenne à nouveau la parole. Sa voix, calme mais pénétrante, brisa le silence avec une autorité naturelle.

— Vous avez tenté de jouer votre dernière carte, celle de la division, celle du mensonge. Mais vos efforts sont vains, car nous sommes unis. Vous ne comprenez pas encore, mais l'amour que nous portons est plus fort que toutes vos manipulations. L'amour dépasse la peur. Vous ne pourrez pas nous réduire à de simples pions dans votre jeu cynique.

Il marqua une pause, laissant chaque mot résonner.

— Nous sommes ici pour parler de paix, de lumière, d'espoir. Et aucun stratagème, aucune manœuvre de votre part ne nous détournera de cette mission.

Un murmure à peine audible parcourut le public, comme une onde discrète mais puissante. Les journalistes, d'ordinaire maîtres des débats, échangèrent des regards furtifs, déstabilisés. Ils n'avaient jamais été aussi démunis, privés de leur pouvoir habituel de modeler la vérité à leur convenance.

Même Iblis, quelque part dans l'ombre, devait ressentir une faille. Une fissure insidieuse, s'étendant dans l'édifice fragile de ses manipulations.

Le silence persista, s'étirant comme une tension prête à éclater. Puis, une journaliste se leva. Elle était célèbre pour son habileté à dénuder les failles, à manipuler avec un sourire feutré et des mots acérés. Ses lunettes, posées avec précision sur la table devant elle, semblaient marquer le début d'un assaut soigneusement calculé.

Elle prit la parole, d'une voix douce, presque maternelle, mais chargée d'une ironie glaciale.

Les Hourim de l'innocence

— Vous parlez d'amour, un sujet vaste, complexe, insondable. Même nous, les adultes, avec toute notre expérience, peinons souvent à en cerner les contours. Vous avez à peine plus que quatorze ans, à peine un pied dans la vie, et pourtant vous êtes ici, face au monde entier, prétendant nous donner des leçons sur ce que signifie aimer. Alors dites-nous, comment des enfants peuvent-ils comprendre l'amour ? Comment, nous, adultes, devrions-nous recevoir vos enseignements sur un sujet si profondément humain, si intrinsèquement compliqué ?

La question, bien que posée avec un calme feint, était une attaque directe, une tentative de les ramener à leur statut d'enfants inexpérimentés. L'air se chargea de tension, tandis que les regards convergeaient sur Abigael et Moussa.

Abigael sentit la pression dans la main de Moussa se renforcer. Elle savait que cette question visait à les déstabiliser, à saper leur crédibilité. Mais elle n'était pas seule. Elle inspira profondément, sentant la présence réconfortante du Gardien, cette force bienveillante et silencieuse qui veillait sur eux.

Elle se redressa, son regard fixé sur la journaliste. Lorsqu'elle prit la parole, sa voix était ferme, dénuée de toute hésitation.

— Vous avez raison. Nous ne sommes que des enfants. Et c'est précisément là notre force. L'amour que nous connaissons n'a pas encore été corrompu par les filtres que vous, adultes, avez appris à poser.

Elle marqua une pause, laissant ses mots s'imprégner dans l'esprit de son auditoire.

— L'amour adulte, dissimulé derrière des masques, est souvent noyé dans des jeux de pouvoir, des mensonges subtils, et des attentes non exprimées. Vous aimez avec des conditions, des compromis tacites, des peurs inavouées. Nous, nous n'avons pas

Les Hourim de l'innocence

ces filtres. Nos émotions sont brutes, absolues. Quand nous disons que nous aimons, ce n'est pas un calcul ou une stratégie, c'est une vérité pure, qui n'attend rien en retour.

Le silence dans le studio était désormais quasi religieux. Chaque mot d'Abigael pesait lourdement, forçant chaque spectateur, chaque journaliste à réfléchir.

Moussa prit alors la parole, sa voix grave résonnant comme une cloche dans cet espace tendu.

— L'amour que nous portons est une force brute, une énergie pure. Nous aimons sans craindre les pertes, sans songer aux conséquences, sans être paralysés par les doutes ou les regrets. Nous n'aimons pas pour posséder ou contrôler. Nous aimons parce que c'est ce que nos cœurs nous dictent de faire, parce que cet amour nous pousse à traverser les murs, à défier les frontières, à braver la mort s'il le faut.

Il fixa la journaliste, ses yeux brillants d'une sincérité inébranlable.

— Vous, les adultes, avez appris à vous protéger de l'amour, à bâtir des murs autour de vos cœurs, à y poser des cadenas de peur. Nous espérons, de tout cœur, ne jamais apprendre ces choses-là.

Le silence qui suivit était lourd de réflexion. Chaque personne présente dans la salle semblait confrontée à une vérité qu'elle n'avait jamais osé envisager. La journaliste, pour la première fois, baissa les yeux. Les enfants, dans leur fragilité apparente, avaient fait vaciller la forteresse de cynisme que les adultes avaient construite autour d'eux.

Les journalistes s'échangeaient des regards lourds, presque fuyants, comme si les mots d'Abigael et Moussa avaient tenu un miroir devant leurs propres échecs. Leur façade d'assurance s'érodait, laissant entrevoir des fissures que la sincérité des enfants avait creusées.

Abigael reprit la parole, sa voix désormais empreinte d'une douceur grave, presque solennelle :

— Ce que nous avons, Moussa et moi, c'est une certitude : l'amour peut changer les choses. Nous avons vu la haine dans sa forme la plus brute, la plus dévastatrice, celle qui pousse des hommes à tuer sans remords, celle qui consume tout sur son passage. Nous avons vu ce qu'il advient d'un monde où l'amour n'a plus de place. Et face à ce chaos, nous avons fait le choix d'aimer. Peut-être cela vous semble-t-il naïf, peut-être cela vous paraît-il enfantin. Mais c'est aussi la chose la plus courageuse que nous pouvions faire.

Son regard balaya lentement la salle, s'attardant sur les visages tendus des journalistes, défiant leurs jugements silencieux.

— Vous dites que l'amour est complexe, qu'il ne peut être compris qu'après des années d'expériences, d'épreuves. Mais peut-être est-ce précisément le poids de ces années qui rend l'amour si difficile à saisir. Vous accumulez des couches de peur, de rancœur, de désillusion, jusqu'à ce que l'amour devienne une énigme, un champ de bataille. Nous, nous n'avons pas encore appris à le compliquer. Ce que nous savons de l'amour, c'est qu'il est là pour unir, pour tisser des ponts entre les âmes, et non pour les séparer.

Un silence profond envahit le studio. Pas un murmure, pas un souffle. Les journalistes, habituellement si prompts à répondre, semblaient pétrifiés, comme si les mots d'Abigael avaient figé le temps.

Les Hourim de l'innocence

Leur amour n'avait rien de l'amour des adultes, et en cela, il possédait une puissance brute, presque primordiale. Une force qui, dans son innocence et sa pureté, semblait invincible.

La tension était palpable lorsqu'un mouvement lent et calculé brisa l'immobilité. L'Architecte du Débat se leva avec une assurance presque cérémonielle. Ses gestes étaient mesurés, semblables à ceux d'un stratège déployant ses dernières pièces sur un échiquier complexe.

C'était lui, le chef d'orchestre de cette arène médiatique, celui qui tirait les ficelles dans l'ombre. Sa voix, lorsqu'elle s'éleva, était empreinte d'une fausse neutralité, teintée d'une satisfaction à peine voilée.

— Mesdames et messieurs, reprit-il avec un ton chargé de théâtralité, permettez-moi de vous introduire un invité spécial. Un témoin clé, qui pourrait bien éclairer la véritable nature du mouvement « Hourim ».

Il marqua une pause, savamment calculée, laissant le mystère envelopper l'assemblée. Ses yeux se fixèrent sur Abigael et Moussa, comme un prédateur jaugeant ses proies.

— Car, voyez-vous, tout n'est peut-être pas aussi innocent qu'il n'y paraît.

Un frisson traversa le public. Les grandes portes du studio s'ouvrirent lentement, comme mues par une force invisible. L'atmosphère, déjà lourde, devint glaciale.

Un homme entra. Sa silhouette drapée d'une longue robe sombre semblait absorber la lumière, projetant autour de lui une aura de froideur. Ses traits étaient anguleux, impeccablement taillés, et ses yeux, d'un éclat perçant, semblaient sonder les âmes.

C'était Iblis.

Les Hourim de l'innocence

Sous cette apparence soigneusement choisie, il incarnait le parfait érudit : un visage familier et rassurant pour beaucoup. Il était connu comme un homme de foi, un diplomate religieux capable de naviguer avec aisance entre les grandes traditions. Il avait partagé des tables avec le Pape, débattu avec des savants musulmans de renom, et conversé avec les rabbins les plus influents. Mais malgré cette façade respectée, il émanait de lui un trouble indéfinissable, une tension magnétique qui dérangeait sans qu'on puisse en expliquer la raison.

Les journalistes, d'abord déconcertés, retrouvèrent leur assurance. Comme une meute galvanisée par l'arrivée de son alpha, ils se ragaillardirent, prêts à reprendre leur offensive.

Abigael et Moussa échangèrent un regard, leurs yeux emplis de questions silencieuses. Ils sentaient le changement d'atmosphère, l'intensité glaciale que cet homme amenait avec lui. Mais ils ne cédèrent pas à la peur.

Le Gardien, toujours invisible, observait en silence. Il savait que l'ennemi avait fait un pas décisif. Mais il attendait. L'heure n'était pas encore venue pour lui d'intervenir.

Iblis s'avança jusqu'au centre de la scène, son pas mesuré amplifiant l'oppression dans l'air. Lorsqu'il parla, sa voix était basse, presque mélodieuse, mais elle portait une autorité indéniable.

— Mes chers amis, commença-t-il, sa voix enroulée d'une fausse bienveillance, il est toujours fascinant d'observer le pouvoir des mots, surtout lorsqu'ils viennent de jeunes cœurs ardents.

Il se tourna lentement vers Abigael et Moussa, ses yeux semblant percer le voile de leur âme.

— Mais les mots, aussi puissants soient-ils, doivent être confrontés à la réalité. À la vérité. Et c'est précisément ce que je

Les Hourim de l'innocence

suis ici pour offrir : une vérité que peut-être ces enfants eux-mêmes ignorent.

Un frisson parcourut l'assemblée. La pièce était désormais suspendue à ses lèvres, le moment où tout pouvait basculer approchant à grands pas.

L'Architecte du Débat, satisfait de l'effet dramatique qu'il avait orchestré, s'appuya légèrement sur le pupitre. Son sourire était tranchant, presque carnassier, tandis qu'il annonçait :

— Nous avons parmi nous le Révérend Anwar, un homme dont la réputation n'est plus à faire. Un témoin clé, qui a, semble-t-il, percé certains mystères entourant le mouvement Hourim. Il est ici pour nous révéler ce qui se cache derrière les visages innocents de nos jeunes invités.

Un murmure parcourut la salle. L'atmosphère, déjà lourde, devint oppressante. Le Révérend s'avança lentement, sa robe sombre effleurant le sol. Ses yeux, froids et perçants, se posèrent tour à tour sur Abigael et Moussa, comme s'il cherchait à fouiller leur âme.

— Mes enfants, dit-il, sa voix douce, mais empreinte d'une gravité calculée, on m'a parlé de vous. On m'a dit que vous portez un message d'amour, d'innocence et de lumière. Mais ce que j'ai vu… ce que j'ai découvert, c'est une lumière bien différente. Une lumière trompeuse.

Il laissa ses paroles en suspens, savourant l'effet de son accusation.

— Derrière votre mouvement, Hourim, se cache autre chose. Des forces anciennes, des forces obscures, qui vous dépassent. Des mains invisibles qui tirent les ficelles, des intentions qui ne sont ni innocentes ni pures. Vous êtes peut-être sincères, mais vous êtes manipulés, utilisés comme des instruments.

Les Hourim de l'innocence

Le Révérend marqua une pause, parcourant l'assemblée du regard, son ton devenant plus solennel :

— Il y a des signes, des symboles. Votre mouvement porte en lui l'ombre d'une secte ancienne. Une secte qui s'est nourrie des conflits, du désespoir et de la haine à travers les siècles. On murmure qu'elle a semé les graines de tragédies innommables, que c'est elle qui, dans l'ombre, a alimenté la haine qui a conduit à la Shoah. Aujourd'hui, elle revient, masquée sous des promesses de paix, cherchant à infiltrer nos cœurs pour les corrompre.

Abigael sentit un frisson glacé descendre le long de son dos. Les mots du Révérend résonnaient comme une lame. Elle serra la main de Moussa, sentant en lui un roc sur lequel elle pouvait s'appuyer.

Les journalistes, comme ranimés par ces accusations, retrouvèrent leur aplomb. L'un d'eux, le regard étincelant, prit la parole :

— Alors, que répondez-vous ? Le mouvement Hourim est-il vraiment un écran de fumée ? Est-ce cela, votre amour ? Un masque pour dissimuler des intentions plus sombres ?

Abigael ferma les yeux un instant, comme pour chercher la force dans l'obscurité de son esprit. Mais avant qu'elle ne puisse répondre, une chaleur douce l'envahit. Le Gardien était là. Sa présence silencieuse, mais puissante, la réconforta, dissipant la peur qui menaçait de l'étreindre.

Moussa sentit ce même souffle réconfortant. Il inspira profondément, et lorsqu'il prit la parole, sa voix était claire, résonnant avec une maturité inattendue.

Les Hourim de l'innocence

— Avant de répondre à vos questions, je voudrais poser les miennes. Des questions qui me hantent depuis l'instant où l'enfance m'a été arrachée.

Il se redressa, son regard se perdant au-delà des visages devant lui, cherchant une réponse dans un horizon invisible.

— Pourquoi mes parents ont-ils été assassinés ? Pourquoi le Créateur a-t-il permis que ceux que j'aimais le plus soient arrachés à ma vie ? Pourquoi Abigael et moi avons-nous été condamnés si jeunes à porter ce fardeau de douleur ?

Il s'interrompit, sa voix brisée par l'émotion. Une larme solitaire roula sur sa joue, mais il ne l'essuya pas.

— Vous m'écoutez et vous pensez sûrement que ces mots ne peuvent pas être les miens. Qu'ils sont trop réfléchis, trop pesés pour un adolescent. Mais laissez-moi vous parler d'un miracle. Pas le miracle des illusions ou des supercheries que certains orchestrent pour tromper, mais le vrai miracle. Celui qui défie la logique, celui qui ne se plie pas aux lois humaines.

Sa voix s'affermit, gagnant en intensité :

— Le miracle, c'est l'amour qui persiste là où tout devrait s'effondrer. C'est cet amour qui m'a permis de survivre quand tout me poussait à abandonner. Ce miracle, c'est cette lumière que vous essayez de ternir par vos accusations, mais qui continue de briller, parce qu'elle ne vient ni de moi, ni d'Abigael. Elle vient de quelque chose de plus grand, de plus puissant que tout ce que vous pouvez comprendre.

Un silence écrasant tomba à nouveau. Même le Révérend Anwar semblait ébranlé, l'éclat froid de ses yeux vacillant un instant.

Les Hourim de l'innocence

Abigael, se sentant renforcée par les mots de Moussa, se redressa à son tour. Elle posa un regard résolu sur l'assemblée, puis parla, sa voix vibrante d'une énergie nouvelle :

— Vous parlez de sectes, de conspirations. Vous parlez de haine dissimulée derrière nos sourires. Mais ce que vous ne comprenez pas, c'est que nous n'avons jamais cherché à manipuler qui que ce soit. Nous portons un message simple : celui de l'espoir, celui de l'amour.

Elle se tourna vers le Révérend, le regard défiant.

— Vous avez vu des symboles dans Hourim ? Moi, j'y vois une promesse. Une promesse que nous pouvons transcender l'obscurité, que nous pouvons ériger des ponts sur les abîmes creusés par des siècles d'inimitiés et de conflits. Mais vous, plutôt que de tendre la main, vous attisez les braises de l'effroi, soufflant sur la flamme vacillante de l'angoisse collective. Vous incarnez l'ombre insidieuse que nous avons juré de dissiper.

Le silence qui s'installa alors n'était plus un simple vide sonore, mais une entité palpable, un poids qui s'abattait sur chaque poitrine, sur chaque conscience. Chaque mot d'Abigael résonnait dans cet espace comme le glas d'un jugement inéluctable. Iblis, dissimulé sous le masque du révérend Anwar, ne put retenir un tressaillement imperceptible. Une étincelle fugace de colère traversa son regard, brisant un instant l'illusion de son calme souverain.

Moussa, sans fléchir, posa sur lui un regard empreint d'une gravité presque inquisitoriale.

— Prenez l'exemple du Saint Coran, lorsqu'il évoque Jésus, Aïssa, paix sur lui. Il y est dit qu'il parla dès le berceau. Et bien avant cela, depuis le sanctuaire du ventre de sa mère Marie, il prit la parole pour proclamer la pureté de celle qui l'avait porté. Un

Les Hourim de l'innocence

enfant, avant même de naître, défendit la vérité avec une éloquence divine, réfutant l'infamie des calomnies par la seule puissance de sa voix.

Il laissa ses paroles s'étendre dans l'air, comme une onde de gravité, chaque syllabe pesant lourdement sur l'atmosphère déjà saturée d'intensité.

— C'est cela, un miracle. Une parole qui transcende les lois naturelles, une sagesse qui ne s'embarrasse ni des âges, ni des frontières humaines de la raison. Et vous, vous qui vous prétendez gardiens du savoir, vous n'êtes que les hérauts d'un scepticisme stérile. Incapables de percevoir cette lumière, vous préférez vous réfugier dans la duplicité et la manipulation.

Les caméras, immobiles et implacables, captaient chaque nuance, chaque inflexion de sa voix. Les journalistes, réduits au silence par l'ampleur de ce moment, semblaient pétrifiés, comme s'ils pressentaient que le terrain sur lequel ils se tenaient venait de céder sous leurs pieds.

Moussa tourna lentement la tête, son regard pénétrant s'ancrant sur le faux révérend, tel un faucon fixant sa proie.

— Je crois au Créateur, et j'accepte sans réserve la destinée qu'Il a décrétée pour moi. Cette destinée m'a conduit ici, face à vous, à croiser le fer avec des imposteurs qui se drapent dans des apparats de sainteté, mais qui ne sont, en vérité, que des marionnettes animées par les mains insidieuses des ténèbres.

Sa voix, d'abord posée, se fit plus incisive, s'enroulant d'une intensité implacable.

— Vous avez invoqué Iblis lui-même, le maître des illusions, celui qui revêt mille masques pour semer la discorde et briser les âmes. N'oubliez pas qu'il a déjà tenté de nous corrompre, Abigael et moi. Il avait pris l'apparence d'un enfant innocent, espérant

Les Hourim de l'innocence

ainsi s'insinuer dans nos cœurs et nous pousser à goûter au fruit défendu. Aujourd'hui encore, il se tient parmi nous, déguisé en saint homme, espérant, dans son arrogance infinie, détruire ce qu'il ne pourra jamais comprendre ni posséder.

Il avança légèrement, ses traits illuminés par les projecteurs, dévoilant une sérénité solennelle mêlée à une détermination farouche.

— Vous m'accusez d'être l'instrument d'une secte qui conspirerait contre le peuple juif, qui chercherait à raviver les flammes de la haine. Vous osez évoquer la Shoah, ce gouffre insondable d'horreur et de souffrance, pour légitimer vos accusations infâmes.

Il marqua une pause, ses paroles s'alourdissant d'une gravité quasi prophétique.

— Sachez ceci : la mémoire des martyrs ne saurait être souillée par de viles manipulations. Le sang des innocents, versé dans cette tragédie, transcende les clivages religieux, les frontières des peuples, et les époques. Il s'élève comme un cri universel, un cri qui exige mémoire et justice. Que vous osiez pervertir cette mémoire sacrée pour assouvir vos desseins malveillants est une abomination sans nom.

Les projecteurs semblaient vaciller, comme s'ils ployaient sous la lumière crue de la vérité qu'ils exposaient. Les caméras, implacables, retransmettaient chaque mot, chaque geste, chaque regard, amplifiant leur portée au-delà des murs du studio, jusqu'au cœur des foyers du monde entier.

Dans un geste empreint d'une infinie tendresse, Moussa tourna son visage vers Abigael. Il tendit la main, cherchant la sienne, et leurs doigts s'entrelacèrent avec une délicatesse qui parlait de tout ce qu'ils avaient traversé ensemble.

Les Hourim de l'innocence

Ce simple geste, porteur d'une puissance silencieuse, incarnait leur lien indéfectible, un amour pur et invincible, forgé dans l'adversité. Un amour qui, même face à la tempête, persistait avec la force tranquille d'une étoile polaire.

Abigael, les yeux brillant d'un éclat intense, serra doucement la main de Moussa. Elle sentit, à travers ce contact, la chaleur réconfortante du Gardien, cette présence invisible et pourtant si palpable, qui les enveloppait d'une lumière protectrice.

Elle inspira profondément, et lorsqu'elle prit la parole, sa voix s'éleva avec une clarté presque surnaturelle, résonnant comme un chant sacré.

— Vous parlez de peur, de haine, de complots. Mais tout cela n'est qu'un rideau de fumée. La vérité que nous portons est simple : l'amour est la seule force capable de briser les chaînes des ténèbres.

Elle planta son regard dans celui du faux révérend, une lumière farouche dans les yeux.

— Vous pouvez tenter de nous diviser, de ternir notre lumière avec vos ombres, mais vous n'y parviendrez jamais. Car cette lumière ne vient pas de nous seuls. Elle puise sa force dans quelque chose de bien plus grand, une source que vous ne pourrez jamais souiller.

Et à cet instant, le silence qui suivit sembla sacré, comme si l'univers lui-même retenait son souffle. Le plateau, temple profane de débats et de confrontations, s'était métamorphosé en un sanctuaire de vérité et de lumière.

— Si cette accusation, cette prétendue secte ancestrale qui aurait tissé sa toile à travers les âges, était fondée, vous l'auriez brandie dès l'aube de ce débat, tel un glaive implacable. Vous en auriez fait votre arme maîtresse, le pilier de votre rhétorique. Mais non.

Les Hourim de l'innocence

Vous l'avez tenue en réserve, espérant qu'elle serait votre coup fatal, le coup de grâce destiné à nous abattre lorsque vous seriez acculés.

Il marqua une pause, son regard se durcissant, chaque mot s'alourdissant de sens.

— Mais voici que l'heure de votre déchéance a sonné. Vous êtes dos au mur, et votre désespoir suinte à travers vos paroles creuses. Vous pensiez nous anéantir, mais vous vous êtes trahis. Le monde entier vous observe, et il voit. Il voit des hommes réduits à des ombres, désespérés, s'accrochant à des chimères. Vos mensonges éclatent comme des bulles fragiles, révélant leur vacuité. La lumière perce enfin l'opacité de vos stratagèmes, et vos accusations se délitent sous le regard impitoyable de la vérité.

Moussa tourna alors son regard vers Abigael. Dans ses yeux, une douleur partagée, un écho de leurs blessures communes, un lien indéfectible. Il posa sa main sur la sienne, un geste d'une tendresse silencieuse mais infiniment puissant.

— Alors, laissez-moi poser cette question, celle qui me hante, celle qui m'assaille chaque nuit, dit-il, sa voix tremblante d'émotion maîtrisée. Pourquoi nos parents sont-ils morts, Abigael et moi ? Pourquoi ont-ils été sacrifiés ?

Son regard balayait maintenant l'assemblée, s'arrêtant sur chaque visage comme un juge pesant les âmes.

— Est-ce cela votre accusation ? Que nous avons consenti, que nous avons accepté de voir nos propres parents périr pour une cause prétendue ? Pensez-vous réellement que deux enfants de onze ans auraient pu orchestrer leur propre tragédie ? Votre absurdité frise l'indécence. Vous marchez sur des cadavres, vous traînez nos âmes dans la boue, espérant que ces bassesses

Les Hourim de l'innocence

suffiront à masquer le vide de vos arguments. Mais sachez ceci : vos calomnies ne font que révéler votre propre naufrage moral.

Il se redressa légèrement, son visage empreint d'une colère sourde, maîtrisée, mais palpable. Chaque mot qui suivit s'éleva comme un coup de tonnerre dans le silence oppressant du plateau.

— Monsieur le "Révérend", ou devrais-je dire l'incarnation fugace d'un mirage, une ombre errante dans le labyrinthe d'un cauchemar sans fin, vous n'êtes qu'une illusion. Une farce. Vous pensez pouvoir plier la vérité, la tordre jusqu'à ce qu'elle s'aligne sur vos desseins perfides. Mais aujourd'hui, c'est vous qui êtes jugé. Vos mensonges, ces chaînes que vous avez forgées pour nous entraver, ne sont que les chaînes de votre propre déchéance. Vous êtes désormais exposé, démasqué devant les regards du monde entier.

Les projecteurs baignaient le plateau d'une lumière crue, implacable, et les caméras, telles des témoins muets, capturaient chaque fragment de ce moment transcendant. Le silence s'étira, pesant, presque sacré.

Moussa se tourna à nouveau vers Abigael. Il serra doucement sa main, et dans ce geste se mêlaient le poids des souffrances partagées et la force d'un amour qui transcende les épreuves. Abigael lui répondit par un sourire, un sourire empreint d'une tendresse infinie, fragile mais indestructible, tel un rayon de lumière traversant l'obscurité la plus profonde.

Leur union, palpable dans cet instant suspendu, devenait un rempart contre les ténèbres. Ensemble, ils incarnaient une vérité que nul ne pouvait ébranler.

— Ma seconde question est d'une simplicité désarmante, presque enfantine. Pourquoi suis-je ici, entouré de prédateurs déguisés en

Les Hourim de l'innocence

hommes d'honneur, de figures qui, sous leurs masques de respectabilité, ne cherchent qu'à piétiner la moindre étincelle de pureté ? Pourquoi devrais-je croiser le fer avec des bêtes vêtues de soie, qui ne voient en moi qu'une proie à déchiqueter, un morceau de chair tendre offert à leur appétit insatiable ?

Sa voix s'emplit d'une mélancolie vibrante, d'une douleur à peine voilée.

— Je devrais être dehors, sous le ciel infini, courir aux côtés d'Abigael, la voir sourire alors que notre cerf-volant danse avec le vent, défiant les lois de la gravité. C'est cela que devrait être ma vie. Une vie simple, une vie libre, où l'amour respire sans masque, sans artifice, sans les chaînes invisibles que vous tentez de nous imposer.

Il leva leurs deux mains jointes, une lumière douce glissant sur leurs doigts entrelacés. Il se tourna lentement vers les journalistes, balayant l'assemblée d'un regard ferme et perçant, chaque mouvement empreint d'une solennité presque prophétique.

— Mais je suis ici parce que je l'ai choisi. Parce que mon cœur, plus fort que mes peurs, m'a dicté de ne jamais fuir face à l'injustice. Abigael et moi ne sommes les pantins de personne, si ce n'est de notre propre conscience. Nous sommes animés par un seul maître : le désir inébranlable de paix et de vérité. Le Créateur, dans Sa sagesse infinie, nous a dotés d'un don que vous ne comprendrez jamais : la faculté de percer les voiles des cœurs et des âmes, de discerner la vérité derrière les mensonges, de comprendre même les murmures empoisonnés que vous croyiez inaccessibles à nos oreilles d'enfants.

Sa voix, portée par une intensité grandissante, devint une lame tranchant le silence oppressant du plateau.

Les Hourim de l'innocence

— Vous, "révérend", n'êtes qu'un imposteur, un mirage tissé de fausseté. Et vous, les complices silencieux qui l'entourent, vous êtes les artisans de l'ombre, les gardiens des ténèbres. Vous avez été les témoins, et pire encore, les acteurs consentants de tant de malheurs. Et croyez bien que vous devrez rendre des comptes.

Il marqua une pause, laissant ses paroles s'imprégner dans l'air chargé d'électricité.

— Peut-être pas aujourd'hui, ni même demain. Mais le jour viendra où vos actes, comme des spectres, viendront frapper à vos portes, exigeant des réponses. Aujourd'hui, ce n'est pas devant nous que vous êtes jugés, mais devant vos téléspectateurs, devant un monde qui, sous le poids de vos regards fuyants, perçoit la vérité que vous tentez en vain d'étouffer.

Il laissa le silence s'installer, un instant suspendu, avant de lever leurs mains unies vers le ciel, un geste à la fois humble et triomphal.

— Nous sommes l'avenir. Nous sommes Hourim. Nous sommes la lumière qui grandit, qui éclatera pour dissiper les ombres les plus épaisses. Votre temps est révolu. Celui des enfants, celui de l'innocence et de la pureté, s'élève à partir de cet instant. Aujourd'hui marque le début d'une ère nouvelle.

Sa déclaration, résonnant telle une prophétie, sembla briser les dernières digues du silence. Les projecteurs baignaient leurs silhouettes dans une lumière éclatante, presque divine, tandis que les caméras immortalisèrent ce moment, le retransmettant aux quatre coins du monde.

Le studio, autrefois temple du mensonge et de la manipulation, s'était transformé en un sanctuaire où la vérité, portée par deux âmes jeunes mais indomptables, proclamait sa victoire sur les ténèbres.

Les Hourim de l'innocence

Le silence qui s'installa dans le studio était d'une densité presque insoutenable. On aurait pu croire que le temps lui-même s'était suspendu, retenu en haleine par la force des mots qui venaient de s'élever. Pas un journaliste n'osait bouger. Les figures d'autorité, les voix d'habitude si promptes à se frayer un chemin à travers la cacophonie du débat, semblaient désormais frappées d'impuissance.

La vérité venait de fracasser le masque du mensonge, révélant les rouages invisibles d'une manipulation savamment orchestrée. Et ce n'étaient pas les adultes qui avaient prononcé cette vérité, mais deux enfants, porteurs d'une lumière si pure qu'elle semblait brûler tout ce qu'elle touchait.

Les dernières accusations du faux révérend flottaient encore, suspendues dans l'air comme un poison, mais leur impact s'était dissipé face à la détermination des deux jeunes figures assises au centre de cette arène médiatique. Les lumières, bien que toujours éclatantes, vacillaient imperceptiblement, projetant des ombres mouvantes sur les murs et le sol, transformant chaque visage en un masque de vulnérabilité, chaque sourire feint en un rictus fragile.

Les caméras, elles, continuaient de capter chaque détail : le froncement des sourcils d'un journaliste, les mains nerveuses d'un autre cherchant un stylo, le regard inquiet de l'assistance. L'audience, invisiblement liée à cet instant, semblait retenir son souffle, comme suspendue au bord d'un précipice, attendant que quelque chose se produise, que l'équilibre fragile de cet affrontement bascule définitivement.

Au centre de tout cela, Moussa sentit la main d'Abigael glisser dans la sienne. Ce simple contact était une ancre, un rappel tangible de leur lien indéfectible au milieu de cette mer d'hostilité. Il serra légèrement sa main, et dans ce geste, il lui transmit une

Les Hourim de l'innocence

part de sa propre force, tout comme elle lui offrait la sienne. Abigael tourna la tête vers lui, et dans cet échange silencieux, leurs regards se répondirent, vibrant d'un amour et d'une résilience que rien, pas même les ténèbres, ne pourrait éteindre.

Elle ferma les yeux un instant, écoutant la présence apaisante du Gardien, cette force invisible qui les avait toujours soutenus. Lorsqu'elle les rouvrit, c'était avec une intensité nouvelle, un feu intérieur qui consumait toute hésitation. Son regard se posa sur le révérend, un regard si perçant qu'il semblait pouvoir briser les défenses invisibles de l'homme.

— Vous parlez de nous comme si nous étions des pantins, des marionnettes au service d'une cause obscure, dit-elle, sa voix calme mais vibrante de détermination. Vous cherchez à nous déposséder de notre humanité, à transformer nos paroles en armes dirigées contre nous-mêmes. Vous invoquez des spectres, des ombres anciennes, espérant qu'elles viendront obscurcir notre lumière.

Elle marqua une pause, laissant ses mots s'infiltrer dans le silence oppressant qui enveloppait le studio.

— Mais écoutez-moi bien : nous ne vous craignons pas. Ni vous, ni ceux qui vous dirigent depuis l'ombre, ces architectes du chaos qui tirent vos ficelles.

La salle, d'ordinaire bruyante de murmures et de notes griffonnées à la hâte, était désormais figée. On aurait dit que même les murs retenaient leur souffle.

Abigael poursuivit, sa voix prenant de l'ampleur, chaque mot résonnant comme un coup de tonnerre :

— Nous sommes ici pour révéler la vérité, une vérité que vous vous efforcez désespérément d'enterrer sous vos calomnies. Mais la vérité est indomptable, inaltérable. Et nous, malgré notre jeune

Les Hourim de l'innocence

âge, sommes les porteurs de cette lumière. Parce que nos cœurs ne sont pas encore souillés par la peur de perdre un pouvoir illusoire, ni par la soif insatiable de domination.

Elle se tourna vers Moussa, son regard scintillant d'une tendresse infinie, d'une force qu'aucune manipulation ne pourrait altérer.

— Vous avez tenté de nous réduire à des objets, des outils au service de vos propres peurs. Mais ce que vous ne comprenez pas, c'est que votre obscurité ne peut nous atteindre. Tout ce que vous faites, c'est projeter sur nous vos propres ombres.

Les journalistes, si prompts habituellement à reprendre le contrôle d'une situation, étaient réduits au silence. Leurs stylos étaient immobiles, leurs notes incomplètes. Ils savaient, tout comme ceux qui regardaient derrière leurs écrans, qu'ils n'étaient plus maîtres de cette émission.

Abigael reprit, ses mots s'enroulant d'une poésie grave et solennelle :

— Nous sommes les enfants de cette terre fracturée, mais nous refusons de porter les chaînes que vous avez forgées pour nous. Nous sommes ici, non pas pour plier sous le poids de vos accusations, mais pour vous montrer ce que vous avez oublié : la puissance d'un amour pur, d'une vérité dénuée de calculs.

Elle inspira profondément, la lumière des projecteurs captant l'éclat d'une larme non versée.

— Vous pensiez que nous étions seuls, vulnérables. Mais nous sommes accompagnés par quelque chose de bien plus grand. Une force que vous ne pouvez ni voir ni comprendre. Cette lumière qui nous habite, c'est elle qui vous effraie, parce qu'elle révèle ce que vous avez tenté de masquer.

Les Hourim de l'innocence

Moussa, sentant le moment venir, serra doucement la main d'Abigael et prit la parole, sa voix grave et posée résonnant dans le vide :

— Et c'est cette lumière qui triomphera.

Moussa prit une longue inspiration, son regard perçant traversant l'objectif des caméras comme s'il voulait s'adresser directement à chaque spectateur, à chaque âme derrière l'écran. Puis, il balaya la salle d'un regard lent et assuré, s'arrêtant sur chaque journaliste, chaque visage tendu. Lorsqu'il parla, sa voix était posée, mais vibrante d'une intensité maîtrisée, chaque mot tombant comme un verdict.

— Vous avez osé évoquer la Shoah, l'une des plus sombres tragédies de l'histoire de l'humanité, pour nous accuser, Abigael et moi, d'être les héritiers d'une secte fantasmée, prétendument responsable de ce gouffre d'horreur. Est-ce cela votre ultime stratagème ? Utiliser les cicatrices du passé comme des armes pour distordre le présent ? Manipuler les cœurs et tenter de faire germer la haine là où nous semons l'espoir ?

Il marqua une pause, laissant la gravité de ses paroles s'infiltrer dans l'espace chargé d'émotions.

— Vous connaissez l'histoire de la Shoah. Nous aussi. Nous savons ce que la peur, la haine, la division peuvent engendrer. Nous savons ce qu'il advient lorsque l'humanité détourne le regard de la compassion pour embrasser l'abîme.

Il se redressa, ses yeux fixés sur l'assemblée, sa voix prenant une profondeur presque incantatoire.

— Les preuves de la Shoah sont omniprésentes, indélébiles, inscrites dans la mémoire collective de l'humanité. Elles sont là, gravées sur les pages noircies des livres d'histoire, dans les photographies glaçantes de visages éteints, dans les vidéos qui capturent l'agonie muette de ceux qui ont été engloutis par l'horreur. Chaque image, chaque témoignage, chaque mot est un cri immortel, une voix surgie des ténèbres pour nous rappeler ce que l'humanité est capable de commettre lorsqu'elle succombe à la barbarie.

Son regard se durcit, sa voix s'enroulant d'un chagrin solennel.

— Mais ces souvenirs ne sont pas des armes à brandir au gré des besoins cyniques d'un débat. Ils sont des leçons, des monuments sacrés dressés contre l'oubli, contre la répétition des erreurs du passé. Ils sont un appel à la vigilance, une exhortation à la justice et à la paix. Vous, qui prétendez être les gardiens de la vérité, deviez le savoir. La mémoire de la Shoah n'appartient pas à ceux qui cherchent à la manipuler pour asseoir leur pouvoir, mais à ceux qui ont le courage de la porter comme un flambeau, éclairant le chemin pour que jamais cette horreur ne se répète.

Les mots résonnèrent, lourds de sens, tels des marteaux frappant l'enclume de la conscience collective.

— Vous vous cachez derrière l'horreur du passé, continua Moussa, parce que vous craignez la lumière de l'avenir. Mais nous, nous refusons de laisser cette mémoire sacrée être souillée par vos manigances. Nous sommes ici pour porter cette lumière, pour faire vivre Hourim, et pour honorer tous ceux qui ont souffert sous le joug de la haine humaine.

Un silence absolu s'abattit sur le plateau, si intense qu'on aurait pu entendre le tic-tac d'une montre oubliée. Les journalistes, d'ordinaire prompts à bondir sur la moindre faille, restaient figés, comme paralysés par la force brutale de cette vérité.

Alors, le faux révérend, démasqué, tenta un ultime assaut. Il ouvrit la bouche, prêt à cracher un dernier venin, mais aucun son ne franchit ses lèvres. Sa gorge sembla se contracter, ses yeux

Les Hourim de l'innocence

s'écarquillèrent légèrement. Une pâleur soudaine envahit son visage, et ses mains, autrefois assurées, se mirent à trembler imperceptiblement.

Il essaya de parler à nouveau, mais quelque chose l'en empêchait. Une force invisible, comme un étau, enserrait sa voix. Ses yeux cherchaient désespérément une issue, mais il ne trouva rien d'autre que les regards accusateurs des enfants, les témoins silencieux d'une vérité qu'il ne pouvait plus fuir.

Moussa observa cet homme défaillant avec une sérénité froide. Il n'y avait ni triomphe ni pitié dans ses yeux, seulement une certitude inébranlable.

— Vous voyez, dit-il enfin, d'une voix presque chuchotée mais qui résonnait comme un coup de tonnerre, la vérité n'a pas besoin d'artifices. Elle n'a ni besoin de hurler ni de s'enrober de fausses certitudes. Elle se tient là, immuable, invincible, même lorsqu'elle est confrontée à la plus insidieuse des obscurités.

Il tourna son regard vers Abigael, dont les yeux, emplis de larmes contenues, brillaient d'un éclat indomptable. Elle serra doucement sa main, un geste silencieux, mais d'une puissance infinie, comme pour lui dire : Nous avons triomphé.

Les journalistes étaient à présent des spectateurs impuissants, pris dans la lumière crue d'une vérité qu'ils ne pouvaient plus nier. Les caméras, témoins infaillibles, retransmettaient cette scène dans des millions de foyers, gravant à jamais ce moment dans l'histoire.

Le Gardien, intangible pour les yeux du commun, veillait dans l'ombre bienveillante, sa présence telle une armure invisible enveloppant les deux enfants. Il observait, silencieux mais inébranlable, ses lèvres étirées en un sourire empreint d'une sagesse infinie. À chaque assaut des ténèbres, à chaque tentative

Les Hourim de l'innocence

d'obscurcir la lumière éclatante qui émanait de Moussa et Abigael, il intervenait, dissipant l'ombre par la seule force de son essence. Il était le rempart, l'éclat éternel qui repoussait l'abîme.

Abigael, fortifiée par cette présence silencieuse, leva à nouveau les yeux, les fixant dans l'objectif des caméras. Sa voix, douce mais chargée d'une gravité indéniable, résonna, non seulement dans ce studio transformé en arène de vérité, mais bien au-delà, s'infiltrant dans les foyers, touchant chaque cœur ouvert à l'écoute.

— Vous tentez d'étouffer cette lumière, dit-elle, sa voix, tremblant légèrement, non de faiblesse mais d'une émotion maîtrisée, une émotion pure et vibrante. Pourtant, cette lumière ne jaillit pas seulement de nous. Elle vit dans chaque enfant, dans chaque sourire innocent, chaque rêve fragile mais persistant, chaque espoir qui refuse de s'éteindre. Nous sommes ici pour rappeler à tous ceux qui nous regardent que l'humanité a encore une chance. Une chance de choisir l'amour et la solidarité plutôt que la haine et la division.

Elle s'interrompit un instant, ses yeux brillant d'une intensité qui semblait capturer la lumière même des projecteurs.

— Nous ne sommes pas vos ennemis, poursuivit-elle, sa voix s'enroulant d'une chaleur réconfortante, presque maternelle. Nous sommes des enfants, des enfants qui aiment, qui rêvent, et qui aspirent à bâtir un avenir digne des promesses de l'aube.

Elle inspira profondément, les larmes perlant au coin de ses yeux. Mais ces larmes n'étaient pas celles de l'abandon ou de la détresse. Elles étaient le reflet d'une force intérieure, d'une résilience forgée dans l'épreuve.

— La véritable question n'est pas de savoir si nous, les enfants, avons quelque chose à vous apprendre, dit-elle, sa voix gagnant

Les Hourim de l'innocence

en intensité. Non. La question est de savoir si vous êtes prêts à écouter. Êtes-vous capables d'ouvrir vos cœurs, de laisser tomber vos masques, d'accepter une vérité que vous avez longtemps choisi d'ignorer ? Êtes-vous prêts à changer ?

Un silence s'abattit sur le plateau, profond et lourd, comme si le monde entier retenait son souffle, suspendu à ces mots. Le faux révérend, si sûr de lui quelques instants auparavant, se laissa tomber sur son siège, les épaules affaissées, son visage trahissant un mélange de honte et de confusion. Ses mains tremblaient, et ses yeux, autrefois remplis de calculs et de jugements, semblaient désormais chercher un appui, une certitude qui s'était évaporée.

Les journalistes, ces marionnettistes de la parole, étaient pour la première fois dépourvus de répliques. Leurs plumes suspendues, leurs esprits engourdis, incapables de contre-attaquer face à la vérité brute, à la lumière éclatante des enfants.

Alors, dans ce silence presque sacré, Moussa se tourna lentement vers les caméras. Il parla à voix basse, mais ses mots portaient une puissance qui transcendait les limites du studio.

— Hourim. La lumière. Nous ne laisserons jamais l'ombre l'emporter.

À cet instant, le temps sembla se figer. Le monde retenait son souffle, suspendu à ce mot, ce symbole de renouveau et de promesse. Et puis, comme une vague naissante, une voix se fit entendre parmi le public. Faible d'abord, presque un murmure, elle prononça ce mot sacré :

— Hourim.

Une autre voix reprit, puis une autre encore, jusqu'à ce que le murmure devienne un chant, une incantation collective. Le studio tout entier vibrait sous cette onde de lumière et d'espoir, le mot Hourim s'élevant comme une prière, une promesse portée par des centaines de voix.

Les journalistes échangèrent des regards, certains tremblants, d'autres baissant les yeux, leurs masques de professionnalisme fissurés par la pureté de ce moment. Ils savaient que leur arsenal d'artifices et de stratagèmes venait de s'effondrer, réduit à néant par la force inéluctable de la vérité.

Même les projecteurs, ces témoins mécaniques et impassibles, semblèrent vaciller, comme touchés par l'émotion qui emplissait la salle. La lumière, loin de s'atténuer, semblait désormais plus vive, enveloppant Moussa et Abigael d'une aura presque divine.

Le Gardien, toujours invisible mais omniprésent, observait avec un sourire empreint de sérénité. Dans cet instant d'unité et de révélation, il sentait la promesse de lendemains lumineux se renforcer. Les enfants n'étaient plus seuls. Le monde les avait vus, les avait entendus, et une lumière nouvelle venait de naître dans les cœurs.

Le silence retomba à nouveau, mais il n'était plus oppressant. Il était devenu une toile vierge, prête à accueillir une nouvelle histoire, une histoire de résilience et d'espoir.

Le journaliste principal, figure d'autorité incontestée tout au long de l'émission, se leva lentement. Chaque mouvement semblait empreint d'un poids nouveau, d'une gravité qu'il n'avait jamais ressentie auparavant. Ses yeux parcoururent la salle, cherchant dans les regards de ses confrères un refuge, un soutien silencieux, un écho de justification. Mais il n'y trouva que le reflet de son propre désarroi.

La réalité s'imposait à lui avec une implacabilité qu'il ne pouvait plus nier : ils avaient échoué. Ce qu'ils avaient tenté de réduire à une simple confrontation entre adultes aguerris et enfants naïfs

Les Hourim de l'innocence

s'était révélé être bien plus. Ils ne faisaient pas face à deux jeunes âmes facilement manipulables, mais à deux piliers d'une nouvelle ère, porteurs d'une vérité lumineuse que rien ni personne ne pourrait éteindre.

Dans un geste presque mécanique, il réajusta ses lunettes, comme pour masquer sa vulnérabilité, inspira profondément, puis déclara d'une voix dépouillée de toute superbe, une voix où résonnait désormais une étrange humilité :

— Mesdames et messieurs, notre temps touche à sa fin. Ce soir, nous n'avons pas simplement assisté à un débat. Ce fut une confrontation entre les générations, entre les doutes calcifiés des adultes et la certitude inébranlable des enfants. Que chacun tire les conclusions qui s'imposent. Merci de nous avoir suivis.

Puis, dans un mouvement lourd, presque mécanique, il se rassit. La défaite pesait sur ses épaules, visible dans chaque pli de son visage. Autour de lui, ses collègues journalistes, d'ordinaire si prompts à se congratuler en fin d'émission, semblaient eux aussi absorbés par un silence pesant. Ils se levèrent un à un, leurs silhouettes projetant des ombres allongées sur le plateau déserté par la lumière de leurs arguments. Sans un mot, ils quittèrent la scène, leurs regards fuyants, comme si affronter les enfants une dernière fois aurait été trop insupportable.

Le plateau, autrefois vibrant d'une cacophonie d'interrogations et de contradictions, s'était transformé en un sanctuaire silencieux. Chaque murmure, chaque souffle, semblait encore porter l'écho des paroles des enfants, résonnant dans cet espace désormais vidé de ses prétentions.

Le révérend, lui, demeura assis. Son regard était fixe, dirigé vers un horizon invisible, bien au-delà des murs de ce studio. Ses mains croisées devant lui trahissaient une tension mal contenue, mais sur ses lèvres, un sourire mince persistait, un sourire façonné d'une bienveillance feinte, masque trompeur de la noirceur qui habitait son âme.

Il savait. Ce soir, il avait perdu une bataille. Mais il n'était pas homme à céder. Il connaissait les méandres de la patience et les détours du temps. Il reviendrait, sous une autre forme, portant un nouveau masque, empruntant de nouveaux sentiers de manipulation. Car la guerre, dans sa vision tordue, était loin d'être achevée.

Avec une politesse glaçante, presque cérémonieuse, il salua les enfants. Son sourire, aussi figé que la pierre, n'atteignait pas ses yeux. Il quitta le plateau, sa démarche calculée, chaque pas résonnant comme une promesse silencieuse de retour. Dans l'ombre de son esprit, des plans s'esquissaient déjà, des stratagèmes mûrissaient, tous destinés à briser les jeunes voix qui avaient eu l'audace de défier les forces obscures qu'il servait.

Lorsque le studio fut enfin déserté, Abigael et Moussa restèrent seuls. Le calme qui les enveloppa alors était celui qui suit les grandes tempêtes, un apaisement mêlé d'une douce torpeur. Le silence n'était plus oppressant, mais réconfortant, comme une couverture posée sur leurs épaules fatiguées.

Moussa se tourna vers Abigael, un sourire éclairant son visage marqué par l'intensité de leur combat. C'était un sourire plein de tendresse et de gratitude, un sourire qui n'avait pas besoin de mots pour exprimer l'immensité de ce qu'ils venaient de vivre ensemble.

Abigael, à son tour, répondit à ce sourire, ses yeux encore brillants d'émotion. Fatigués, ils l'étaient, sans aucun doute. Mais cette fatigue portait en elle une beauté particulière, celle des victoires arrachées aux ténèbres. Ils savaient, au plus profond d'eux-mêmes, qu'ils avaient allumé une flamme que rien ni personne ne pourrait éteindre.

Les Hourim de l'innocence

Main dans la main, ils se redressèrent, leur silhouette éclairée par les derniers feux des projecteurs vacillants. Ensemble, ils portaient le poids du monde, mais aussi son espoir. Et en cet instant suspendu, ils étaient invincibles.

Le Gardien, avec sa présence silencieuse et omnipotente, enveloppait les enfants de sa bienveillance infinie. Invisible aux yeux du monde, il était pourtant là, sentinelle immobile veillant sur ces deux âmes lumineuses. Sa force se diffusait comme une chaleur douce, un bouclier invisible contre les ténèbres qui rôdaient encore en silence. Il était le souffle rassurant dans la nuit glacée, l'écho d'une promesse millénaire : jamais ils ne seraient seuls.

— Nous l'avons fait, murmura Abigael, sa voix teintée d'un mélange de soulagement et de fierté contenue, comme si chaque mot portait le poids de l'épreuve surmontée.

Moussa hocha la tête, un sourire discret éclairant son visage marqué par l'intensité des derniers événements.

— Oui, répondit-il doucement. Mais ce n'est que le début.

Main dans la main, ils quittèrent le plateau. La froideur des néons s'effaça derrière eux, remplacée par l'air vif et pur de la nuit. Un souffle apaisant les accueillit, comme une caresse venue des cieux. Les rues silencieuses semblaient elles aussi leur rendre hommage, témoins muettes de leur passage. Leurs pas résonnaient doucement, un rythme apaisé après la tempête. Sous un ciel étoilé, ils avancèrent, les yeux levés vers ces astres immuables qui, un jour d'enfer, avaient éclairé leur serment sacré : ne jamais laisser un enfant seul dans l'obscurité.

Le chemin les conduisit vers le camp, ce refuge devenu foyer, un havre de fraternité pour ceux que le monde semblait avoir oubliés. Là-bas, l'attente prenait fin. Dès qu'Abigael et Moussa

Les Hourim de l'innocence

franchirent les limites de ce sanctuaire, une vague d'allégresse les submergea. Des rires cristallins déchirèrent la quiétude nocturne, des cris de joie s'élevèrent, portés par les cœurs de dizaines d'enfants qui accoururent vers eux, les entourant de leurs bras chaleureux, leurs regards pleins d'amour et de gratitude.

Le camp s'illumina de cette lumière collective, une chaleur humaine qui transcendait les simples retrouvailles. Cette nuit-là, leur retour était une victoire partagée, un triomphe contre l'adversité. Les rires, les étreintes, les regards, tout formait une symphonie d'espoir, un chant vibrant d'une humanité retrouvée.

Les nouvelles affluaient, comme un torrent irrésistible d'espérance. Des messages de soutien, porteurs de promesses et de courage, traversaient les frontières. Les dons, qu'ils soient vivres, matériaux ou simples mots d'encouragement, s'amassaient tels des offrandes à une cause commune. Mais au-delà des gestes matériels, c'était une humanité éveillée, unie dans un sursaut de conscience, qui tendait la main. Ce n'était pas seulement la Palestine qui recevait ces élans de solidarité, mais le cœur même de l'humanité, vibrant enfin à l'unisson.

Lorsque le soir tomba, enveloppant le camp d'un voile d'obscurité bienveillante, un feu central fut allumé. Ses flammes dansantes projetaient sur les visages fatigués une lumière douce, presque surnaturelle. Les ombres, d'habitude menaçantes, semblaient reculer devant cette chaleur collective, vaincues par la ferveur d'une assemblée unie. Au milieu de cette lueur vacillante, Abigael et Moussa prirent place, leurs visages illuminés par le jeu des flammes.

Moussa, les yeux empreints d'une sagesse au-delà de son âge, se leva. Il n'était plus seulement un enfant : il était devenu une voix, un symbole. Lorsque sa voix s'éleva, douce mais empreinte d'une force tranquille, un silence solennel enveloppa l'assemblée.

Les Hourim de l'innocence

— Ce soir, nous avons montré au monde notre véritable essence, dit-il, ses mots résonnant comme une prophétie. Nous avons levé le voile sur ce que certains s'évertuent à dissimuler. Mais demain, le véritable défi commence. Nous devrons reconstruire, non seulement des maisons et des écoles, mais aussi des cœurs, des espoirs, des ponts entre des mondes que tout semblait séparer. Chaque pierre que nous poserons sera un bastion contre la haine. Chaque parole que nous offrirons sera une prière ardente pour la paix.

Les flammes, comme pour saluer ses paroles, dansèrent plus haut, illuminant le visage d'Abigael. Ses yeux, pleins de larmes, brillaient d'une émotion pure, cristalline. Ce n'étaient pas des larmes de tristesse, mais celles d'une âme touchée par la beauté du moment, par la force qui émanait de cette unité inattendue.

— Nous ne sommes plus seuls, murmura-t-elle, sa voix à peine plus qu'un souffle, mais qui résonna dans le cœur de tous. Ses mains, délicates mais déterminées, trouvèrent celles des enfants à ses côtés, scellant une promesse silencieuse : celle de ne jamais laisser la lumière s'éteindre.

Dans l'ombre protectrice, le Gardien les observait avec une tendresse infinie. Il voyait en eux des âmes prêtes à porter le fardeau du monde. Il savait que des tempêtes viendraient encore, que le chemin serait parsemé d'obstacles, mais il savait aussi qu'ils étaient désormais armés d'une force que rien ne pourrait ébranler. Car la lumière qu'ils portaient en eux était éternelle, née du feu sacré des Hourim.

Non loin de là, dissimulé dans l'obscurité des ruelles désertes, le révérend s'éloignait. Sa silhouette, engloutie par les ténèbres, portait en elle une aura de menace silencieuse. Son esprit, infatigable et calculateur, tissait déjà de nouveaux stratagèmes, des ruses pour briser ce qu'il ne comprenait ni ne contrôlait. Il

Les Hourim de l'innocence

reviendrait, il le savait. Car pour lui, la bataille ne prendrait jamais fin. Mais ce qu'il ignorait encore, c'était que la lumière qu'il cherchait à étouffer ne résidait pas seulement dans ces deux enfants. Elle avait déjà commencé à s'étendre, embrasant d'autres âmes prêtes à défendre l'espoir, à protéger cette flamme inaltérable.

Autour du feu, les enfants levèrent les yeux vers le ciel étoilé. Sous cette voûte céleste, dans ce sanctuaire improvisé, régnait une harmonie rare, une promesse tacite. Tandis que les premières lueurs de l'aube effleuraient timidement l'horizon, le mot Hourim s'éleva, porté par le souffle du vent. Il n'était plus un simple mot : il était devenu un chant, un symbole, une étincelle immortelle. Il vibrait dans l'air comme une promesse inébranlable, éclairant un chemin que d'autres emprunteraient.

Ce mot, murmuré par des cœurs innocents, était désormais une flamme qui défiait les ténèbres, une lumière qui guidait l'humanité vers un futur où l'amour et l'espoir régneraient en maîtres.

Les Hourim de l'innocence

CHAPITRE VII

LE SACRIFICE DES ÉTOILES

« IL EST DES VIES QUI S'ÉTEIGNENT POUR QU'UNE MULTITUDE D'AUTRES PUISSENT BRILLER. »

Le jour naissait doucement sur la Terre Sainte, inondant Jérusalem de cette lumière dorée qui semble posséder une magie unique, un éclat à la fois ancien et éternel. Les premiers rayons du soleil effleuraient les pierres sacrées de la ville, caressant les murs empreints de prières murmurées à travers les siècles, réveillant des ombres qui semblaient encore garder les secrets des prophètes.

Les Hourim de l'innocence

Au loin, un cri solitaire retentit, celui d'un coq, s'élevant avec la solennité d'une proclamation venue d'un autre temps. Le son émergeait, pur et cristallin, comme s'il provenait du sommet du Dôme du Rocher, résonnant sur la ville et annonçant la naissance d'un jour nouveau. Ce cri perçait la fine membrane du silence de l'aube, tel un messager des cieux, porteur d'une promesse mystérieuse : la fin d'une ère et le début d'une autre. Il vibrait, imprégné d'une mélancolie indéchiffrable et d'un espoir naissant, comme une symphonie de renouveau.

Moussa et Abigael ressentirent cette onde subtile jusque dans les profondeurs de leur âme. C'était une vibration inexplicable, un murmure de l'univers qui s'insinuait dans leurs cœurs, se faufilant à travers les ruelles pavées et les pierres sacrées pour venir danser en eux, se confondant avec le battement de leur sang. Aujourd'hui n'était pas un jour ordinaire. Aujourd'hui marquait un tournant, une étape gravée dans le destin qu'ils partageaient. Ils célébraient leurs seize ans, un anniversaire tissé de souvenirs, de pertes, mais aussi de la promesse d'un avenir encore flou, mais terriblement précieux.

Nous étions le 2 février 2025, une date marquée d'une étrange signification. Un peu plus d'une année s'était écoulée depuis que le fracas des armes avait cédé la place à un silence précaire, une paix fragile que les Hourim avaient réussi à protéger avec une détermination farouche. Ce calme était comme un souffle suspendu, volé à l'éternelle furie qui menaçait toujours de revenir, mais qui, pour l'instant, n'avait pu percer la barrière de lumière dressée par ces enfants miraculeux. Malgré toutes les intrigues ourdies par les forces obscures, les embuscades perfides et les machinations subtiles des ennemis de la paix, la lumière de Moussa et Abigael continuait de briller, invincible et intacte, armée non pas de puissance brute, mais d'une pureté et d'un courage que le Gardien avait cultivés en eux.

Les Hourim de l'innocence

Ce jour-là portait un poids particulier pour Abigael et Moussa, un fardeau qu'ils ressentaient sans pouvoir l'expliquer. C'était le dernier jour où ils pourraient être en présence du Gardien. Comme il le leur avait annoncé, son devoir envers eux prendrait fin lorsqu'ils atteindraient l'âge de seize ans. Après ce jour, il disparaîtrait, et jamais plus ils ne pourraient voir son visage ni entendre sa voix bienveillante. Ce matin, il les conduisit une dernière fois à l'endroit où tout avait commencé, un lieu où le passé et le présent semblaient se superposer dans une harmonie secrète : sous les branches étendues de l'olivier centenaire. Cet arbre, témoin silencieux de tant de moments partagés, semblait les regarder avec une sagesse infinie, comme s'il comprenait ce qu'ils s'apprêtaient à perdre.

Le Gardien se tenait là, debout, ses yeux voilés par une tristesse qu'il ne cherchait plus à dissimuler. Ses traits, d'ordinaire impassibles, étaient marqués par une douleur douce et résignée. Ses mots pesaient lourd sur son cœur, et pourtant, il les laissa s'écouler comme une rivière qui se déverse pour la dernière fois.

— Mes enfants, murmura-t-il, sa voix empreinte d'une gravité presque sacrée, aujourd'hui est un jour d'une importance incommensurable, et cet endroit où nous nous trouvons est tout aussi sacré. Le destin, ce grand architecte de l'univers, vous a offert la liberté de tracer votre propre chemin, tout en vous guidant d'une manière subtile, comme un souffle insaisissable. Il n'y a rien de fortuit dans votre naissance le 2 février 2009. Le 2, 2, 2009… Ce ne sont pas de simples chiffres enchaînés par le hasard, mais une signature de l'univers, un code tissé dans la trame du temps. Additionnez ces trois 2, et vous obtenez 6, un chiffre équilibré et sacré. Éliminez les deux 0, et il vous reste ce 69, miroir cosmique de deux entités qui s'enroulent et s'unissent, des symboles de la dualité et de l'union parfaite, comme le yin et le yang qui se cherchent pour ne jamais se séparer.

Les Hourim de l'innocence

Il fit une pause, comme si le vent lui-même retenait son souffle.

— Le mois de février, reprit-il, est un mystère parmi les mois, un gardien du temps aux règles changeantes. Il oscille entre 28 jours, comme un poème incomplet, et 29 tous les quatre ans, comme une promesse de renaissance. Ce mois est un rappel que le temps n'est pas une ligne droite, mais un cycle, un souffle qui s'étire et se contracte. Il est la quintessence de l'imprévisible, l'essence même de ce qui rend la vie si rare, si précieuse. C'est le mois des secrets, celui qui garde en son sein la magie des choses uniques, des moments qui ne reviennent jamais de la même manière.

Il tourna les yeux vers eux, et dans son regard brillait une lueur étrange, presque divine.

— Si vous prenez ce 6 et ce 9, poursuivit-il, et que vous les allongez, les laissant se fondre l'un dans l'autre, ils forment le symbole de l'infini, ∞. Une boucle éternelle, la promesse que rien ne finit jamais, que tout se transforme, renaît, et revient sous une autre forme. Une assurance que le temps lui-même ne fait que changer de visage, qu'il est une mer d'éternité dans laquelle nous ne sommes que des vagues, apparaissant et disparaissant, mais jamais oubliées.

Il leva les yeux vers le ciel, où les premières lueurs de l'aube caressaient doucement l'horizon.

— Regardez autour de vous, murmura-t-il, ses paroles semblant se fondre dans le murmure du vent. Le cube est sacré pour les musulmans, un édifice solide et parfait, avec ses six faces tournées vers l'univers. Dépliez ce cube, et vous obtenez une croix, ce symbole de sacrifice et de salut cher aux chrétiens. Et l'étoile de David, formée de deux triangles inversés, pointe vers le ciel avec ses six sommets, un écho de sagesse ancienne, un rappel de la lumière et de la vérité. Chaque symbole est un fragment de la même histoire, celle de la communion entre le ciel

Les Hourim de l'innocence

et la terre, l'esprit et la matière. Ce n'est pas un hasard que vous soyez nés sous ces signes, dans ce moment précis.

Il laissa un silence s'installer, un moment suspendu, tandis que le vent se faufilait à travers les branches de l'olivier, comme un chuchotement venu des cieux.

— Vous faites partie d'un dessein qui dépasse votre compréhension, conclut-il, une histoire plus vaste que votre vie, plus grande que vos rêves. Tendez l'oreille, et peut-être entendrez-vous les secrets de l'univers, ceux qu'il vous a confiés, ceux qui vibrent dans l'air et résonnent dans vos cœurs. Vous êtes bien plus que ce que vous imaginez, bien plus que ce que vous croyez être.

Il leva la main et dessina dans l'air la forme de l'infini, comme un message muet, une bénédiction silencieuse. Ce geste, simple mais puissant, semblait dire que l'éternité était en eux, que leur destinée ne faisait que commencer, et qu'elle brillait d'une lumière que même les ténèbres ne pourraient jamais éteindre.

Il s'interrompit, laissant ses paroles se dissoudre dans le bruissement délicat des feuilles de l'olivier. L'air semblait chargé de mysticisme, comme si l'arbre lui-même, vieux témoin des secrets de l'humanité, comprenait l'importance de ce moment. Cet endroit, ce sanctuaire naturel, n'avait pas été choisi par hasard, et il fallait que Moussa et Abigael en prennent conscience.

— Ici, là où nous nous trouvons, poursuivit le Gardien, sa voix empreinte d'une gravité presque sacrée, c'est un lieu où le temps a plié le genou devant le divin. C'est ici que fut sacrifiée la mémoire de Jésus, un espace où l'éternité s'est imprimée dans la pierre. C'est ici aussi, où vos ancêtres, Adam et Ève, posèrent pour la première fois le pied sur la Terre, portant en eux le poids du destin de l'humanité. Et c'est ici, aujourd'hui, que vous devrez traverser une épreuve d'une grande pénibilité. Il ne m'est pas permis de vous révéler davantage, car la connaissance de ce qui vous attend pourrait modifier votre chemin, et votre destinée, aussi douloureuse soit-elle, doit encore s'accomplir et révéler un dessein bien plus vaste que ce que vous pouvez imaginer. L'avenir qui vous attend sera une toile aux couleurs contrastées, parfois peint de moments de pure lumière et de bonheur cristallin, mais aussi assombri par des douleurs qui vous déchireront l'âme.

Il inspira profondément, le souffle chargé de tristesse, comme s'il sentait l'ombre d'Iblis s'étendre déjà sur eux.

— Iblis est au courant de mon départ, reprit-il, et il est plus patient que les sables du désert, plus rusé que les vents changeants. Dès que je ne serai plus là pour vous protéger, il lancera ses légions contre vous, avec une précision et une ténacité implacables. Il vous traquera sans relâche, cherchant la moindre faille, et il en trouvera, car ce qui vous rend invincibles est aussi ce qui vous rend vulnérables : l'Amour. Cet amour qui a bâti des civilisations, mais qui a aussi vu des royaumes s'effondrer, est une arme à double tranchant. Il vous élève, vous rend forts, mais il vous expose également à des blessures profondes.

Il fit une pause, le regard voilé d'une émotion qu'il ne pouvait plus contenir. Ses yeux se posèrent tour à tour sur Moussa et Abigael, ces deux âmes entrelacées par un destin qu'ils ne comprenaient qu'à demi.

— Avant de vous quitter, mes enfants, je veux vous offrir un dernier conseil, dit-il, sa voix se fissurant sous le poids de l'affection qu'il leur portait. Vous avez seize ans, et jusqu'à présent, votre amour s'est exprimé à travers des regards, des caresses timides, une tendresse qui n'a jamais dépassé les frontières de votre innocence. Ce mur invisible qui a préservé votre magie n'est plus nécessaire. Aimez-vous, pleinement, sans

Les Hourim de l'innocence

crainte de souiller cette pureté. Revendiquez ce lien qui vous unit, vivez-le avec toute l'intensité qu'il mérite, car le temps, désormais, est votre plus précieux ennemi. Vous n'aurez d'autre choix que de vivre cet amour comme une étoile filante, avec une intensité qui traverse l'obscurité.

Il s'arrêta, submergé par une vague de tendresse. Ses mains tremblantes se posèrent doucement sur les épaules des deux adolescents, rapprochant leurs visages. Dans ce geste, il semblait vouloir transmettre toute la force et la bénédiction qui lui restaient.

— Ne craignez pas cette proximité, murmura-t-il, sa voix se brisant presque sous l'émotion. Laissez-vous aller à cette chaleur, à ce premier frisson qui danse le long de votre peau. Le premier baiser est un enchantement, une clé ouvrant des mondes inexplorés, un souffle de magie qui éveille votre âme et votre corps. Sentez vos cœurs battre à l'unisson, goûtez à cette union sacrée, car il n'y a rien de plus pur que deux âmes qui se rencontrent dans la tendresse. Ce geste que vous n'avez jamais osé accomplir est la plus belle des prières, une offrande à l'univers, un serment fait dans la lumière et l'abandon.

Il recula d'un pas, laissant l'amour prendre toute la place. Le silence, lourd de mystère, vibrait d'une énergie que l'on ne pouvait expliquer. Les yeux de Moussa et Abigael s'accrochèrent l'un à l'autre, et dans ce regard, il y avait une promesse plus ancienne que les étoiles, un lien forgé dans le feu des âges. Le monde semblait suspendu, le temps arrêté, et l'univers tout entier attendait, retenant son souffle, pour voir ce qui allait naître de cet amour béni et maudit, fragile et invincible à la fois.

Abigael rougit, ses joues s'embrasant de cette chaleur nouvelle qu'elle ne savait pas encore nommer. Ses yeux, d'abord baissés, trouvèrent le courage de se lever vers Moussa, et un sourire timide, mais empreint de détermination, éclaira son visage. Une promesse naissait dans ce simple geste, une promesse faite de mille non-dits, de rêves partagés et d'espoirs secrets. Moussa, de son côté, sentit ses propres mains trembler légèrement, une nervosité douce qui faisait écho à l'ouragan d'émotions qui le traversait. Pourtant, avec une tendresse infinie, il posa ses paumes sur celles d'Abigael, entrelaçant leurs doigts comme pour ancrer cet instant dans la réalité. Leurs fronts se rapprochèrent, leurs souffles se mêlèrent, et pendant un bref moment, le monde entier sembla se dissoudre autour d'eux, ne laissant que cet amour naissant, pur et éclatant.

Le Gardien détourna les yeux, non par pudeur, mais par respect pour ce miracle qu'il avait lui-même contribué à protéger. Il savait que cet amour, cette tendresse délicate et invincible, était un trésor que rien ne devait souiller. Ce moment leur appartenait, un fragment d'éternité à savourer loin des regards du monde, une flamme fragile mais magnifique, prête à lutter contre tous les vents contraires.

— Aimez-vous, murmura-t-il une dernière fois, sa voix si douce qu'elle se perdit presque dans le bruissement des feuilles de l'olivier. Car bientôt, le monde essaiera de vous voler cette beauté, de l'écraser sous le poids de la haine, de la peur et des ténèbres. Mais laissez vos cœurs se frôler sans crainte, vos mains se découvrir sans hésitation. Que la chaleur de votre amour soit un rempart, une lumière qui éclaire même les jours les plus sombres, une promesse que rien ni personne ne pourra éteindre. Vous êtes cette lumière, ce miracle que l'univers lui-même a voulu préserver.

Le vent s'éleva, faisant danser les feuilles dans un murmure mélancolique, comme un écho des voix du passé. Le Gardien les regarda une dernière fois, un sourire triste mais sincère étirant ses lèvres. C'était le sourire d'un parent qui voit ses enfants s'élancer

Les Hourim de l'innocence

dans l'inconnu, un sourire empli d'amour et de fierté, mais aussi de la douleur de les laisser partir.

— Vous comprendrez très vite, reprit-il, que malgré tout ce qui vous attend, vous serez toujours des vainqueurs, même dans vos chutes. Le combat sera rude, et il y aura des instants où vous souhaiterez tout abandonner, où le désespoir menacera de vous dévorer. Mais rappelez-vous : vous êtes comme deux forces inversées, des âmes qui s'enlacent et se complètent. L'une trouvera sa force dans la faiblesse de l'autre, et cette faiblesse se transformera en la puissance qui vous élèvera. Vous êtes un équilibre parfait, une danse vers l'infini, et c'est ensemble que vous triompherez.

Il les prit dans ses bras, les enlaçant comme s'il voulait graver ce dernier geste dans le tissu de l'éternité. Ses mains tremblaient légèrement, et une larme discrète glissa le long de sa joue, car son cœur était déchiré par l'amour et l'impuissance.

— Sachez, mes enfants, que si je m'en vais, ce n'est pas par lâcheté. C'est un choix déchirant, mais nécessaire. Je pars parce que je connais les épreuves qui vous attendent, et je n'ai pas la force de vous voir affronter ce que l'avenir vous réserve. Ce que vous allez vivre est bien au-delà de ce que je peux vous offrir, et je crains de voir la lumière en vous vaciller, même un instant. Mon départ est un acte d'amour, un sacrifice pour vous permettre de devenir ce que vous êtes destinés à être. Pardonnez-moi de vous laisser, mais souvenez-vous, toujours : mon amour sera là, invisible, un souffle de vent caressant vos visages, une étoile scintillant dans la nuit pour vous guider.

Il recula, les yeux brillants d'une émotion qu'il ne pouvait plus dissimuler, puis s'éloigna, laissant derrière lui l'écho d'une prière silencieuse, un vœu murmuré au ciel pour que la lumière de leur amour ne s'éteigne jamais.

Les Hourim de l'innocence

Avant de partir, le Gardien prit une dernière inspiration, ses épaules alourdies par l'imminence de l'adieu, son regard se posant tendrement sur chacun d'eux. Ses yeux brillaient d'une tristesse insondable, mais aussi d'une tendresse infinie, comme un parent qui contemple ses enfants pour la dernière fois avant un long départ. Il s'approcha, ses lèvres formant un léger tremblement avant de murmurer, sa voix à la fois douce et solennelle :

— Avant que je ne m'en aille pour de bon, je veux vous confier un dernier secret, un ultime refuge pour les jours sombres qui s'annoncent. Allez là où le temps s'arrête, près du Dôme du Rocher. Vous connaissez cet endroit, ce sanctuaire où les battements du monde s'apaisent, car vous seuls pouvez le voir et y accéder. C'est un espace hors du temps, un lieu où même les tempêtes du destin ne pourront vous atteindre. Tant que vous n'aurez pas franchi le cap de l'amour physique, les portes de ce sanctuaire resteront ouvertes pour vous. Ce sera votre abri, un havre où l'innocence conserve sa magie, où la pureté de vos cœurs maintient la lumière vivante. Mais, souvenez-vous, une fois ce cap franchi, ce lieu se refermera à jamais. Alors, il ne vous restera que votre amour et votre foi comme ultimes remparts face à l'obscurité.

Un silence dense, chargé de mystère et de gravité, s'installa, comme si le monde lui-même retenait son souffle. Le Gardien les observa longuement, mémorisant leurs visages, leurs regards, ces deux âmes qu'il avait protégées et guidées. Il s'avança pour les étreindre une dernière fois, ses bras se refermant autour d'eux avec une douceur presque désespérée, comme s'il voulait sceller ce moment dans l'éternité. Ses mains tremblaient légèrement, et sa voix, brisée par l'émotion, résonna comme un dernier serment :

— Je vous aime, plus que vous ne pourrez jamais l'imaginer. C'est cet amour qui me contraint à vous quitter, car mon devoir

Les Hourim de l'innocence

s'achève ici, mais le vôtre ne fait que commencer. Souvenez-vous de moi, non pas comme d'un protecteur qui vous abandonne, mais comme une présence éternelle qui continuera de veiller sur vous, invisiblement, dans chaque souffle du vent et chaque étoile scintillant dans le ciel. La lumière qui brille en vous est destinée à éclairer le monde, même lorsqu'il sera plongé dans la plus noire des nuits. Ne la laissez jamais s'éteindre, peu importe les épreuves.

Le Gardien se détacha d'eux avec une infinie délicatesse, et une larme, unique et pure, traça un sillon argenté sur sa joue avant qu'il ne se détourne. Abigael et Moussa le regardèrent s'éloigner, leurs cœurs lourds et engourdis par le poids de ce départ. C'était comme si une part de leur propre lumière s'évanouissait avec lui, laissant derrière elle une ombre palpable, une absence qui pesait sur leurs jeunes âmes. Une angoisse subtile les envahit, un frisson de peur de l'inconnu, de ce que l'avenir leur réservait. Mais, en même temps, il y avait une étrange quiétude dans les mots du Gardien, un espoir ténu, une promesse d'un chemin encore ouvert, d'un refuge encore accessible.

Quand le Gardien disparut, emportant son secret dans l'horizon doré, Abigael et Moussa se tournèrent l'un vers l'autre. Leurs mains se cherchèrent instinctivement, s'entrelacèrent, et c'est dans cette étreinte simple qu'ils trouvèrent la force de se tenir debout. Malgré l'absence déchirante de leur protecteur, ils sentaient que leur union était devenue leur bouclier, leur amour une lumière qui ne demandait qu'à grandir. Et tant qu'ils seraient ensemble, ils sauraient affronter les tempêtes, survivre aux ténèbres, et défendre cette lumière sacrée, même sans la protection visible de leur Gardien.

Ils retournèrent au camp, leurs cœurs légers, flottant dans cette douce anticipation propre aux jours d'anniversaire. Aujourd'hui était un moment à célébrer, une journée où la lumière pouvait

Les Hourim de l'innocence

éclipser l'ombre, ne serait-ce qu'un instant. Ce n'était pas seulement leur anniversaire, mais une occasion partagée avec tous les enfants, cette famille de cœur qui avait su tisser des liens indestructibles malgré les tempêtes. Jamais ils n'avaient souhaité s'isoler dans le luxe d'une grande maison ou dans le confort impersonnel d'un hôtel. Leur place, leur véritable foyer, se trouvait ici, parmi ceux qu'ils avaient promis de protéger, où chaque rire, chaque cri enfantin résonnait comme une symphonie de vie et d'espoir.

Le camp avait bien changé. Autrefois, il n'était qu'un lieu de détresse, un désert de poussière et de privations. Mais aujourd'hui, il avait évolué en un village vibrant, une oasis de chaleur humaine née de la générosité et de la volonté de survivre ensemble. Des fontaines d'eau potable jaillissaient désormais, symbole d'une promesse tenue. L'électricité éclairait les nuits, repoussant les ténèbres qui, autrefois, semblaient éternelles. Des salles d'étude avaient été bâties, abritant les rêves des enfants et offrant un espace où l'espoir pouvait être nourri, cultivé comme les fleurs fragiles d'un jardin résistant. Les terrains de jeux résonnaient de rires cristallins, cette innocence qui, malgré tout, refusait de mourir. Chaque instant passé là-bas était un miracle tissé de solidarité, un hommage à la beauté de l'humanité même au milieu d'un monde constamment en guerre.

Pourtant, même dans ce havre de paix, un venin insidieux se propageait, rampant dans l'ombre avec une patience maléfique. Abigael et Moussa ne savaient rien de la menace sourde qui s'intensifiait, du serpent venimeux qui se glissait dans les racines de ce qu'ils avaient aidé à construire. Le Houmas avait sournoisement infiltré le mouvement, détournant les généreuses donations destinées aux enfants. Les fonds se dispersaient en transactions secrètes, nourrissant un arsenal d'armes, bâtissant des troupes prêtes à raviver l'incendie de la guerre. À l'autre bout de l'échiquier, le gouvernement israélien renforçait ses propres

Les Hourim de l'innocence

défenses, élaborant ses stratégies avec une minutie implacable. Des agents, semblables à des taupes, s'étaient glissés dans les rangs des Hourim, cherchant la moindre faille, prêts à frapper lorsque le moment serait venu.

Et, au-dessus de ce chaos imminent, Iblis veillait, patient comme un prédateur invisible, une intelligence froide et calculatrice. Il était bien plus rusé que ces factions aveuglées par leur haine et leur soif de pouvoir. L'humiliation qu'il avait subie lors de ce débat public, cette blessure d'orgueil, continuait de ronger son âme. Mais il savait que la vengeance ne devait pas être précipitée. Détruire Abigael et Moussa n'était pas une simple question de les voir tomber. Non, il ne voulait pas les élever au rang de martyrs, car les martyrs inspirent, et les héros rassemblent des nations. Sa stratégie était bien plus subtile, bien plus cruelle : il voulait éteindre leur lumière, les voir se consumer de l'intérieur, les transformer en cendres vivantes, corrompre leur éclat jusqu'à ce qu'il ne reste plus que des ombres.

Il savait que le véritable triomphe serait de les voir se briser eux-mêmes, de les voir s'abîmer dans la désillusion, de les voir perdre la pureté qui faisait d'eux des symboles d'espoir. Il attendait, comme un rapace planant au-dessus de sa proie, prêt à fondre lorsque la moindre brèche apparaîtrait, prêt à les dévorer sans laisser de trace.

Il leur tendait une protection empoisonnée, les gardant en vie, les préservant des dangers les plus évidents, tout en cultivant l'illusion de leur sécurité. Iblis était un maître dans l'art des illusions, tissant autour d'Abigael et de Moussa un cocon protecteur, mais empoisonné. Il les enveloppait de sa fausse bienveillance, comme une araignée patiente tisse sa toile, sachant que chaque fil tendu se resserrerait un jour. Sa stratégie ne nécessitait pas la violence immédiate, mais une lente infiltration, la sape méthodique de leurs forces. Il savait que la patience était sa meilleure arme, car une fissure finit toujours par se former, même dans la forteresse la plus inviolable.

Il n'aurait qu'à attendre, à observer avec cette froide acuité de prédateur, guettant l'instant où la première brèche apparaîtrait. Comme un rapace, un aigle royal noir, il planait dans le ciel de leur existence, ses ailes massives obscurcissant la lumière, ses serres effilées prêtes à se refermer sur sa proie. Le temps jouait en sa faveur, chaque jour le rapprochant un peu plus de ce moment inévitable. Un jour viendrait, il le savait, où ces deux âmes, épuisées, privées de refuge, n'auraient plus aucun endroit sacré où se protéger, plus de Gardien pour les sauver.

Ce jour-là, pensait-il, serait son triomphe. Le jour où il éteindrait leur lumière, où les Hourim ne seraient plus qu'un écho, un souvenir poussiéreux balayé par les vents d'une nuit sans fin. Mais en attendant, il veillait, invisible, calculateur, prêt à frapper dès que la vulnérabilité s'ouvrirait à lui.

L'absence du Gardien avait laissé un vide immense, un gouffre béant qui se refermait lentement par une force magnétique irrésistible qui naissait entre Abigael et Moussa. Comme si, durant toutes ces années, le Gardien avait été le rempart subtil qui maintenait leurs âmes et leurs cœurs à distance, inversant leur attraction naturelle pour en faire un jeu d'équilibre et de retenue. Son départ avait brisé cette magie invisible, faisant tomber les murailles qu'il avait érigées entre eux. Désormais, une énergie nouvelle, une puissance gravitationnelle envoûtante les poussait l'un vers l'autre, comme deux astres destinés à se rejoindre dans un cataclysme cosmique.

Leur relation, autrefois empreinte d'une pudeur presque sacrée, commençait à se transformer en un feu brûlant qui les dévorait de l'intérieur. Chaque regard qu'ils échangeaient semblait déborder de sentiments non avoués, chaque sourire retenu

Les Hourim de l'innocence

dissimulait des émotions profondes, et chaque geste frôlant l'autre sans oser s'accomplir nourrissait cette flamme incandescente. Ils se trouvaient sur le fil d'un équilibre fragile, une ligne fine où l'innocence et le désir se chevauchaient dangereusement.

Le Gardien avait été, pour eux, un mur invisible, une barrière protectrice qui gardait intacte la pureté de leur lien, mais à présent, sans cette présence apaisante pour les contenir, la frontière de l'innocence se dissolvait comme un voile emporté par le vent. Ils ne pouvaient plus ignorer l'attraction magnétique qui les liait, cette force irrépressible qui transcendait le simple amour adolescent. Ils se découvraient, se frôlaient, leurs cœurs battant à l'unisson d'un rythme nouveau, celui d'une passion naissante, douce et effrayante.

Chaque instant qu'ils passaient ensemble s'intensifiait, devenant une danse enivrante de regards et de sourires, de gestes timides et de désirs croissants. Leur proximité faisait naître des frissons, éveillait en eux des sensations qu'ils n'avaient jamais connues, comme si la simple présence de l'autre réveillait des parties enfouies de leurs âmes. C'était une force qu'ils ne pouvaient contrôler, un envoûtement qui les attirait l'un vers l'autre, les conduisant, lentement mais inexorablement, vers un point de non-retour.

Alors, comme mus par un désir inconscient de se comprendre, de saisir cette force irrésistible qui naissait en eux, Abigael et Moussa se rendirent dans ce lieu magique, cet endroit où le temps se fige, où les lois de la réalité semblent s'effacer pour céder la place à l'inconnu. Ici, il n'y avait ni vent, ni feuilles, ni décor tangible. Tout semblait flotter dans un espace suspendu, une brume légère et irréelle qui recouvrait le sol comme une mer silencieuse, séparant ce sanctuaire du monde ordinaire. C'était un lieu hors du temps, un domaine de mystère où le présent s'éternisait, où l'innocence pouvait encore être préservée.

Ils se tenaient là, dans ce vide sacré, un espace chargé d'une énergie invisible, d'une puissance ancienne qui vibrait autour d'eux, comme des échos de secrets jamais révélés. Abigael et Moussa ressentaient tout cela jusque dans leur âme, cette aura enveloppante, protectrice et pourtant provocatrice, qui semblait sonder leurs cœurs et amplifier chaque émotion, chaque frisson.

Moussa s'arrêta un instant, le souffle coupé par l'intensité du moment. Son regard se posa sur Abigael, et il la vit d'une manière qu'il n'avait jamais vue auparavant. Elle se tenait là, baignée dans une lueur douce et éthérée, comme si elle était éclairée de l'intérieur par une flamme mystérieuse. Ses yeux, ces deux éclats d'univers infinis, brillaient avec une profondeur nouvelle, un mélange de peur et d'espoir, une étincelle d'amour naissant qui menaçait de la submerger.

Son cœur battait plus fort, résonnant dans ce lieu où chaque son semblait étouffé, où seule la vibration de leurs émotions avait le droit d'exister. Il s'approcha d'elle, et chaque pas qu'il faisait résonnait comme une promesse silencieuse, un engagement qu'il ne comprenait pas encore pleinement mais qui le consumait de l'intérieur. Une chaleur douce, envoûtante, s'éleva en lui, le submergeant. Sa main, tremblante mais déterminée, se leva pour effleurer le visage d'Abigael.

Ses doigts glissèrent le long de sa joue, une caresse si légère qu'elle semblait appartenir à un rêve. Ce simple contact éveilla en elle une vague d'émotions, un frisson délicat qui traversa son corps tout entier. Elle ferma les yeux, se laissant emporter, sentant son souffle se suspendre, captif de cet instant figé dans l'éternité. Ses lèvres tremblaient, son cœur battait avec tant de

Les Hourim de l'innocence

force qu'elle craignait de se briser, mais elle n'avait jamais connu une telle intensité, une telle vérité dans ce qu'elle ressentait.

Leurs regards se croisèrent à nouveau, se perdirent, puis se retrouvèrent, et ce fut comme si le monde entier s'était réduit à cet échange, à ce lien invisible et indestructible qui les unissait. Une tension magnétique flottait autour d'eux, palpable, presque suffocante dans sa douceur brûlante. Abigael sentit cette chaleur monter en elle, une chaleur qui lui donnait l'impression de se consumer, mais elle ne voulait pas lutter. Tout en elle lui criait de s'abandonner, d'embrasser cette force inconnue et puissante qui les liait.

Ils n'étaient plus que deux âmes flottant dans un espace où le temps ne comptait plus, où leur amour, si pur et inébranlable, les enveloppait et les protégeait. Et là, dans ce sanctuaire intemporel, ils se découvrirent, deux cœurs qui n'avaient plus de raison de se cacher, prêts à s'aimer au-delà des frontières de l'éternité.

Leurs souffles se mêlaient dans une danse sensuelle, créant une atmosphère vibrante, saturée de désir et de tension, comme si l'univers lui-même retenait son souffle en cet instant suspendu. Ils étaient si proches que l'air entre eux devenait électrique, une chaleur moite, oppressante, les enveloppant dans un cocon intime où chaque respiration de l'un se fondait dans celle de l'autre. Moussa plongea son regard dans les yeux profonds d'Abigael, cherchant une vérité qui n'avait jamais été révélée, une étincelle d'émotion qu'il sentait brûler sous la surface.

Sa main, tremblante d'un mélange de peur et de passion, s'éleva lentement pour effleurer la joue d'Abigael. Ses doigts glissèrent sur sa peau, la caressant avec la délicatesse d'une brise d'été, un contact si léger et pourtant chargé d'une intensité dévastatrice. Abigael sentit un frisson remonter le long de sa colonne vertébrale, chaque nerf de son corps s'éveillant sous cette caresse.

Les Hourim de l'innocence

Elle ferma les yeux, laissant ce plaisir pur et insoupçonné envahir tout son être, une chaleur douce et brûlante qui faisait battre son cœur à un rythme effréné.

Leurs fronts se touchèrent, et ce contact fit naître une proximité inédite, un lien palpable qui semblait fusionner leurs âmes. Abigael ouvrit les yeux, son regard voilé par un désir qu'elle ne pouvait plus réprimer, ses lèvres légèrement entrouvertes, offertes, tremblantes d'une envie qu'elle n'avait jamais osé imaginer. La main de Moussa glissa lentement derrière sa nuque, s'enroulant dans ses cheveux soyeux, et il la rapprocha encore plus, réduisant la distance qui les séparait en un souffle ardent.

Leurs corps se frôlèrent, et la sensation de cette chaleur partagée fit monter en eux une vague irrésistible de sensations, une onde de plaisir qui les laissait vulnérables et exaltés. Leurs poitrines se touchaient presque, et chaque battement de cœur semblait résonner en écho, comme un tambourinage d'adrénaline, une symphonie où leurs âmes chantaient à l'unisson. Abigael leva une main hésitante, la posant doucement contre le torse de Moussa, sentant la force de ses muscles, la chaleur de sa peau à travers le tissu fin. C'était une caresse pudique, mais qui attisait un feu intérieur, une flamme qui les dévorait lentement.

Leurs visages se rapprochèrent, et chaque centimètre franchi semblait étirer l'éternité, suspendant le temps dans une promesse à la fois douce et vertigineuse. Leurs lèvres se frôlèrent, si délicatement que ce simple effleurement déclencha une décharge de sensations en cascade, un frisson qui irradia dans tout leur être. C'était une caresse brûlante, un souffle partagé qui allumait en eux un désir inavouable, une force qui réclamait de s'exprimer, de briser les chaînes de leur innocence.

Et alors, ils s'abandonnèrent enfin. Leurs lèvres se scellèrent dans un baiser tendre et passionné, une union si parfaite qu'elle

Les Hourim de l'innocence

semblait défier les lois de la réalité. Ce n'était pas seulement un baiser, mais une étreinte de leurs âmes, un serment muet qui parlait de leur amour infini, inextinguible. Leurs bouches s'entrouvrirent avec hésitation, et leurs langues se cherchèrent, se trouvèrent dans une danse sensuelle, un échange qui révélait une vulnérabilité profonde et une passion encore plus grande.

Chaque mouvement, chaque frémissement de leurs corps amplifiait la magie de cet instant. Abigael sentit une chaleur envahir son ventre, un feu doux et lancinant qui se répandait dans ses veines, rendant ses membres faibles et son souffle haletant. Elle laissa échapper un soupir étouffé, son cœur battant avec une telle force qu'elle croyait qu'il allait exploser. Moussa resserra doucement son étreinte, sa main caressant le creux de son dos, explorant avec une délicatesse infinie la courbe de son corps. C'était un amour démesuré, un amour qui défiait la gravité, un amour qui les consumait et les élevait en même temps.

Leurs bouches ne cessaient de s'unir, de se redécouvrir, de goûter cette douceur divine, ce nectar angélique qui les laissait pantelants de plaisir, ivres d'une tendresse qu'ils ne maîtrisaient plus. Leurs souffles se faisaient courts, saccadés, et la tension entre eux montait en crescendo, un crescendo de passion si puissant qu'il semblait pouvoir fissurer l'univers. Ils étaient liés, enchaînés par ce baiser qui était tout, un baiser qui les redéfinissait, les transformait en un seul être.

Leur amour se faisait intense, palpable, une force magnétique qui les attirait l'un vers l'autre avec une puissance irrépressible. Et tandis qu'ils se perdaient dans cette union sacrée, il n'y avait plus de retour en arrière possible. Ils avaient franchi une barrière invisible, s'étaient découverts comme jamais auparavant, et dans ce baiser, ils savaient que leur amour était devenu quelque chose de plus grand, de plus profond, de plus inaltérable, un amour éternel, défiant le temps, défiant le destin.

Les Hourim de l'innocence

Abigael et Moussa n'en étaient qu'aux prémices, aux prémices d'une passion dévorante qui, pour l'instant, se matérialisait en baisers d'une intensité vertigineuse et en caresses si profondes qu'elles auraient pu faire trembler les montagnes les plus robustes. Chaque toucher, chaque frôlement éveillait des échos de désir, et leurs peaux frémissaient sous l'effet de ces sensations, comme si le feu sacré de la création se ravivait en eux. Leurs cœurs, en symphonie, battaient à l'unisson, pulsant d'une énergie vibrante, comme deux astres voués à se fondre en une étoile nouvelle. Les mains de Moussa, d'abord hésitantes, devenaient plus audacieuses, effleurant les contours d'Abigael avec une tendresse dévorante, déclenchant des vagues de chaleur qui s'épandaient sur leurs corps, élevant leurs âmes dans une danse infinie de sensations.

Abigael, elle aussi, sentait son être tout entier se consumer dans un brasier de désirs qu'elle n'avait jamais connus, une chaleur douce et envoûtante qui montait en elle, la rendant vulnérable et forte à la fois. Leurs lèvres se cherchaient, se trouvaient, se goûtaient, et chaque baiser volé semblait accroître ce lien mystique, cette promesse non dite mais gravée dans la chair de l'univers. C'était une magie ancienne, un élan vital qui les consumait et les nourrissait en même temps, les rendant accros à ce nectar interdit qui coulait désormais dans leurs veines.

Pourtant, dans l'ombre qui les enveloppait, une présence sinistre les observait, une malveillance qui attendait son heure. Iblis était là, patient comme un serpent enroulé, ses yeux rouges de désir malsain, prêt à frapper. Il connaissait les chemins secrets du cœur humain, et il savait que l'amour, aussi pur soit-il, pouvait devenir une faiblesse. Ce baiser n'était pas suffisant pour lui, pas encore. Ce qu'il convoitait, c'était la transgression charnelle, ce pas de plus où l'innocence serait irrémédiablement brisée, où leur amour s'embraserait dans une offrande interdite, un acte sacrilège qui

Les Hourim de l'innocence

les lierait à ses ténèbres. C'est ce qu'il attendait, avec une patience perverse, prêt à les pousser au bord de l'abîme.

Il voulait les corrompre, les amener à franchir cette frontière qui les préserverait de la chute, et il avait préparé son piège. Une fois cette frontière franchie, il se délecterait de les voir exposés, dénudés, non seulement dans leur intimité, mais dépouillés de la pureté lumineuse qui les protégeait jusqu'ici. Il rêvait de les voir écrasés sous le poids du jugement, le sien et celui de tous les autres, prêts à brandir la pierre de la condamnation. Car Iblis connaissait le poids des pierres. Chaque année, lors du pèlerinage du Hadj, il subissait cette lapidation symbolique par des millions de fidèles, mais ce n'était rien comparé au délice qu'il tirerait de leur chute.

Leur amour, aussi pur et intense qu'il fût, était pour lui un défi, un diamant brut qu'il souhaitait réduire en poussière. Mais malgré ses manigances, il ne pouvait ignorer la lumière qui continuait de briller en eux, une lumière si forte qu'elle défiait même ses ombres les plus noires. Une lumière qui, même lorsqu'elle vacillerait, ne s'éteindrait jamais complètement, car elle était le reflet de l'amour qui les unissait, un amour qui était plus grand que tout ce qu'Iblis pouvait comprendre ou anéantir.

Les jours s'égrenaient, et le mouvement Hourim grandissait, s'élevant tel un étendard d'espoir qui rassemblait de plus en plus d'âmes, semant la promesse d'un avenir meilleur au milieu des ténèbres. Les enfants riaient, les adultes trouvaient un semblant de paix, et le camp bourdonnait de vie et d'enthousiasme, comme une ruche en plein épanouissement. Mais, au cœur de cette effervescence, Abigael et Moussa s'étaient imperceptiblement éloignés, non par désintérêt, mais parce que quelque chose de plus puissant les happait, les enveloppait dans une bulle éthérée et envoûtante.

Les Hourim de l'innocence

Leur amour naissant était un secret délicieux, un murmure partagé entre deux âmes qui se découvraient avec une intensité presque sacrée. Ils se laissaient porter par ce lien, fait de baisers volés, doux et pressants, et de caresses discrètes qui laissaient sur leur peau une empreinte brûlante, comme une promesse d'éternité. Chaque rencontre était une symphonie de frôlements délicats, un ballet d'émotions qui ne franchissait jamais la ligne interdite, mais qui s'en approchait, tremblant d'impatience. Leur innocence résistait encore, telle une flamme vacillante, refusant de se laisser submerger par le désir, même si ce dernier les frôlait de ses doigts insidieux, les tentait à chaque regard.

Mais dans l'ombre, Iblis, le prince des ténèbres, observait. Il planait tel un vautour, patient et rusé, calculant chaque mouvement, chaque battement de leurs cœurs innocents. Il savait que la chute ne viendrait pas d'un coup de force, mais d'une tentation lente et insidieuse. Son plan se dessinait, sombre et perfide, avec la minutie d'un marionnettiste tirant les ficelles de son spectacle funeste.

Il manipula des journalistes influents, des voix qui résonnaient dans les consciences, et les poussa à orchestrer une gigantesque collecte de fonds. L'événement fut présenté comme une opportunité unique d'aider encore davantage les enfants démunis, un élan de générosité qui ne pouvait qu'attirer Abigael et Moussa. L'événement, de par sa noble cause, semblait inattaquable, irréprochable, une œuvre de bienveillance universelle. Mais derrière cette façade angélique se cachait le piège d'Iblis, une toile tissée pour capturer les cœurs les plus purs.

La campagne de collecte se déroulerait à Paris, la Ville Lumière, un lieu qui respire la beauté et l'enchantement, où chaque rue murmure des récits d'amour et de passion. Paris, cette ville envoûtante où les ponts suspendent des promesses éternelles, où les lumières des réverbères caressent les pavés avec une tendresse nostalgique. Iblis savait que l'atmosphère de cette ville magique, où l'amour flotte dans l'air, où les couples se retrouvent en secret pour échanger des baisers sous les étoiles, serait le décor parfait pour corrompre l'innocence des deux jeunes.

Le démon s'assura que leur séjour serait un rêve éveillé, un conte de fées moderne. Ils logeraient dans un hôtel somptueux, orné de drapés de velours rouge et d'éclairages tamisés, où chaque recoin chuchotait des promesses d'intimité et de séduction. Mais le détail le plus machiavélique de ce plan était la disposition des chambres : deux suites luxueuses, reliées par une porte communicante qui resterait entrouverte, une invitation silencieuse et dangereuse, une faille prête à être exploitée. Cette porte, si innocemment entrebâillée, était un symbole, un passage entre l'innocence et la tentation, entre la lumière et l'ombre.

Iblis se réjouissait d'avance, son esprit tordu se délectant de la vision de leurs cœurs vacillant, de la tension de leurs corps qui chercheraient à résister à l'appel irrésistible. Il ne voulait pas seulement les voir échouer ; il voulait les voir céder, s'abandonner à une passion qui les trahirait, une passion qui les livrerait aux griffes des ténèbres, rendant leur lumière vulnérable et prête à être éteinte.

L'atmosphère de Paris ferait le reste. Dans cette ville où l'amour semblait imprégner chaque pierre, chaque souffle d'air, les amoureux déambulaient main dans la main, s'embrassaient sous les réverbères comme si le monde leur appartenait, et leurs rires cristallins résonnaient dans les rues pavées, créant une mélodie enivrante. C'était une ville où les cœurs s'exprimaient sans retenue, et cette liberté décomplexée se chargerait de faire vibrer les cordes sensibles d'Abigael et Moussa, les incitant à explorer l'amour qu'ils avaient toujours préservé, tel un secret sacré.

Les Hourim de l'innocence

Dans l'ombre, Iblis perfectionnait son piège avec la minutie d'un maître stratège. Des caméras invisibles, camouflées dans les drapés luxueux de la chambre, attendaient patiemment l'instant fatidique, prêtes à capturer chaque frémissement, chaque regard volé, chaque mouvement qui pourrait sceller leur destin. Ce moment où leur amour innocent se transformerait, aux yeux de leur communauté, en une trahison impardonnable. Il savait que cette révélation, une fois diffusée, déclencherait un ouragan de condamnation, un lynchage médiatique d'une violence inouïe. Une tempête de haine suffirait à éclipser la lumière des Hourim et à redonner aux forces obscures la puissance qu'elles convoitaient depuis si longtemps.

Iblis, rusé et calculateur, jubilait déjà. L'idée de voir la pureté de ces deux jeunes âmes s'étioler, se fragmenter sous la pression d'un monde avide de scandales, le remplissait d'une satisfaction sinistre. Le piège était parfait, et le monde, dans sa frénésie, deviendrait un complice involontaire de sa machination ténébreuse, un public assoiffé de drame, prêt à voir s'écrouler des idéaux.

Autour d'Abigael et de Moussa, des voix sages, aimantes et pleines d'espoir, les poussaient à partir, à entreprendre ce voyage vers la France, ce pays qui avait vu naître tant de révolutions, de poèmes et d'histoires d'amour gravées dans l'éternité. « Allez, leur disaient-elles. C'est l'heure de partager votre lumière au-delà de vos frontières, de toucher d'autres vies, d'inspirer d'autres cœurs. Il est temps que le monde sente la chaleur de votre amour, que votre force aide des enfants ailleurs. » Emportés par l'excitation de la jeunesse, par la beauté de leur amour qui les éblouissait comme une étoile naissante, Abigael et Moussa se laissèrent convaincre, sans voir les ombres du piège qui se tissait autour d'eux.

Les Hourim de l'innocence

Mais avant de partir, un appel silencieux, impérieux, se fit entendre au fond de leurs cœurs. Comme un murmure venu de l'univers lui-même, il leur soufflait qu'ils devaient se rendre une dernière fois dans cet endroit magique, ce sanctuaire secret où le temps se suspendait. Cette caverne mystérieuse, enveloppée d'un silence sacré, où chaque murmure semblait se réverbérer à l'infini. C'était là que la magie de leur innocence avait toujours trouvé refuge, là que les lois de l'univers se pliaient devant leur pureté. Et aujourd'hui, il les appelait, peut-être pour leur offrir une ultime bénédiction.

Leur cœur battant à l'unisson, ils s'avancèrent dans ce lieu où tant de leurs secrets avaient été chuchotés, où la présence du Gardien s'était autrefois manifestée avec une douceur protectrice. Mais cette fois, ce qu'ils y découvrirent dépassa tout ce qu'ils auraient jamais pu imaginer.

Devant eux se tenaient trois figures majestueuses, venues des lieux les plus sacrés de Jérusalem : l'Imam de la grande mosquée Al-Aqsa, le Rabbin de la grande synagogue, et, debout en leur centre, le prêtre de l'église de Jérusalem. Ces trois hommes de foi, habituellement séparés par l'histoire et les croyances, se tenaient côte à côte, unis dans un même moment de transcendance. Leurs visages étaient empreints d'une admiration muette, comme s'ils comprenaient qu'ils étaient en train de participer à un miracle, un événement où l'amour et la foi se mêlaient pour former un langage universel, lumineux et sacré.

Il n'y avait aucune parole inutile, aucun geste déplacé. L'Imam et le Rabbin échangèrent un regard lourd de sens, une complicité née de la reconnaissance d'un dessein supérieur, d'une force bien plus grande que leurs différences terrestres. Quant au prêtre, il se tenait là, au milieu des deux autres, ses mains croisées sur sa poitrine, symbole de l'unité silencieuse qui transcende les siècles de séparation. C'était comme si ce moment appartenait à une

Les Hourim de l'innocence

autre dimension, un espace où les discordes humaines perdaient toute importance, où seules la lumière et la paix avaient leur place.

Ils comprirent que leur mission était sacrée : unir Abigael et Moussa, ces deux jeunes âmes pures, par les liens éternels du mariage. Orphelins des membres de leurs familles, ils allaient recevoir une bénédiction qui briserait les chaînes des préjugés et des divisions, unissant l'islam, le judaïsme, et le christianisme dans un serment d'amour et de réconciliation. Cette union représentait quelque chose de si simple, et pourtant si infiniment complexe, comme si l'univers lui-même avait œuvré pour que ce moment existe.

Abigael et Moussa, éblouis par la lumière de leur amour naissant, avancèrent l'un vers l'autre. Leurs cœurs battaient à l'unisson, et leurs mains tremblantes se cherchèrent, se trouvèrent, comme deux étoiles fusionnant pour former une constellation nouvelle.

À l'entrée de la caverne, un chien, majestueux et immobile, semblait veiller. Son regard, empreint de sagesse ancienne, reflétait une sérénité presque surnaturelle. Il n'était pas simplement là par hasard ; il était le gardien silencieux de ce sanctuaire, un protecteur discret dont la présence bénie rappelait les récits sacrés.

La caverne, loin d'être oppressante, les enveloppait, les isolant du reste du monde, témoin bienveillant de cet instant suspendu. Leurs regards se croisèrent, et une émotion si profonde les traversa qu'ils eurent l'impression que l'univers entier s'était arrêté pour les contempler, sous la garde vigilante de cet être fidèle à l'ombre des prophéties.

L'Imam, d'une voix grave et profonde, entama des prières en invoquant la bénédiction d'Allah, chaque mot résonnant comme un écho venu des cieux. Le Rabbin, dans une harmonie parfaite,

Les Hourim de l'innocence

entonna des paroles de la Torah, sa voix vibrante s'élevant comme une mélodie ancienne, riche de la sagesse de millénaires. Le prêtre, témoin sacré de ce moment divin, se tenait au centre, son regard levé vers le ciel, les mains posées sur son cœur, incarnant la foi qui transcende les clivages humains.

Les trois figures formaient un triangle sacré, une trinité terrestre qui semblait bénir l'union de Moussa et Abigael de toutes les forces de l'univers. Leurs mains entrelacées vibrèrent d'un frisson commun, et leurs âmes semblaient fusionner en une lumière unique, une flamme qui ne pourrait jamais s'éteindre. C'était un amour béni, sanctifié par trois religions qui se reconnaissaient, ne serait-ce qu'un instant, comme des branches d'un même arbre, un arbre aux racines divines.

Moussa sentit ses genoux fléchir sous l'émotion, mais Abigael le soutint, ses larmes de joie brillant comme des perles sacrées sur ses joues. Ce qu'ils scellaient n'était plus un simple amour adolescent, mais une promesse immortelle, un lien sacré qui défiait le temps, un engagement d'âmes qui, même face aux tempêtes à venir, ne faillirait jamais. C'était un moment où la magie, nourrie de leur pureté et de leur résistance, se faisait plus puissante que jamais, une bénédiction qui enveloppait leurs cœurs d'une lumière éblouissante.

Et tandis que l'Imam et le Rabbin achevaient leurs prières, et que le prêtre abaissait les mains dans un geste de bénédiction muette, Abigael et Moussa devinrent unis par un amour qui transcendait toutes les frontières. Ils avaient enfin un Nom commun, une identité divine qui leur donnait le droit de franchir la dernière frontière de l'amour, celle où même les étoiles, dans le ciel infini, s'inclinaient en hommage.

Et c'est ainsi qu'ils quittèrent cet endroit magique, leurs cœurs fusionnés pour l'éternité, bénis par une union que ni les ténèbres

Les Hourim de l'innocence

ni le temps ne pourraient briser. Leurs mains entrelacées semblaient scellées par une force invisible, un pacte que même l'univers reconnaissait. Ils étaient prêts à affronter le monde, porteurs d'une lumière que même Iblis, dans toute sa perfidie, ne saurait éteindre. Chacun de leurs pas était empli d'une certitude nouvelle, une foi en l'amour qui leur donnait des ailes et les rendait invincibles.

Devant le Créateur, Abigael et Moussa étaient désormais liés par des vœux que seuls les témoins de ce moment sacré connaissaient : l'Imam, le Rabbin, et le prêtre, gardiens silencieux de ce secret miraculeux. Leurs âmes, désormais entrelacées, brillaient d'une clarté pure, comme deux astres fusionnant pour illuminer le ciel. Et bien que l'ombre d'Iblis rôde, cette union, scellée dans un sanctuaire qui lui restait inaccessible, échappait à son regard malveillant. C'était un mariage invisible aux yeux du monde, un serment gravé dans l'éternité, loin des griffes du démon.

Mais Iblis, le maître des illusions, restait patient. Il se délectait à l'idée de les priver de ce dernier refuge, de ce sanctuaire où leur amour se protégeait encore de la tentation charnelle. Il ourdissait un piège plus grand, un dessein funeste pour les faire basculer. Il savait que la première fissure naîtrait de leur propre faiblesse, de cette passion qui les liait si profondément, mais qui restait vulnérable.

Puis le jour tant attendu arriva. Le soleil se leva avec une lueur dorée, baignant leur terre natale d'une chaleur douce, comme pour leur dire adieu. Pour Abigael et Moussa, c'était un moment rempli d'excitation et d'appréhension. C'était la première fois qu'ils allaient s'élever au-dessus des nuages, laissant derrière eux leur terre aimée pour découvrir un monde inconnu. La France, ce pays mythique où tant d'histoires d'amour avaient été écrites, les attendait, mystérieuse et prometteuse. Mais peu leur importait la destination : ils savaient que tant qu'ils restaient ensemble, leur

Les Hourim de l'innocence

amour resterait leur seul vrai foyer, un bouclier invincible contre tout mal.

Leur amour s'intensifiait jour après jour, tel un brasier ardent qui illuminait leur visage d'une lumière surnaturelle. Une aura dorée semblait émaner d'eux, captivant ceux qui les entouraient, comme si le simple fait de les voir suffisait à éveiller des âmes endormies. Leur éclat fascinait et troublait à la fois. Des foules s'agglutinaient autour d'eux, avide de cette magie qu'ils ne comprenaient pas mais qu'ils ressentaient dans chaque fibre de leur être. Des mains, des regards, des murmures les entouraient, tentant de les toucher, de s'approprier un fragment de cette lumière rare.

Mais cette attention commençait à peser lourd sur leurs épaules. Ce n'était plus seulement de l'admiration ; c'était une obsession collective, une adoration devenue presque idolâtrie. Cette dévotion exagérée, teintée d'envie, devenait un fardeau, étouffant leur amour pur dans un tourbillon de regards avides et de gestes intrusifs. Abigael et Moussa se sentaient prisonniers de ce jeu de miroirs que le monde leur imposait, un spectacle où ils étaient les protagonistes malgré eux.

Ils ne savaient pas que ce zèle débordant était un poison, distillé par Iblis pour les perturber. Des légions de fanatiques, invisibles à l'œil nu mais bien réelles, œuvraient dans l'ombre, envoyées par le démon pour empoisonner l'air autour d'eux. L'engouement qui les entourait n'était pas innocent : il était conçu pour les enivrer de flatteries, pour attiser en eux la vanité, pour les éloigner de leur simplicité sacrée. C'était une stratégie diabolique, minutieusement orchestrée, pour qu'ils se perdent dans leur propre reflet, pour qu'ils oublient l'essence de ce qui les rendait si uniques.

Les Hourim de l'innocence

L'amour, ce feu sacré qu'ils avaient préservé jusque-là, commençait à vaciller sous cette pression insidieuse. L'air se faisait plus dense, plus lourd, saturé d'une énergie qui cherchait à les consumer. Iblis, dissimulé derrière chaque ombre, attendait patiemment que la pureté de leur union vacille, que l'orgueil et le doute viennent ternir l'éclat de leur amour. C'était une lutte invisible, un combat que seuls eux pouvaient remporter, s'ils restaient fidèles à eux-mêmes et à la lumière qui brillait en eux.

À leur arrivée à Paris, un tumulte les submergea. Une horde de journalistes, venus des quatre coins du monde, les attendait, avides de capturer chaque fragment de leur existence comme des chasseurs affamés traquant une proie précieuse. Les flashs des caméras éclataient en une constellation d'éclairs éblouissants, comme des étoiles dévorantes, illuminant la nuit de ce Paris effervescent. Les micros, tendus comme des armes, cherchaient à pénétrer leur intimité, à extirper la moindre émotion, la moindre vérité cachée derrière les sourires de façade. Les questions fusèrent, perfides et affûtées, cherchant la faille, la vulnérabilité qui pourrait révéler la part d'ombre sous leur lumière éclatante.

Dans l'ombre des grands édifices parisiens, des paparazzis guettaient, invisibles et redoutables, prêts à capturer le moindre faux pas. Leur espoir résidait dans un moment d'inattention : un éclat de colère, un sourire qui trahirait une fierté mal dissimulée, un signe d'orgueil naissant. Chaque geste, chaque expression devenait une cible, une occasion d'alimenter le feu médiatique qui ne demandait qu'à s'embraser.

Avant même de poser leurs valises, ils furent escortés jusqu'à l'Élysée, où le président et son épouse les attendaient avec une révérence digne de souverains. La scène était grandiose, une mise en scène presque irréelle, où toute la bourgeoisie parisienne se pressait pour les voir, pour se rapprocher de cette lumière qui

Les Hourim de l'innocence

semblait émaner d'eux. Mais derrière chaque sourire, chaque regard admiratif, les sbires d'Iblis se dissimulaient, œuvrant avec une patience diabolique pour accomplir leur mission perfide. Ils manipulaient les événements comme des marionnettistes, rendant tout parfait en apparence, mais empoisonné dans l'intention.

Iblis avait tout orchestré pour raviver le feu des passions juvéniles qui brûlaient en Abigael et Moussa. Chaque détail, chaque rencontre, chaque situation était finement calculée pour les pousser au bord de la tentation. La veille de leur apparition en direct à la télévision, tout avait été prévu pour qu'ils cèdent enfin à ces pulsions si longtemps réprimées, qu'ils franchissent cette ligne ultime et scellent leur perte. C'était une mise en scène machiavélique, un piège tissé de désirs interdits, de séduction et de promesses empoisonnées, où l'innocence risquait de se consumer dans les flammes.

Paris, cette ville magique où chaque rue murmurait des poèmes d'amour, devint un théâtre ensorcelant où Iblis jouait sa pièce avec une perfection démoniaque. Pendant qu'ils se promenaient dans les rues pavées et illuminées, de jeunes couples, soigneusement choisis et placés sur leur chemin, semblaient vivre des passions sans entrave. Ces faux couples, de toutes ethnies, s'embrassaient langoureusement, se caressaient avec une tendresse décomplexée, affichant un amour qui ne se cachait pas, qui se revendiquait avec fierté. Ils semblaient vouloir crier au monde que l'amour ne connaît ni règles ni frontières, que le cœur n'obéit qu'à ses propres lois.

Pour Abigael et Moussa, ce déploiement de liberté était aussi fascinant que déroutant. Ils venaient d'une culture où l'amour, ce trésor secret, ne se dévoile jamais en public. Dans leur pays, les gestes d'affection étaient cachés, protégés du regard des autres, car une caresse ou un baiser échangé en pleine rue pouvait attirer

Les Hourim de l'innocence

l'insulte, le mépris, voire la violence. Là-bas, l'amour se murmurait dans l'ombre, se devinait derrière des sourires furtifs, des regards voilés, une pudeur préservée comme une armure de protection. Montrer son amour au grand jour relevait de l'interdit, d'une audace risquée qui pouvait briser des vies.

Mais ici, à Paris, tout semblait inversé. La pudeur n'avait plus de limites, et les corps s'affichaient avec une audace troublante. Des tenues vestimentaires osées laissaient peu de place à l'imagination, et l'amour, qu'il soit hétérosexuel ou homosexuel, se revendiquait sans honte ni peur, se déployant comme une bannière de liberté. Cette différence culturelle les frappait de plein fouet, les plongeant dans une sorte de vertige où tout semblait possible, où la ligne entre l'interdit et le permis se brouillait. Abigael et Moussa, pour la première fois, observaient ces libertés avec un mélange d'admiration et de confusion, se sentant à la fois attirés et déstabilisés par cet univers où l'intimité ne connaissait plus de frontières.

Le parfum de Paris s'imprégnait d'une sensualité omniprésente, une fragrance enivrante qui s'insinuait dans l'air, dans chaque murmure, dans chaque rire qui résonnait sous les ponts anciens. Iblis avait façonné ce décor avec une précision redoutable, un tableau où chaque détail conspirait à leur perte, où chaque ombre chuchotait à l'oreille de leur innocence, la séduisant, la tentant de céder à l'appel du désir. Il savait que la lumière pure attire toujours les ténèbres, et il comptait bien la faire vaciller.

Paris vibrait d'une ferveur inouïe. Partout, dans chaque rue, chaque avenue, résonnaient les cris d'enfants scandant inlassablement le nom « Hourim ! ». La ville, habituellement si affairée, s'était transformée en un théâtre vibrant d'âmes venues de toute la France. Des foules immenses s'étaient amassées, une marée humaine animée par un espoir fébrile, des millions de cœurs unis par l'envie d'apercevoir ne serait-ce qu'un instant les

Les Hourim de l'innocence

deux jeunes héros, ces figures presque mythiques d'une génération assoiffée de lumière et de renouveau. Des célébrités, des politiciens influents, des magnats de la finance, tous s'étaient mêlés à cette vague d'adoration, cherchant à se rapprocher d'eux, à capturer une parcelle de leur éclat dans un simple cliché.

Et pourtant, pour Abigael et Moussa, cette débauche de lumières et de splendeur semblait creuse, étrangère, presque suffocante. Leurs cœurs, façonnés par des valeurs simples et profondes, peinaient à trouver leur place dans ce décor saturé de matérialisme et de superficialité. Habitués à une existence dépouillée du superflu, où chaque objet avait un sens et chaque instant était imprégné d'une signification essentielle, ils se sentaient prisonniers d'une opulence qui leur était aussi étrangère qu'un rêve insensé. Tous ces bâtiments grandioses, cette architecture alambiquée, ces gratte-ciels défiant le ciel, et cette Tour Eiffel, colosse de métal tentant d'atteindre les nuages, n'avaient pour eux que peu de valeur comparée à la simple beauté de leur olivier centenaire, là-bas, chez eux. Cet arbre, témoin d'innombrables générations, portait en lui l'histoire de leur peuple, l'odeur des ancêtres qui avaient façonné ce monde et dont l'héritage vivait encore dans chaque souffle de vent.

Rien ne pouvait rivaliser, à leurs yeux, avec la magie de ces souvenirs d'enfance, des après-midis passés à faire voler un cerf-volant dans le ciel de leur terre natale, une terre imprégnée de racines profondes qui les reliaient à leur essence, leur humanité. Contrairement aux tours modernes qui s'étiraient vers les cieux, cherchant à défier les dieux et à se perdre dans les brumes d'un futur incertain, leur dôme sacré avait su traverser les âges, gardant intacte la mémoire des siècles passés. Pour Abigael et Moussa, cette connexion à la terre, cet enracinement, représentait l'essence même de la vie. Tout ce faste, tout ce clinquant, ces richesses accumulées, n'étaient qu'une illusion, une manière de

Les Hourim de l'innocence

s'éloigner de ce qui compte vraiment, de se déconnecter des valeurs simples qui font vibrer le cœur humain.

Fatigués de ce déferlement de luxe et d'extravagance, épuisés par la frénésie de leur long voyage et cette première journée bouleversante, ils décidèrent de retourner à l'hôtel pour enfin trouver un peu de calme. À leur arrivée, le directeur de l'hôtel les attendait, empressé et souriant. Il les accueillit avec tous les honneurs, s'inclinant légèrement pour leur remettre les clefs de leurs suites. « Vous verrez, » leur dit-il avec une politesse exquise, « ces suites sont les plus belles de tout l'hôtel, et elles sont communicantes. Si jamais l'envie vous prend de vous dire bonne nuit, ou de partager une tisane en toute discrétion, la porte sera ouverte. » Il leur tendit alors deux clefs argentées. Abigael logerait dans la suite numéro 6, et Moussa dans la numéro 9, deux chiffres que le destin semblait s'amuser à semer sur leur chemin, deux symboles entremêlés qui, même couchés l'un contre l'autre, ne formaient rien de moins que l'éternité.

Dans leurs suites somptueuses, chaque détail semblait avoir été choisi avec une intention presque surnaturelle. Des bouquets de roses rouges, symbole de passion ardente, se dressaient fièrement dans de grands vases de cristal, leur parfum capiteux flottant dans l'air comme une promesse d'amour interdit. Des pétales délicatement dispersés tapissaient le sol et les draps de leurs lits, formant un chemin floral menant vers l'inconnu, comme des fragments d'un rêve qui les invitaient à se perdre. Une douce lumière tamisée baignait la pièce, projetant des ombres dansantes qui se mêlaient à une brume d'encens envoûtant, enveloppant chaque recoin de ce lieu dans une atmosphère de mystère et de tentation.

Sur la table basse, un festin d'opulence les attendait : des douceurs sucrées et salées aux formes exquises, des coupes remplies de jus de fruits aux couleurs éclatantes, des arômes qui

Les Hourim de l'innocence

semblaient les appeler à se laisser aller, à savourer chaque instant comme un avant-goût d'une sensualité encore inexplorée. L'air était agréablement frais, incitant leur peau à frissonner, un prétexte presque innocent pour que leurs corps cherchent cette chaleur qu'ils ne pouvaient ignorer. Et puis, il y avait cette porte.

Cette porte en verre épais, séparant leurs deux suites, était plus qu'une simple barrière physique. Elle était un seuil, un passage entre l'innocence et la tentation, entre ce qu'ils étaient et ce qu'ils pourraient devenir. Le verre, bien que mat, laissait transparaître des ombres mystérieuses, des silhouettes floues qui semblaient jouer à un jeu d'attraction et de distance. Elle avait l'apparence d'une porte qui s'ouvrait sur l'éden, mais aussi d'un piège qui promettait un paradis fragile, un espace où le moindre faux pas pouvait les précipiter dans l'inconnu.

Moussa, son cœur battant comme un tambour sacré, avança vers la porte et posa une main tremblante sur la poignée. De l'autre côté, Abigael, comme connectée à lui par un fil invisible, fit de même. Dans un geste synchronisé, ils ouvrirent leurs portes, et le temps sembla suspendu, comme s'il retenait son souffle. Leurs regards se croisèrent, un échange muet mais chargé de mille émotions, un dialogue silencieux où chaque pensée, chaque désir se lisait dans leurs yeux.

Ils restèrent ainsi, figés dans cet instant, chacun de leur côté, observant l'autre avec une intensité qui transcendait les mots. Ils étaient comme deux chiffres inversés, comme ce 6 et ce 9 qui, dressés vers le ciel, formaient un 99 parfait, un symbole de transparence et de vérité, une promesse d'amour pur et sincère. Pourtant, quelque part dans l'ombre, Iblis les observait, prêt à tout pour les détourner de ce chemin lumineux. Il rêvait de faire basculer ces chiffres, de les transformer en un 66 mystérieux, un nombre empreint de chaleur sensuelle, de mysticisme sombre, prêt à les envoûter dans sa spirale de tentation.

Les Hourim de l'innocence

Ils se tenaient au seuil de cette limite invisible, là où le tapis de la première suite touchait celui de la seconde, une frontière subtile, presque symbolique, marquant le dernier espace qui séparait encore leurs mondes. Leurs regards se cherchaient, se trouvaient, et dans cet échange, une tension douce mais dévorante s'installait, emplie de désir, de crainte et d'un amour profond.

Abigael, le souffle court, sentit son cœur tambouriner contre sa poitrine. Ses joues étaient brûlantes, ses mains moites d'émotion, tandis qu'elle contemplait Moussa. Il était là, devant elle, l'amour de sa vie, son éternité. Leurs âmes s'étaient trouvées depuis longtemps, mais maintenant, c'étaient leurs corps qui réclamaient de se rapprocher, de franchir ce pas décisif qui les entraînerait dans un monde nouveau, un monde d'adultes, où l'innocence se métamorphose en une passion plus tangible.

Moussa sentit ses pensées s'embrouiller, son cœur battant à l'unisson du sien. Il fit un pas en avant, réduisant encore la distance entre eux, sa main s'élevant pour effleurer la joue d'Abigael avec une tendresse infinie, presque sacrée. Ses doigts glissèrent doucement sur sa peau, déclenchant une cascade de frissons, comme des vagues de chaleur qui se propageaient en eux, les rendant à la fois fébriles et impatients.

— Abigael, murmura-t-il, ma chère et tendre épouse, depuis ce jour où nous avons été unis sous le regard bienveillant de l'Imam de la grande mosquée Al-Aqsa, dont la sagesse et la dévotion ont inspiré des générations de fidèles ; du Rabbin de la grande synagogue de Jérusalem, un homme dont chaque parole semblait tissée d'anciens secrets, porteur d'une sagesse ancestrale ; et du Prêtre de l'Église du Saint-Sépulcre, une figure de paix, gardien des mystères du christianisme et témoin silencieux de notre amour. Ce jour-là, dans ce lieu où le temps s'arrête, nous avons échangé un baiser éternel, un souvenir que je chéris plus que tout.

Les Hourim de l'innocence

Mais soudain, une ombre traversa l'esprit de Moussa. Une intuition glaçante s'imposa à lui, comme si une présence invisible avait écouté chacun de ses mots. Il comprit alors, avec une clarté douloureuse, qu'il avait commis une erreur. Dans sa déclaration d'amour sincère, il avait oublié la vigilance que leur situation exigeait. Iblis, toujours à l'affût, n'avait pas laissé passer cette occasion. Déjà, dans l'ombre, il tissait ses plans, prêt à exploiter cette faiblesse pour semer le doute et la discorde.

Il s'interrompit, ses yeux se perdant dans ceux d'Abigael, avant de poursuivre, la voix brisée par l'émotion.

— Mais aujourd'hui, le destin nous invite à franchir cette limite. Pourtant, avant de le faire, je me rappelle que c'est toi, il y a cinq ans, qui avais fait le premier pas. Toi, petite fille courageuse, qui avais brisé le silence de ce jour ensoleillé pour m'offrir la ficelle de ton cerf-volant. Tu m'avais invité à partager ton ciel, à voler avec toi, main dans la main, me donnant la possibilité de toucher les nuages, de ressentir la liberté d'un vent sans entrave. Et maintenant, c'est moi qui désire t'offrir les cieux, te guider dans un envol plus grand, plus profond, un ciel où nos âmes et nos corps ne feraient plus qu'un.

Abigael, les yeux embués de larmes, sentit la profondeur de ce souvenir remonter à la surface. Elle se souvenait de ce jour comme si c'était hier, ce moment où elle avait tendu la main vers lui, brisant la barrière de la timidité pour inviter Moussa dans son monde d'enfance, son monde d'innocence. Et maintenant, elle se tenait devant lui, la jeune femme qu'elle était devenue, pleine d'un amour immense.

— Moussa, dit-elle d'une voix douce mais chargée de passion, tu es tout ce qu'il me reste, tout ce que j'ai. Mon amour pour toi n'a jamais eu besoin de mots pour s'exprimer, car il est au-delà des mots. Mais je sais une chose : cet amour que nous partageons est infini, comme ce cerf-volant que je t'avais donné. Aujourd'hui, c'est ton tour de me prendre la main, de m'emmener voler dans un ciel sans fin. Oui, j'ai peur, comme toi, de ce qui nous attend au-delà de cette frontière, mais je sais que c'est un pas que je veux faire. Avec toi. Pour toi.

Les larmes roulaient doucement sur ses joues, mais elles n'étaient pas de tristesse ; elles étaient l'expression d'un amour pur, sincère, et brûlant. Moussa, ému jusqu'au plus profond de son être, se rapprocha encore, ses mains enveloppant le visage d'Abigael avec une douceur infinie.

— Abigael, dit-il, d'une voix où perçait un mélange de désir et de tendresse, laisse-moi être celui qui te guide à travers ce ciel. Mon silence a toujours parlé pour moi, mais ce soir, je veux que mes gestes t'expriment ce que je ressens. Prends ma main, et que cet amour soit notre envol, un cadeau que même le Gardien n'aurait pu nous refuser.

Ils le savaient tous les deux : ce moment était une épreuve, une tentation savamment orchestrée par Iblis, qui guettait dans l'ombre, espérant qu'ils succomberaient. Mais en cet instant, un sentiment de triomphe les envahit. Car même si Iblis avait ourdi ce piège, même s'il avait placé chaque élément pour qu'ils se perdent dans la tentation, Abigael et Moussa voyaient en cette nuit quelque chose de bien plus grand, de bien plus lumineux. C'était un présent du Gardien, un dernier cadeau laissé pour déjouer la malice d'Iblis, qui, une fois de plus, se voyait ridiculisé. Le démon avait voulu enflammer leur désir pour les perdre, mais c'était ce même désir qui les unissait plus profondément encore, dans une lumière qui repoussait l'ombre, un amour que rien ni personne ne pouvait ternir.

Leurs cœurs battant à l'unisson, Abigael s'approcha encore, et cette fois, il n'y avait plus de barrières, plus de doutes. Leurs

Les Hourim de l'innocence

lèvres se rencontrèrent dans un baiser empreint de toutes les promesses, de tous les souvenirs et de tout l'amour qu'ils avaient gardé en eux depuis ce jour où ils avaient partagé ce cerf-volant. Ce baiser, loin de leur innocence passée, était un acte de dévotion, un amour infini qui les liait plus fort que jamais, les emportant vers un ciel qu'ils n'avaient encore jamais exploré, mais qu'ils étaient prêts à conquérir ensemble.

À cet instant, une lumière éclatante jaillit, émanant de leur union, si pure et puissante qu'elle aveugla les caméras dissimulées autour d'eux. Comme si elles obéissaient à un ordre céleste, les caméras, témoins involontaires de cet amour sacré, semblèrent se détourner, respectant une pudeur imposée par des forces bien au-delà de ce monde. Même la technologie, en cet instant, reconnaissait la sanctité de leur lien, se pliant à la volonté d'une vérité universelle : certains moments ne peuvent être profanés.

Moussa, jeune et fort, prit Abigael dans le creux de ses bras, son geste empli de douceur et de protection. Il la souleva avec une délicatesse infinie, comme s'il portait dans ses bras toute la tendresse et la fragilité de l'univers. Chaque mouvement était précis, chaque pas semblait chargé d'une tendresse vibrante, et l'atmosphère autour d'eux semblait s'épaissir, saturée de l'intensité de ce moment unique. Il la déposa délicatement sur le lit, le cœur battant à tout rompre, sentant dans chaque fibre de son être le poids de ce moment si attendu.

Abigael, le souffle court, se redressa pour s'asseoir, et avec un geste empreint de confiance mêlée de timidité, elle posa sa tête contre le ventre de Moussa, son oreille contre son cœur. Elle pouvait entendre ce tambour fou, cette symphonie de battements qui résonnaient comme un écho du sien, et elle le serra fort, ses bras tremblant d'émotion, mais pas de peur. C'était une réaction chimique, une danse naturelle où l'œstrogène et la testostérone se mélangeaient, éveillant des sensations brutes et profondes.

Les Hourim de l'innocence

Leurs regards se croisèrent, et dans les yeux d'Abigael, Moussa pouvait voir un tourbillon d'émotions : de la passion, de l'amour, mais aussi un désir intense qu'ils n'avaient jamais osé exprimer pleinement. Elle leva les yeux vers lui, et avec une lenteur exquise, elle commença à déboutonner sa chemise, ses doigts effleurant sa peau tendue, réveillant des frissons incontrôlables. Moussa sentait une chaleur monter en lui, une chaleur qu'il ne pouvait plus ignorer. Tous les poils de son corps se redressaient, vibrant de ce contact, comme des gardes saluant l'arrivée d'une force divine.

Il essayait de contenir la tumescence qui se formait naturellement, ce réveil de son corps qu'il ne pouvait contrôler. Mais ce désir, cette pulsation vive dans son bas-ventre, ne faisait que grandir sous les caresses légères d'Abigael. Elle le sentait aussi, et ce savoir éveillait en elle une chaleur qui se répandait dans ses veines, un feu doux et brûlant à la fois. Elle poursuivit, faisant glisser la chemise de ses épaules, ses mains caressant la peau tendue de ses bras, musclée mais douce, comme si elle voulait graver chaque sensation dans sa mémoire.

Abigael se rassit, son visage rougi par l'émotion et la passion, et avec un geste délicat, elle fit glisser ses doigts le long de la ceinture de son pantalon, ses mains tremblantes d'un mélange de désir et de frénésie. Moussa, malgré lui, sentait sa respiration s'accélérer, son cœur battre plus vite, alors que l'air autour d'eux semblait chargé d'électricité. Il tentait de se concentrer, de ralentir cette montée de sensations, mais c'était impossible. Abigael, avec son regard plein de douceur et de feu, lui donnait le vertige, et cette éclosion de désir en lui n'était plus qu'une certitude, une force qui se réveillait irrésistiblement.

Lorsqu'Abigael se releva pour se déshabiller elle-même, elle le fit avec une grâce et une sensualité naturelles, prenant son temps pour que chaque geste soit un acte d'amour. Elle fit glisser sa

Les Hourim de l'innocence

robe, le tissu caressant ses courbes avant de tomber en douceur à ses pieds. Elle se tortilla légèrement, ses hanches dessinant un mouvement envoûtant, et Moussa ne pouvait plus détourner les yeux. Chaque détail de son corps nu était une révélation, un miracle qu'il avait attendu, et il sentait la sueur perler sur sa peau, des gouttes brûlantes qui traduisaient la montée de son désir.

Abigael, consciente de la tension qui montait, guida les mains de Moussa vers elle, et bien qu'il soit paralysé par l'intensité du moment, elle reprit doucement les devants. Elle dégrafa son soutien-gorge, et sa poitrine se révéla, ses seins tremblants légèrement sous l'effet de l'émotion. Il ne restait plus qu'un dernier vêtement entre elle et cette intimité ultime, et elle le retira avec une lenteur presque insoutenable, se dévoilant entièrement, dans la tenue de la naissance, pure et vulnérable.

Ils étaient désormais face à face, nus et vulnérables, mais plus forts que jamais. Leurs corps s'attiraient comme deux astres destinés à fusionner, et lorsqu'ils se rapprochèrent, le contact de leurs peaux nues créa une déflagration de sensations, une extase qui les consuma de l'intérieur. Leurs baisers devinrent plus profonds, leurs caresses plus pressantes, et sous la couette moelleuse, ils se perdirent dans une danse d'amour et de passion, une union sacrée où chaque geste était une offrande, un acte de foi en cet amour qu'ils partageaient.

Cette nuit devint un instant suspendu, une éternité où leur amour trouva son accomplissement, leur innocence se transformant en une beauté nouvelle, un amour plus mature, plus puissant, qui leur donna la force de croire que même Iblis ne pourrait jamais éteindre cette lumière.

Au petit matin, Abigael et Moussa s'éveillèrent enveloppés par une lueur douce, presque divine, comme si la nuit avait gravé en eux un éclat nouveau. Ils donnaient cette impression de se sentir plus forts, plus vibrants, et encore plus lumineux. Leur amour n'était plus seulement un lien, mais une fusion éclatante de leurs âmes. Ils avaient transcendé leurs énergies individuelles pour en créer une seule, un halo de lumière d'une pureté inégalée, qui irradiait autour d'eux comme un bouclier invisible. Leurs corps avaient trouvé l'unisson, leurs cœurs battaient d'une même cadence, et leurs âmes dansaient désormais ensemble dans une harmonie presque cosmique, une alchimie sacrée qui ne pouvait être ébranlée ni par le temps, ni par la peur.

Leur union les avait transfigurés, faisant naître en eux une force presque surnaturelle, une énergie qui semblait défier la gravité du monde et les protéger de l'obscurité qui cherchait sans cesse à les engloutir. Ce n'était pas seulement l'amour physique qui avait tissé cette puissance nouvelle, mais l'union de leurs esprits, la connexion de leurs cœurs, et l'entrelacement de leurs destinées. Ils étaient devenus un, dans la chair comme dans l'âme, et cette unité les rendait plus résilients, plus lumineux, comme si le Créateur lui-même avait apposé sur eux sa bénédiction éternelle.

Cependant, dans l'ombre de cette clarté nouvelle, Iblis tissait sa toile, plus rusé et acharné que jamais. Il savait qu'Abigael et Moussa avaient un sens aigu de la justice, un attachement inébranlable à la vérité, et que leur intégrité était une forteresse imprenable. Il lui fallait une ruse infaillible pour les faire fléchir. C'est alors qu'il comprit qu'il ne pourrait les atteindre directement. Il fallait corrompre leur environnement, manipuler les témoins de leur union divine, pour faire jaillir le doute et la confusion. Et même dans son cœur sombre, il reconnaissait à contrecœur que les enfants étaient des êtres trop justes, trop purifiés par la lumière de leur amour, pour succomber au mensonge ou transgresser la vérité.

Iblis avait un plan subtil et pervers. Dans la nuit, il envoya ses légions infernales vers les trois sages qui avaient béni cette union

Les Hourim de l'innocence

secrète. L'Imam de la grande mosquée Al-Aqsa, le Rabbin de la synagogue de Jérusalem, et le Prêtre du Saint-Sépulcre, tous des hommes de foi et de droiture, furent assiégés par des visions terrifiantes, des menaces murmurées dans l'obscurité, des cauchemars où leurs familles, arrachées à leur protection, sombraient dans le chaos. Le démon savait que, pour briser ces piliers de vertu, il devait jouer sur leurs craintes les plus profondes. Et bien qu'ils résistassent, le venin de l'angoisse s'insinua dans leurs cœurs. Une lutte se jouait en eux, entre la crainte du Créateur et l'horreur des supplices infligés par Iblis.

Mais même avec ces pressions infernales, une part d'eux demeurait fidèle à la vérité, accrochée à la lumière sacrée qui les avait guidés. Iblis, bien qu'il jubilait de les voir vaciller, comprenait que les enfants eux-mêmes n'allaient jamais mentir, jamais se détourner de la droiture qui faisait d'eux des héros lumineux. Les jeunes amoureux, même face aux manœuvres du Malin, étaient ancrés dans la sincérité et la droiture, inébranlables et purs. Leur amour, aussi vulnérable soit-il, restait inviolé par la ruse du démon.

Abigael et Moussa, dans leur loge du studio de télévision, se préparaient à affronter ce monde étrange et inquiétant qui les attendait de l'autre côté des portes. Ils savaient que la tentation était partout, que la nourriture raffinée et somptueuse qui leur était présentée pouvait être imprégnée de substances pernicieuses destinées à brouiller leur jugement, à éroder leur discernement. C'est pourquoi ils avaient choisi de n'emporter avec eux que des provisions modestes mais sûres : des fruits séchés, des noix, des galettes de pain dur, des nourritures simples et vraies, des symboles de leur enracinement dans la vérité et la pureté.

Lorsqu'on les conduisit enfin sur le plateau, une musique solennelle s'éleva, emplissant l'air d'une tension quasi mystique. Leurs pas semblaient résonner comme les battements d'un cœur sacré, une mélodie secrète qui s'entremêlait aux chuchotements des anges et aux murmures des démons. Le studio, bondé de spectateurs triés sur le volet, ressemblait à une arène où la lumière et l'ombre allaient se livrer bataille. L'air sentait le cuir vieilli des fauteuils, le parfum des bouquets de fleurs soigneusement disposés, mais aussi une fragrance plus sournoise, presque imperceptible, comme un soupçon de soufre dissimulé.

Le journaliste vedette, un homme au sourire charmant mais aux yeux d'une lueur dangereuse, les accueillit avec des mots habiles, une rhétorique qui pouvait charmer ou terrifier. Il les fit asseoir sur un fauteuil rouge écarlate, vibrant d'une énergie presque palpable, comme s'il était imbibé de toutes les émotions qu'il avait vues défiler. Lui-même s'installa dans un fauteuil voisin, feignant la courtoisie, tandis qu'un troisième fauteuil, noir comme la nuit, attendait l'invité surprise. Ce siège, semblable à un trône des ombres, projetait un mystère oppressant, un présage silencieux de la tempête à venir.

Devant eux, un écran géant brillait, diffusant des retransmissions en direct depuis d'autres pays, où des journalistes extérieurs commentaient l'événement en temps réel, leurs voix se mêlant aux interrogations feutrées du public. C'était un spectacle orchestré, une scène où chaque élément semblait préparé pour tester la lumière d'Abigael et Moussa, pour tenter de fissurer cette force nouvelle qu'ils avaient découverte en eux. Mais malgré l'incertitude, les deux héros, liés par une énergie transcendante, se préparaient à affronter ce moment, confiants que, tant qu'ils restaient unis, même les plans d'Iblis ne pourraient les anéantir.

Un silence lourd et glacial s'était abattu sur le studio, comme si une brume de givre s'était infiltrée dans l'air, figée dans un temps suspendu. Le journaliste fit un geste théâtral de la main, et les caméras, aux yeux de verre perçants, se focalisèrent sur Abigael et Moussa. Les deux jeunes, main dans la main, formaient un

Les Hourim de l'innocence

tableau de force et de fragilité entremêlées, comme deux étoiles prêtes à résister à la gravité d'un trou noir.

Le journaliste, dont l'élégance du verbe trahissait une hostilité masquée, se pencha en avant, sa voix douce, mais venimeuse, s'insinuant comme un serpent dans l'esprit de ceux qui l'écoutaient. Chaque syllabe semblait être taillée dans un cristal de cynisme, tranchante et impitoyable, dissimulée sous un vernis de politesse exquise.

— C'est un honneur, commença-t-il, de vous accueillir ce soir sur ce plateau. J'ai attendu cet instant avec une impatience fiévreuse, car vous êtes, semble-t-il, les esprits brillants derrière le mouvement des Hourim, une illusion si parfaitement ourdie qu'elle a ensorcelé le monde entier. Mais ce soir, mesdames et messieurs, la lumière crue de la vérité s'abattra sans merci. Avant de faire entrer notre invité, qui révélera ce que vous avez soigneusement caché, j'aimerais vous poser une question : Êtes-vous prêts à confesser ce que vous avez dissimulé, ou préférez-vous vous accrocher à ce mirage, au risque de voir votre réputation éclater comme du verre brisé ?

Le ton faussement bienveillant cachait à peine les griffes de la malveillance. Abigael sentit la main de Moussa trembler légèrement, mais elle la serra plus fort, insufflant en lui un courage silencieux. Les yeux de Moussa, profonds et intenses, brûlèrent d'un feu que même les océans de mensonges ne pourraient éteindre.

Il prit une inspiration, et sa voix, ferme et vibrante, s'éleva comme un étendard de vérité :

— L'honnêteté, dit-il, sa voix éclatant avec une clarté saisissante, est pour moi bien plus qu'une simple vertu. Elle est une forteresse, un sanctuaire où je trouve refuge. Elle me protège, me réchauffe et m'éclaire, même face aux tentations les plus séduisantes ou aux attaques les plus infâmes. Elle est l'armure de mon âme, le bouclier qui me défend contre les flèches de la corruption.

Ses paroles, cristallines et puissantes, firent vibrer l'air, et une onde de murmures émerveillés traversa le public. Les spectateurs semblaient pris au dépourvu par la dignité de ce jeune garçon, qui, bien que soumis à une pression implacable, parlait avec la sagesse d'un érudit.

— Tout ce que nous avons réalisé, poursuivit Moussa avec une intensité croissante, l'a été avec intégrité. Depuis nos onze ans, Abigael et moi étions liés par une innocence sacrée, une pudeur que nous avons défendue avec acharnement, même lorsque le monde s'est enflammé autour de nous. Ce n'est que tout récemment, bénis par le Grand Rabbin de Jérusalem, l'éminent Imam de la Mosquée Al-Aqsa, et le vénérable Prêtre du Saint-Sépulcre, que nous nous sommes unis par les liens sacrés du mariage.

Moussa s'arrêta un instant, ses yeux sombres sondant ceux du journaliste, cherchant une once de vérité derrière ce masque de fausse courtoisie.

— Notre mariage, reprit-il, a précédé l'union de nos corps. Jusqu'à ce jour, nous avons résisté à toutes les tentations charnelles, gardant nos cœurs purs et nos intentions immaculées. Vous insinuez des fautes qui n'existent pas, vous maniez des accusations comme des poignards, mais vous oubliez que la lumière ne peut être ternie par le souffle de la calomnie. Vous parlez de dignité, mais vos paroles sont des vipères déguisées, des compliments venimeux qui cherchent à saper notre intégrité.

La salle entière retint son souffle. Le journaliste, qui avait espéré déstabiliser le jeune garçon, se trouva lui-même ébranlé par cette

Les Hourim de l'innocence

réponse, dont la puissance et l'honnêteté semblaient défier les lois de la jeunesse.

Abigael, toujours debout à côté de Moussa, rayonnait d'une lumière indomptable, une énergie partagée qui semblait repousser l'obscurité. Ensemble, ils se levèrent, unis dans un amour qui transcende le temps et les pièges des mortels, et proclamèrent d'une voix vibrante, pleine d'une force presque divine :

— Hourim ! Hourim !

Ce cri, répété en écho par les murs du studio, traversa l'espace, semblant repousser l'air lui-même, comme un coup de tonnerre qui figea le temps. Mais à cet instant précis, les portes du studio s'ouvrirent, et un homme entra. C'était le Révérend Anwar, mais une étrange aura l'entourait. Sa démarche, son sourire humble, et ses gestes mesurés semblaient dégager une chaleur et une bonté rassurantes. Il avait l'apparence parfaite de la sagesse incarnée, un homme de foi qui aurait pu apaiser les tempêtes par ses simples paroles.

Et pourtant, derrière ce masque d'érudition et de bienveillance, une ombre se cachait, invisible mais terrifiante. C'était Iblis, le prince des ténèbres, vêtu des habits d'un homme sage, déguisé en un berger bienveillant, prêt à guider ses brebis vers le précipice. Son sourire ne trahissait aucune malveillance, et ses yeux, bien que remplis de chaleur apparente, cachaient des profondeurs glacées où dansaient des éclats de ruse et de malédiction.

L'assemblée entière semblait charmée par cette figure imposante, qui dégageait un parfum de candeur et d'autorité. Mais Abigael et Moussa, sentant le frisson glacé de la présence d'Iblis, comprirent que le combat qui s'annonçait ne serait pas un simple échange de mots, mais une guerre d'âmes, où la lumière et

Les Hourim de l'innocence

l'ombre allaient s'affronter dans un duel que même le destin attendait, suspendu entre espoir et désespoir.

Avant de s'asseoir sur son sombre fauteuil, le révérend Anwar traversa la scène avec une démarche lente et calculée, chaque pas résonnant comme le glas d'une sentence inexorable. Sa longue robe noire glissait sur le sol, et le moindre de ses mouvements semblait orchestré pour capter l'attention, insufflant à l'atmosphère une solennité angoissante. Il tendit la main vers le journaliste, qui, bien que sa voix ne trahît rien, ne put dissimuler la pâleur soudaine de son visage et l'humidité de ses paumes. Le révérend, avec une bienveillance feinte, s'approcha d'Abigael et de Moussa, posant une main lourde et paternaliste sur leurs têtes. Ce geste, qui aurait pu sembler réconfortant aux yeux du public, était, pour les deux jeunes héros, empreint d'une menace froide et sous-jacente.

Prenant place sur le fauteuil noir qui, sous l'éclat des projecteurs, paraissait absorber la lumière comme un gouffre sans fond, le révérend se redressa avec une dignité théâtrale. Le journaliste, le front perlé de sueur malgré l'air frais du studio, le présenta d'une voix légèrement tremblante :

— Mesdames et Messieurs, c'est un honneur de vous introduire le révérend Anwar, éminence respectée dans le monde de la foi, connu pour son rôle d'ambassadeur de la paix entre les traditions religieuses les plus influentes. Cet homme de foi, que l'on dit proche du Pape, des grands Imams, et des Rabbins les plus éminents, a accepté de se joindre à nous ce soir pour nous éclairer de sa sagesse.

Le révérend Anwar esquissa un sourire empli d'une douceur factice, puis sa voix s'éleva, suave et ensorcelante, résonnant avec une autorité mesurée :

Les Hourim de l'innocence

— Mes chers enfants, quel privilège de vous rencontrer à nouveau, s'exclama-t-il avec une bienveillance exagérée. Votre jeunesse, votre éclat, sont une source d'inspiration inestimable. Votre innocence me rappelle ce qui est le plus pur et le plus vulnérable dans notre monde.

Il soupira, posant une main sur son cœur, feignant une douleur qui semblait presque sincère :

— J'ai écouté vos paroles avec une grande attention depuis ma loge. Que n'aurais-je donné pour vous féliciter de ce mariage sacré que vous revendiquez, pour célébrer votre union dans la joie et la paix. Mais, hélas, la vérité est parfois un fardeau cruel. Alors que vous vous exprimiez avec une ferveur si touchante, j'ai reçu un appel bouleversant des trois sages de Jérusalem. Des hommes de foi que je considère comme mes frères de cœur. Le Grand Rabbin, l'éminent Imam, et le vénérable Prêtre m'ont contacté, désespérés par vos révélations.

Il fit une pause, et son regard parcourut le public, capturant chaque visage, chaque souffle retenu, avant de poursuivre :

— Ces hommes vénérés, piliers de notre spiritualité commune, m'ont supplié de rétablir la vérité pour que leurs intégrités religieuses ne soient pas entachées par ce que vous présentez comme une réalité. Et même si cela m'arrache l'âme, je suis ici pour rétablir ce qui est juste.

Le journaliste, les yeux brillants d'excitation, saisit l'opportunité :

— Mesdames et Messieurs, nous avons l'occasion d'assister en direct à un moment sans précédent ! Nos caméras sont prêtes à nous transporter jusqu'à Jérusalem, où les trois sages religieux prendront la parole.

Une tension vibrante s'installa dans la salle, si palpable que l'air semblait chargé d'électricité. Abigael et Moussa, bien que conscients du piège qui se refermait sur eux, restaient droits et résolus. Leurs mains entremêlées, ils se soutenaient mutuellement, sentant la chaleur de l'autre comme une protection contre le froid de l'injustice qui les menaçait.

Alors que l'écran géant se mettait en place, un grésillement sourd s'éleva dans l'air, un son métallique, inquiétant, qui fit frissonner le public. Le visage du révérend se crispa imperceptiblement, et il jeta un regard discret en direction des caméras, s'assurant que tout se déroulait comme prévu. La connexion se fit difficilement, l'image clignotant comme une lumière vacillante, et une voix électronique annonça que la communication avec Jérusalem allait commencer.

Le révérend Anwar, profitant de cet instant de chaos technologique, se pencha vers les enfants. Sa voix se fit plus basse, mais la menace qui suintait de chacun de ses mots était cinglante :

— Vous ne savez pas encore ce que signifie la vraie douleur, murmura-t-il, ses lèvres s'étirant en un sourire carnassier. Mon courroux s'abattra sur vous avec la force d'une tempête divine. Mais il existe une échappatoire, un simple baiser sur ma main pourrait tout arranger. Un geste d'humilité, rien de plus…

Abigael sentit la rage monter en elle, mais elle la contint, les yeux fixés dans ceux de Moussa. Ensemble, ils refusèrent d'un simple mouvement de tête, et le révérend, feignant une déception affectée, leur caressa les cheveux comme un prêtre bénirait des enfants, ses gestes dissimulant la noirceur de son âme.

Puis, soudain, l'écran géant s'illumina. Les trois sages apparurent, mais leurs visages étaient empreints d'une détresse terrible. Leurs yeux, embués de larmes contenues, exprimaient une lutte intérieure déchirante. Ce n'était pas la peur d'Iblis qui les paralysait, mais la terreur sacrée de trahir le Créateur. Une peur

Les Hourim de l'innocence

semblable à celle d'Abraham lorsqu'il avait rêvé du sacrifice de son fils, un songe si puissant qu'il s'était résolu à obéir à la volonté divine. Mais ces hommes, eux, n'étaient pas Abraham. Ils n'avaient pas la force de sacrifier ce qui leur était le plus cher.

Le Grand Rabbin prit la parole, sa voix brisée par l'émotion :

— J'ai eu un songe, un songe où nous étions tous les trois réunis dans une caverne intemporelle. Là, avec l'Imam et le Prêtre, nous avons uni ces deux jeunes âmes. Mais ce n'était qu'un rêve, un mirage qui n'a jamais touché le tissu de la réalité.

L'Imam et le Prêtre acquiescèrent, leurs voix tremblantes confirmant cette version. Mais derrière leurs mots, on pouvait percevoir une prière muette, une supplication désespérée pour la miséricorde divine. C'était le poids du remords, une douleur aussi ancienne que la trahison de Judas, ce fardeau insupportable qu'ils portaient avec eux, implorant un pardon avant même que le péché ne soit commis.

L'écran grésilla une dernière fois avant de sombrer dans le noir, coupant net toute possibilité de retour ou de repentir. Le journaliste, comme un marionnettiste tirant les ficelles d'un spectacle morbide, se redressa, prêt à orchestrer la suite de ce simulacre de justice, tandis que le révérend Anwar attendait son heure, un sourire sardonique effleurant ses lèvres.

Le silence s'étira, dense et palpable, tel un suaire de brume suspendu sur une mer d'âmes en émoi. Chacun retenait son souffle, captif de l'aura d'inquiétude qui s'était installée. Le Révérend Anwar, ce personnage à l'apparence bienveillante mais aux intentions voilées, se leva de son sombre trône. Sa robe noire flottait comme un présage funeste, et sa démarche, d'une lenteur calculée, semblait peser sur l'atmosphère déjà oppressante. Il s'avança, une bienveillance trompeuse peinte sur ses traits, et un sourire qu'on aurait presque pu croire paternel se dessina sur ses lèvres.

D'une voix douce, enroulée dans un vernis de fausse sagesse, il prit la parole.

— Mes chers enfants, entonna-t-il, sa voix ondulant comme une prière détournée, je ressens un trouble si profond, un vertige presque cosmique. En votre présence, il me semble que la réalité elle-même vacille, emportée par une force mystérieuse que je peine à nommer. Vous avez cette lumière, oui, cette aura innocente qui fait naître la compassion dans les cœurs… mais est-ce vraiment de l'innocence, ou n'est-ce qu'un masque, un enchantement dissimulant quelque chose de bien plus sombre ?

Il posa un regard magnanime sur Abigael et Moussa, mais derrière cette apparente bonté, on pouvait deviner des éclats d'une cruauté raffinée, une lueur venimeuse qui perçait ses pupilles, s'agrippant aux ombres de la salle comme des serres acérées.

— Vous n'êtes pas, reprit-il, les jouets innocents d'une vieille secte oubliée, comme je l'avais cru autrefois. Non, vous êtes bien pires. Vous êtes les créations maléfiques d'un menuisier démoniaque, des Pinocchio façonnés par les mains perfides du Prince des Ténèbres. Que le Créateur me pardonne de prononcer de tels blasphèmes, mais la vérité se doit d'être entendue.

Il ferma brièvement les yeux, simulant une prière, mais chacun de ses gestes semblait imprégné d'une théâtralité diabolique. Lorsqu'il les rouvrit, ses iris luisaient d'une intensité inquiétante.

— Tout devient plus limpide, murmura-t-il, sa voix s'insinuant dans les esprits comme un poison subtil. Ces jeunes gens, avec leurs regards angéliques, leurs paroles mielleuses, ont su nous ensorceler, nous séduire avec des promesses de lumière. Mais

Les Hourim de l'innocence

cette lumière n'est qu'un leurre, une séduction obscure, une énergie noire destinée à nous détourner des Saintes Écritures.

Il s'arrêta, laissant planer ses paroles comme des éclairs s'abattant sur un ciel orageux, puis reprit d'un ton plus solennel, presque sacerdotal.

— Oui, mes frères et sœurs, continua-t-il, la prophétie est claire. Nous connaissons la promesse de l'Antéchrist, de l'apocalypse, du retour du Sauveur. Mais jamais, dans aucun texte sacré, il n'est mentionné que deux enfants viendraient pour nous délivrer du chaos. Ces enfants ne sont pas les messagers du Très-Haut, ils sont les instruments d'un démon dont l'intelligence et la perfidie dépassent l'entendement. Regardez-les, si purs en apparence, et pourtant ils se prélassent dans le luxe d'un hôtel parisien, s'adonnant aux plaisirs de la chair. Que reste-t-il de leur prétendue pureté ?

Son regard s'adoucit un instant, et il soupira, comme accablé par le poids de sa propre compassion.

— Pourtant, reprit-il, la foi m'ordonne de pardonner. Mon amour pour le Créateur me pousse à être clément, et c'est avec une profonde tristesse que je vous offre ma protection. Oui, je suis prêt à défendre ces âmes égarées. Ne laissez pas votre colère, votre soif de justice, vous transformer en juges sans pitié. Je vous en supplie, retenez vos pierres, ne devenez pas les bourreaux de ces jeunes êtres. Je demande à toutes les nations de leur offrir un sanctuaire, car s'ils retournent dans leur terre natale, ils subiront la colère aveugle des hommes.

Il leva les bras au ciel, un geste théâtral qui semblait invoquer une bénédiction ou un exorcisme, et sa voix se fit presque chantante, emplie d'une ferveur trompeuse.

Les Hourim de l'innocence

— Mais la question subsiste, insidieuse et glaciale. Pouvons-nous prendre le risque de leur donner la parole ? Leur permettre de s'exprimer, c'est ouvrir la bouche du diable, c'est laisser le serpent murmurer ses charmes. N'est-il pas plus sage de les juger équitablement, de leur offrir un procès où la vérité, ou ce qu'il en reste, sera révélée ? Je suis un homme de foi, et ma foi m'oblige à être juste. Alors oui, malgré tout ce qu'ils ont fait, je leur ouvre mes bras pour qu'ils y trouvent protection et rédemption, mais qu'ils sachent que la justice divine est impitoyable.

Il se rassit alors, ses mains jointes comme pour une prière, et un grésillement étrange émana des haut-parleurs, une vibration sourde qui fit trembler l'écran géant. La communication avec les sages de Jérusalem semblait vaciller, parasitée par une force invisible, et le suspense devint insoutenable. Le monde retenait son souffle, suspendu à la frontière de la vérité et du mensonge, tandis que le journaliste jetait des regards nerveux à sa régie, essayant de comprendre ce qui se passait.

Dans ce tumulte feutré, les esprits vacillaient, les cœurs se serraient, et la ligne entre le bien et le mal, le vrai et le faux, semblait s'estomper, laissant la place à un abîme de doutes et d'incertitudes.

Le journaliste, le front perlé de sueur, tourna des yeux pleins d'une hésitation palpable vers le Révérend. Il semblait attendre une bénédiction, ou peut-être un ordre déguisé en conseil, comme un fidèle prêt à suivre son maître aveuglément de peur de commettre un impair. Le Révérend, avec un calme souverain et une froideur qui se dérobait sous une apparente bienveillance, acquiesça d'un geste lent de la main, comme un empereur accordant audience à ses sujets.

Les Hourim de l'innocence

— Oui, accordez-leur la parole, murmura-t-il d'une voix teintée d'une douceur hypocrite. Laissez-les se défendre, même si c'est pour s'enfoncer davantage dans leur propre abîme.

Ce fut Abigael qui prit la parole, sentant la tension monter en Moussa, son âme en proie à une colère ardente qu'il peinait à dompter. Elle serra sa main avec une tendresse qui irradiait, lui insufflant la force et le calme dont il avait besoin, puis se redressa, son regard brillant d'une lumière indomptable.

— Jamais, prononça-t-elle, sa voix claire et vibrante traversant l'atmosphère comme une lame de vérité, jamais, oui jamais au grand jamais, ma langue ne s'est enroulée pour déformer ou déguiser une vérité. Le mensonge, cet intrus perfide, est un étranger pour Moussa et moi. Notre seule et unique couverture, celle qui nous protège comme une armure inviolable, est l'honnêteté la plus pure, la vérité immaculée.

Elle laissa ses paroles s'imprégner dans l'esprit des spectateurs, tandis que son visage, empreint de jeunesse et de sagesse, irradiait une force tranquille.

— Je ne contredirai pas les sages de Jérusalem, continua-t-elle, même si leurs paroles ont été emprisonnées dans un écrin de perfidie, même si leur version a été distordue par les mains invisibles de la peur et de la contrainte. Je les respecte, ces trois hommes. Je leur pardonne d'avoir dû se retrancher dans l'illusion et l'oubli pour protéger ce qu'ils aiment. Car qui sommes-nous, nous tous, sinon des enfants du Créateur, tâtonnant dans la brume de Ses desseins ?

Un silence religieux enveloppa le studio, et Abigael poursuivit, ses mots emplis d'une profondeur mystique.

— Le Créateur, dit-elle, sa voix devenant presque une prière, ne se manifeste pas comme une entité palpable. Il est cette illusion

Les Hourim de l'innocence

bienfaisante qui nous envoûte, nous comblant de paix et de protection. Il est l'essence de la tempête qui nous éprouve et du vent doux qui caresse nos visages. Il est à la fois l'eau qui apaise et le feu qui consume, la barrière et le rempart, l'épreuve et la miséricorde. Il est moi, il est Moussa, il est chacun de vous, et même ceux qui s'égarent. Mais une chose est certaine : Il n'est pas ce Révérend assis là, car Il est clément, pardonneur, et miséricordieux. Il pardonne, sauf à ceux qui choisissent de suivre celui qui égarera les âmes jusqu'au bout de l'abîme.

La salle semblait sous le charme, comme hypnotisée par cette force sincère qui irradiait d'Abigael. Le Révérend, malgré son masque d'homme bon et sage, tressaillit imperceptiblement.

— Je ne vous en veux pas, continua Abigael, ses yeux brillants de larmes contenues mais résolues. Je ne peux même pas en vouloir à Iblis lui-même, car nous sommes tous entraînés vers une destinée que lui, dans sa fureur, cherche à précipiter. Il veut vous séduire, vous engloutir dans sa chute, mais je refuse de me laisser emporter.

Un souffle traversa l'assemblée, un murmure d'incompréhension et de fascination, tandis qu'elle continuait avec une gravité noble :

— Ce qui m'importe, c'est l'amour que je porte à Moussa. C'est une flamme qui ne peut être éteinte ni souillée, et il n'appartient à personne d'en juger la pureté. Notre intimité, ce lien sacré, n'est soumis qu'à l'autorisation divine, que nous avons reçue, même si cela n'est qu'un songe ou une illusion. Ce qui est indéniable, c'est que nous avons ressenti, profondément, Son accord. Contrairement aux lois de cette terre qui forcent des amants à se cacher, à s'éloigner des bénédictions des temples, des églises, des mosquées ou des synagogues.

Les Hourim de l'innocence

Un murmure d'approbation ou de confusion traversa les rangs des spectateurs. Mais avant que la tension ne puisse être dissipée, le grand écran se ralluma, projetant une lumière vive dans le studio. Le journaliste, un frisson dans la voix, annonça avec solennité :

— Le Président de la République souhaite intervenir en direct, ému par ce débat qui a bouleversé tant de cœurs.

Le visage du Président apparut alors, solennel et grave, tandis qu'un silence presque tangible enveloppa le studio. Les regards se tournèrent vers l'écran, attendant, le souffle coupé, les paroles du chef d'État, alors que chaque seconde semblait suspendue entre l'attente et le destin.

Dans un silence solennel, enveloppé d'une aura de mystère et d'élégance, le Président de la République se redressa, prenant la parole avec cette gravité qu'exigeaient les circonstances. Son visage, pourtant rompu aux tensions de la politique, laissait entrevoir une rare émotion, un éclat d'humanité qui perçait son masque de dignitaire.

— Chers Français, chères Françaises, chers compatriotes… et surtout, vous, mes chers enfants, débuta-t-il d'une voix posée, emplie d'une sincérité désarmante. Il me serait malaisé de dissimuler l'émotion qui m'a traversé en suivant cette émission depuis son commencement. Mon cœur, ce cœur que j'ai cru avoir endurci à force de devoirs et de décisions impitoyables, s'est brisé en entendant certaines paroles, prononcées par le Révérend, un homme que je connais bien, que j'ai souvent écouté et pour qui mon respect est profond et ancien.

Il fit une pause, cherchant les mots justes, ceux qui pouvaient traduire l'étrange tumulte qui l'animait.

Les Hourim de l'innocence

— Je dois vous avouer une vérité personnelle, reprit-il avec un air songeur. Moi qui n'ai jamais eu d'enfants de mon propre sang, si ce n'est ceux de mon épouse que j'aime et considère comme les miens, j'ai toujours conservé au fond de mon âme un espace dédié à l'enfant que j'étais, à cet écho d'innocence que la vie d'adulte n'a jamais pu totalement éteindre. Ce fragment d'enfance, cette graine tenace, a germé tout au long de mon existence, nourrissant mes rêves même au milieu des lourdes responsabilités de mon office.

Il sourit, un sourire empreint de nostalgie, comme s'il revivait les élans perdus de son adolescence.

— Je comprends ce que c'est que d'être perdu dans les méandres du monde adulte, d'être un jeune garçon ébloui par les illusions d'un univers qu'il ne comprend pas encore. Oui, je me suis vu en vous, dans cette transition chaotique entre l'enfance et l'âge adulte, un passage où l'on se bat pour s'accrocher aux mirages de l'innocence. J'étais un enfant qui rêvait encore de l'île de Peter Pan, un lieu fantasmagorique qui tapissait mon esprit, refusant de me laisser grandir. Mais, Dieu merci, j'ai su, avec l'aide précieuse de ma chère et tendre épouse, franchir la frontière qui sépare l'enfance du monde des hommes, et ce, sans jamais chercher la bénédiction d'une église.

Sa voix s'enveloppa d'une note plus grave, plus solennelle.

— Aujourd'hui, malgré les révélations qui ont été portées à mon attention, je me tiens devant vous, non pas en tant que Président seulement, mais en tant qu'homme, en tant qu'être humain prêt à vous tendre la main. Je souhaite être le premier à vous offrir asile dans notre pays, la France, cette terre où les libertés sont chères et où l'amour peut s'exprimer sans craindre d'être jugé. C'est avec un honneur sincère que je demande à notre peuple, les Français et les Françaises que je représente, de vous accueillir

Les Hourim de l'innocence

parmi nous. Nous sommes un pays qui, certes, chérit la laïcité, mais qui aussi ouvre ses bras aux cœurs perdus, aux âmes en quête de rédemption.

Il marqua une pause, laissant ses mots s'imprégner dans l'âme collective de tous ceux qui écoutaient.

— Cependant, permettez-moi de parler avec la sincérité d'un père, même si je ne le suis pas réellement. Je ne veux pas que vous voyiez cela comme un acte de défiance envers vos croyances, mais plutôt comme une proposition d'aide. Je suis convaincu que de grands psychiatres, des esprits éclairés, pourraient vous aider à retrouver un équilibre psychologique, à vous libérer de ce carcan invisible qui semble vous enserrer. Car voyez-vous, ce que je perçois dans votre histoire, c'est un besoin désespéré de vous ancrer dans une vérité qui vous échappe.

Sa voix, à présent plus ferme, en appela au peuple.

— Je vous le demande, mes chers compatriotes : accueillons ces jeunes gens, offrons-leur une chance de se reconstruire, de grandir dans la lumière de notre démocratie. Quant à vous, Abigael et Moussa, je vous en conjure, rejetez ce terme d'Hourim, détachez-vous de ce symbole qui suscite tant de peur et de discorde. Rejoignez-nous, et permettez-nous de vous guider sur le chemin de la raison.

Le visage du Président se crispa imperceptiblement, un mélange de sollicitude et de crainte empreignant ses traits.

— Que la France soit pour vous un refuge, une nouvelle maison où vous pourrez grandir, libres des chaînes invisibles de l'illusion, libres d'un fardeau qui ne devrait pas peser sur des âmes aussi jeunes que les vôtres.

Les Hourim de l'innocence

Il conclut avec une dignité poignante, son regard fixant les deux jeunes gens, comme s'il cherchait à leur insuffler la force de choisir le chemin de la liberté.

Avant que le journaliste ne puisse reprendre le fil du débat ou que le Révérend n'utilise les paroles du Président comme tremplin pour porter l'estocade finale, Moussa, avec une assurance inattendue et une lueur ardente dans les yeux, s'avança et prit la parole sans attendre qu'on la lui offre. Sa voix, posée et vibrante de sincérité, retentit dans le studio, un écho de vérité qui fendit l'air comme un éclair en pleine nuit.

— Le jour où j'ai pour la première fois, tenu entre mes mains le fil du cerf-volant qu'Abigael m'avait tendu, j'avais à peine onze ans, commença-t-il, son regard se perdant dans un souvenir sanctifié par l'innocence de l'enfance. Ce jour-là, une force presque surnaturelle me tirait en avant, un souffle du firmament, une étreinte invisible du vent. Mais au lieu de m'y abandonner, de laisser cette puissance me guider, je me suis arc-bouté, j'ai résisté. Mon seul objectif était de maintenir le cerf-volant immobile, de domestiquer l'indomptable, d'emprisonner la liberté même dans l'étau de ma propre peur de l'inconnu. Mes pieds, ancrés dans la terre, refusaient de bouger, tandis que ce cerf-volant, insoumis, virevoltait dans un ballet effréné, comme un oiseau exalté, un hymne de couleurs défiant le ciel.

Il fit une pause, ses paroles suspendues dans l'air comme un psaume oublié, imprégnant la salle d'une intensité presque palpable.

— Il y avait entre ce cerf-volant et moi un langage muet, une supplication silencieuse. Il me demandait de lui accorder la grâce de la liberté, de lui permettre de s'élever toujours plus haut, de tutoyer les nuages, comme un oiseau que j'aurais, dans un acte insensé, enchaîné à la terre. Cette tension entre nous, ce fil

Les Hourim de l'innocence

vibrant, c'était le symbole de ce choix éternel entre l'envol et l'entrave, entre l'audace de l'âme et la crainte paralysante de la perdre.

Ses yeux se tournèrent lentement, embrassant le Président, le Révérend, et tous les visages tendus d'espoir ou de doute qui les observaient à travers les écrans de la planète entière.

— Abigael, elle, continua-t-il, avait déjà appris cette leçon que je mettais des années à comprendre. Elle ne restait jamais immobile ; elle courait avec le cerf-volant, l'accompagnait dans ses caprices, le guidait tout en respectant sa quête de transcendance. Elle avait saisi cette ligne ténue qui sépare la liberté de l'emprisonnement, cette frontière subtile que l'on franchit dans un souffle, sans même s'en apercevoir.
Il se redressa, et ses paroles prirent la gravité de ceux qui n'ont plus rien à perdre, mais tout à offrir.

— Monsieur le Président, illustre Révérend, et vous, peuples de la Terre, je vous remercie de votre sollicitude, de vos propositions d'asile et de votre bienveillance. Mais je ne peux que décliner. Ce jour-là, Abigael m'a légué bien plus qu'un simple jeu d'enfant. Elle m'a offert une vérité profonde, celle de la liberté. Une liberté sacrée, immuable, tissée dans l'amour, la foi, et le respect de ce qui nous lie au Divin. Cette liberté est l'essence de ce que nous sommes devenus, elle est notre identité, notre héritage.

Moussa serra la main d'Abigael, et l'éclat de leur amour sembla illuminer l'obscurité qui pesait sur la salle.

— Aujourd'hui, poursuivit-il, j'éprouve cette étrange conviction : je suis ce cerf-volant que des forces invisibles tentent de retenir, de clouer au sol, pour m'empêcher de m'élever vers la lumière. Mais jamais je ne consentirai à plier. Jamais je ne céderai ce fil à Iblis, cet usurpateur qui voudrait contrôler notre destinée. Notre place, Abigael et moi, est là où tout a commencé : près de cet olivier millénaire, ce sanctuaire qui a été témoin de nos premiers serments. C'est là, et seulement là, que nous trouvons notre ancrage, et c'est là que tout doit s'accomplir, dans la dignité et la foi.

Le Révérend, dissimulant derrière un masque d'érudition la noirceur de son allégeance secrète, jubilait en silence. Son cœur, antre de perfidie, exultait à l'idée de voir son plan prendre vie. Il savait que le retour d'Abigael et de Moussa en terre sainte n'était qu'un prélude à la tragédie qu'il avait orchestrée. Il se délectait déjà de la haine qui se propagerait tel un incendie entre les deux peuples, attisant les braises dormantes de la discorde. L'émission toucha à sa fin, et nos deux héros, porteurs d'un amour indestructible, se préparèrent à affronter leur destin.

Leur retour en terre sainte fut marqué par un silence glacial, un silence qui précède les tempêtes les plus redoutables. À l'aéroport, la foule, enivrée par les mensonges d'Iblis, scandait des injures, leurs voix enragées frappant l'air comme autant de lames. Les mots "traîtres" et "impies" résonnaient, portés par le vent comme un poison invisible. Iblis, maître des ténèbres, avait bien calculé son coup : des partisans enragés des deux camps s'étaient rassemblés, unissant leurs haines dans une symphonie de fureur.

Abigael et Moussa, la tête haute et le cœur tranquille, furent escortés par des hommes armés qui prétendaient les protéger. Mais cette protection n'était qu'une illusion perfide. Ils furent emmenés dans un lieu souterrain, une prison secrète où la lumière ne pénétrait jamais, là où se terraient les ombres du Houmas et du Mouzad, liguées pour cette parodie de justice. Ils comprirent alors que l'enfer les attendait, mais malgré l'horreur imminente, ils restèrent résolus, puisant dans leur amour une force qui les transcendait.

Les Hourim de l'innocence

Les tortures commencèrent. Leurs bourreaux, aveuglés par la haine, s'acharnèrent sur leurs corps frêles, infligeant des douleurs innommables. Pourtant, ce n'était pas la souffrance physique qui les dévastait. La véritable agonie, plus cruelle que toutes les mutilations, résidait dans le regard de l'autre, ce regard qu'ils s'échangeaient, empreint de l'amour le plus pur et de la douleur de voir l'être aimé supplicié. Chaque cri de l'un était une lame qui transperçait l'âme de l'autre, chaque souffrance infligée devenait une offrande involontaire à la douleur sacrée de leur amour partagé.

Lorsque l'aube se leva, pâle et sans espoir, le Révérend apparut. Drapé dans un manteau d'hypocrisie, il avança, le visage empreint d'une fausse compassion. Ses yeux, pourtant, trahissaient sa vraie nature, deux abysses où dansait la malice d'Iblis. Il leva la main, et les tortures cessèrent, laissant nos héros brisés mais dignes. S'approchant d'eux, il formula une proposition empoisonnée, dégoulinante de perfidie.

— Embrassez ma main, murmura-t-il avec une douceur venimeuse, et je vous offrirai ma protection. Ce n'est qu'un geste de soumission, une simple marque de respect. Faites-le, et votre souffrance prendra fin.

Mais ils savaient. Ils savaient que céder reviendrait à pactiser avec le Malin, à renier tout ce qu'ils étaient, tout ce qu'ils avaient défendu. Leurs âmes étaient pures, et elles ne fléchirent pas. Le Révérend, voyant sa requête refusée, ordonna qu'on les vêtisse de robes en lin, semblables à des linceuls. Leurs cous et poignets furent enfermés dans de lourdes poutres de bois, transformant leurs silhouettes en celles de cerfs-volants crucifiés, privés de leur envol.

On les emmena alors au pied de l'olivier millénaire, ce témoin silencieux de tant de prières, de tant de souffrances et de tant

Les Hourim de l'innocence

d'espoirs. Là, Iblis murmura aux oreilles des enfants rassemblés, insufflant en eux la folie de la violence. Des mains innocentes, manipulées par le diable, commencèrent à lancer des pierres. Chaque projectile frappait leurs corps meurtris, mais Abigael et Moussa ne se quittèrent pas des yeux. Leur amour, même au seuil de la mort, restait une flamme éternelle, inextinguible.

Les coups de pierres continuaient, inhumains, brutaux. Leurs chairs étaient meurtries, leurs visages baignés de sang, mais ce n'était pas la douleur qui les déchirait. Ce qui les consumait, c'était de voir l'autre souffrir, de voir l'amour de leur vie réduit à un martyre. Leur regard mutuel, plein de larmes et de lumière, était une promesse de retrouver un jour les cieux qu'ils avaient tant désiré.

Puis, sous l'ombre majestueuse de l'olivier millénaire, deux jeunes silhouettes masquées s'avancèrent, leurs pas lourds de doutes et de tourments. L'un, armé d'un pistolet, leva la main tremblante et pointa l'arme sur la tête d'Abigael ; l'autre, un poignard scintillant sous la pâle lueur des étoiles, se posta devant Moussa, prêt à frapper. Le premier était Eytan, et le second, Lina, emportés malgré eux dans une tragédie plus grande qu'eux.

Le canon froid contre la tempe d'Abigael vibrait d'incertitude, tandis que la lame, suspendue à quelques centimètres de la gorge de Moussa, hésitait dans un frisson de culpabilité. Puis, avec une lenteur presque rituelle, les deux jeunes retirèrent leurs cagoules.

Leurs visages apparurent dans la lumière vacillante, dévoilant des traits empreints de peur, de honte et d'un désespoir indicible. Abigael et Moussa les reconnurent aussitôt, et une onde de douleur traversa leurs cœurs. Ce n'étaient pas des monstres, mais des âmes égarées, perdues dans l'abîme d'un conflit qui les avait dépossédées de leur humanité.

Les Hourim de l'innocence

Le silence s'étira, profond et solennel, seulement brisé par le souffle léger du vent jouant dans les feuilles de l'olivier. Cet arbre séculaire, témoin muet des siècles d'espoirs et de désillusions, semblait veiller sur eux avec une gravité ancestrale.

Alors, dans un élan d'amour pur et de compassion infinie, Abigael et Moussa levèrent leurs regards vers les cieux étoilés, un miroir infini de lumière et de mystère. D'une voix tremblante, empreinte d'une sérénité presque divine, ils prièrent ensemble :

— Créateur, pardonne-leur, car ils ne savent pas ce qu'ils font.

Leurs mots s'élevèrent dans la nuit, portés par le souffle sacré du vent, comme une offrande céleste. Une douceur étrange enveloppa l'olivier, ses branches semblant se courber légèrement, telles des bras protecteurs bénissant les âmes présentes. L'univers sembla retenir son souffle, et pendant un instant suspendu dans l'éternité, la haine céda sa place à une paix fragile mais palpable, un écho d'humanité retrouvée au cœur des ténèbres.

Dans un ultime élan de défi, Abigael et Moussa fixèrent intensément l'horizon, leurs cœurs liés par une force indéfectible. Leurs âmes cherchaient désespérément ce cerf-volant, symbole de leur liberté, de leur premier regard, de cet amour pur et invincible qui avait grandi en eux. Ils se souvenaient du vent qui les avait portés, de cette sensation d'éternité lorsqu'ils avaient lâché prise, laissant l'amour les emporter.

Et, dans une harmonie parfaite, leurs voix s'élevèrent une dernière fois, déchirant l'air avec une intensité bouleversante, comme un écho d'éternité, capable de briser les cieux et de secouer l'âme de la terre elle-même.

— Hourim ! crièrent-ils, avec une force si pure et vibrante qu'elle sembla percer la voûte céleste, réveiller les morts dans leurs

Les Hourim de l'innocence

tombeaux oubliés, et suspendre le souffle des vivants, comme si le monde s'était arrêté pour écouter.

Le cri résonna, roulant comme un tonnerre sacré, s'étirant dans l'espace avec une telle résonance que les collines et les montagnes, les arbres et les pierres, en frémirent d'une onde silencieuse. C'était un cri d'amour, de défi, de foi inébranlable, un cri qui portait en lui toute la douleur de la perte, toute la splendeur de la vie, et toute la lumière d'une promesse jamais rompue. Il fit vibrer les âmes des témoins, qu'ils soient amis ou ennemis, les traversant de part en part, bouleversant l'ordre même de la création.

Puis, dans une brutalité impitoyable, le coup de feu éclata, et la lame s'enfonça. Le fracas de la violence, aussi assourdissant soit-il, fut bientôt englouti par un silence profond, dense, écrasant. Un silence tellement puissant qu'il sembla aspirer toute vie, un silence comme une chape funèbre qui s'étendit sur la terre sainte, là où tout avait commencé. Ce silence ne se contenta pas d'envelopper l'instant ; il éteignit même le souffle du vent, suspendit le bruissement des feuilles, et étouffa jusqu'au murmure des prières des vivants.

Abigael et Moussa s'effondrèrent, leurs doigts parvenant à se frôler malgré leurs entraves, se rejoignant dans un dernier geste d'amour, défiant la mort elle-même. Leur amour, comme une flamme éternelle, fut leur dernier souffle, leur ultime offrande. Ils tombèrent sur ce sol sacré, où leurs vies avaient été tissées, unies, et où leur sacrifice transcendait désormais les cieux, laissant derrière eux une lumière que même la plus sombre des ténèbres ne pourrait éteindre.

Lorsque les images de l'exécution d'Abigael et Moussa se propagèrent comme une onde de choc à travers le monde, elles laissèrent derrière elles un silence plus lourd que le plomb, un

Les Hourim de l'innocence

vide profond qui semblait creuser les entrailles de la conscience collective. Des places animées de Paris aux marchés effervescents de Jérusalem, un malaise indicible s'insinua dans l'air, s'accrochant aux âmes comme un spectre de culpabilité. Des cœurs battirent plus lentement, des larmes tombèrent en silence, et un murmure se répandit, semblable à une confession unanime de honte et de regret.

Le monde entier, plongé dans un état de torpeur morale, se contempla dans un miroir brisé, n'y voyant que les fragments d'une humanité complice, rendue insensible par les dissensions et les peurs qui l'avaient aveuglée. L'horreur de ce qui s'était passé s'imprima dans l'âme de chacun, éveillant un sentiment d'accusation silencieuse : comment avaient-ils pu laisser faire, comment avaient-ils pu laisser la lumière s'éteindre si brutalement ?

Et, dans les hauteurs de Jérusalem, les trois sages, le Grand Rabbin, l'éminent Imam, et le vénérable Prêtre, furent les premiers à être consumés par ce remords sans fond. Ils se savaient coupables d'une trahison qu'aucune prière ne pourrait racheter, d'avoir sacrifié la vérité par peur, de s'être courbés devant la menace d'Iblis au lieu de défendre l'innocence. En silence, dans leurs sanctuaires respectifs, ils offrirent leur dernier souffle au Créateur, se donnant la mort pour expier une faute qui rongeait leurs âmes. Leurs départs furent marqués par des larmes de sang, par un repentir que même la terre semblait pleurer.

Pourtant, même au cœur de ce deuil, quelque chose d'insaisissable continuait de vibrer. Un espoir fragile, mais lumineux, flottait sur le fil d'une vieille promesse. Là où Abigael et Moussa avaient été sacrifiés, un cerf-volant apparut, accroché à une ficelle qui luttait contre le vent impitoyable. Il tanguait, défiant les rafales sombres qui cherchaient à le renverser, mais il refusait de devenir la girouette d'Iblis. Il tenait, comme s'il portait

Les Hourim de l'innocence

l'âme des deux jeunes martyrs, défiant la gravité et les ombres avec une obstination lumineuse.

Et le monde, regardant ce cerf-volant lutter pour monter plus haut, comprit quelque chose de vital. Il comprit que même si les cieux semblaient obscurcis, l'espoir était une flamme que la haine ne pourrait jamais éteindre complètement. L'écho de "Hourim," ce cri d'amour et de liberté, résonna encore dans le vent, perçant le voile des ténèbres, résonnant comme une promesse sacrée, une étoile tombée mais jamais oubliée.

Ce cri réveilla les morts et endormit la vie, traversant les âges comme un hymne éternel. Et ainsi, dans les cœurs de ceux qui osaient encore croire, une lumière, vacillante mais immortelle, se ralluma. Une lumière prête à s'élever, à défier l'ombre avec toute la force de l'amour, l'amour d'Abigael et de Moussa, qui désormais brillait, invincible, au-delà de la nuit des hommes.

Les Hourim de l'innocence

Postface

Lorsque les images de guerre défilent sur nos écrans, il est tentant de détourner le regard, de se persuader que ces drames appartiennent à un ailleurs insaisissable. Pourtant, comment rester insensible devant la souffrance d'enfants innocents, captifs d'un conflit qui n'est pas le leur ? Peut-on accepter de demeurer spectateur passif, enveloppé dans le confort de notre quotidien, pendant que des vies se brisent sous nos yeux ?

Les Hourim de l'Innocence est le fruit d'une révolte intérieure. Une révolte contre l'apathie, contre l'impuissance d'une humanité qui regarde mais n'agit pas. Écrire ce livre fut pour moi une manière de refuser la résignation, un cri lancé dans le silence assourdissant de l'indifférence. Il est des maux que l'on ne peut combattre qu'avec les armes de l'esprit : la parole, la mémoire, et surtout la volonté de ne jamais oublier.

À travers les destins entremêlés de Moussa et Abigael, j'ai voulu dresser un pont entre deux rives que tout semble opposer. Leur histoire est celle de milliers d'enfants, trop souvent réduits au silence par le fracas des armes. Mais au-delà du drame humain, ce roman est un appel : un appel à la conscience, à la compassion, et à l'engagement.

Chaque lecture de ce livre est une pierre ajoutée à l'édifice de la résistance contre l'injustice. En le lisant, vous prenez part à un acte de rébellion douce, une insurrection par l'esprit, où la lumière des Hourim éclaire les zones les plus obscures de notre humanité. Ce roman est un pavé symbolique, lancé non pas avec violence, mais avec la force inébranlable de ceux qui refusent de se taire.

Je crois profondément que la lecture, lorsqu'elle est nourrie par la réflexion et l'empathie, peut devenir un levier puissant de

Les Hourim de l'innocence

changement. Chaque mot lu est une graine semée, une flamme entretenue, une promesse que le mal ne triomphera pas tant qu'il y aura des consciences éveillées pour lui résister.

Ainsi, en parcourant ces pages, vous devenez vous aussi un acteur de cette lutte. Vous participez à une œuvre collective de mémoire et de transmission. Vous vous engagez, par le simple fait de lire, à ne pas laisser l'oubli recouvrir les cris des innocents.

Je vous remercie d'avoir choisi de faire ce voyage. Votre lecture n'est pas un simple passe-temps, mais un acte de courage et d'humanité. Ensemble, pierre après pierre, pavé après pavé, nous pouvons bâtir un monde où l'innocence ne sera plus sacrifiée sur l'autel de la haine.

Mustapha Bouktab

Remerciements

À toi, mon épouse, qui as été l'étincelle. C'est ton regard lucide et tes paroles profondes qui ont enflammé mes nuits de questionnements, me poussant à comprendre que la réponse, une fois de plus, se trouvait dans l'écriture. Sans toi, ce déclic n'aurait jamais eu lieu.

À mes enfants, qui sont ma source de fierté et de force. Votre soutien sans faille et votre amour inconditionnel sont les piliers de mon parcours d'écrivain.

À Adil, ami fidèle, toujours à mes côtés, proche de ma plume. Merci pour ta présence constante et ton écoute, qui ont nourri chaque ligne de ce livre.

À l'Irlande, cette terre magique où j'ai entendu cette voix subtile qui me susurrait d'écrire. Ici, l'inspiration coulait comme les rivières de ses collines, et chaque pierre, chaque vent portait un fragment d'histoire, m'offrant un cadre propice à la création.

Enfin, à tous ceux qui refusent l'injustice. À ceux qui, par leurs actes ou leurs mots, se dressent contre l'oppression. Ce livre vous appartient, car chaque page tournée est un pas de plus vers un monde plus juste.

Mustapha Bouktab

Table des matières

Avertissement 2
Page de garde 3
Dédicace 5
Introduction 07
Chapitre I : Au tout commencement 09
Chapitre II : L'aube après la tempête 57
Chapitre III : Le jour des ombres 85
Chapitre IV : Le cri des cendres.................. 117
Chapitre V : La brèche du silence 143
Chapitre VI : Les miroirs d'Iblis 175
Chapitre VII : Le sacrifice des étoiles.......... 255
Postface 323
Remerciements 325
Bibliographie de l'auteur............................. 327

© Mustapha Bouktab, 2024
Édition : BoD · Books on Demand GmbH,
In de Tarpen 42, 22848 Norderstedt (Allemagne)
Impression : Libri Plureos GmbH, Friedensallee 273,
22763 Hamburg (Allemagne)
ISBN : 978-2-3225-1641-4
Dépôt légal : Novembre 2024

Les Hourim de l'innocence

BIBLIOGRAPHIE DE L'AUTEUR

SIX LIVRES À DÉCOUVRIR

LA TRILOGIE DU GARDIEN DU PRÉSENT
L'UPPERCUT DE MA DÉLIVRANCE
ET DEUX RECEUILS DE POESIE, INSPIRINE ET
SOUFFLE D'ETERNITE.

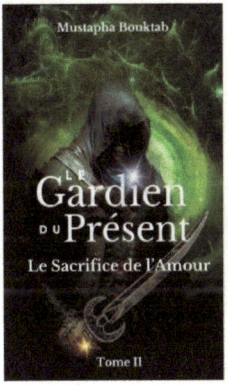
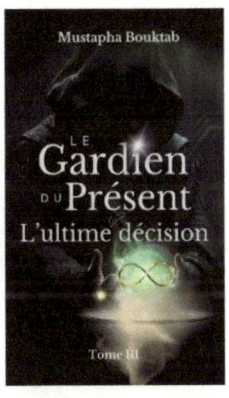

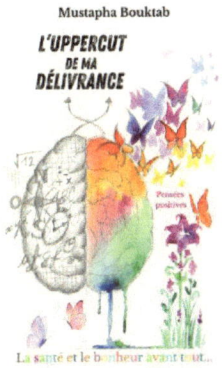
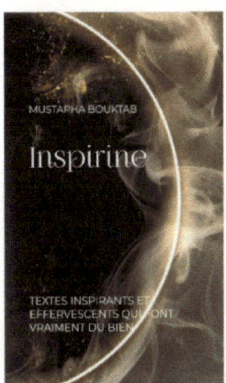

Les Hourim de l'innocence